MIRA®

Der Preis dieses Bandes versteht sich einschließlich der
gesetzlichen Mehrwertsteuer.

Umwelthinweis:
Dieses Buch wurde auf chlor- und säurefreiem Papier gedruckt.

Linda Lael Miller

DIE CREEDS: Wo die Hoffnung lebt

Roman

Aus dem Amerikanischen von
Elisabeth Hartmann

MIRA®

MIRA® TASCHENBUCH
Band 25663
1. Auflage: Mai 2013

MIRA® TASCHENBÜCHER
erscheinen in der Harlequin Enterprises GmbH,
Valentinskamp 24, 20354 Hamburg
Geschäftsführer: Thomas Beckmann

Titel der nordamerikanischen Originalausgabe:
The Creed Legacy

erschienen bei: HQN Books, Toronto

Published by arrangement with
HARLEQUIN ENTERPRISES II B.V./S.àr.l.

Konzeption/Reihengestaltung: fredebold&partner gmbh, Köln
Umschlaggestaltung: pecher und soiron, Köln
Redaktion: Mareike Müller
Titelabbildung: Harlequin Enterprises S.A., Schweiz
Autorenfoto: © Harlequin Enterprises S.A., Schweiz
Satz: GGP Media GmbH, Pößneck
Druck und Bindearbeiten: CPI – Ebner & Spiegel, Ulm
Printed in Germany
Dieses Buch wurde auf FSC®-zertifiziertem Papier gedruckt.
ISBN 978-3-86278-719-7

www.mira-taschenbuch.de

1. KAPITEL

Lonesome Bend, Colorado

Ranching, dachte Brody Creed, drehte sich im Sattel und schaute von einem hohen Bergrücken aus auf das ausgedehnte Weideland. *Es kann ein gebrochenes Herz heilen, dieses Leben auf der Ranch, und es dann auf tausendundeine verschiedene Arten erneut in doppelt so viele Stücke zerschlagen.*

Es war mit vielen Risiken verbunden. In harten Wintern, mit denen hier oben durchschnittlich einmal pro Jahr zu rechnen war, verhungerte oder erfror das Vieh. Frühlingskälber und -fohlen fielen Wölfen und Kojoten zum Opfer – und manchmal sogar nach dem Winterschlaf völlig ausgezehrten Bären.

Jetzt war Mai, und alles war in bester Ordnung, doch wenn der Sommer kam, trockneten mitunter Brunnen aus, und das zundertrockene Gras ging beim winzigsten Funken in Flammen auf. Brody hatte gesehen, wie Flächenbrände binnen weniger Stunden Hunderte von Morgen Land verschlangen und Herden, Häuser und Scheunen vernichteten.

Das ganze Jahr über wurden gute Pferde lahm, gaben Pickups den Geist auf, und immer wieder ertrank jemand im Fluss oder in einem der Seen.

Andererseits konnte die Schönheit dieses Landes einen Mann retten, ihn überwältigen, obwohl er es sein Leben lang als Zuhause betrachtet hatte. Heute zum Beispiel strahlte der Himmel in einem so intensiven Blau, dass es Brody einen Stich ins Herz versetzte, und die Espen, Pappeln und Kiefern, die die Landschaft säumten, bildeten Tupfer in tausend Nuancen von schimmerndem Grün, von Silbrig bis nahezu Indigo. Der Fluss schlängelte sich durchs Tal, azurblau und glasklar.

Nach einer Weile rückte Brody seinen Hut zurecht, seufzte

und stieß seinem Wallach leicht mit den Stiefelabsätzen in die Seiten. Der Falbe, langbeinig, mit schwarzer Mähne und schwarzem Schweif, suchte sich vorsichtig seinen Weg den steilen Abhang zum Ufer hinab.

Etwa hundert Meter in westlicher Richtung hinter ihm am Wasser entlang war das Schlagen von Hämmern und das Kreischen von Motorsägen zu vernehmen. Brody schaute über die Schulter und erfreute sich – wie immer – am Anblick der Gerüste aus Stahl und Holz, da wo sein Haus und Stall erbaut wurden.

Vor gar nicht langer Zeit hatten sich hier ein Campingplatz und ein Wohnmobil-Park befunden, der Tricia McCall gehörte. Inzwischen war sie seine Schwägerin und damit eine Creed. Die Picknicktische und Feuerstellen aus Beton waren verschwunden, ebenso die öffentlichen Duschen und Stromanschlüsse für die Wohnwagen. Nur das Blockhaus, das als Büro gedient hatte, stand noch. Brody hatte sich dort nach dem letzten Erntedankfest, nachdem er aus dem Haupthaus ausgezogen war, häuslich niedergelassen.

Der Friede zwischen ihm und seinem Zwillingsbruder Conner war zerbrechlich, und beide profitierten vom räumlichen Abstand.

Brody schnalzte mit der Zunge und trieb seinen Wallach Moonshine noch einmal an.

„Los jetzt“, redete er ihm gut zu. „Das Wasser ist hier flach und ganz ruhig. Wenn wir auf beiden Seiten des Flusses Vieh weiden lassen wollen, musst du lernen, ihn zu durchqueren.“

Moonshine, den Brody erst kürzlich auf einer Auktion in Denver gekauft hatte, war jung und musste noch viel lernen, damit aus ihm ein echtes Ranchpferd wurde.

Gerade als Brody aus dem Sattel steigen und das Pferd ins Wasser führen wollte, das sanft ans steinige Ufer plätscherte, beschloss Moonshine, dass er doch Lust hatte, nass zu werden.

Er tauchte mit gehörigem Planschen bis zur Brust in den

Fluss ein. Brody umschloss den Leib des Pferdes fest mit den Knien, um sich im Sattel zu halten. Er lachte laut und stieß dann einen Jauchzer purer Freude aus.

Seine Stiefel füllten sich mit Wasser, und binnen Sekunden war seine Jeans bis zu den Oberschenkeln durchnässt, allerdings störte es ihn nicht. Moonshine durchschwamm den Fluss wie ein Olympia-Anwärter, stampfte mit den kräftigen Beinen, hielt den Kopf hoch und stellte die Ohren auf.

„Braver Junge", lobte Brody sein Pferd. „Du machst das prima."

Am anderen Ufer sprang Moonshine den steilsten Uferabschnitt hinauf. Wasser strömte von seinem Fell. Als das Tier festen Boden unter den Füßen spürte, schüttelte es sich wie ein Hund. Wieder musste Brody lachen, einfach weil das Leben so schön war.

Er war zu Hause.

Und er war größtenteils glücklich, dort zu sein.

Tropfnass glitt er aus dem Sattel, um seine Stiefel auszuziehen, zu entleeren und mit nassen Socken wieder hineinzusteigen. Im Haupthaus würde er die klitschnassen Klamotten gegen trockene aus Conners Schrank austauschen.

Einen Zwillingsbruder zu haben hatte auch Vorteile, einer davon bestand in der ständigen Verfügbarkeit einer zweiten vollständigen Garderobe.

Früher hätte Conner über Brodys Hang, sich seine Sachen auszuleihen, geflucht. Aber letztes Silvester hatte Brodys „kleiner Bruder" Tricia geheiratet. Seitdem reichte das Fehlen eines Hemds oder einer Jeans nicht mehr aus, um ihn aus der Ruhe zu bringen.

Conner und Tricia lebten in immerwährenden Flitterwochen, und jetzt, da sie in drei Monaten ein Kind erwarteten, schienen sie regelrecht von innen heraus zu strahlen.

Brody saß wieder auf und ritt nach Hause. Mit gemischten Gefühlen dachte er an das Glück seines Zwillingsbruders.

Natürlich freute es ihn, dass sich für Conner alles so gut entwickelte, doch er war auch ein bisschen neidisch.

Nicht dass er das irgendjemandem eingestanden hätte.

Tricia war schön, klug und humorvoll, und für ein Mädchen aus der Stadt hatte sie sich erstaunlich leicht auf der Ranch eingelebt. Obwohl sie im Grunde genommen eine blutige Anfängerin war, ritt sie seit der Hochzeit fast jeden Tag – jedenfalls wenn das Wetter es zuließ –, bis sie erfahren hatte, dass sie schwanger war. Von da an hatte Conner es ihr untersagt.

Keine Ausritte mehr bis nach der Geburt.

Punktum, Ende der Diskussion.

Beim Gedanken an die Unerbittlichkeit seines Bruders grinste Brody. Normalerweise herrschte in Conners Ehe Gleichberechtigung, aber in diesem Punkt war Conners Wort Gesetz. Und Tricia, die sonst sehr unabhängig war, hatte kapituliert.

In Brodys Augen war das nur vernünftig, wenngleich viele Frauen vom Land das Reiten nicht aufgaben, wenn sie schwanger waren, sondern weiterhin Vieh zusammentrieben, Irrläufer einfingen und Zäune abritten. Allerdings kam Conners unnachgiebige Haltung nicht von ungefähr: Ihre Mutter Rachel Creed hatte als Schwangere noch lange an Fassrennen teilgenommen. Zwar war dabei nichts Aufsehenerregendes passiert, doch kurz nach Brodys und Conners Geburt wurde Rachel krank.

Sie starb, als ihre kleinen Söhne noch nicht einmal einen Monat alt waren.

Ihr Vater Blue Creed lebte auch nicht viel länger. Überfordert von der Verantwortung, brachte er die knapp einjährigen Babys heim auf die Ranch und übergab sie seinem Bruder Davis und dessen Frau Kim. Bald darauf wurde Blue von einem Pferd abgeworfen und brach sich das Genick. Nachdem er sechs Wochen im Koma gelegen hatte, starb er.

Als Brody jetzt den Bergrücken überquerte und das Gras um ihn herumwogte wie ein grünes Meer, gab er sich alle Mühe, die feuchte Kälte des nassen Jeansstoffs an seinen Beinen zu ignorieren – und den alten, tief sitzenden Schmerz in seiner Seele. Der Anblick des Viehs, das um ihn herum weidete, tröstete ihn jedoch ein wenig. Es waren größtenteils Herefords, aber auch ein paar schwarze Angusrinder zur Auflockerung der rotbraunen Monotonie. Zwei Dutzend halb wilde Pferde, speziell fürs Rodeo gezüchtet, und sechs Brahman-Bullen vervollständigten den Viehbestand.

Clint und Juan und ein paar weitere Rancharbeiter ritten zwischen den verschiedenen Tieren umher, hauptsächlich um den Frieden zu sichern. Brody tippte an seine Hutkrempe, während die Männer vorbeiritten.

Moonshine war etwas unruhig, und Brody ließ die Zügel locker. Dieses Cayuse-Pony mochte etwas ängstlich sein, wenn es Flüsse durchqueren sollte, allerdings schien es einem Rennen nie abgeneigt zu sein.

Sobald Brody sich tief über den Hals des Falben beugte, mit einer Hand seinen Hut und mit der anderen locker die Zügel hielt, schoss das Tier davon wie eine Rakete.

Brody genoss den wilden Galopp, bis der Koppelzaun plötzlich vor ihm auftauchte.

Moonshine flog über die oberste Zaunlatte, als wären ihm Flügel gewachsen, streckte sich nahezu längelang, und landete knapp einen halben Meter vor Conner, der ein Gesicht machte, als hätte er statt Eiern mit Speck rostige Nägel zum Frühstück gegessen.

Brody blickte in das Gesicht, das dem seinen so ähnlich sah, dass es ihn selbst manchmal umhaute, und er war schließlich daran gewöhnt, beinahe das exakte Abbild seines Bruders zu sein.

Conner bedachte seinen Bruder durch die Staubwolken mit einem finsteren Blick. Er sah aus, als wollte er Brody packen, vom Pferd zerren und gehörig verprügeln. So viel also zu positiver Persönlichkeitsveränderung als Folge von Eheglück!

„Ups", sagte Brody grinsend, denn er wusste, dass er Conner damit noch mehr ärgerte, und das genoss er hin und wieder einfach zu sehr, obwohl sie sich schon eine geraume Weile erstaunlich gut verstanden. „Tut mir leid."

Er schwang sich aus dem Sattel und stand Conner gegenüber, der vor Ärger schnaubte.

„Verdammt noch mal, Brody", stieß er knurrend hervor, „habe ich heute meinen unsichtbaren Tag, oder wirst du blind? Dein Pferd hätte mich beinahe niedergetrampelt, und es wird mich den halben Vormittag kosten, bis ich diese Stute hier beruhigt habe und wieder mit ihr arbeiten kann!"

Vor dem Sprung hatte Brody weder seinen Bruder *noch* die gescheckte Stute bemerkt, die jetzt am anderen Ende der Koppel wiehernd den Kopf umherwarf, allerdings hielt er es für unklug, dies zuzugeben. Stattdessen entschied er sich, sein Glück mit Hilfsbereitschaft zu versuchen.

„Du arbeitest neuerdings selbst mit Pferden, anstatt es den Cowboys zu überlassen?", fragte er und bückte sich nach dem leichten Sattel, den die Stute wohl abgeworfen hatte, als er und Moonshine über den Zaun gesetzt waren.

Conner packte den Sattel und riss ihn Brody aus den Händen. „Ja", fuhr er ihn an. „Du bist zehn Jahre lang ausgefallen. Davis hat sich beide Beine gebrochen, als er das letzte Mal auf einem Bronco gesessen hat, und Clint und Juan sind regelrecht eingerostet. Wer, zum Teufel, *glaubst* du denn, hat mit den Pferden gearbeitet?"

„Oha", entgegnete Brody und wich ein Stückchen zurück. „Welche Laus ist dir denn über die Leber gelaufen? Hast du dich mit deiner kleinen Frau gestritten?"

„Nein!", brüllte Conner.

Brody lachte leise, rückte seinen Hut zurecht, drehte sich

um und griff nach Moonshines Zügel. Nach der Flussdurchquerung und dem scharfen Ritt über den Bergrücken, ganz zu schweigen von dem bemerkenswerten Sprung, hatte das Pferd sich seiner Meinung nach eine Auszeit ohne Sattel und Zaumzeug verdient. „Tja, was ist denn dann los mit dir?“, fragte er, schon auf dem Weg zur Seitentür des Stalls.

„Nichts“, erwiderte Conner zähneknirschend, hängte den staubigen Sattel über die oberste Zaunlatte und wandte sich der Stute zu.

„Irgendetwas stimmt aber nicht“, beharrte Brody ruhig und hielt inne.

Da schaute Conner Brody an und seufzte. „Tricia und ich hatten so was wie einen Streit“, gestand er widerwillig.

„Ärger im Paradies?“, zog Brody ihn auf, wohl wissend, dass es nichts Ernstes sein konnte. Er hatte noch nie einen Mann und eine Frau gesehen, die verliebter waren als Tricia und sein Bruder.

„Sie sagt, ich wäre überfürsorglich“, erklärte Conner, nahm seinen Hut ab, schlug ihn gegen seinen Schenkel und setzte ihn sich wieder auf den Kopf.

Brody musste grinsen. Er rieb sich mit einer Hand das stoppelbärtige Kinn. „Du?“, scherzte er. „Überfürsorglich? Nur weil du die Lady in Watte packen würdest, wenn sie es zuließe, damit sie sich bloß nicht den kleinen Zeh stößt?“

Zwar blickte Conner ihn wütend an, doch in seinen blauen Augen erwachte etwas, das Brodys Grinsen ähnelte. Er unterdrückte es, solange er konnte, aber dann brach es sich Bahn, wie die Sonne, die eine Wolkenbank durchdrang.

„Bring dein Pferd in den Stall“, knurrte er. „Ich kann die Stute auch gleich den ganzen Tag auf der Weide lassen, nachdem du sie mit deinem Wallach so erschreckt und um mindestens drei Jahre Wachstum gebracht hast.“

Brody führte Moonshine in den Stall, rieb ihn trocken und gab ihm etwas Heu. Als er durchs Haupttor nach draußen trat, wartete Conner bereits im Hof auf ihn und warf Stöckchen für Valentino, eine hübsche Promenadenmischung.

Brodys Meinung nach war Valentino ein reichlich hochgestochener Name für einen Ranchhund, doch das arme Tier hatte ihn schon am Hals, als Conner und Tricia sich ineinander verliebten. Conner hatte eine Zeit lang versucht, ihn Bill zu nennen, aber weil der ehemalige Streuner darauf partout nicht reagieren wollte, blieb es bei Valentino.

Brody sah sich um. Tricia war nirgends zu entdecken – genauso wenig wie ihr Wagen.

„Sie ist in die Stadt gefahren und hilft Carolyn im Laden", erklärte Conner, der für gewöhnlich ziemlich genau wusste, was Brody dachte. Umgekehrt war es ebenso. „Die Frau ist schwanger bis dort hinaus." Er beschrieb mit den Händen ungefähr auf Bauchhöhe einen unsichtbaren Basketball. „Was wäre daran auszusetzen, wenn sie mal einen Tag zu Hause bliebe? Sich Ruhe gönnte, ein bisschen die Füße hochlegte?"

Lachend versetzte Brody seinem Bruder einen Hieb auf die Schulter. „Sie leitet eine Kleinstadt-Galerie, Conner, und ist nicht zum Bungee-Jumping oder will einen Bullen beim Rodeo reiten."

Conner verzog kurz das Gesicht, und wieder einmal wusste Brody, was in seinem Zwillingsbruder vorging.

„Zwischen Moms und Tricias Schwangerschaft besteht überhaupt kein Zusammenhang", fuhr Brody ruhig fort. „Hör auf, nach einem zu suchen."

Diesmal brachte Conner ein gequältes Lächeln zustande.

Das bewies Brody, wenn auch nicht zum ersten Mal, wie verletzlich ein Mann war, wenn er eine Frau liebte. Und wenn das Baby auf der Welt war? Dann würde es noch viel schlimmer.

Ihm lief ein Schauer über den Rücken, als düstere Erinnerungen über ihn hereinbrachen.

„Was ist eigentlich mit deinen Sachen?", wollte Conner

wissen und musterte ihn von oben bis unten. Er neigte dazu, Themen zu wechseln, wie es ihm gerade passte.

„Moonshine hat sich ein bisschen hinreißen lassen, als wir den Fluss durchqueren wollten“, erwiderte Brody.

Sie gingen ins Haus. Der Hund trottete hinter ihnen her. In der Waschküche schnappte Brody sich eine Jeans, ein T-Shirt und Socken von den zusammengelegten Wäschestapeln auf dem Trockner. Nach einer eiligen Dusche zum Aufwärmen zog er sich in dem Zimmer, das er und Conner und im Sommer auch ihr Cousin Steven als Kinder geteilt hatten, rasch an. Sein Bruder war immer noch in der Küche, wo er mithilfe eines dieser raffinierten modernen Kaffeeautomaten für die unter chronischem Koffeinmangel Leidenden schnell einen Becher Kaffee machte.

„Wie geht der Hausbau voran?“, erkundigte sich Conner und reichte Brody einen dampfenden Becher, den dieser dankbar entgegennahm.

„Langsam“, erwiderte er nach einem Schluck. „Aber der Bauunternehmer schwört Stein und Bein, dass es bis Mitte August bezugsfertig ist.“

Daraufhin schnaubte Conner durch die Nase, zog einen zweiten Becher aus dem blitzenden Ding hervor und hob ihn leicht an. „Schicke Klamotten“, bemerkte er trocken. „Ich hatte mal genau die gleichen.“

Mit angehaltenem Atem beobachtete Carolyn Simmons, wie ihre hochschwangere Freundin Tricia Creed unbeholfen die Leiter herabkletterte. Tricia hatte gerade ein neues Batikbild bekommen, das eine amerikanische Ureinwohnerin am Webstuhl darstellte. Es war das Werk einer ortsansässigen Künstlerin und würde nicht lange im Laden bleiben. Womöglich war das der Grund dafür, dass Tricia es so hoch oben an der Wand angebracht hatte. Zweifellos dachte sie, dass Carolyn und sie sich noch etwas länger daran erfreuen könnten, wenn es einigermaßen außer Reichweite hing.

Carolyn fand, dass Tricia mit ihrem langen dunklen Zopf, dem weiten Umstandskleid und diesem gelassenen Gesichtsausdruck, der den Glauben an das allumfassende Gute im Leben ausstrahlte, eine gewisse Ähnlichkeit mit der Weberin hatte.

Carolyn war größer als Tricia, hatte kunstvoll gesträhntes blondes Haar und trug wie gewöhnlich Jeans, Stiefel und ein figurbetontes T-Shirt. Tricia zog sie gern damit auf, dass Carolyn immer für den Fall gerüstet sein wollte, falls sich eine Gelegenheit zum Reiten ergab.

„Was hast du auf der Leiter zu suchen?", fragte sie jetzt, stemmte die Hände in die Hüften und sah Tricia an. „Ich habe Conner versprochen, ein Auge auf dich zu haben, und kaum kehre ich dir einmal den Rücken zu, schon turnst du auf der obersten Sprosse herum."

Tricia wischte sich den Staub von den Händen und trat lächelnd einen Schritt zurück, um das Werk zu betrachten. „Ich war weit entfernt von der obersten Sprosse", widersprach sie heiter. Ihr Gesicht leuchtete im Sonnenschein, der durch das große Schaufenster fiel. Sie seufzte. „Ist sie nicht wunderschön?"

Und in der Tat hatte sich Primrose Sullivan, die Künstlerin, dieses Mal selbst übertroffen. Die Weberin war in der Tat wunderschön. „Ich glaube, einige von unseren Onlinekunden könnten sich dafür interessieren", überlegte Carolyn. „Aber ich weiß nicht recht, ob sie sich aus dieser Perspektive so gut fotografieren lässt …"

Sie wurde von dem Geräusch quietschender Bremsen unterbrochen.

Schnell trat Tricia ans Fenster und spähte durch die antiken Spitzengardinen. „Schon wieder ein Reisebus", stellte sie fest. „Mach dich auf einiges gefasst!"

Der Laden, eine Kombination aus Boutique und Kunstgalerie, lag im Erdgeschoss von Natty McCalls ehrwürdigem viktorianischen Haus. Carolyn wohnte in Tricias früherer Wohnung im Obergeschoss, zusammen mit ihrer Pflegekatze Winston. Die Waren, die die beiden Frauen verkauften, reichten von Ziegenmilchseife und handgefertigten Nadelkissen bis zu modischen Einzelstücken und beinahe museumstauglichen Ölgemälden.

„Ich bin auf alles gefasst", versicherte Carolyn und nahm lächelnd ihren gewohnten Platz am Verkaufstresen neben der Registrierkasse ein.

Tricia ordnete eine ohnehin schon ordentliche Auslage mit handgefertigtem Briefpapier.

Der Laden würde nie Reichtümer einbringen. Doch für Carolyn war er die Erfüllung eines Traums. In Lonesome Bend hatte sie eine gemütliche Wohnung – was für einen Menschen, der in nicht weniger als vierzehn verschiedenen Pflegestellen aufgewachsen war, von großer Bedeutung war – und außerdem eine Absatzmöglichkeit für die unterschiedlichen Kleidungsstücke, Zierkissen und Schürzen im Retrostil, die sie unablässig an ihrer Nähmaschine fertigte. Früher hatte Carolyn ihr Geld mit dem „Hüten" von Häusern anderer Leute verdient. Seit Jahren schon verkaufte sie ihre Sachen online. Die zusätzlichen Einnahmen aus ihren Internetgeschäften flossen auf ein Sparkonto und ermöglichten ihr den Einkauf von Nähgarn und Stoffen für ihr jeweils nächstes Projekt, mehr allerdings auch nicht.

Das Glöckchen über der Eingangstür klingelte fröhlich, und die Busladung Kunden strömte in den Laden. Weißhaarige Frauen mit gepflegten manikürten Händen und farbenfrohen Sommerkleidern schwatzten gut gelaunt und drängten sich um jeden Auslagentisch und vor jedem Regal.

Der Gewinn, den der Laden „Creed & Simmons" – Tricias Urgroßmutter Natty hatte gesagt, der Name klinge eher nach einer Anwaltskanzlei oder einem britischen Juwelier –

abwarf, reichte meistens kaum aus, um die Kosten zu decken. Doch die Busreisegruppen auf dem Weg von Denver nach Aspen und Telluride und zurück hielten mindestens zweimal pro Woche an und ließen die Kasse klingeln.

Für Tricia, die für ein hübsches Sümmchen den von ihrem Vater geerbten Grundbesitz verkauft und dann obendrein noch einen wohlhabenden Rancher geheiratet hatte, war der Laden ein Hobby. Allerdings eines, dem sie mit voller Leidenschaft nachging.

Aber für Carolyn war er sehr viel mehr. Er vermittelte ihr das Gefühl von Zugehörigkeit, ermöglichte ihr die Eingliederung in eine Gemeinschaft von Menschen, die sich größtenteils von Geburt an kannten.

Es *musste* klappen.

Ohne das Geschäft wäre Carolyn weiterhin heimatlos und würde für ein paar Tage oder Wochen im Haus von Fremden leben, um dann in ein anderes Haus weiterzuziehen, das ebenfalls nicht ihr gehörte. Häuser hüten war eine Erwachsenenversion des alten Spiels „Reise nach Jerusalem", jedoch war der Einsatz bedeutend höher. Ein- oder zweimal war es Carolyn, als die symbolische Musik unverhofft aussetzte, ergangen wie dem Spieler, der keinen Stuhl ergattert hatte, und sie musste sich in einem billigen Motel einquartieren oder im Auto schlafen, bis sie einen neuen Auftrag an Land zog.

Glücklicherweise gab es etliche Möglichkeiten in der Umgebung von Lonesome Bend. Filmstars und Manager und hochkarätige Politiker besaßen hier millionenschwere „Feriendomizile", versteckt in abgeschiedenen Canyons, auf Berggipfeln und am Ende langer, von wispernden Espen gesäumter Serpentinenstraßen.

Gelegentlich passte Carolyn für Stammkunden immer noch auf deren Heime auf. Allerdings war ihr die kuschelige Wohnung über dem Laden bedeutend lieber als diese gigantischen, gähnend leeren Anwesen mit ihren Innenpools und

Computerräumen und gut bestückten Weinkellern.

In der Wohnung war sie umgeben von ihren eigenen Habseligkeiten – den Souvenirbechern aus Keramik, die sie überall im Land aus allen möglichen Städten zusammengetragen hatte, einigen wenigen körnigen Fotos in billigen Rahmen, ihrem Laptop und der reduzierten, aber unverwüstlichen elektrischen Nähmaschine – einem Abschiedsgeschenk von ihrer Lieblingspflegemutter.

Hier fühlte Carolyn sich real, an einem festen Ort verwurzelt, nicht wie ein ätherisches, geisterhaftes Wesen, das in einsamen Schlössern spukte.

Während der nächsten Dreiviertelstunde waren Carolyn und Tricia so beschäftigt, dass sie kaum Zeit hatten, ein Wort miteinander zu wechseln, und als der Reisebus endlich abfuhr, war es schon fast Zeit für die Mittagspause.

Die Kasse quoll über von Fünf-, Zehn- und Zwanzigdollarscheinen. Hinzu kam ein hübscher Stapel Kreditkartenquittungen.

Die Fächer, Regale und Tische sahen aus, als wären die Vandalen durchgezogen, und es roch immer noch nach teurem Parfum.

„Wow", keuchte Tricia und ließ sich in den Schaukelstuhl beim Kamin fallen. „Diese Horde hat den Laden beinahe völlig ausgeräumt."

Carolyn lachte. „Gott segne sie."

Tricia legte den Kopf in den Nacken, seufzte und schloss die Augen. Ihre Hände ruhten schützend auf ihrem gewölbten Leib.

„Tricia? Dir fehlt doch nichts, oder?", fragte Carolyn besorgt.

„Aber nein. Ich bin nur ein bisschen erschöpft von der Hetzerei."

„Bist du sicher?"

Die Grimasse, die Tricia zog, war zugleich spöttisch als auch liebevoll. „Du redest wie Conner. Mir geht's gut, Carolyn."

Leicht missbilligend dreinschauend ging Carolyn zur Tür, drehte das Schild mit der Aufschrift „Geöffnet" um, sodass dort nun „Geschlossen" zu lesen war, und schloss ab. Sie und Tricia aßen ihr Mittagessen gewöhnlich in der Küche im hinteren Teil des Erdgeschosses. Manchmal gesellte sich Conner zu ihnen.

Als Carolyn zurückkam, saß Tricia immer noch im Schaukelstuhl. Und war eingeschlafen.

Carolyn lächelte, legte eine leichte Häkeldecke über ihre Freundin und lief in die Küche.

Winston, der Kater, strich um Carolyns Knöchel und schnurrte wie ein gut geölter Motor. Genau wie das Haus gehörte auch er Tricias Urgroßmutter Natty McCall, die inzwischen in Denver lebte. Aber da Carolyn sich immer um Winston gekümmert hatte, wenn sich sein Frauchen auf einer ihrer häufigen und ziemlich ausgedehnten Reisen befand, liebte sie ihn wie ein eigenes Haustier.

Das beruhte augenscheinlich auf Gegenseitigkeit. Oder er wollte nur seine tägliche Sardinenration.

„Hunger?", fragte Carolyn und kraulte dem Kater die schwarzen Ohren.

Winston antwortete mit einem energischen Miau, was wahrscheinlich „ja" bedeuten sollte, und sprang auf eine Anrichte, seinen bevorzugten Beobachtungsposten.

Carolyn lächelte wieder, überschlug im Geiste die Einnahmen aus der heutigen Invasion der Kaufwütigen, nahm aus dem Kühlschrank das Schälchen mit den Sardinen und entfernt die Frischhaltefolie.

Sie stellte dem Kater die Schale hin und ging zur Spüle, um sich die Hände zu waschen.

Winston setzte zum Sprung an und landete direkt vor seinem Futternapf. Zur gleichen Zeit klopfte jemand leicht an die Hintertür.

Conner Creed stieß die Tür auf und grinste Carolyn an, wobei er seine blitzend weißen Zähne zeigte.

Ihr Herz setzte einen Schlag aus und wollte dann endgültig stehen bleiben – so fühlte es sich zumindest an –, als er eintrat.

Denn es war nicht Conner, wie sie zuerst geglaubt hatte.

Es war Brody.

Carolyns Wangen glühten. Nur mit Mühe konnte sie sich verkneifen zu fragen: „Was willst *du* denn hier?“

Das Grinsen, jungenhaft und frech wie eh und je, hielt an. Na klar, was zwischen ihnen vorgefallen war, berührte Brody nicht im Geringsten. Es hätte Carolyn auch nicht stören sollen, zumal fast acht Jahre vergangen waren, seit sie was miteinander gehabt hatten. Und was sie damals gehabt hatten, war nicht mehr als ein Techtelmechtel gewesen, keinesfalls eine Herzensangelegenheit.

Wie dem auch sei, jedes Mal wenn sie diesem Mann begegnete – was sich immer wieder ergab, seit sein Bruder mit ihrer engsten Freundin verheiratet war –, überkam sie so etwas wie ein Fluchtinstinkt.

„Ist meine Schwägerin hier?“, erkundigte sich Brody.

Krampfhaft schluckte Carolyn. Einmal, auf einem Ausritt mit Conner und Tricia und einigen Freunden und Nachbarn, waren Brody und seine Gelegenheitsfreundin Joleen Williams an ihnen vorbeigaloppiert. Der Wind hatte ihr Lachen herübergetragen. Carolyn war so überrumpelt gewesen, dass sie Hals über Kopf zum Stall zurückgeritten war, ohne sich auch nur von den anderen Reitern zu verabschieden. Dafür könnte sie sich noch heute selbst in den Hintern treten.

„Tricia ist vorn“, antwortete sie in bemerkenswert normalem Ton. „Wir hatten einen arbeitsreichen Vormittag, und sie ist eingeschlafen.“

Brody schloss die Tür hinter sich, ging zu Winston, hockte sich vor ihn und streckte eine Hand aus.

Der Kater fauchte und schlug mit der Pfote nach ihm.

„Hoppla“, stieß Brody hervor und fuhr zurück.

Carolyn lachte leise und wurde ein bisschen ruhiger. Winston war nicht nur ein meisterhafter Mäusefänger und Sardinenexperte, sondern offenbar auch ein exzellenter Menschenkenner. Nachdem er seinen Standpunkt verdeutlicht hatte, widmete sich der Kater wieder seinem Mittagessen.

Brody erhob sich äußerst missmutig, den Hut immer noch in einer Hand. Dank seines verdammt guten Aussehens war er solche Zurückweisungen vermutlich nicht gewöhnt – nicht einmal von einem einfachen Hauskater.

„Tiere *mögen* mich normalerweise“, meinte er verblüfft und ein bisschen gekränkt.

Carolyn merkte, dass sie ihn anstarrte, wandte sich ab und gab sich plötzlich sehr beschäftigt. Sie holte eine Suppenkonserve, eine Packung Cracker und einen Laib Brot aus dem Vorratsraum.

Ein Blick über die Schulter verriet ihr, dass Brody sich der Innentür näherte, sie behutsam öffnete und ins Nebenzimmer spähte. Er drehte sich um und legte mit einem weichen Ausdruck brüderlicher Zuneigung in den Augen den Zeigefinger an die Lippen. „Psst“, machte er.

„Ich habe keinen Ton gesagt“, verteidigte sich Carolyn im Flüsterton.

Warum ging der Mann nicht endlich, wenn er Tricia doch nicht stören wollte?

Stattdessen ließ er sich, hundert Prozent Cowboy, Zeit, den Hut in der Hand und die Lippen zu einem Grinsen verzogen.

„Weißt du, wir müssen keine Feinde sein“, sagte er leise.

Carolyn öffnete den Mund und klappte ihn wieder zu.

„Oder?“, ließ Brody nicht locker.

Carolyn erholte sich so weit, dass sie, wenn auch ein bisschen atemlos, antworten konnte: „Tricia ist meine Freundin und Geschäftspartnerin. Du bist ihr Schwager. Also sollten wir höflich zueinander sein.“

„Ist das so schwer?“, fragte Brody. „‚Höflich‘ zu sein, meine ich.“

Plötzlich wallten die alten Gefühle in Carolyn wieder auf und überrollten sie beinahe. Tränen brannten in ihren Augen, und sie wandte sich schnell ab und biss sich auf die Unterlippe.

„Carolyn?“, sprach Brody sie sanft an.

Inzwischen stand er dicht hinter ihr. Sie spürte seine Wärme und seinen muskulösen Körper überdeutlich.

Geh einfach, dachte sie verzweifelt und wagte es nicht, sich zu ihm umzudrehen.

Aber Brody Creed war kein Mann, der sich schnell zufriedengab. Er umfasste mit leichtem Griff Carolyns Schultern und drehte sie zu sich um, und sie ertappte sich dabei, wie sie tief in diese unergründlichen blauen Augen schaute.

„Was ich damals getan habe, tut mir leid“, sagte er schroff. „Es war falsch. Doch denkst du nicht, es wäre an der Zeit, das alles hinter uns zu lassen und auf diesen Eiertanz zu verzichten, wenn wir uns zufällig mal im selben Raum aufhalten?“

Es tat ihm leid.

In Carolyns Augen war der Ausdruck „Es tut mir leid“ die sinnentleerteste, fadenscheinigste Redewendung überhaupt. Menschen verletzten andere Menschen, sagten, es täte ihnen leid, drehten sich um und machten – zumindest nach ihrer Erfahrung – genauso weiter wie zuvor.

Oder noch schlimmer.

Nervös warf sie einen Blick auf die Innentür, sie fürchtete, Tricia zu stören. In hastigem Flüsterton erwiderte sie: „Was soll ich sagen, Brody? Dass ich dir verzeihe? Okay, was soll’s, ich verzeihe dir.“

Brodys Miene blieb ausdruckslos, allerdings blitzten seine Augen verärgert auf. Er war berüchtigt für sein aufbrausendes Temperament, unter anderem.

„Du verzeihst mir, aber du wirst es nie vergessen, oder?“

„Ich könnte einer Klapperschlange möglicherweise verzeihen, dass sie mich gebissen hat. Es liegt schließlich in ihrer Natur, zu beißen. Aber ich wäre mehr als dumm, wenn ich derselben Schlange ein zweites Mal zu nahe käme, meinst du nicht?"

Ein Muskel zuckte in Brodys Wange. Ein leichter Bartschatten zeigte sich auf seinem Gesicht. Vielleicht hatte er sich am Morgen gar nicht rasiert.

Ach, zum Teufel, das spielte doch keine Rolle.

„Du glaubst, ich würde dich auffordern, mir ‚zu nahe' zu kommen?", grollte er. Seine Nase war kaum einen Zentimeter von Carolyns entfernt. „Verdammt noch mal, ich kann dir nicht aus dem Weg gehen, und du kannst mir nicht aus dem Weg gehen. Ich verlange doch weiter nichts, als dass du diesen Groll aufgibst, den du seit mehr als sieben Jahren gegen mich hegst, damit wir alle die Sache hinter uns lassen können."

In diesem Moment hätte Carolyn Brody am liebsten geohrfeigt oder sogar erwürgt, doch plötzlich öffnete sich die Tür zum Nebenzimmer, und Tricia spähte durch den Spalt und verbarg ihr Gähnen hinter einer Handbewegung.

„Habt ihr zwei gestritten?", fragte sie und blickte von einem zum anderen.

Gleichzeitig traten beide einen Schritt zurück.

„Nein", schwindelte Carolyn.

„Alles in bester Ordnung", ergänzte Brody gepresst.

2. KAPITEL

In Tricias blauen Augen blitzte der Schalk, als sie Brody und Carolyn musterte. Die beiden standen starr wie holzgeschnitzte Indianer vorm Tabakgeschäft mitten in Nattys Küche.

Ihr bloßer Anblick milderte Brodys Ärger. Schließlich hatte er sich immer eine Schwester gewünscht, und jetzt hatte er eine. Für die Frau seines Cousins Steven empfand er ähnliche Zuneigung. Doch Melissa sah er nicht quasi jeden Tag, da sie mit Steven und ihren drei Kindern in Stone Creek, Arizona, lebte.

„Hat Conner dich geschickt, um nach mir zu sehen, Brody Creed?“, fragte Tricia im Tonfall freundlichen Misstrauens. Sie neigte den Kopf zur Seite und verschränkte die Arme über ihrem eindrucksvollen Leib.

Aus dem Augenwinkel sah Brody, wie Carolyn sich abwandte. Ihr gesträhntes blondes Haar schwang mit der Bewegung mit und streifte ihre Schultern. Geschäftig schob sie Gegenstände auf dem Tresen umher.

„Brody?“, hakte Tricia nach, während Brody noch mit dem Knoten in seiner Zunge kämpfte.

„Nein, es war meine eigene Idee, bei dir reinzuschauen, wenn ich schon mal in der Stadt bin“, antwortete er schließlich und drehte seinen Hut in beiden Händen wie ein schüchterner Held in einem alten Western. „Aber ich glaube nicht, dass Conner etwas dagegen hätte.“

Tricia lächelte und warf einen Blick in Carolyns Richtung.

Der Büchsenöffner surrte, ein Topf klapperte auf dem Herd.

Brody seufzte.

„Isst du mit uns zu Mittag?“, fragte Tricia ihn.

Carolyns Rücken versteifte sich, kaum dass Tricia die Frage gestellt hatte, und Brody sah belustigt und gleichzeitig bestürzt zu, wie sie die Brotscheiben auf zwei vorbereitete Mortadella-Sandwichs drückte. Das tat sie so energisch, dass die Dinger aussahen wie durch die Mangel gedreht.

Überzeugt, für einen Tag genug Feindseligkeit provoziert zu haben, schüttelte Brody den Kopf. „Ich muss zurück auf die Ranch", sagte er. „Wir bessern gerade ein paar Strecken Stacheldrahtzaun aus."

„Ach", sagte Tricia. Sie ging gemächlich zum Tisch, rückte sich einen Stuhl zurecht, bevor Brody es für sie tun konnte, und setzte sich.

„Hey?", fragte Brody besorgt. „Geht's dir gut?"

„Ich bin wohl ein bisschen erschöpft", gestand sie. „Das ist nicht weiter schlimm."

Daraufhin unterbrach Carolyn ihre Essensvorbereitungen und drehte sich zu Tricia um. „Ich finde, du solltest nach Hause gehen und dich ausruhen", sagte sie. „Es war ein verrückter Morgen, und ich mache jetzt schon seit ein paar Tagen Inventur."

„Und ich soll dich mit dem Aufräumen des Ladens und dem Nachfüllen der Regale alleinlassen?", fragte Tricia. „Das wäre nicht fair."

„Ich schaffe das schon", versicherte Carolyn ihr. Sie klang ganz normal, doch Brody spürte, dass sie die Stacheln aufstellte wie ein Stachelschwein, im Begriff, sie in alle Himmelsrichtungen abzufeuern. Natürlich würdigte sie ihn keines Blickes. „Und ich möchte den Laden heute sowieso früh schließen. Dann könnte ich die Buchhaltung auf den neuesten Stand bringen, den Zigeunerrock fertig machen, an dem ich arbeite, und ihn auf der Website anbieten."

Brody wusste nicht, was ein Zigeunerrock war, und es interessierte ihn auch nicht. Dafür aber empörte es ihn, von der Unterhaltung ausgeschlossen zu werden, als wäre er durchsichtig oder völlig vom Erdboden verschwunden.

Er räusperte sich.

Tricia sah ihn nicht an, Carolyn auch nicht.

Doch der Kater fixierte ihn mit seinen bernsteinfarbenen Augen, und Brody fühlte sich schon wieder angegriffen. Bis heute war er noch nie einem Geschöpf begegnet, das ihn nicht auf Anhieb gemocht hatte.

„Hör zu“, sagte Tricia schließlich zu Carolyn. „Ich nehme mir den Nachmittag frei. Wenn du versprichst, nicht die halbe Nacht auf den Beinen zu sein und Perlen und Schleifchen an diesen Rock zu nähen.“

„Versprochen“, antwortete Carolyn rasch. Wahrscheinlich, überlegte sie, werde ich ihn am einfachsten und schnellsten los, wenn Tricia nach Hause geht und er sie begleitet.

„Na gut“, gab Tricia nach. „Eine Mittagsstunde würde mir wirklich guttun.“ Damit ging sie ins Nebenzimmer, vermutlich um ihre Handtasche zu holen, und wieder waren Brody und Carolyn, wenn auch nur kurz, allein.

Die Suppe auf dem Herd kochte über, zischte auf der heißen Platte und begann zu stinken.

Automatisch wollte Brody den Topf von der Platte ziehen, genau wie Carolyn. Sie stießen so heftig seitlich zusammen, dass Carolyn leicht ins Taumeln geriet. Und Brody reagierte instinktiv, packte ihren Arm und hielt sie fest.

Er spürte den Stromstoß, der sie durchzuckte, eine elektrische Spannung, die von Carolyn direkt auf ihn überging.

Beide erstarrten auf Anhieb.

Brody zwang sich, den Griff zu lockern.

Carolyn riss sich los.

Inzwischen war Tricia wieder in der Küche und sah alles mit an.

Zwar berührten Carolyn und Brody einander nicht mehr körperlich, doch Brody fühlte sich auf unerklärliche Weise mit ihr verbunden.

Die Luft im Raum schien zu vibrieren.

„Ich fahre dich nach Hause“, sagte Brody mühsam zu Tricia. Seine Stimme klang rau und kehlig.

„Ich fahre *selbst* nach Hause", konterte Tricia freundlich, aber fest. Widerspruch war bei ihr genauso sinnlos wie bei jedem anderen Creed. „Ich will den Pathfinder nicht hier stehen lassen, und überhaupt, ich sagte doch schon – mir geht's gut."

Carolyn schenkte ihrer Freundin ein unsicheres Lächeln. „Bitte schon dich, ja?", bat sie.

Schon auf dem Weg zur Hintertür, nickte Tricia. Sie bemerkte die übergekochte Suppe auf dem Herd und schüttelte mit einem kaum wahrnehmbaren Lächeln den Kopf.

Zufällig bemerkte Brody ihren Gesichtsausdruck, weil er gerade an ihr vorbei nach der Türklinke griff. Dort, woher er stammte, hielt ein Mann einer Lady die Tür auf.

Und diese gewisse Lady hatte Mühe, das Lachen zu unterdrücken.

Brody wurde heiß, als er dastand und der Frau seines Bruders die Tür aufhielt. Ihm war allzu deutlich bewusst, dass sie irgendwelche verrückten weiblichen Rückschlüsse über ihn und Carolyn zog.

Nachdem Brody und Tricia gegangen waren, stieß Carolyn einen lauten, beinahe knurrenden Seufzer schierer Verdrossenheit aus.

Die Sandwichs waren platt gedrückt.

Der Großteil der Suppe – Tomate mit Sternchennudeln, ihre Lieblingssuppe – klebte auf dem Herd. Der Rest war am Topfboden angebrannt.

Was alles völlig belanglos war, denn dank Brody Creed hatte sie jetzt überhaupt keinen Hunger mehr.

Winston hatte seine Sardinenmahlzeit beendet, saß da, fegte mit dem Schwanz von einer Seite zur anderen und blickte zu Carolyn. Seine empfindliche Nase glänzte von Fischöl, und die kleine rosige Zunge schoss aus dem Mäulchen und leckte es ab.

Mit seiner sonderbaren Würde und dem glänzend schwarzen Fell erinnerte der Kater Carolyn an einen sehr korrekten englischen Butler, der in irgendeinem prachtvollen Ahnensitz seinen Pflichten nachkam. Dieser abstruse Gedanke reizte sie zum Lachen, und das vertrieb den Großteil der noch verbliebenen Nach-Brody-Spannung.

Carolyns Miene verfinsterte sich bei dem Schlagwort „nach Brody". In vielerlei Hinsicht definierte dieser schlichte Begriff das Leben, das sie in den vergangenen sieben Jahren geführt hatte. Wenn sie doch bloß in die Zeit „vor Brody" zurückfinden und sich dann anders entscheiden könnte.

Was für ein blödsinniger Gedanke.

Energisch wischte sie die übergekochte Suppe weg, füllte Wasser in den Topf und stellte ihn zum Einweichen in die Spüle. Die zerdrückten Sandwichs wickelte sie sorgfältig ein und verstaute sie im Kühlschrank. Wenn ihr Appetit sich zurückmeldete, war sie gerüstet.

Winston beobachtete sie immer noch mit dieser behäbigen Neugier und folgte ihr, als sie wieder in den Laden ging.

Carolyn räumte die Auslagentische auf und legte mehr Ziegenmilchseife und handgefertigtes Papier und die letzten Rüschenschürzen im Retrostil bereit, die so beliebt waren, dass sie kaum mit der Nachfrage Schritt halten konnte.

Als das erledigt war, legte sie die Tageseinnahmen in eine großzügig von der Cattleman's First Bank zur Verfügung gestellte Reißverschlusstasche, prüfte noch einmal, ob die Eingangstür verschlossen war, und ging hinauf in ihre Wohnung.

Jedes Mal wenn sie die fröhliche kleine Küche betrat, sei es über das innere Treppenhaus wie jetzt, sei es von der Außentreppe her, regte sich eine stille Freude in Carolyn, und das Herz wurde ihr weit.

Sie hatte die Wohnung für einen lächerlich niedrigen Preis – mehr hätte sie sich allerdings auch gar nicht leisten können – von Natty McCall gemietet, von daher gehörte sie ihr nicht wirklich. Trotzdem war die Wohnung insgesamt, so bescheiden sie auch war, Carolyns Zuhause.

Sicher, manchmal fühlte sie sich einsam, besonders wenn der Laden geschlossen war. Aber es war nicht die gleiche Art von Einsamkeit, die sie empfunden hatte, als sie noch ständig von einem Haus ins nächste gezogen war und ihre Adresse schlicht „Postlagernd, Lonesome Bend, Colorado" gelautet hatte.

Das Paradoxe am Namen der Stadt entging Carolyn keineswegs.

Sie war vor gut acht Jahren im Grunde rein zufällig hier gelandet, als ihr Auto auf einer dunklen Landstraße eine Panne hatte.

Ihre unerwarteten Retter Gifford Welsh und Ardith Sperry, beide Filmstars der A-Klasse, kamen vorbei, hielten an und boten ihr Hilfe an. Am Ende überließen sie ihr das Gästehaus hinter ihrem Landsitz-Refugium drei Meilen außerhalb der Stadt. Nach einer Reihe sehr sorgfältiger Leumundsprüfungen hatte das Paar Carolyn als Kindermädchen für seine lebhafte dreijährige Tochter Storm engagiert.

Carolyn hatte den Job und das Kind geliebt. Meistens waren sie und Storm in dem Haus in Lonesome Bend geblieben, wenn Gifford und Ardith kreuz und quer die Welt bereist hatten, manchmal gemeinsam, manchmal getrennt, und in Filmen auftraten, die ausnahmslos Oscar-Nominierungen und Golden Globes einheimsten.

Zwar hatte Carolyn nie der mitunter äußerst verlockenden Versuchung nachgegeben, Storm als ihr eigenes Kind zu betrachten, doch sie und das kleine Mädchen fühlten sich einander tief verbunden.

Für Carolyn lief das Leben besser als je zuvor, zumindest in diesem einzigen goldenen Jahr – bis zu dem Abend, als Gifford Welsh zu viel trank und beschloss, dass er und das Kindermädchen sich ein kleines Techtelmechtel gönnen sollten.

Carolyn hatte entschieden abgelehnt. Dass Welsh attraktiv war, ließ sich nicht leugnen. Er zierte als Sexiest Man Alive die Titelseite von *People*, nicht nur ein-, sondern gleich zweimal. Er war intelligent, charmant und geistreich, dazu reich und berühmt. Sie hatte alle seine Filme gesehen und jeden einzelnen geliebt.

Aber er war verheiratet.

Und er war Vater.

Diese Dinge zählten für Carolyn, auch wenn Welsh sie zeitweise aus den Augen verlor.

Nachdem sie seine Avancen abgewehrt hatte – Ardith hielt sich zu jener Zeit an einem Drehort irgendwo in Kanada auf –, hatte Carolyn gekündigt, ihre Sachen gepackt und das Haus für immer verlassen, nachdem eine Freundin, die als Storms Kindermädchen einsprang, eingetroffen war.

Innerhalb weniger Monate wurde das Haus in aller Stille an den Gründer einer Softwarefirma verkauft. Gifford, Ardith und Storm, die Berichten zufolge eine ausgedehnte Ranch in Montana gekauft hatten, setzten nie wieder einen Fuß auf den Boden von Lonesome Bend.

Selbst jetzt noch, Jahre später, hier in der Küche ihrer Wohnung, erinnerte Carolyn sich daran, wie schwer und schmerzlich es gewesen war, Storm zu verlassen. Der Schmerz meldete sich wie ein Schlag in die Magengrube zurück, wenn sie daran dachte, wie das kleine Mädchen hinter ihrem Auto hergelaufen war und unter Schluchzen gerufen hatte: „Komm zurück, Carolyn! Carolyn, komm zurück!“

Davor – lange, lange Zeit davor – war ein anderes kleines Mädchen verzweifelt einem anderen Auto hinterhergerannt, war gestolpert, gestürzt, hatte sich die Knie aufgeschrammt und war wieder aufgestanden und weitergelaufen.

Und die Schreie dieses Mädchen hatten sich nicht sehr von Storms Schreien unterschieden.

Mommy, komm zurück! Bitte komm zurück!

„Vergiss nicht zu atmen", wies Carolyn sich streng zurecht. „Du bist jetzt eine erwachsene Frau, also benimm dich auch wie eine."

Natürlich war sie eine erwachsene Frau. Doch das Kind, das sie gewesen war, lebte noch in ihr und fragte sich nach fünfundzwanzig Jahren immer noch, wohin ihre Mutter gegangen war, nachdem sie ihre Tochter im erstbesten Heim abgesetzt hatte.

„Riau", bemerkte Winston, der jetzt auf dem Küchentisch hockte, wo er zweifellos überhaupt nichts zu suchen hatte. „Riau?"

Carolyn lachte leise unter Tränen, schniefte und tätschelte dem Tier den Kopf, bevor sie es sanft vom Tisch scheuchte. Winston ließ sich unverzüglich auf der breiten Fensterbank nieder, seinem liebsten Ausguck.

Der Zigeunerrock, ihr derzeitiges kreatives Projekt, hing säuberlich in einer Plastikhülle aus der chemischen Reinigung an einem Haken innen an der Schlafzimmertür.

Carolyn nahm das Kleidungsstück, drapierte es sorgfältig über der Tischkante gegenüber ihrer Nähmaschine und freute sich stumm an seiner Schönheit.

Der bodenlange Rock war aus schwarzem Crepe, der jedoch dank der vielfarbigen mit Perlen versehenen Bänder, die sie in weichen Lagen auf den Stoff genäht hatte, beinahe gänzlich verschwand. Sie hatte tagelang an dem Entwurf gearbeitet, wochenlang genäht, wieder aufgetrennt und erneut genäht.

Der Rock war erlesen schön, changierend und schimmernd, ein Fantasiegebilde zum Anziehen – von der Art, wie originelle Frauen wie Ardith Sperry sie zu Feierlichkeiten und Premieren trugen.

Doch Carolyn hatte ihn nicht für die Figur eines Filmstars geschneidert. Er hatte etwa Größe 40 bis 42 und reichlich Spielraum in den Nähten, damit er individuell angepasst werden konnte.

Seit ihrem siebzehnten Lebensjahr hatte Carolyn eine kurvige Achtunddreißiger-Figur. Den Rock hatte sie mit Absicht für eine größere Frau als sie selbst zugeschnitten, da ihr die Trennung von dem guten Stück sonst sehr schwer gefallen wäre.

Derartig wohlüberlegte Opfer hatte sie oft gebracht, seit sie als Zehntklässlerin angefangen hatte zu nähen. Als sie die Grundlagen beherrschte, brauchte sie nicht einmal mehr Schnittmuster. Praktisch vom ersten Tag an hatte sie selbst Entwürfe gezeichnet, Maß genommen und den Stoff nachgemessen, zugeschnitten und zusammengenäht.

Und sie hatte sich schnell einen Namen gemacht. Während andere Schülerinnen sich mit Babysitten und Hamburger-Braten ihr Taschengeld verdienten, schneiderte Carolyn Unikate und verkaufte sie.

Damit gab es schon zwei Dinge, die sie gut konnte, hatte sie damals mit einer Begeisterung festgestellt, die sie heute noch spürte. Sie hatte außerdem ein gutes Händchen für Pferde; es war, als hätte sie schon immer reiten können.

Im Lauf der Jahre hatte sie alle möglichen Pferde geritten, da die meisten ihrer Kinderheime in ländlichen Gebieten gelegen hatten, wo sich immer jemand fand, der fürs Ausmisten der Ställe eine Reitgelegenheit bot.

Entschlossen schüttelte sie die nachdenkliche Stimmung ab, griff nach dem Rock, befreite ihn behutsam aus der Plastikhülle und hielt ihn hoch, um das changierende Farbenspiel all dieser Bänder und das Blinken der Glasperlen zu bewundern.

Es war albern, aber sie war versessen auf diesen Rock.

Abgesehen von dem Geld, das der Verkauf ihr einbringen würde und das sie – wie immer – gut brauchen konnte, wo sollte sie jemals ein solches Kleidungsstück tragen? Sie lebte in Jeans, Baumwolltops und Westernstiefeln, und zwar aus gutem Grund. In ihrem Herzen war Carolyn ein Cowgirl, keine berühmte Schauspielerin, keine Managergattin und auch kein Covermodel für Glamour.

Mit einem Seufzer hängte sie den Rock wieder an seinen Haken an der Schlafzimmertür – aus den Augen, aus dem Sinn.

Sie trat an den kleinen Schreibtisch, den Tricia bei ihrem Umzug auf die Ranch zurückgelassen hatte, und fuhr ihren Laptop hoch. Während das Gerät sich summend, grummelnd und piepsend in Arbeitsbereitschaft versetzte, erhitzte Carolyn in der Mikrowelle einen Becher Wasser, um sich einen Tee zu machen.

Winston, der von der Fensterbank aus immer noch den Garten überwachte, jaulte leise. Sein Schwanz zuckte hektisch hin und her. Er hatte das Fell gesträubt, aber die Ohren nicht angelegt, sondern nach vorn gerichtet. Während Carolyn noch versuchte, seine Körpersprache zu deuten, hörte sie jemanden die Außentreppe heraufkommen.

Eine Brody-artige Gestalt tauchte im Milchglasoval der Tür auf und hob eine Hand, um anzuklopfen. Doch bevor er dazu kam, hatte Carolyn bereits die Tür aufgerissen.

„Das glaube ich jetzt nicht", sagte sie.

Auf der Fensterbank verlieh Winston mit einem neuerlichen leisen Jaulen seinem Missfallen Ausdruck.

„Was für ein Problem hat diese Katze eigentlich?", fragte Brody finster und glitt geschmeidig an Carolyn vorbei in die Wohnung.

Carolyn schloss die Tür mit Nachdruck.

„Winston", sagte sie steif, „ist ein äußerst scharfsichtiger Kater."

Brody seufzte, und als Carolyn sich zwang, ihn anzusehen, musterte er mit einem Ausdruck verletzter Fassungslosigkeit auf dem schönen Gesicht Winston.

„Mag er Conner?", erkundigte er sich.

„Ja", antwortete sie nach kurzem Zögern. Jedes Mal wenn sie Brody traf, brachte er sie emotional aus dem Gleichgewicht, aber sie hasste ihn nicht. Jedenfalls nicht immer. Und es machte ihr keinen Spaß, ihn herunterzuputzen. „Aber das darfst du nicht persönlich nehmen."

„Du hast leicht reden", erwiderte Brody.

„Tricia geht's doch gut, oder?" Das war's, sagte sie sich dann. *Er kommt mit schlechten Nachrichten.* Warum sonst sollte er den weiten Weg von der Ranch, wo er mit Conner und den Leuten Zäune ausbessern musste, noch einmal auf sich nehmen?

Offenbar hatte Brody das Erschrecken in Carolyns Blick bemerkt, denn er schüttelte den Kopf. In einer Hand hielt er seinen wettergegerbten Hut, mit der anderen fuhr er sich durch das zerzauste mattgoldene Haar.

Blitzartig heiß überkam es Carolyn wieder – das Gefühl von seinem Mund auf ihrer Haut.

„Soviel ich weiß, macht sie ein Nickerchen." Ein Grinsen blitzte in Brodys Augen auf und ließ einen Mundwinkel zucken. „Kaum hatte Tricia sich hingelegt, da fiel Conner auf, dass er auch müde war. Das hieß für mich, dass ich mich verziehen sollte."

Carolyns Wangen glühten ein bisschen, aber sie musste lächeln. „Wahrscheinlich eine gute Entscheidung", pflichtete sie ihm bei. Und wartete. Es war an Brody, zu erklären, warum er zurückgekommen war.

Seine bemerkenswert blauen Augen schienen sich um einige Nuancen zu verdunkeln, als er sie ansah, und der graue Ring um die Iris wurde breiter. „Ich weiß, dass es nicht viel ändert", begann er schließlich, „doch es war mein Ernst, als ich dir gesagt habe, dass es mir leidtut, wie es zwischen uns zu Ende gegangen ist."

Plötzlich hätte Carolyn am liebsten geweint. Und das war ein Zeichen von Schwäche, ein Luxus, den sie sich selten gestattete. Ihr Leben lang hatte sie stark sein müssen – um zu überleben.

Sie schluckte verkrampft und reckte das Kinn ein wenig vor. „Okay“, krächzte sie. „Du hast recht. Wir lassen es einfach … auf sich beruhen und tun so, als wäre es nie geschehen.“ Sie streckte die Hand aus, wie um einen Handel zu besiegeln. „Abgemacht?“

Für einen Moment senkte Brody den Blick auf ihre Hand, dann schaute er Carolyn wieder ins Gesicht. „Abgemacht“, stimmte er mit rauer Stimme zu. Und im nächsten Moment küsste er sie.

Carolyn spürte, wie etwas in ihr nachgab. Allerdings – so schön dieser Kuss auch war, sie wollte nicht wieder den Boden unter den Füßen verlieren, sie hatte lange gebraucht, um nach der Katastrophe – die Brody Creed hieß – wieder auf die Beine zu kommen.

Darum befreite sie sich aus seinen Armen und schuf ein paar Schritte Abstand zwischen sich und ihm – und dann noch ein paar.

Brody verzog den Mund zu einem schiefen Lächeln. In seinen Augen glomm ein verträumtes „Hab ich’s mir doch gedacht“.

Sprachlos, nicht nur über seine Dreistigkeit, sondern auch über die Gefühle, die er in ihr weckte, hob Carolyn zitternd eine Hand an den Mund.

„Wag nicht zu sagen, es täte dir leid“, flüsterte sie.

Leise lachend öffnete Brody die Tür, um zu gehen. „Glaub mir, es tut mir nicht im Geringsten leid – zumindest dieser Kuss nicht.“ Sein Blick wanderte zu Winston, der ihn mit angelegten Ohren und gesträubtem Fell von der Fensterbank aus anstarrte. „Bis dann, Katze“, fügte er hinzu. „Erst mal.“

Im nächsten Moment war er verschwunden – so schnell verschwunden, dass Carolyn fast glaubte, sie hätte sich den Besuch nur eingebildet.

Sie wartete, bis Brody Zeit gehabt hatte, damit er wegfahren konnte. Dann schaltete sie den Computer aus, zog eine leichte Cordjacke an und griff nach Handtasche und Autoschlüssel.

Nähen war jetzt ausgeschlossen, Buchführung ebenfalls. Sie war viel zu kribbelig, um stillsitzen oder auch nur in der Wohnung bleiben zu können.

Also fuhr sie zur Creed Ranch und nahm den Umweg über Nebenstraßen und holperige Holzfällerwege, um Brody nicht zu begegnen.

Nach etwa vierzig Minuten erreichte sie Kims und Davis' Haus, parkte neben der Scheune und blieb kurz bei ihrem Wagen stehen, im Widerstreit mit sich selbst. Sie und Kim waren enge Freundinnen, sie sollte anklopfen und wenigstens Hallo sagen.

Das große, rustikale Haus wirkte allerdings verlassen. Außerdem war Carolyn nicht nach einem Plauderstündchen. Kim war hellsichtig und würde auf den ersten Blick erkennen, dass ihre Freundin etwas belastete.

Da sie die Erlaubnis hatte, jederzeit jedes beliebige Pferd der Creeds zu reiten – abgesehen von dem Vollblutwallach Firefly –, konnte sie sich ohne zu fragen einfach eines der Cowboypferde satteln.

Firefly, ein prachtvoller Fuchs, war laut Davis „zu viel Pferd" für jeden außer einem erfahrenen Jockey. Als er und Kim erfahren hatten, dass das Tier eingeschläfert werden sollte, weil seine Zeit als Rennpferd vorbei war und es als Wallach nicht zur Zucht eingesetzt werden konnte, hatten sie einen Anhänger an ihren Pick-up angehängt und waren bis nach Kentucky gefahren, um Firefly zu sich zu holen.

Carolyn ging an der Koppel vorbei und blieb stehen, um Firefly zu bewundern, der an diesem kühlen, aber sonnigen Nachmittag die ganze Fläche für sich allein hatte. Er stand vor dem blauen Himmel, und seine Schönheit raubte ihr fast den Atem.

Als er den großen Kopf aufwarf und sich ihr gemächlich

näherte, blieb sie reglos stehen. Dann hob sie vorsichtig die Hand, um seine samtigen Nüstern zu streicheln. Wenn sie ausreiten wollte, stopfte sie sich gewöhnlich ein paar Möhren in die Jackentaschen, bevor sie von zu Hause aufbrach. Heute hatte sie den Entschluss allerdings spontan gefasst – als Kurzschlussreaktion auf Brodys Kuss.

„Tut mir leid, Freundchen“, sagte sie. „Heute keine Möhren, aber beim nächsten Mal vergesse ich sie bestimmt nicht.“

Darauf nickte Firefly, als wollte er sein Verständnis ausdrücken, und Carolyns Laune hob sich ein wenig. Pferde wirkten auf sie wie eine Art Therapie. Schon als Kind beim Ställeausmisten und Heuballen-Aufschichten hatte sie sich allein in der Gegenwart der Tiere immer gleich viel besser gefühlt.

„Dich würde ich zu gern mal reiten“, fuhr sie fort. „Aber du bist tabu.“

Er reckte den langen Hals über die oberste Zaunlatte, und Carolyn tätschelte ihn liebevoll, bevor sie weiterging.

Abgesehen davon, dass sie zum Reiten herkam, wann immer sie Lust darauf hatte und ihre Zeit es erlaubte, hatte Carolyn auch oft das Haus gehütet und die Pferde versorgt, wenn Davis und Kim mit dem Auto verreist waren. Darum fühlte sie sich im Stall wie zu Hause. Carolyn glaubte sogar, wenn sie blind wäre, würde sie immer noch auf Anhieb die Sattelkammer finden, um den Sattel und das Zaumzeug zu holen, das Kim ihr geschenkt hatte, und die Pintostute Blossom zu satteln.

Das Pferd kannte Weg und Steg auf der Ranch auswendig. Blossom durchquerte auch die Bäche, ohne zu zögern. Außerdem war sie trittsicher wie ein Maultier im Grand Canyon. Sie scheute weder vor Schlangen noch Kaninchen, und Carolyn hatte noch nie erlebt, dass sie bockte oder mit ihrem Reiter durchging.

Blossom begrüßte Carolyn mit einem freundschaftlichen Wiehern.

Fünf Minuten später waren beide draußen unter dem beinahe schmerzhaft schönen blauen Himmel. Carolyn ruckte an einem Steigbügel, um sich zu vergewissern, dass der Sattelgurt fest genug gezogen war, dann saß sie auf.

Als sie im Sattel saß, kamen ihre strapazierten Nerven zur Ruhe. Ihr Puls und ihr Atem beruhigten sich, und ein Lächeln erhellte ihr Gesicht.

Sie dirigierte Blossom in Richtung auf das grüne Vorgebirge, in entgegengesetzter Richtung zum Haupthaus und fort von der Gebirgskette, immer noch darauf bedacht, wenn irgend möglich Brody aus dem Weg zu gehen. Doch abgesehen davon überließ sie es der Stute, sich selbst ihren Weg zu suchen.

Blossom trottete gemächlich daher und blieb stehen, um aus dem eisigen mäandernden Bach zu trinken, bevor sie ihn unter großem Geplatsche zur höher gelegenen Wiese, einem von Carolyns Lieblingsplätzen, hin durchquerte.

Hier blühten Wildblumen im Überfluss, gelb und rosa, blau und weiß, und das Gras stand hoch und üppig. Von der Gebirgskette aus konnte Carolyn nicht nur den Fluss, sondern auch Lonesome Bend am jenseitigen Ufer sehen.

Brodys neues Haus samt Stall, beides ziemlich große Gebäude, sahen in der Ferne wie Spielzeug aus. Die Arbeiter waren nicht größer als Ameisen, die über die Gerüste krabbelten, und der Baulärm erreichte ihr Ohr nicht, obwohl das Pferd ihn vermutlich hörte.

Zur Belohnung für den Aufstieg ins höhere Gelände graste Blossom, und Carolyn richtete sich in den Steigbügeln auf, um noch weiter sehen zu können.

Dort war der Highway in Richtung Denver und über die Stadt hinaus.

Unmittelbar nach Brodys Rückkehr vor einem Jahr hatte Carolyn erwogen, ihre Sachen zu packen und dieser Straße zu folgen, wohin sie auch führen mochte – wie in ihrem früheren

Leben ohne klares Ziel vor Augen.

Nur irgendwohin weit fort.

Doch ihr starrsinniger Stolz hatte sie gerettet.

Sie liebte Lonesome Bend und seine Einwohner.

Hier hatte sie Freunde, eine Büchereikarte, ein Kundenkreditkonto im Baumarkt. Für die Verhältnisse der meisten Leute nicht viel, vermutete Carolyn, doch ihr war es wichtig. Fortzuziehen hätte bedeutet, irgendwo anders ganz von vorn anfangen zu müssen, und die Vorstellung ärgerte sie maßlos.

Sie hatte beschlossen, nicht klein beizugeben. Schließlich würde Brody sich früher oder später bestimmt wieder aus dem Staub machen, so war er nun einmal.

Er machte sich aus dem Staub.

Carolyns Blick glitt über die Gegend, und sie seufzte. Wer konnte ahnen, dass dieser Kerl sein eigenes Muster durchbrach, dieses Mal blieb und das Land kaufte, das Tricias Vater Joe McCall gehört hatte, und es der Ranch seiner Familie angliederte.

Trotzdem war es anfangs nicht sonderlich schwierig gewesen, Brody aus dem Weg zu gehen, so klein die Stadt auch war. Und er hatte zweifellos auch sein Bestes getan, um einen weiten Bogen um sie zu machen.

Dann verliebten sich Tricia und Conner, und alles änderte sich.

Als Tricias Freundin und irgendwann auch Geschäftspartnerin war Carolyn an jedem Treffen auf der Creed-Ranch beteiligt, und weil die Creeds sehr gesellig waren, mit dem Hang, die Feste zu feiern, wie sie fielen, traf man sich häufig. Selbst in den seltenen Monaten ohne rot gekennzeichnete Feiertage im Kalender fand regelmäßig ein Picknick, ein Grillabend, ein Ausritt, ein gemeinsames Essen oder irgendeine Party statt.

Meistens nahm Carolyn daran teil und versuchte sich zu amüsieren, doch dann war auch Brody zwangsläufig irgendwo in der Nähe. Er sprach selten mit ihr, sah sie oft nicht einmal an, aber anwesend war er trotzdem – eine stille, aber dynamische Präsenz, die zu ignorieren sie sich größte Mühe gab.

Das allein erforderte schon ein Höchstmaß an Konzentration. Und diese Anstrengung nervte sie, allerdings blieb ihr nichts anderes übrig, es sei denn, sie selbst wollte ihre Zelte abbrechen und die Stadt verlassen.

So wartete Carolyn darauf, dass sie über Brody hinwegkam.

Dass sie über den Schmerz hinwegkam.

Dass er aufhörte, ihr so viel zu bedeuten.

Darauf wartete sie bis heute.

Tief atmete Carolyn ein. Über ihr schwebte ein Falke und ließ sich auf einem unsichtbaren Luftstrom treiben. Kleines Getier raschelte im Gras.

Und unter alldem hörte Carolyn das stetige *Tick-Tick-Tick* ihrer biologischen Uhr.

Sie war über zweiunddreißig und wurde nicht jünger.

Wie lange konnte sie noch darauf warten, dass das Schicksal ihre Träume von einem Heim und einer Familie erfüllte?

Während sie Blossoms langen verschwitzten Hals tätschelte, schüttelte sie den Kopf als stumme Antwort auf ihre eigene Frage.

Sie hatte genug Zeit damit vertan, auf den sprichwörtlichen Prinzen und sein schneeweißes Ross zu warten, der sie in sein Märchenreich entführte und mit dem sie glücklich war bis ans Ende ihrer Tage.

Und natürlich hatte sie darauf gehofft, dass eine große Leidenschaft dazugehören würde. Aber die hatte sie mit Brody erlebt – ganze anderthalb Wochen lang.

Und was hatte ihr das eingebracht? Ein gebrochenes Herz, sonst nichts.

Offenbar war eine Liebe wie in all diesen Märchen, in denen sie sich als Kind verloren hatte, einfach nicht für sie vorgesehen. Manche Menschen erlebten sie – Tricia und Conner und noch ein paar –, aber das waren wahrscheinlich seltene Glückstreffer.

Sie konnte wünschen, solange sie wollte, die Erfüllung besagter Wünsche lag in ihrer eigenen Hand. Niemand würde je einen Zauberstab schwingen und Träume *für sie* wahr werden lassen. Es war Zeit, etwas zu unternehmen, tätig zu werden.

Sanft zog sie die Zügel an, damit Blossom aufhörte zu grasen, und setzte in Gedanken versunken ihren einsamen Ausritt fort.

Bisher hatte Carolyn sich beharrlich geweigert, sich bei einer dieser Online-Singlebörsen anzumelden, aus Angst, einen Serienmörder, Bigamisten oder Betrüger anzulocken, der erpicht auf einen Auftritt in *America's Most Wanted* war. Doch angesichts einer Statistik, die sie kürzlich gelesen hatte und nach der zwanzig Prozent aller Liebesbeziehungen über eine Partnervermittlungs-Website zustande kamen, war sie bereit, eventuell umzudenken.

Oder, präziser ausgedrückt: Sie war bereit, zum Umdenken bereit zu sein.

In Denver wimmelte es sicher von netten Männern auf der Suche nach einer Partnerin. Vielleicht liefen sogar in Lonesome Bend ein paar heiratswütige Burschen herum.

Es war nicht so, dass es unbedingt ein Arzt, Anwalt oder Indianerhäuptling sein musste. Sie würde sich mit einem reifen Mann zufriedengeben, einem Erwachsenen mit Sinn für Humor und fester Anstellung.

Der Ausdruck „zufriedengeben" bohrte sich wie ein Widerhaken in ihr Herz.

Carolyn atmete ein paarmal tief durch, bevor sie und Blossom gemächlich den Rückweg zu Kims und Davis' Stall antraten. Ich will mich ja nicht als Braut per Katalogbestellung anbieten, beschwichtigte sie sich. Wenn sie ihr Foto und ihre

Kurzbiografie ins Internet stellte, ging sie schließlich keine lebenslängliche Verpflichtung ein, sondern nahm nur eine Möglichkeit wahr, das Terrain zu sondieren.

„Das kannst du", sagte sie streng zu sich selbst.

Jetzt musste sie nur noch an ihr eigenes Motto glauben.

3. KAPITEL

Brody blickte wehmütig auf sein halb fertiges Haus und schwang sich aus dem Sattel – der Stall hatte provisorische Boxen und ein vorläufiges Dach, sodass Moonshine zumindest im Trockenen stand.

Es war Abenddämmerung – die einsamste Zeit überhaupt. In der Stadt und draußen auf dem Land, wo ein Dutzend oder mehr Farmen und Ranchs verstreut lagen, schauten Leute in die Briefkästen unten an der Straße oder ritten nach vollbrachtem Tagewerk von den Feldern nach Hause, wo sie von lächelnden Ehefrauen, lärmenden Kindern und bellenden Hunden in Empfang genommen wurden. In den Küchen klapperten fröhlich Töpfe, Pfannen und Geschirr, und Essensdüfte hingen in der Luft.

So zumindest hatte Brody es aus seiner Kindheit in Erinnerung.

Damals hatte Kim Brot gebacken und Hühnchen in echtem Schmalz gebraten. Sie kochte grüne Bohnen mit Speck und Zwiebelwürfeln, und ins Kartoffelpüree kamen gute Butter und Vollmilch. Gewöhnlich rumpelte in dem kleinen Raum direkt neben der Küche noch eine letzte Wäscheladung in der Waschmaschine, denn „Kims Männer" – Davis, Conner, Brody und im Sommer auch Steven – verbrauchten Unmengen frischer Kleidung.

Seufzend führte Brody Moonshine in die halb fertige Unterkunft, brachte ihn in eine der zwölf Boxen und nahm ihm Sattel, Zaumzeug und Decke ab. Er füllte seine Raufe und vergewisserte sich, dass die Tränke funktionierte. Außerdem nahm er sich Zeit, um das Tier ausgiebig zu striegeln und die Hufe auf Steinchen oder Zweige zu untersuchen. Die Deckenlampen waren noch nicht angeschlossen, doch bei dieser Arbeit brauchte er kein Licht. Brody hatte sein Leben lang Pferde und andere Tiere versorgt – wahrscheinlich hätte er das auch im Schlaf erledigen können.

Bevor er die Box verließ und zum Tor ging, das aus nichts als einem großen holzgerahmten Rechteck aus Dämmerlicht bestand, klopfte er Moonshine auf die Flanke. Das Holz roch immer noch frisch und nach Pech. Brody nahm den Hut ab, legte den Kopf in den Nacken und blickte zum Himmel.

Er war blauviolett, dieser Himmel, durchzogen mit Nuancen von Grau, Schwarz und Marineblau. Das letzte schwindende, apricotfarbene Licht säumte die Baumwipfel. Ein Dreiviertelmond, der tagsüber schon geisterhaft sichtbar gewesen war, schimmerte zaghaft zwischen den ersten Sternen auf.

Etwas Bittersüßes regte sich in Brodys Brust, zart und rau zugleich, ein widersprüchliches Gefühl, gemischt aus Schmerz und Freude und einem Wirrwarr anderer Emotionen, die er nicht benennen konnte.

Er fragte sich, wie er es fern von Lonesome Bend je so viele Jahre lang ausgehalten hatte, fern von diesem Land und seinen Menschen. Seine Seele war in diesem Land verwurzelt wie ein unsichtbarer Baum. Sie war an das Felsgestein gefesselt und zerrte an ihm, zerrte an ihm, ganz gleich, wo er ging und stand.

Dies hier war der einzige Ort, an dem er sein wollte.

Doch das hieß nicht, dass es nicht manchmal wehtat, hier zu sein.

Mit dem Gefühl, auf seine alten Tage doch ein bisschen kauzig zu werden, grinste er, setzte den Hut wieder auf, schlug den Kragen seiner Jeansjacke gegen die Kühle eines Frühlingsabends im Hochland hoch und betrachtete das Haus, das er in seinem Kopf schon baute, solange er denken konnte. Er hatte den Grundriss einzelner Zimmer bereits viele Tausend Mal gezeichnet, auf Papierservietten in Straßencafés, auf der Rückseite eines Werbezettels für irgendein Kleinstadtrodeo oder Stockcarrennen und manchmal sogar auf eigens zu diesem Zweck gekauftem Papier.

Und jetzt sah er es vor sich: ein Entwurf, der zum Leben erwachte und zu einem richtigen Haus wurde.

Blieb die Frage, ob es auch ein Zuhause sein würde?

Brody sah sich um und notierte im Geist, was erledigt und was noch zu tun war. Der Unterboden war komplett verlegt, die Mauerpfeiler standen, das Dach war fertig. Die Küche – das Herzstück eines jeden Landhauses – war groß, mit Kathedralendecke und Dachfenstern. Sie bot Platz für einen riesigen Restaurantherd mit etlichen Kochstellen. Der massive doppelseitige Kamin aus Steinen von den Feldern und Wiesen rings um Lonesome Bend und vom Flussufer wartete auf prasselndes Feuer. Nur noch die Eisenteile fehlten.

Im zukünftigen Wohn- und Essbereich hielt Brody kurz inne, um den Kamin von hier aus zu untersuchen. In diesem Teil des Hauses waren die Dachfenster noch mit Plastikfolie bedeckt, was den Mondschein trübte. Doch die Bogenfenster mit Blick auf den Fluss würden bei Tageslicht alles bedeutend heller machen.

Das Haus hatte zusätzlich zum Eheschlafzimmer fünf Schlafräume und fast genauso viele Bäder. Brody wollte diese Zimmer mit ausgelassenen kleinen Creeds füllen, und zwar so bald wie möglich. Allerdings stand noch das kleine Problem im Wege, dass er zuerst eine Frau finden musste. Er war altmodisch genug, um alles in der richtigen Reihenfolge zu planen, wenngleich, was die Babys anging, das erste natürlich jederzeit kommen konnte, wie Davis gern nach einer Hochzeit sagte. Stets fügte er dann hinzu, dass die folgenden die üblichen neun Monate brauchen würden. Spätestens dann boxte Kim ihm spielerisch gegen den Arm.

Kim und Davis führten eine gute Ehe – eine Ehe, die Bestand hatte. So wie Brody sie sich wünschte, mit dem Unterschied, dass er auch Kinder wollte.

Er lächelte in sich hinein. Kim hätte dazu wahrscheinlich

gesagt, dass sie ja Kinder gehabt hatte – ihn und Conner und Steven.

Wir waren schon ein wilder Haufen, überlegte Brody. Höchstwahrscheinlich hatte Kim mit zwei Jungen und einem weiteren in den großen Ferien genug zum Bemuttern gehabt. Wie auch immer, sie hatte sich nie beklagt und keinem von ihnen jemals ihre Liebe oder ihren Zuspruch entzogen, ganz gleich, wie schlimm sie sich aufgeführt hatten. Aber sie war auch streng gewesen.

Pflichten, Hausaufgaben und der sonntägliche Kirchgang waren bindend, genau wie die Schlafenszeit, bis zur Pubertät. Raufereien waren zulässig und galten sogar als Bestandteil des Aufwachsens auf dem Lande, doch sie mussten draußen stattfinden.

Natürlich hatte Davis dabei meistens den Schiedsrichter gespielt, allerdings sehr zurückhaltend. Schikanen, ob untereinander oder allgemein, galten als größtes Tabu und würden zwangsläufig einen Gang in den Holzschuppen nach sich ziehen, hatte Davis sie stets gewarnt.

Keiner von ihnen war jemals dort gelandet, aber sie alle hatten sich regelmäßig aufgeschürfte Handknöchel und blutige Nasen eingehandelt, wenn sie eingriffen, sobald in der Schule jemand drangsaliert wurde.

Brody zügelte seinen Gedanken. Carolyn Simmons kam ihm in den Sinn. Das passierte ihm häufiger.

Dabei war es reine Verschwendung von Hirnkapazitäten, denn diese Frau konnte mit ihm etwa so viel anfangen wie ein Bulle mit Zitzen.

Und wer wollte es ihr verübeln, nach dem, was er ihr angetan hatte?

Er lehnte sich an die Wand und setzte den Hut ab. Senkte leicht den Kopf. Nie hatte er beabsichtigt, Carolyn wehzutun, und seine Entschuldigung heute hatte er ernst gemeint. Damals war er jung und töricht gewesen. Und als eines späten

Abends der Anruf von seiner früheren Freundin Lisa kam, die eindringlich und weinend auf ihn einredete, geriet er in Panik.

„Ich bin schwanger“, hatte Lisa gesagt. „Es ist dein Kind, Brody.“

Als sie sich ein wenig beruhigt hatte, fuhr sie fort und erklärte, dass sie das Kind nicht allein großziehen wolle und auch nicht bereit sei, ein unschuldiges Baby einem Rodeo-Vagabunden wie ihm zu überlassen. Sie wollte, dass ihr Kind Mutter und Vater hatte und in einem richtigen Elternhaus aufwuchs anstatt in einer endlosen Abfolge von Wohnsitzen. Wenn er sie nicht sofort heiratete, würde sie sich an einen Anwalt wenden, der auf Adoptionen spezialisiert war.

Brody hatte das Problem weder mit Conner noch mit Davis oder Kim besprochen, denn während dieser Jahre hatte er keinen Kontakt zu ihnen gehabt. Er hatte sich sogar vergewissert, dass keiner von ihnen da war, bevor er auf der verzweifelten Suche nach einem Unterschlupf, wo er seine Wunden lecken konnte, auf der Ranch aufgetaucht war.

Und natürlich hatte er Carolyn gegenüber nichts von der Sache erwähnt. Er hätte gar nicht gewusst, was er ihr sagen sollte. So hatte er einfach seine Sachen gepackt und sie binnen einer Stunde nach dem Gespräch mit Lisa in seinen Pickup geladen.

Carolyn, noch glühend vom Liebesspiel, hatte im Schlaf gelächelt, als er sich über sie gebeugt und einen Kuss auf ihre Stirn gehaucht hatte. Abgesehen von einer Nachricht, hastig gekritzelt und neben der Kaffeemaschine deponiert, war dieser Kuss die einzige Verabschiedung, die er über sich brachte.

Es ließ sich nicht beschönigen, weder damals noch heute. Er hatte sie sitzen lassen.

Punktum.

Während der langen Fahrt nach San Antonio, wo Lisa damals lebte, hatte Brody sich mit jeder Faser seines Körpers nach Carolyn gesehnt und nicht nach der Frau, zu der er in seinem zerbeulten Pick-up auf dem Weg war, nicht nach dem Leben, das sie sich zusammen aufbauen würden, er und Lisa und das Kind.

Vor Lisas Anruf war er kurz davor gewesen, Carolyn zu sagen, dass er sie liebte und sie heiraten wollte. Sobald sie sich eingerichtet hatten, wollte er eine Familie gründen.

Auch mit seiner Familie wollte er sich aussöhnen und sich, sofern er ihnen willkommen war, auf der Ranch häuslich niederlassen.

Zum Glück, dachte Brody bei der Erinnerung an seine weit zurückliegenden guten Absichten, war er vernünftig genug gewesen, sich über diesen naiven Impuls hinwegzusetzen. Er und Carolyn hatten sich damals erst seit etwa zehn Tagen gekannt, und das reichte einfach nicht, um etwas Ernsthaftes anzufangen.

In San Antonio fuhr er zu Lisas kleinem Mietshaus, lud ihre wenigen Habseligkeiten in seinen Pick-up und fuhr auf direktem Weg mit ihr nach Las Vegas. Innerhalb weniger Tage waren sie Mann und Frau und zogen von Rodeo zu Rodeo.

Nach Brodys Meinung waren sie ziemlich glücklich zusammen. Besonders als das Baby auf der Welt war.

Die Ehe hatte seine Schwäche für Carolyn allerdings nicht geheilt. Er war etwa einen Monat mit Lisa zusammen, als er eines Abends in einer Bar, nachdem er mit seinen Rodeo-Kumpanen zu viel Bier getrunken hatte, ein Münztelefon suchte und Davis' und Kims Nummer wählte, ohne die geringste Hoffnung, dass Carolyn sich melden würde.

Inzwischen hatte sie ihren Haushüterjob bestimmt abgeschlossen und war weitergezogen, aber er musste es zumindest versuchen. Falls Kim den Hörer abnahm, wollte er sie fragen, wie Carolyn zu erreichen war. Andernfalls hätte er keine Möglichkeit, zu der Frau, die er immer noch liebte, Kontakt aufzunehmen.

Doch wie durch ein Wunder meldete Carolyn sich tatsächlich selbst. Seine Tante und sein Onkel waren wieder einmal unterwegs, informierte sie ihn. Dann schwieg sie und wartete auf eine Erklärung seinerseits.

Und die wollte er ihr auch geben, doch dazu kam es nicht. Brody brachte keinen Ton heraus. Am Ende stieß er nur die völlig unzulängliche Floskel „Es tut mir leid“ hervor.

Daraufhin hatte Carolyn aufgelegt, völlig zu Recht. Brody stand im Flur der Spelunke, den Hörer noch in der Hand, die Stirn an die mit Graffiti beschmierte Wand gelehnt. Ihm war, als hätte ihm jemand einen Hieb in den Magen versetzt.

Nach dieser Nacht reduzierte er seinen Alkoholkonsum auf ein Minimum. Er wusste, dass Lisa ihn liebte, und beschloss auf der Stelle, sie ebenfalls zu lieben. Und wenn es sein Tod wäre.

Es kostete ihn einige Mühe, doch mit der Zeit empfand er *wirklich* etwas für seine hübsche junge Frau, besonders nachdem ihr Sohn Justin geboren war. Wenn Brody den Kleinen nur ansah, hätte er alles für ihn getan – alles für ihn aufgegeben.

Und er hatte einiges aufgegeben, worauf er früher nicht hätte verzichten wollen.

Carolyn.

Den alten, müden Traum, nach Hause zu gehen, sich mit seiner Familie auszusöhnen und sich als Rancher niederzulassen. Er wollte Justin seinen Verwandten vorstellen, hatte aber eine Heidenangst davor, Carolyn über den Weg zu laufen. Darum hielt er sich fern.

Diese Entscheidung würde er wohl sein Leben lang bereuen, denn drei Wochen vor seinem zweiten Geburtstag starben Justin und Lisa bei einem Autounfall.

Der Schmerz über den Verlust war so frisch wie eh und je, und auch jetzt noch brach Brody fast darunter zusammen. Nach dem Unfall ritt er kein Rodeo mehr und trank ein ganzes Jahr lang Unmengen Alkohol.

Irgendwann wurde er wieder nüchtern. Doch sein Zorn auf

die Welt blieb, ebenso wie seine Scham. Jetzt, da er sein Zuhause und seine Familie dringender denn je benötigte, versagte er sich beides – vermutlich um sich selbst zu bestrafen.

Wäre er an jenem schicksalhaften Abend nicht unterwegs gewesen, um Bullen zu reiten, hätte er am Steuer des Wagens gesessen, nicht Lisa. Vielleicht hätte er dem betrunkenen Geisterfahrer ausweichen können, der Lisa mit überhöhter Geschwindigkeit entgegengekommen war.

Und hätte er seine Frau und seinen Sohn nach Hause gebracht, wohin sie gehörten, wäre es vielleicht nie zu dieser größten Tragödie seines Lebens gekommen.

Immer geht es um Entscheidungen, überlegte Brody und zwang sich, in die Gegenwart zurückzufinden. Die Vergangenheit lag hinter ihm. Ein Mann traf Entscheidungen und musste dann mit den Folgen leben, ob sie nun gut, schlecht oder gleichgültig waren.

Brody straffte die Schultern und ging weiter zu dem kleinen Blockhaus, in dem er schon viel zu lange hauste.

Er schaltete das Licht ein, als er über die Schwelle trat. Zwei von drei Neonröhren an der Decke waren ausgebrannt, die dritte flackerte bedrohlich, und es herrschte insgesamt eine trübsinnige Stimmung.

Die ursprüngliche Einrichtung war ausgeräumt, abgesehen von dem uralten Holzofen und dem langen Tresen, der früher der Anmeldung von Campern gedient hatte, als Joe McCall den Platz noch betrieben hatte. Brody schlief in einem Klappbett auf Rollen, das er sich von Kim und Davis ausgeliehen hatte. In den kleinen Toilettenraum hatte er eine Dusche einbauen lassen, und seine Wäsche wusch er entweder im Waschsalon an der Main Street oder draußen auf der Ranch. Außerdem gab es in dem Blockhaus eine Kochstation mit zwei Platten und einen Minikühlschrank, auf dem eine Mikrowelle von der Größe einer Streichholzschachtel stand. Sein Computer diente als Fernseher, DVD-Player und überhaupt als Kommunikationsmedium.

Was für ein Leben.

Tricias Vater hatte die Hütte immer als Jagdhaus bezeichnet.

Brody nannte sie Blockhütte – oder Scheißbude, je nach Laune.

Und heute Abend war sie trotz seiner ernsthaften Bemühungen, seine Einstellung zu ändern, ganz eindeutig eine Scheißbude.

Er hatte sie *GEKÜSST*.

Sosehr Carolyn sich auch bemühte, auch nach dem Ausritt und der kurvenreichen Fahrt zurück in die Stadt kam sie nicht darüber hinweg, dass Brody Creed die Dreistigkeit, die unglaubliche Unverschämtheit besessen hatte, sie zu küssen, nach allem, was er ihr angetan hatte.

„Nicht zu fassen", sagte sie in der Küche ihrer Wohnung zu Winston, als sie ihm seine abendliche Trockenfutterration vorsetzte. „Der Mann ist *unglaublich*."

„Riau", bestätigte Winston, trottete jedoch zielstrebig zu seinem Futternapf.

Immer noch aufgewühlt, schob Carolyn zuerst den einen, dann den anderen Ärmel hoch. Sie hatte Hunger, aber nicht genug, um zu kochen. Ihr fielen die platten Mortadella-Sandwichs vom Mittag ein, und sie ging nach unten, holte sie aus dem Kühlschrank in Nattys früherer Küche und polterte gleich darauf wieder die Innentreppe hinauf.

Eines der eingewickelten Sandwichs verstaute sie in ihrem eigenen Kühlschrank, vom anderen entfernte sie langsam die Plastikfolie.

Winston fraß immer noch.

Carolyn wusch sich die Hände und setzte sich zu ihrer Nähmaschine, der Tagespost und einer Tasse Kräutertee an den Tisch.

„Ich spreche mit einer Katze“, sagte sie zu der Katze.

Winston hob den Blick nicht von seinem Napf.

„Das ist jämmerlich“, fuhr Carolyn fort. Sie nahm einen Bissen von ihrem matschigen, geschmacksneutralen Sandwich. Die Brotrinden wellten sich bereits, doch das hielt sie nicht ab. Es ging ihr schließlich nicht um gepflegtes Speisen, sondern darum, dass ihr Magen aufhörte zu knurren. „*Ich* bin jämmerlich. Und weißt du was, Winston? Ich bin meinem Ziel nicht einen Zentimeter näher gekommen als letztes Jahr oder vorletztes Jahr oder dem Jahr davor ...“

Endlich hörte der Kater auf zu fressen und bedachte sie mit einem tadelnden Blick, weil sie mit vollem Mund redete. Dann verschlang er den Rest seines Abendbrots.

Carolyn bot ihm ein Stück von ihrem Sandwich an, doch er mochte kein Menschenfutter, abgesehen von Sardinen.

„Du wolltest mich warnen, stimmt's?“, plapperte sie weiter, warf den Rest ihres Abendbrots in den Müll und wusch sich noch einmal die Hände. Anschließend drückte sie einen Klecks Handcreme in eine Hand und massierte sie energisch ein. „Du hast deine Meinung über Brody Creed deutlich kundgetan. Aber habe ich auf dich gehört? War ich auf der Hut?“

„Miauuu“, machte Winston matt.

„Das ist doch lächerlich“, fuhr Carolyn nun an sich selbst gewandt fort. War es besser, mit sich selbst zu reden als mit einem Haustier? Es war wohl so ziemlich dasselbe. „Ich muss mich zusammenreißen und etwas Konstruktives tun.“

Inzwischen hatte sich Winston in seinem Körbchen zusammengerollt, gähnte, legte mit typischer Katzenanmut seinen Schwanz um sich und schlief ein.

„Langweile ich dich?“, fragte Carolyn zuckersüß. Natürlich erhielt sie keine Antwort. „Mich selbst langweile ich wirklich.“ Sie ging zum Laptop, rückte den Stuhl zurecht und setzte sich. Drückte die Einschalttaste und wartete.

Vielleicht fand sie eine hilfreiche Website. Etwas wie „Hastdukeinleben.com“ oder so.

Zuerst sah sie ihre E-Mails durch – da war nicht viel.

Dann rief sie ihre Onlinebanking-Seite auf und buchte die Tageseinnahmen.

„Sieh dir das an“, sagte sie, den Blick auf den Monitor gerichtet, obwohl sie wusste, dass Winston nicht zuhörte. „Wenn wir öfter solche Tage wie heute haben, laufen Tricia und ich tatsächlich Gefahr, Profit zu machen.“

Die Buchführung erforderte noch mehr Arbeit – Buchführung erforderte *immer* noch mehr Arbeit –, doch weil sie trotz des Ausritts schlechte Laune hatte, beschloss Carolyn, auf morgen zu verschieben, was sie heute hätte besorgen sollen. In der Woche war vormittags gewöhnlich nicht viel Betrieb im Laden, und außerdem wäre sie dann ausgeruht und fähig zum Einsatz der linken Gehirnhälfte, um im virtuellen Ordner Soll und Haben zu berechnen.

Sie beschloss, sich noch eine Tasse Kräutertee zu kochen und zu nähen. Sollte doch ihre stets dynamische rechte Hirnhälfte für den Rest des Abends den Laden schmeißen.

Allerdings kann es nicht schaden, sich die Online-Partnervermittlung wenigstens einmal anzusehen, überlegte sie.

Die Auswahl war, wie sich herausstellte, schwindelerregend.

Es gab Seiten für Leute, die einen Partner mit der gleichen Religion suchten.

Und Seiten für Hundefreunde, Katzenfreunde, Pferdefreunde und so ziemlich *jede* andere Art von Freunden. Man konnte sich anmelden, um Leute kennenzulernen, die die gleichen Hobbys, politischen Überzeugungen, Filme, Speisen und Getränke, Bücher und so weiter mochten.

Auch der bevorzugte Beruf konnte ein Auswahlkriterium darstellen. So ziemlich jede legale Betätigung – und zusätzlich noch ein paar eindeutig zweifelhafte – war nicht nur auf einer, sondern auf Dutzenden von Websites vertreten. Und falls sie einen Mann mit einem bestimmten Vornamen oder einem bestimmten Sternzeichen kennenlernen wollte, war auch das kein Problem.

Es war schlichtweg überwältigend. Und faszinierend, besonders für eine Frau, die zum Abendbrot ein zerdrücktes Mortadella-Sandwich gegessen und eine leidenschaftliche und ziemlich ausführliche Unterhaltung mit einem Kater als einzigem Zuhörer geführt hatte.

Das Glück ist mit den Mutigen, sagte Carolyn sich und entschied sich für eine von mehreren in Denver ansässigen Seiten. Die Startseite war seriös und geschmackvoll und der Fragebogen für Mitglieder auf Probe kurz und relativ unaufdringlich. Einige andere Websites verlangten so viele persönliche Angaben, als wollten sie die Ahnen ihrer Mitglieder bis in die Eiszeit zurückverfolgen.

Na ja, sozusagen.

Die ersten zwei Wochen der angebotenen Probephase waren gratis. Sie brauchte nur ein Foto von sich, ihren Vornamen, ihr Alter und ein paar Nebensächlichkeiten ins Netz zu stellen.

Carolyn beschloss, sich zunächst Carol zu nennen. Sie entschied sich für ein Foto jüngeren Datums, aufgenommen bei einem Picknick am Unabhängigkeitstag, gab zu, dass sie auf die dreißig zuging, und dann – tja – dann schwindelte sie. Nur ein bisschen.

Sie gehe gern zum Bowling, schrieb sie in das kleine, mit „Spezielles über mich“ überschriebene Feld, und sie arbeitete in einer Bank. Sie besaß zwei gerettete Hunde, Marvin und Harry, und war verheiratet gewesen, als sie noch sehr jung war.

Nachdem sie ihren Eintrag noch einmal gelesen hatte, seufzte sie, stützte einen Ellbogen auf die Schreibtischplatte und legte ihr Kinn in die Hand. Natürlich entsprach nichts davon der Wahrheit, aber sich Dinge auszudenken, lag in ihrer Natur. Außerdem fing sie an, die fiktive Carol zu mögen. Sie schien ein feiner Kerl zu sein.

Carolyn vergewisserte sich, dass Interessenten sie nur über eine zugewiesene E-Mail-Adresse in Verbindung mit dieser Website erreichen konnten, bewegte den Cursor auf das Kästchen rechts unten in der Bildschirmecke, auf dem stand „Nichts wie los!", und klickte es an.

Schon im nächsten Augenblick bereute sie den Klick, aber dafür war es zu spät. Jetzt war sie dort draußen im künstlichen Raum, wenn auch unter falscher Identität. Es war irgendwie aufregend und nicht ganz geheuer.

Immerhin hatte sie einen Schritt unternommen und sich, ganz gleich wie zaghaft, auf den Weg in Richtung ihres Herzenswunsches gemacht: ein eigenes Zuhause und eine Familie.

Trotzdem suchte sie die Homepage von *Friendly Faces* nach einer Schaltfläche ab, die ihr den Rücktritt von ihrer Mitgliedschaft ermöglichte. Aber das einzige, was sie fand, war der Kontakt-Link.

Das musste reichen. Sie würde eine kurze Nachricht schicken und schreiben, dass sie es sich anders überlegt hätte.

Bevor sie dazu kam, tauchte eine Nachricht auf.

Jemand mag dein freundliches Gesicht!, stand da, und die Buchstaben schienen über den Bildschirm zu tanzen. *Klick das Herz an, um Bekanntschaft zu schließen!*

Verblüfft und neugierig wünschte Carolyn sich, sie hätte wie geplant an dem Zigeunerrock gearbeitet und nicht im Netz gesurft.

Sie dachte an Tricia, die glücklich verheiratet war und ein Kind erwartete.

Sie dachte an Brody Creed, der offenbar glaubte, er könne einfach Frauen küssen, mit denen er Schluss gemacht hatte.

Schluss gemacht? Er hat nicht einmal so viel Anstand besessen, Schluss zu machen, sondern sich einfach aus dem Staub gemacht. Mitten in der Nacht, als sie schlief.

Entschieden klickte sie auf das rote pulsierende Herz.

Das Foto eines nett aussehenden – das hieß, er sah aus, als könnte er nett sein – Mannes erschien. *Hi*, stand in der Nachrichtenspalte. *Ich heiße Darren.*

Darrens rundliches Gesicht hatte einen sanften Ausdruck, sein Haaransatz ging langsam zurück, allerdings nur ein bisschen. Er war Zahnarzt, geschieden, hatte keine Kinder und liebte Hunde, und er ging gern zum Bowling und mochte Computerspiele.

Zumindest vom Erscheinungsbild her ähnelte er in keiner Weise Brody. Das sprach eindeutig für ihn.

Carolyn atmete leicht zitternd tief ein und langsam wieder aus und klickte den Chat-Button. *Hallo*, schrieb sie, *ich bin Carol.*

Abgesehen von seinen übrigen Talenten war Darren ein rasanter Tipper. Er meldete sich augenblicklich zurück. *Wow. Das ging schnell. Hallo, Carol.*

Carol hatte ein schlechtes Gewissen. Sie kannte den Mann erst seit zwei Minuten, und schon belog sie ihn. Belog einen geschiedenen Zahnarzt ohne Kinder, der Hunde liebte.

Was für ein Mensch mag er sein?

Ein vorsichtiger, dachte sie.

Hallo, Darrell, schrieb sie zurück.

Darren, korrigierte er.

Sie unterdrückte ein Stöhnen. *Entschuldige, Darren. Ich habe nicht viel Erfahrung mit diesen Dingen, wie du dir vermutlich schon gedacht hast.* Und ich heiße nicht Carol, sondern Carolyn. Ich arbeite nicht in einer Bank, und ich suche nach einem Mann als Vater für meine Kinder. Jeder, der nicht Creed heißt und nicht vorbestraft ist, kommt infrage.

Darren antwortete mit *LOL* und einem animierten blinzelnden Smiley. *Alle waren einmal neu hier*, fügte er in seinem Schnellfeuerstil hinzu. *Auf der Friendly-Faces-Seite, meine ich. Hier kann man prima neue Leute kennenlernen. Ganz zwanglos.*

Es ist eine virtuelle Singlebar, dachte Carolyn, was sie jedoch nicht tippte. Und das geheime Passwort lautet vermutlich „Loser".

Tatsächlich?, schrieb Carolyn zurück. *Hast du durch die Seite viele Leute kennengelernt?* Und wenn ja, warum suchst dann immer noch im Netz nach möglichen Verabredungen?

Klar, antwortete Darren. *Ich schließe nach allen Seiten neue Freundschaften. Bisher ging es über Essen und Kino nicht hinaus, aber, hey, immerhin unternehme ich auch mal was anderes, als nur Zahnlöcher zu füllen und Patienten die Benutzung von Zahnseide zu empfehlen. Ha ha.*

Darren hatte also auch Sinn für Humor.

Gewissermaßen.

Carolyn saß da, die Finger tippbereit auf der Tastatur, und wusste einfach nichts zu sagen.

Carol?, fragte Darren. *Bist du noch da?*

Ich bin da, erwiderte Carolyn.

Du bist schüchtern, bemerkte Darren.

Carolyn atmete kräftig aus, sodass ihre Ponyfransen ihre Stirn kitzelten. *Eigentlich nicht*, antwortete sie. Da, sie war ehrlich. Sie war *nicht* schüchtern. Sie war nur vorsichtig. Vernünftig.

Schließlich kam ihr der Gedanke, dass Darren die Wahrheit vielleicht genauso verfälschte wie sie. Vielleicht hieß er Dave, war verheiratet und kein Zahnarzt. Vielleicht war er der Besitzer der *Friendly-Faces*-Seite und suggerierte den Leuten auf diese Weise, dass sein Produkt ein aufregender Spaß war.

War nett, mit dir zu ‚reden', Darren, schrieb sie. *Aber ich muss mich verabschieden. Habe noch viel zu tun.*

Moment! Können wir uns vielleicht auf einen Kaffee treffen?, fragte er.

Vielleicht, tippte Carolyn.

Dein Foto ist toll, las sie als Nächstes. *Versprichst du mir wenigstens, dass wir noch einmal chatten?*

Carolyn seufzte. *Wir werden sehen*, schrieb sie.

Nachdem sie den Computer ausgeschaltet hatte, schob sie ihren Stuhl zurück und stand auf. Sie reckte sich, genoss das Dehnen der Muskeln, und drehte sich um. Da standen die Nähmaschine, die Plastikkiste mit Schleifenresten und ihr Korb mit dem wattierten Deckel, in dem sie Scheren, Fingerhüte, Nadeln und anderen Krimskrams aufbewahrte.

Nähen war wie das Reiten seit langer Zeit eine Art Zuflucht für sie. In beidem konnte sie völlig aufgehen – normalerweise.

Aber heute Abend war es anders.

Und nur weil Brody Creed sie geküsst hatte.

Der Mistkerl.

Der gut aussehende sexy *Mistkerl.*

Carolyn drehte sich auf dem Absatz um und marschierte zurück zu ihrem Computer. Sie schaltete den Laptop ein und wartete ungeduldig darauf, dass er hochfuhr. Dann ging sie online und öffnete die *Friendly-Faces*-Seite.

Wer wusste es schon? Vielleicht war Darren – Darrell? – der Zahnarzt noch da.

Als sie ihre Nachrichtenbox sah, schluckte sie. Auf „Carol" warteten mehr als ein Dutzend E-Mails.

Sie krempelte die Ärmel hoch und stürzte sich ins Vergnügen.

Brody warf den Rest seines Mikrowellen-Fertiggerichts in den Müll und hob den Blick zu der letzten noch funktionierenden Neonröhre. Die konnte er auch gleich auswechseln. Etwas Besseres hatte er ohnehin nicht zu tun.

Er kramte die Ersatzröhren hervor, die er vor Tagen gekauft, aber aus Zeitmangel bisher nicht installiert hatte, und stemmte sich auf die Arbeitsplatte, um zunächst die ausgebrannten Röhren zu entfernen. Das war eine heikle Arbeit –

er hatte schon erlebt, dass diese Dinger aus unerfindlichen Gründen in tausend rasiermesserscharfe Splitter zersprangen. Also ließ er sich Zeit.

Als er fertig und immer noch ein bisschen geblendet vom grellen Licht der Neonröhren war, hörte er etwas wie ein Klopfen oder Kratzen an der Tür.

Dann hörte er ein Winseln. Es war schwach und klang beinahe menschlich.

Ein kalter Schauer lief Brody über den Rücken. Er sprang zur Tür, riss sie auf und rechnete halb damit, eine Person vorzufinden, verletzt und blutend, Hilfe suchend.

Stattdessen fiel sein Blick auf den magersten, schmutzigsten und erbärmlichsten Hund, den er je gesehen hatte. Er saß einfach da und blickte mit einer Art trostloser Zärtlichkeit in den Augen zu ihm auf.

Da Brody eine Schwäche für alles Vierbeinige, Fellige hatte, hockte er sich hin, damit er dem armen Geschöpf nicht wie ein Grizzly oder so vorkam.

„Hey, Kumpel“, sagte er rau. „Willst du mir was verkaufen? Oder predigen?“

Der Hund winselte wieder.

Brody untersuchte das Tier. Kein Halsband, keine Marke.

Aber Flöhe hatte er mit Sicherheit und vielleicht noch Schlimmeres.

Behutsam richtete Brody sich auf und trat zurück. „Komm schon rein“, sagte er zu dem Hund. „Du brauchst keine Angst zu haben – du bist bei Freunden.“

Der Streuner blieb noch einen Moment sitzen, als traute er seinen Ohren nicht. Offenbar war er es gewohnt, sich allein durchzuschlagen.

„Komm schon“, wiederholte Brody mit sanfter Stimme und machte Platz für den Hund.

Langsam, wie unter Schmerzen, hinkte der Vagabund über die Schwelle. Und Brody schloss ihn auf Anhieb ins Herz.

4. KAPITEL

Der Traum war erschreckend plastisch.

Carolyn war im Supermarkt, umringt von Dutzenden, wenn nicht Hunderten eifrigen Verehrern. Da waren Männer in allen Größen und Formen, Farben und Typen, eine regelrechte Versammlung für Fans von Village People.

Mit ihren Einkaufswagen rempelten sie ihren an.

Manche von ihnen trugen Schilder, auf denen wie in einem Erpresserbrief mit aufgeklebten Buchstaben ihr abgewandelter Name stand. Einer trug eine Reklametafel mit der Aufschrift „Heirate mich, Carol, und genieße dein Leben lang kostenlose Zahnbehandlungen".

„Carol", skandierten alle in unheimlichem Gleichklang, „Carol, Carol, Carol!"

Carols Füße schienen am Boden zu kleben, trotzdem sah sie sich wild nach einem Fluchtweg um. Die Tiefkühlabteilung war in beiden Richtungen völlig blockiert. Sie saß in der Falle.

Ihr Herz raste, Panik überfiel sie. Ein Mann mit einer aufwendigen Hochzeitstorte in seinem Wagen drängte sich an den anderen vorbei nach vorn.

Carolyn erkannte Gifford Welsh. Er setzte sein Filmstarlächeln auf, und seine Klaviertastenzähne blitzten wie die einer Comicfigur.

„Du bist schon verheiratet!", sagte sie und drehte den Kopf, als Gifford ihr eine Handvoll Torte in den Mund stopfen wollte. Mit dem Rücken an der kalten Tür des Eiscremefachs rief sie: „Ich will *keinen* von euch heiraten! Ihr seid nicht – ihr seid nicht …"

„Brody." Mit dem Namen auf den Lippen wurde sie schlagartig wach.

Winston lag zusammengerollt zu ihren Füßen und fauchte

halbherzig. Ob es ein Kommentar zu Brody oder Ausdruck seines Ärgers war, weil sie ihn aus tiefstem Schlaf gerissen hatte, wusste sie nicht.

Carolyns Herz hämmerte gegen ihre Rippen, ihr Atem ging schnell und flach. Da lag sie in ihrem dunklen Schlafzimmer, blickte zur Decke auf und kämpfte mit den Tränen.

Sei keine Heulsuse, hörte sie eine der Frauen aus der langen Reihe ihrer Pflegemütter sagen. *Kein Mensch kann eine Heulsuse leiden.*

Weiterzuschlafen kam nicht infrage, damit der Traum sich nicht wiederholte, also stand sie auf und ging barfuß in die Küche. Sie trug einen selbst genähten Flanellpyjama mit Hündchenmuster. Der Stoff fühlte sich am Oberkörper und zwischen den Schulterblättern feucht an. Schweißnass.

Gewöhnlich brach ihr in Träumen nicht der Schweiß aus.

Dieser Traum war allerdings auch nicht von der normalen Sorte, oder?

Ihr seid nicht Brody. Die Worte hallten noch in ihrem Kopf nach.

Sie nahm einen Becher aus dem Schrank – ein Souvenir aus Cheyenne, Wyoming –, füllte ihn mit Wasser, hängte einen Kräuterteebeutel hinein und stellte ihn in die Mikrowelle.

Ein Hund wäre mit mir aufgestanden, um mir Gesellschaft zu leisten und mich zu beruhigen. Winston dagegen trat nicht in Erscheinung, weder mitfühlend noch sonst wie.

So viel zu Katzen.

Nicht dass Winston *ihre* Katze gewesen wäre – er war ein häufiger Gast, mehr nicht. Auf der Durchreise.

Die Katze anderer Leute.

Das Haus anderer Leute.

Wie es aussah, gehörte alles in ihrem Leben jemand anderem.

Einschließlich Brody Creed. Wann immer es Joleen Williams in die Stadt verschlug, waren sie und Brody unzertrennlich. Wahrscheinlich war es nur eine Frage der Zeit, bis Joleen ihn sich endgültig angelte.

Und er baute ein Haus, nicht wahr? Ein *großes* Haus, in dem ein Mann nicht allein leben sollte.

Die Mikrowelle piepte, und Carolyn nahm den Becher heraus.

Der Tee hatte die übliche Placebowirkung, und sie wurde ein wenig ruhiger.

Sie brauchte Ablenkung, wollte den Computer aber nicht wieder einschalten, aus Angst, dass noch mehr Männer auf der Suche nach Carol auftauchten. Stattdessen schaltete sie das Licht im Treppenhaus an und stieg die Stufen hinunter.

Der Laden wirkte im Mondlicht wie verzaubert. Wie eine verwunschene Werkstatt, in der Wichtel an Miniaturnähmaschinen rüschige Baumwollschürzen nähten und Ziegenmilchseife siedeten, sobald die Vorräte sich dem Ende zuneigten.

Bei dem Gedanken lachte Carolyn leise.

Sie nähte die Schürzen, und sie kauften die Seife von einer Frau, die ein paar Meilen außerhalb der Stadt eine kleine Ziegenfarm betrieb. Doch ein paar Wichtel würden ihr gelegen kommen, auch wenn *nicht* Weihnachten war.

Sie liebte den Laden, er erdete sie wie gewöhnlich das Nähen und Reiten, und sie liebte die glitzernde Stille, die sie umgab.

Ein silbriger Lichtstrahl traf auf das Batikbild der indianischen Weberin hoch oben an der Wand und beleuchtete das Kunstwerk, als sollte es eine Botschaft verkünden.

Hier gibt es keine Botschaft, dachte Carolyn. Zumindest nicht in dem Bild.

Aber der Traum? Er war eindeutig eine Manifestation ihres Unterbewusstseins.

Wie immer wollte sie das, was sie nicht haben konnte.

Ob es nun richtig oder falsch war, sie wollte Brody Creed.

Sie stieß einen lauten Seufzer der Verzweiflung aus, stellte ihren Teebecher auf der Glasplatte über der Auslage des handgefertigten Schmucks ab und fuhr sich mit allen zehn Fingern durchs Haar. *Warum kann ich nicht loslassen?* Immerhin waren sieben Jahre vergangen, seit Carolyn an diesem schrecklichen Morgen in Kims und Davis' Haus aufgewacht war und festgestellt hatte, dass Brody fort war.

Damals hatte sie geglaubt, er wäre lediglich in die Küche gegangen, um Kaffee zu kochen oder Frühstück zu machen. Er kochte ziemlich gut und tat es anscheinend auch gern.

Carolyn war aus dem Bett gestiegen, hatte einen Bademantel übergeworfen und sich auf der Suche nach dem Mann, den sie liebte, in die Küche begeben.

Statt Brody fand sie eine Nachricht.

Muss weg, hat sich so ergeben.

Das war alles.

Muss weg, hat sich so ergeben.

Die Tränen, die schon nach dem Traum beinahe geflossen wären, drohten sich erneut Bahn zu brechen. Carolyn fröstelte, schlang die Arme um ihren Oberkörper und blickte in ihr eigenes elendes Gesicht im großen Spiegel hinter dem Tresen.

„Kein Mensch mag eine Heulsuse", sagte sie zu ihrem Spiegelbild.

Und dann weinte sie doch.

„Woher hast du den Hund?", fragte Conner am nächsten Morgen mit freundlichem Interesse, als Brody das gebadete, gebürstete und immer noch magere Geschöpf behutsam vom Beifahrersitz seines Pick-ups hob und auf den Rasen zwischen dem Haupthaus und dem Stall absetzte.

„Er heißt Barney", antwortete Brody. Diesen Namen hatte er dem Streuner gegeben, nachdem er ihn vom Tierarzt hatte untersuchen lassen. Er hatte sich so über die Unbedenklichkeitsbescheinigung gefreut, dass er ihn nach dem Arzt benannt hatte. „Und ist gestern Abend in ziemlich traurigem Zustand vor meiner Tür aufgetaucht. Da habe ich ihn aufgenommen."

Conner grinste, hockte sich hin und sah dem Hund in die Augen, etwa so, wie Brody es am Vorabend getan hatte, als Barney auf seiner Schwelle aufgekreuzt war.

„Na dann, hallo, Barney", sagte Conner und streckte seine Hand aus.

Zu Brodys Verwunderung und Ärger legte der Hund seine Pfote in Conners dargebotene Hand.

Mann und Hund schüttelten sich die Hände.

„Mich laust der Affe", brummte Brody, anfangs beeindruckt, dann besorgt. Vielleicht suchte derjenige, der Barney diesen Handschlag beigebracht hatte, gerade die Gegend nach ihm ab. Vielleicht liebte ihn jemand und wollte ihn zurück.

Conner hatte sich inzwischen wieder aufgerichtet. „Der Doc hat vermutlich nach einem Mikrochip gesucht und so weiter", meinte er.

„Das war das Erste, was er geprüft hat", erwiderte Brody. „Kein Chip, kein Erkennungszeichen."

„Du willst ihn behalten?", fragte Conner vorsichtig. Valentino trottete zur Hintertür hinaus, gesellte sich zu ihnen und beschnupperte Barney von Kopf bis Schwanz.

„Ja. Ich behalte ihn. Es sei denn, sein ursprünglicher Besitzer spürt ihn auf. Docs Assistentin hat ihn fotografiert und will sein Bild für alle Fälle auf diversen Websites für verlorene Haustiere ins Netz stellen ..."

„Aber?", forschte Conner.

„Aber mein Bauchgefühl sagt mir, dass er ein Zuhause sucht."

„Meines auch", pflichtete Conner ihm bei und lächelte. „Das wird dir guttun, ich meine, Verantwortung für das arme Geschöpf zu übernehmen."

Obwohl Brody wusste, dass Conner es gut meinte, richteten sich doch seine Stacheln leicht auf. Sollte er für den Rest seines Lebens die Rolle des Verantwortungslosen behalten, während Conner den guten Bruder spielen durfte?

Bevor ihm eine passende Antwort einfiel, kam Davis in seinem Pick-up den Berg hinuntergerast. Kim saß neben ihm, und trotz des Staubfilms auf der Frontscheibe war ihr Lächeln zu erkennen.

„Kim springt heute für Tricia im Laden ein", sagte Conner.

Als Brody daran dachte, wie erschöpft seine Schwägerin am Vortag ausgesehen hatte, erschrak er etwas. „Tricia hat doch keine Probleme, oder?"

„Nein", antwortete Conner und hob die Hand zur Begrüßung der Neuankömmlinge.

„Der freie Tag gestern hat ihr so gutgetan, dass sie noch einen dranhängen will."

Darauf lachte Brody leise, teils belustigt, teils erleichtert.

Doch schon im nächsten Moment kehrten seine Sorgen zurück. Frauen waren in seinen Augen zerbrechliche Wesen. Lisa zum Beispiel hatte pitschnass nicht mehr als hundert Pfund gewogen. Sie hatte keine Chance gegen zwei Tonnen rasenden Stahl gehabt, nicht in ihrem kleinen Auto.

Warum habe ich ihr nicht ein robusteres Fahrzeug gekauft?

„Brody", sagte Conner misstrauisch. „Wo bist du mit deinen Gedanken?"

„Du weißt schon, wo", erwiderte Brody.

Davis parkte den Pick-up, und er und Kim stiegen aus. Kim trug einen leichten Pullover mit großen Taschen, in denen sie ihre unglaublich winzigen Hunde Smidgeon und Little Bit transportierte.

Barney winselte, verzog sich hinter Brody und schmiegte sich an seine Waden. Brody spürte, wie das Tier zitterte.

Als Kim das sah, lächelte sie, hockte sich hin und setzte die beiden Yorkshireterrier auf den Boden. Ohne Valentino zu beachten, wedelten sie mit ihren Stummelschwänzen, und einer von ihnen knurrte ulkig.

„Na, nun komm schon her", lockte Kim Barney. „Smidgeon und Little Bit tun dir nichts Böses."

Kim hatte eindeutig ein Händchen für Tiere, Barneys Reaktion war der Beweis. Vermutlich angezogen von ihrer Sanftheit und seiner Neugier kam er aus seinem Versteck und blieb neben Brody stehen. Dabei wedelte er zaghaft einmal mit seinem buschigen Schwanz.

Die Yorkies beschnüffelten ihn, verloren dann das Interesse und versuchten, Valentino zum Fangenspiel zu bewegen. Sie waren völlig furchtlos, diese zwei winzigen Hunde. Vielleicht waren ihre Gehirne einfach zu klein, um den Größenunterschied zwischen ihnen und Valentino einschätzen zu können.

„Komm heute Abend zum Essen zu uns", sagte Kim zu Brody, als sie sich wieder aufgerichtet hatte. „Du siehst ein bisschen abgemagert aus – genau wie dieser Hund."

Schon beim Gedanken an Kims Kochkünste lief Brody das Wasser im Mund zusammen, ganz zu schweigen von der Vorstellung, so einen weiteren einsamen Abend zu vermeiden.

„Ist das ein abgekartetes Spiel?", fragte er dann. Man musste kein Genie sein, um zu wissen, dass alle hofften, dass er und Carolyn ein Paar werden würden.

„Ja, natürlich", antwortete Kim lachend und sah Brody an, legte den Arm um Davis' Taille und drückte ihren Mann kurz an sich. „Warum willst du dich dagegen wehren?"

Brody lachte ebenfalls, obwohl ihm bei der Vorstellung, mit Carolyn in einem Haus zu sein, vor Aufregung ein bisschen flau im Magen wurde. Er verschränkte die Arme und konterte: „Warum nicht?"

Kim versetzte ihm einen spielerischen Hieb. „Du bist genauso wie dein Onkel", sagte sie.

Was immer das heißen mochte.

Wahrscheinlich, dass er ein halsstarriger Esel war.

Diese Eigenschaft lag den Creeds im Blut, jedem einzelnen und ausnahmslos lebenslänglich.

Conner und Davis waren bereits auf dem Weg ins Haus, wo Tricia bestimmt schon Kaffee gekocht hatte.

Smidgeon, Little Bit und Valentino trotteten hinter ihnen her und ließen Brody, Kim mit Barney allein auf dem Hof zurück.

„Carolyn kennt deine Tricks längst, Kim", sagte Brody vorsichtig, ernst und mit leicht rauer Stimme. „Sie wird wissen, dass du mich zum Essen eingeladen hast, und sich mit einer Ausrede herauswinden."

Kim, die mit Mitte fünfzig immer noch eine schöne Frau war, schüttelte den Kopf und imitierte seine Haltung, indem sie ebenfalls die Arme verschränkte. „Warum bist du so pessimistisch, Brody Creed? Du und Carolyn, ihr seid füreinander geschaffen. Das wissen offenbar alle außer euch beiden."

Brody dachte daran, wie er Carolyn am Vortag geküsst hatte, und das Gefühl bebte in ihm nach. Danach hatte Carolyn ihn angesehen, als hätte er sie geohrfeigt, und er hatte eine klugschwätzerische Bemerkung in der Richtung fallen lassen, dass es ihm nicht leidtäte.

Für Carolyn war er zweifellos abgeschrieben.

Der Kuss hatte alles nur noch schlimmer gemacht.

Aber er hatte einfach nicht widerstehen können.

„Brody?", fragte Kim, die offenbar seine Gedanken las.

Lächelnd legte er Kim eine Hand auf die Schulter. „Alles in Ordnung", sagte er. „Mach dir bitte keine Sorgen um mich, ja?"

„Okay", versprach sie in munter-ironischem Tonfall. „Kommst du heute Abend nun zum Essen zu uns oder nicht?" Ohne eine Antwort abzuwarten, fügte sie hinzu: „Um Punkt halb sieben, und komm nicht zu spät." Gespielt finster blickte sie sich um. „Falls Davis Creed glaubt, ich würde ihm Smidgeon und Little Bit überlassen, während ich in der Stadt bin und Tricia im Laden vertrete, ist er auf dem Holzweg."

Damit marschierte sie resolut in Richtung Haus.

Brody sah ihr nach und zog einen Mundwinkel zu einem schiefen Lächeln hoch. Ob Carolyn Kims Einladung zum Abendessen wohl annahm oder eine Ausrede erfand? Brody hoffte, dass sie Ersteres trat.

Er wollte Carolyn wiedersehen, auch wenn die Vorstellung ihm eine Heidenangst einjagte.

„Weiber", sagte er zu Barney.

Der Hund stieß ein zustimmendes Kläffen aus.

Brody lachte, kraulte Barney hinter den Ohren, und dann gingen beide zum Haus, wo die anderen sich zum Kaffee versammelt hatten.

„Du hast dunkle Ringe unter den Augen", verkündete Kim, kaum dass sie über die Schwelle des Ladens getreten war. „Schläfst du nicht gut?"

Carolyn lächelte, als ihre Freundin die zwei winzigen Hunde aus ihren Taschen nahm und behutsam auf den Boden setzte, wo sie sofort anfingen zu balgen wie junge Kätzchen.

Winston, der sich längst mit der gelegentlichen Anwesenheit der Hundefraktion abgefunden hatte, ignorierte sie hoheitsvoll.

„Ich schlafe gut, vielen Dank", schwindelte Carolyn. Irgendwann gestern Nacht war es ihr gelungen, wieder einzuschlafen, doch sie war prompt in eine Fortsetzung ihres Traums geraten. Dieses Mal mit dem zusätzlichen Anreiz, dass Brody durch eine Ansammlung von Verehrern mit Einkaufswagen zu ihr ritt, sich vom Pferd herabbeugte, den Arm um sie legte und sie vor sich in den Sattel zog.

Damit war der Traum jedoch noch nicht zu Ende. Praktisch übergangslos fand Carolyn sich in Brodys Armen in einem Wald wieder. Sie lagen nackt auf einem nach Sommer duftenden Grasstück und liebten sich.

Sie erwachte mitten in einem sehr realen Orgasmus, was beschämend war, auch wenn sie zu dem Zeitpunkt allein war.

„Das glaube ich nicht", sagte Kim, trat hinter den Verkaufstresen und verstaute ihre Handtasche.

Smidgeon und Little Bit wälzten sich mittlerweile in einem fröhlichen Wirbel von glänzendem Fell und pinkfarbenen Haarschleifchen auf dem Boden.

Beim Gedanken an den spontanen Höhepunkt errötete Carolyn. „Glaubst du, ich würde dich anlügen?", fragte sie, um einen leichten Tonfall bemüht.

„Kommt darauf an", erwiderte Kim schelmisch. „Hast du Lust, heute Abend mit mir und Davis zu essen? Ich taue ein paar von meinen weltberühmten Tamales mit Hühnchen und Schweinefleisch auf."

Eine Strophe des alten Songs „Suspicion" ging Carolyn durch den Kopf. „Unwiderstehlich", gab sie zu. Kims Tamales waren fantastisch. „Kommen Conner und Tricia auch?"

Kim nickte, wandte den Blick ab und arrangierte sehr beschäftigt Modeschmuck in der Glasvitrine.

„Und Brody?", fragte Carolyn amüsiert, obwohl ihre Nerven Alarmstufe Rot meldeten.

„Vielleicht", antwortete Kim ausweichend. „Wusstest du, dass er einen Hund aufgenommen hat? Brody, meine ich? Das ist ein sehr gutes Zeichen. Es ist ihm immer noch ernst damit, sich in Lonesome Bend niederzulassen ..."

„Hunde verkraften Umzüge ganz gut", entgegnete Carolyn belustigt und war gleichzeitig frevelhaft begeistert von der völlig unspektakulären Aussicht, Brody Creed am Abendbrottisch gegenüberzusitzen.

Der Mistkerl.

„Glaubst du, er will wieder abreisen? Obwohl er das große Haus und dazu noch einen tollen Stall baut?", fragte Kim.

In Wirklichkeit war Carolyns lässiges Schulterzucken alles

andere als lässig. „Haus und Stall könnte er jederzeit verkaufen, falls er umziehen will“, überlegte sie. Dabei gefiel ihr die Vorstellung, Brody könnte sein altes Leben wieder aufnehmen, genauso wenig wie Kim. Das überraschte sie. Denn die Aussicht sollte sie doch erleichtern, oder?

Kims sanfte blaue Augen füllten sich mit Tränen. „Brody hat schwere Zeiten hinter sich“, sagte sie.

Carolyn brauchte einen Moment, um sich von dieser Äußerung zu erholen. Sie hatte immer gedacht, Brody hätte ordentlich auf den Putz gehauen, Bullen geritten, blitzende Schnallen gewonnen und jede Nacht eine andere Frau im Bett gehabt.

„Warum?“, fragte sie schließlich mit merkwürdig erstickter Stimme.

Schniefend straffte Kim Schultern und Rücken. „Das kann ich dir nicht sagen“, erklärte sie offen. „Ich darf gar nicht wissen, was Brody durchgemacht hat, und Davis auch nicht. Er wäre rasend wütend, wenn er wüsste, dass Conner es uns verraten hat.“

„Ach du liebe Zeit“, rief Carolyn erschrocken.

„Eines Tages wird er es dir selbst sagen“, versicherte Kim. „Und so sollte es auch sein.“

In dem Moment klingelte das Glöckchen über der Ladentür, und Smidgeon und Little Bit stoben dem Eintretenden zur Begrüßung kläffend entgegen. Kim verdrehte die Augen und lief ihnen nach. „Ihr kleinen Teufel“, schimpfte sie leise voll unerschütterlicher Zuneigung.

Carolyn lächelte, obwohl sie innerlich immer noch aufgewühlt war. Sie sollte sich hüten, zum Abendessen zu ihren Freunden zu gehen, denn selbstverständlich würde Brody auch dort sein. Schon seine Nähe allein war ein Spiel mit dem Feuer, besonders in Anbetracht des geraubten Kusses – und ihres Traums der letzten Nacht. Trotzdem würde sie da sein. Vielleicht sollte sie den Zigeunerrock einnähen – mit groben

Stichen vorübergehend auf Passform bringen – und ihn am Abend anziehen.

Abends in Kims und Davis' Küche sah Brody mit einer Mischung aus Zuneigung und Neid zu, wie Conner und Tricia völlig ungeniert miteinander flirteten.

Nehmt euch ein Zimmer, hätte er am liebsten gesagt.

Davis, der neben ihm am ungedeckten Tisch saß, stieß ihn mit dem Ellbogen an. „Weißt du noch, wie es mit den beiden angefangen hat?", fragte Brodys Onkel leise. „Als sie anfingen, einander ins Auge zu fassen, meine ich?"

„Ja, ich weiß", erwiderte Brody mit einem kleinen Grinsen. Jeder Fremde hätte darauf gewettet, dass Conner und Tricia nie zusammenkommen würden, doch jeder, der die beiden kannte, hatte sich gefragt, wann die Hochzeit stattfinden würde.

Kommt Carolyn zum Essen oder nicht?

Er hoffte es.

Und er hoffte es nicht.

„Du und Carolyn, ihr erinnert mich an die beiden", bemerkte Davis mit einem Augenzwinkern.

Das ließ Brody aufhorchen. Er drehte sich auf seinem Stuhl um und musterte seinen Onkel mit schmalen Augen. „Was soll das denn heißen?"

„Genau das, was ich gesagt habe. Du kennst mich, mein Sohn. Ich sage immer, was ich denke."

Tricia schlug mit einem Geschirrtuch nach Conner, der lachte. Die Hunde fingen an zu bellen, während Kim versuchte, sie alle zum Schweigen zu bringen.

Es war ein fröhliches Chaos.

Es war Familienleben.

Wieder einmal empfand Brody die bittersüße Gefühlsmischung aus Dankbarkeit und Einsamkeit.

„Gib euch eine Chance, Junge", riet Davis ihm leise, schob

seinen Stuhl zurück und ging zur Hintertür. Sein Onkel konnte seit jeher Brodys Gedanken lesen, und das hatte sich nicht geändert.

Wegen des Gebells und der Beschwichtigungsversuche, des Klatschens von Geschirrtüchern und des fröhlichen Lachens hatte Brody das Auto nicht kommen hören, wohl aber Davis.

Er öffnete die Tür, als Carolyn gerade eine Hand hob, um anzuklopfen.

In ihrer schwarzen Jeans und der hauchzarten weißen Bluse wirkte sie schüchtern und lieb. Ihr sonnengesträhntes Haar war zu einem französischen Zopf geflochten, und wenn Brody nicht alles täuschte, hatte sie sogar ein bisschen Make-up aufgelegt.

„Hi“, sagte sie mit etwas unsicherer Stimme zu Davis, drückte ihm eine große Plastikbox in die Hand und würdigte Brody keines Blickes. „Ich habe Nudelsalat mitgebracht. Aus der Feinkostabteilung im Supermarkt, aber er ist wirklich gut.“

„Prima“, sagte Davis belustigt in seinem Cowboytonfall. „Komm rein und fühl dich wie zu Hause.“

Conner und Tricia unterbrachen ihre Vorbereitung aufs Vorspiel, um Carolyn zu begrüßen – Conner mit einem Lächeln, Tricia mit einer Umarmung. Als Kim sich ihnen anschloss, war es wie bei der Familienzusammenführung in einer Realityshow.

Brody konnte nichts weiter tun als warten, doch immerhin entsann er sich seiner Manieren so weit, dass er in der Gegenwart einer Dame aufstand.

Carolyn musste sich geradezu zwingen, ihn endlich anzusehen. Ihre Wangen wurden rosig, und, verdammt noch mal, sie sah gut aus.

„Hallo, Brody“, sagte sie.

„Carolyn“, entgegnete er und nickte ihr zu.

Auf einmal hatte Brody zwei linke Füße und eine schwere Zunge.

Er kam sich vor wie ein Pennäler.

Schlimmer noch: In der Schule war alles nur Spekulation gewesen. Als Mann wusste er nur zu gut, wie es war, diese Frau zu küssen, sie zu lieben.

Wie im Wasser zu stehen und einen stromführenden Draht anzufassen, dachte er.

Genauso war es.

„Kim sagt, im Laden läuft alles wie am Schnürchen", wandte sich Tricia mit einem perlenden Lachen an Carolyn. „Ich hatte gehofft, ein *bisschen* vermisst zu werden."

Als Carolyn lächelte, wirkte sie nicht mehr ganz so sehr wie ein fluchtbereites Reh, das ein Raubtier gewittert hatte. „Natürlich bist du vermisst worden", versicherte sie ihrer Freundin.

„Und wie", pflichtete Kim ihr fröhlich bei und öffnete eine Tür des großen Doppelbackofens, um nach den Tamales zu sehen.

Sie dufteten so gut, dass Brodys Magen knurrte.

In den nächsten Minuten setzte eine gewissermaßen emsig summende Ruhe ein. Carolyn und Tricia wuschen an der Spüle das Geschirr ab und fingen an, den Tisch zu decken, während Davis ein paar Flaschen exquisiten Wein entkorkte.

Es überraschte Brody nicht – und Carolyn wahrscheinlich auch nicht –, dass sie im Esszimmer am großen Tisch nebeneinandersaßen. Dafür hatten die anderen gesorgt.

Sie saßen so nah zusammen, dass sie sich ein paarmal mit den Ellbogen anstießen. Carolyns Duft – eine Mischung aus Babypuder, Blumen und ganz leisem Zitronenaroma – verwirrte, nein berauschte Brody geradezu, was erstaunlich war, denn er reichte die Weinflasche jedes Mal weiter, ohne sich selbst einzuschenken. Tricia verzichtete freilich auch; sie war schließlich schwanger.

Carolyn dagegen hatte anscheinend ungewöhnlich großen Durst. Sie naschte nur vom Salat, den Tamales und Kims unvergleichlichem mexikanischen Reis und dem Bohnenmus, aber beim Wein schlug sie gehörig zu.

„Übrigens“, warf Kim in die Runde, „Carolyn hat sich bei *Friendly Faces* angemeldet – dieser Online-Partnerbörse –, und sie wird geradezu belagert, weil so viele Männer sie kennenlernen wollen.“

Aus dem Augenwinkel sah Brody, wie Carolyns Gesicht sich zuerst rosig und dann mauvefarben färbte. Offenbar hatte sie nicht damit gerechnet, dass Kim vor Gott und der Welt die Neuigkeit ausplauderte.

Brody hätte am liebsten gelacht. Und mit der Flinte vor Carolyns Tür Posten bezogen, um keinen Mann zu ihr durchzulassen.

„Hoppla“, sagte Kim und riss die Augen auf. Dabei wusste jeder, dass sie absichtlich geplaudert hatte. „Entschuldigung.“

Davis warf seiner Frau einen Blick zu.

Carolyn, immer noch rot, schlug die Augen nieder und gab nicht einmal mehr vor, zu essen.

Lässig beugte Brody sich vor, griff nach der nächsten Weinflasche und füllte ihr Glas noch einmal. Mit einem Ausdruck von Verzweiflung gepaart mit Dankbarkeit sah sie ihn an und leerte das Glas mit wenigen Schlucken.

Die Situation bot nach Brodys Erachten zumindest *einen* Lichtblick. Jetzt hatte er einen triftigen Grund, Carolyn nach Hause zu fahren. Denn sie war offensichtlich nicht mehr in der Lage, sich hinters Steuer zu setzen.

Ein verlegenes Schweigen machte sich breit, lediglich unterbrochen vom Klappern des Bestecks auf bunten Keramiktellern.

„Das finde ich wunderbar“, unterbrach Tricia schließlich das Schweigen. „Die Partnerbörse, meine ich. Immer mehr

Menschen finden heutzutage ihren Seelenverwandten im Internet. Ja, die Statistik …"

Carolyn wirkte inzwischen dermaßen elend, dass sie Brody leidtat. Sie schluckte verkrampft, hob das Kinn und fiel Tricia mutig ins Wort. „Es ist nur eine Mitgliedschaft auf Probe. Ich war einfach neugierig."

„Es wimmelt nur so von Kerlen, die sie kennenlernen wollen", erzählte Kim begeistert, die sich zunehmend für das Thema erwärmte.

Eine weitere Weinflasche wurde geöffnet und herumgereicht.

Carolyn ließ etwas in ihr Glas schwappen und mied Brodys Blick, als sie die Flasche an ihn weiterreichte.

„Meinst du wirklich, du solltest noch mehr …", fragte er sie freundlich.

Endlich sah Carolyn ihn an. Ihre Augen blitzten wie ein Warnsignal auf der Autobahn, so wütend war sie.

So *schön* war sie.

„Ich bin volljährig, Brody Creed", sagte sie leicht schleppend.

Die anderen unterhielten sich. Es war wie ein fernes Summen, wie ein Radio, das im Nachbarhaus oder eine Straße weiter lief, die Worte blieben unverständlich.

„Außerdem", fuhr sie lebhaft fort, bevor er etwas antworten konnte, „habe ich nur zwei Gläser getrunken."

„Fünf", sagte Brody leise, „aber wer wird denn zählen?"

„Normalerweise trinke ich nicht so viel", informierte sie ihn beiläufig.

„Iss noch ein Tamale", riet Brody ihr leise, obwohl es immer noch so schien, als befänden sie sich in einer separaten Sprechblase, während der Rest der Gesellschaft sich irgendwo am Rande bewegte.

„Ich *will* kein Tamale", erklärte Carolyn.

„Dir wird schlecht, wenn du nichts isst", warnte Brody sie.

Seit Stevens und Melissas letztem Besuch, bei dem er die Zwillingssöhne seines Cousins gefüttert hatte, hatte er nicht mehr in diesem lockenden Tonfall geredet. Damals hatte er mit Engelszungen reden müssen, damit sie die Mündchen öffneten und von den pürierten grünen Bohnen aßen.

„Das ist mein Problem, nicht deins", erwiderte Carolyn steif.

„Hier bei uns gibt einer auf den anderen acht", kam die unverdrossene Antwort.

Sie schnaubte durch die Nase und versuchte, die wieder kreisende Weinflasche in ihren Besitz zu bringen, doch Brody kam ihr zuvor und gab sie weiter.

Das machte Carolyn wütend. Wieder stieg ihr die Röte in die Wangen, und ihre Augen blitzten, als stünde wegen Überbelastung ein Kurzschluss bevor.

Brody sah sie lediglich eindringlich an. „Iss", sagte er.

Mürrisch stach sie mit der Gabel zu und aß ein winziges Stückchen Tamale. „Bitte schön", sagte sie, nachdem sie gekaut und geschluckt hatte. „Zufrieden?"

Er schenkte ihr sein Grinsen, dieses charmante Grinsen, das ihm manchmal seine Wünsche erfüllte und manchmal eine Ohrfeige einbrachte. „Nein", sagte er gedehnt. „Du?"

Eine Sekunde lang sah es so aus, als sollte es dieses Mal die Ohrfeige sein.

Letztlich jedoch war Carolyn zu durcheinander und beschwipst, um angemessen zu reagieren. Sie blinzelte einmal, zweimal, als wäre sie überrascht zu sehen, wo sie sich befand, und schwankte kaum merklich auf ihrem Stuhl.

„Ich möchte nach Hause", verkündete sie.

Brody schob seinen Stuhl zurück, stand auf und streckte ihr die Hand entgegen. „Das ist eine gute Idee", erwiderte er leichthin. „Fahren wir."

Kim und Davis, Conner und Tricia nahm er als homogene Gruppe wahr, die mit belustigten Mienen um den Tisch saß, sich aber nicht äußerte.

„Ich muss mich wohl von dir chauffieren lassen?“

„Ich glaube, schon. Wir nehmen meinen Pick-up. Irgendwer kann deinen Wagen später in die Stadt fahren.“

Carolyn, eben noch lebhaft und entschieden, wirkte plötzlich ratlos. „Aber was wird aus dem Abwasch und …“

„Davis und Conner können aufräumen.“ Brody schob eine Hand unter ihren Ellbogen, half ihr auf die Füße und führte sie fort vom Tisch in die Küche. Barney folgte ihnen dicht auf den Fersen.

Als sie beim Pick-up ankamen, half er ihr auf den Beifahrersitz, sorgsam darauf bedacht, ihr das Gefühl zu vermitteln, dass es ihr aus eigener Kraft gelang.

Barney nahm seinen Platz auf der Rückbank der Fahrerkabine ein.

Sobald Brody hinterm Steuer saß, ließ er die Fenster an der Fahrer- und Beifahrerseite zur Hälfte herab. Carolyn konnte gar nicht genug frische Luft bekommen.

„Morgen früh wirst du dich selbst hassen“, sagte er leichthin, als sie in Richtung Tor und Straße zur Stadt fuhren.

Es war als Scherz gemeint, doch Carolyns Seufzer war so tief, dass es ihn schmerzte und er sich wünschte, den Mund gehalten zu haben.

„Vielleicht dauert es nicht einmal so lange“, erwiderte sie traurig. „Ich bin … ich bin es nicht gewohnt zu trinken und ich … na ja, ich bin es einfach nicht gewohnt.“

Brody griff nach ihrer Hand und drückte sie kurz. „Das ist kaum zu übersehen“, sagte er sanft.

„Ich komme mir so bescheuert vor“, flüsterte Carolyn und sah ihn nicht an.

„Lass es“, sagte Brody.

„Du findest mich sicher erbärmlich“, fuhr sie fort und starrte durch die Frontscheibe.

„Nichts dergleichen“, versicherte Brody ihr.

„Mich zu betrinken. Mich bei einer Partnerbörse anzumelden …“

Bevor er sich dazu äußern musste, wandte sie sich ihm zu und sah ihn an. Sie war erbsengrün im Gesicht.

„Stopp!“, keuchte sie. „Mir wird …“

Brody hielt an, und Carolyn stieß die Tür auf.

„Übel“, vervollständigte sie ihren Satz.

Und dann war ihr übel.

5. KAPITEL

Wenn ich mit Absicht geplant hätte, bei Brody Creed einen bleibenden Eindruck zu hinterlassen, überlegte Carolyn, als sie ihr bleiches Gesicht im Spiegel über dem Waschbecken betrachtete, hätte ich es nicht besser machen können.

Zunächst einmal hatte sie, weil sie sprichwörtlich nur noch ein Nervenbündel war, zu viel Wein zum Essen getrunken. Und dann hatte sie sich mit Glanz und Gloria vor den Augen des Mannes übergeben. Hatte einfach den Kopf aus der Pick-up-Tür gesteckt und an den Straßenrand gekotzt wie jemand, der aufgegriffen und zur Entziehungskur gekarrt wurde.

„Sehr eindrucksvoll“, flüsterte sie ihrem Spiegelbild zu.

Als sie das Schauspiel vor ihrem inneren Auge Revue passieren ließ, schloss Carolyn die Augen und schämte sich von Neuem. Brody hatte mit besonnener Freundlichkeit reagiert, ihr ein Päckchen Feuchttücher gereicht und noch zwei Streifen alten harten Kaugummi mit Zimtgeschmack draufgelegt.

Hinterher hatte sie sich so geschämt, dass sie ihn nicht ansehen konnte. Sie hatte gehofft, er würde sie einfach zu Hause absetzen, mitsamt seinem Hund weiterfahren und sie in Ruhe in ihrer Verzweiflung schwelgen lassen.

Doch statt sie ihrem Elend zu überlassen, hatte er Barney befohlen, sich nicht von der Stelle zu rühren, darauf bestanden, Carolyn beim Aussteigen zu helfen, und sie nicht nur durchs Tor und über den Hof, sondern auch die Außentreppe hinauf bis vor ihre Tür zu geleiten.

„Ich komme jetzt zurecht“, hatte sie auf dem Treppenabsatz gesagt. Sie konnte ihm immer noch nicht in die Augen sehen. „Wirklich, ich …“

Brody hatte sanft ihr Kinn umfasst; und so übel ihr auch war, durchfuhr sie die Mischung aus Zärtlichkeit und Kraft in seiner Berührung dennoch wie ein Stromstoß. „Ich bleibe lieber ein bisschen, bis ich sicher bin, dass es dir gut geht", erwiderte Brody sachlich.

Obwohl Carolyn inzwischen schmerzlich nüchtern war, brachte sie nicht die Kraft auf, einen aussichtslosen Kampf zu führen. Sie schloss einfach die Tür auf und ließ zu, dass Brody ihr in die Wohnung folgte.

Winston hockte auf der Fensterbank und empfing ihn mit gesträubtem Fell und einem Fauchen.

„Wie du meinst, Katze", sagte Brody. „Ich bin hier, ob es dir passt oder nicht, also finde dich damit ab."

Carolyn war ins Badezimmer gehastet, um sich das Gesicht zu waschen und die Zähne zu putzen und anschließend noch mit Mundwasser zu gurgeln und zwei Aspirin zu nehmen. Dann eilte sie in ihr Schlafzimmer und wechselte das T-Shirt.

Nun stand sie wieder im Bad, bemüht, Mut zu fassen und zurück in die Küche zu gehen, Brody fürs Heimfahren zu danken und ihn höflich nach Hause zu schicken.

Er machte sich in der Küche zu schaffen, ließ Wasser in die Spüle und führte ein einseitiges Gespräch mit Winston, aber so leise, dass sie kein Wort verstand. Es klang nach Schimpfen, aber auch gutmütig.

Wahrscheinlich hatte Brody sich in den Kopf gesetzt, die Katze auf seine Seite zu bringen.

Darüber musste Carolyn lächeln, aber nur kurz, denn selbst das Lächeln tat weh.

Wie würde es ihr erst gehen, wenn der richtige Kater einsetzte?

Das hast du nun vom Trinken, sagte sie sich finster. *Du weißt doch, dass du es nicht verträgst.*

Aber all diese Selbstbeschuldigungen führten zu gar nichts. Also holte Carolyn tief Luft, stieß den Atem aus und zwang sich, das Badezimmer zu verlassen und den kurzen Weg zur Küche zurückzulegen.

Brody lehnte an einer der Arbeitsplatten und trank Kaffee aus einem ihrer drei Millionen Souvenirbecher.

Den Becher zierte das Bild einer berühmten Maus, und große rote Buchstaben brüllten: „Willkommen in Orlando!“

„Du hast da eine nette Sammlung“, bemerkte er und hob zur Unterstreichung seiner Worte leicht den Becher.

„Ich bin viel herumgekommen“, sagte Carolyn in dem Versuch, normal zu wirken. Ein paar Becher stammten in Wirklichkeit aus Secondhandläden und von Flohmärkten, aber sie sah keinen Sinn darin, zu erklären, dass sie manchmal gern vorgab, sie hätte diesen oder jenen im Lauf der Jahre während eines Urlaubs mit der Familie erstanden.

Das war armselig, denn um Urlaub mit der Familie zu machen, brauchte man eine Familie.

Brody schenkte ihr dieses schiefe Lächeln mit so viel Watt, dass es einen elektrischen Viehtreiber hätte mit Strom versorgen können. Seine Augen waren sanft wie blauer Samt, aber außerdem blitzte Belustigung in ihnen auf. Er ging zur Mikrowelle und holte einen zweiten Becher, in diesem Fall das Erinnerungsstück an The Alamo in San Antonio.

Carolyn hatte schon immer mal The Alamo sehen wollen.

Sie roch den beruhigenden Duft von Pfefferminztee mit einem kleinen Hauch von Ingwer. Ihre Kehle, immer noch ein bisschen gereizt vom Erbrechen, schnürte sich schmerzlich zusammen.

„Gut für dein Wehwehchen“, sagte Brody und stellte den Tee auf den Küchentisch. „Setz dich, Carolyn. Ich habe nicht vor, dich zu beißen oder so.“

Sie ließ sich auf einen Stuhl sinken und wünschte, sie hätte die Nähmaschine weggeräumt, bevor sie zu Davis und Kim gefahren war, um mit ihnen zu Abend zu essen und als Idiotin des Jahres zu kandidieren. Jetzt hielt Brody sie vermutlich nicht nur für eine hemmungslose Trinkerin, sondern auch noch für eine *Chaotin*.

Brody wartete einen Moment, dann setzte er sich ihr gegenüber. In lässigem Schweigen sah er zu, wie sie ein Schlückchen Tee trank und seufzte, weil das Kräuterzeugs so guttat.

„Du bist sehr … freundlich", brachte Carolyn nach ein paar weiteren Schlucken Tee hervor. Langsam, aber sicher erholte sie sich. „Danke."

Das Lächeln erhellte Brodys Augen, bevor es seine Lippen erreichte. „Gern geschehen", erwiderte er, trank seinen Kaffee aus, hatte es offenbar aber nicht eilig, zu gehen.

„Ich komme jetzt allein zurecht, nachdem ich ein paar Aspirin genommen und diesen Tee getrunken habe", erklärte Carolyn und hoffte, dass er den Wink mit dem Zaunpfahl verstand und sich auf den Weg machte.

Und hoffte, dass er es nicht tat.

Er ließ sich Zeit, musterte sie. „Bestimmt", pflichtete er ihr bei.

„Und dein Hund ist ganz allein da draußen im Pick-up."

„Barney geht's gut", versicherte er.

„Es ist mir so peinlich", fuhr sie beinahe im Flüsterton fort, dabei hatte sie gar nichts mehr sagen wollen.

„Nicht nötig. Dass du nichts verträgst, ist nicht zu übersehen, aber das ist gar nicht so schlimm."

Carolyn biss sich heftig auf die Unterlippe und zwang sich, Brody direkt in die Augen zu sehen. Zuerst hatte sie geredet, ohne es zu wollen, und jetzt bekam sie keinen Ton heraus.

„Vielleicht solltest du ein bisschen Suppe essen oder so", meinte Brody milde. „Das wirkt beruhigend auf den Magen."

Wie mochte es sein, wenn man sich in seiner eigenen Haut so sicher, so zu Hause fühlte? Wurde man so, wenn man irgendwohin gehörte, Teil einer Sippe war? Obwohl er jahrelang fort gewesen ist, überlegte Carolyn neidvoll, ist der Mann zweifellos tief im steinigen Boden von Colorado verwurzelt. Dann schüttelte sie rasch den Kopf. Allein der Gedanke an Essen – und sei es nur Suppe – weckte schon wieder Brechreiz in ihr.

„Ich kann nicht“, krächzte sie.

„Gut“, sagte Brody.

Seltsamerweise gab ihr seine unerschütterliche Fürsorglichkeit ein noch stärkeres Gefühl der Verletzlichkeit als der unverschämte Kuss.

Carolyn wappnete sich gegen das völlig normale menschliche Bedürfnis nach Trost, Fürsorge und Aufgehobensein – jedenfalls normal für andere Menschen. Pflegekinder jedoch mussten – ganz gleich wie gut die Heime waren, in denen sie untergebracht wurden – stark und selbstverantwortlich sein und durch und durch robust.

Immer.

„Du könntest jetzt eigentlich gehen“, legte sie ihm behutsam nahe.

Wieder lachte Brody leise, lehnte sich auf seinem Stuhl zurück und verschränkte die Arme. „Könnte ich“, bestätigte er, machte jedoch keinerlei Anstalten, aufzubrechen.

„Und was das betrifft, was Kim beim Abendessen gesagt hat, dass ich mich bei einer Singlebörse angemeldet habe …“

„Wer hat irgendwas darüber gesagt?“, fragte Brody, als ihre Stimme versagte.

„Wenn ich gewusst hätte, dass sie es allen erzählt, hätte ich ihr überhaupt nichts gesagt.“

„Kim hat es nicht böse gemeint, Carolyn“, sagte Brody ruhig. „Und du bist eine erwachsene Frau, geistig und … körperlich gesund …“ Er hielt inne, und wieder blitzte dieses gewisse Etwas in seinen Augen auf. „Wenn du dich mit potenziellen Trickbetrügern verabreden willst, ist das deine Angelegenheit.“

Einerseits wusste Carolyn genau, dass Brody sie aufzog. Andererseits konnte sie nicht anders, als darauf einzugehen. „Potenzielle Trickbetrüger? Das nennt man Zynismus“, warf sie ihm vor, obwohl sie von Anfang an ganz ähnliche Gedanken gehabt hatte.

„Wenn du auf dem Markt bist, um einen Mann abzubekommen, Carolyn, ist es deine Sache, wie du dir einen an Land ziehst. Ich rate dir nur, vorsichtig zu sein. Da draußen laufen ein paar wirklich Verrückte herum."

„*Auf dem Markt?*" Fassungslos beugte sie sich auf ihrem Stuhl vor. „*Einen an Land ziehen?*" Wut gab ihr immerhin ein besseres Gefühl als Verlegenheit.

„Musst du alles wiederholen, was ich sage?", beschwerte sich Brody.

„Wer sonst würde sich schon mit mir verabreden wollen, wie?", ereiferte sich Carolyn, dämpfte aber ihre Stimme, um nicht zu schreien und Winston zu erschrecken. Oder die Nachbarn. „Außer einem verrückten Loser, der auf normalem Wege keine Frau findet?"

Brody lachte. *Lachte.* Dreistigkeit besaß er wirklich im Überfluss.

Sex-Appeal aber auch, verdammt noch mal.

„Da, schon wieder legst du mir Worte in den Mund", erwiderte er völlig lässig. Ganz kurz streifte sein Blick ihre Brüste, dann sah er ihr wieder ins Gesicht. „Atme tief durch, Carolyn. Wenn du dich bei Funky Faces, oder wie auch immer der Verein sich nennt, anmelden willst, dann tu es."

„*Friendly* Faces", korrigierte Carolyn und ärgerte sich, weil sie sich in die Defensive drängen ließ. Warum konnte sie nicht wenigstens ein einziges Mal eines dieser Rededuelle gewinnen?

„Egal", sagte Brody gleichgültig, schob seinen Stuhl zurück und stand – endlich – auf. „Und du kommst wirklich zurecht?"

„Ja, wirklich", beteuerte Carolyn, schlang die Arme um ihren Oberkörper und sah Brody nicht an.

Komisch. Obwohl sie den Blick abgewandt hatte, attackierte der Mann ihre strapazierten Nerven. Sie war sich Brody Creeds Nähe mit jeder Faser ihres Körpers bewusst. Er ließ alles in ihr pulsieren.

Die Aussicht auf seinen Aufbruch erfüllte sie mit wütendem Triumph – und mit einer gewissen stillen Niedergeschlagenheit.

Geh, dachte sie verzweifelt. *Um Himmels willen, Brody, geh einfach.*

Doch statt schnurstracks zur Tür zu gehen, umrundete Brody den Tisch, blieb hinter Carolyns Stuhl stehen, beugte sich herab und hauchte ihr einen federleichten Kuss auf den Kopf.

„Man sieht sich", sagte er.

Carolyn biss die Zähne zusammen, damit sie ihn nicht bat, zu bleiben.

Damit er sie mit Suppe lockte und in die Arme nahm.

Für einen Tag hatte sie genug Dummheiten gesagt und getan. Sie hatte ihr Soll erfüllt und sogar überschritten.

Wenige Sekunden später war Brody fort.

Und die Wohnung, ansonsten ihr Zufluchtsort, erschien ihr leer ohne ihn.

Still saß sie auf ihrem Stuhl, lauschte dem Stampfen seiner Stiefelabsätze auf der Außentreppe und wartete auf das Aufheulen des Motors und die sich entfernenden Fahrgeräusche.

Erst als sie sicher war, dass er nicht zurückkommen würde, schob Carolyn ihre Teetasse von sich und schlug vor Enttäuschung die Stirn leicht auf die Tischplatte.

Einmal, zweimal, dreimal.

Winston sprang von der Fensterbank, tappte zu ihr und strich um ihre Knöchel, spendete schnurrend Katzentrost.

Carolyn bückte sich, hob ihn auf ihren Schoß und streichelte seinen seidigen Rücken.

Da niemand außer der Katze in der Nähe war, ließ sie sich gehen und fing an zu weinen.

„Okay, also habe ich mich eingemischt“, gab Kim mit einem kleinlauten Lächeln an Brodys Adresse zu.

Die zwei standen in Kims Küche.

„Meinst du?“, entgegnete Brody.

Während seiner Abwesenheit waren Tricia und Conner nach Hause gefahren – vermutlich hatten sie in diesem Moment bereits langsamen, verschlafenen Sex –, und Davis hatte sich in seine Sattelwerkstatt zurückgezogen, wo er an einer Kundenbestellung arbeitete.

Little Bit und Smidgeon hatten ihn anscheinend begleitet, denn sie waren weit und breit nicht zu sehen.

Abgesehen von dem noch in der Luft hängenden Duft von Tamales waren alle Hinweise auf das Abendessen verschwunden. Das Geschirr war abgewaschen, die Reste eingepackt und verstaut, die Arbeitsflächen sauber.

Kim Creed hatte ihren Laden im Griff.

Pech, dass sie ihr Mundwerk nicht genauso gut unter Kontrolle hatte.

„Tut mir leid“, sagte sie, nahm ein Handtuch aus dem Wäschekorb auf dem Tisch und faltete es. „Ich dachte nur, du solltest wissen, dass Carolyn … na ja … auf der *Suche* ist.“

„Warum?“, fragte Brody. „Was um alles in der Welt geht mich das an, Kim? Oder dich? Carolyn war ohnehin nervös – und darum hat sie, wie ich vermute, den Wein nur so in sich hineingeschüttet. Und dann musstest du alles noch schlimmer machen, indem du etwas ausgeplaudert hast, was sie dir wahrscheinlich im Vertrauen gesagt hat.“

Kim hörte auf, Handtücher zu falten. Tränen traten ihr in die Augen.

Brody ertrug es nicht, wenn eine Frau weinte, aber wenn Kim weinte, war es am allerschlimmsten. Sie war praktisch seine Mutter, und er liebte sie entsprechend.

„Ich dachte, es wäre eine gute Idee“, gestand sie schniefend. „Ich werde mich morgen bei Carolyn entschuldigen.“

„Vielleicht könntest du auch deine Kuppeleiversuche eine Zeit lang zurückstellen“, schlug er vor, drückte sie einmal kurz an sich und nahm dann ein Handtuch aus dem Korb und legte es zusammen.

„Glaub mir, diesen Vortrag hat Davis mir längst gehalten. Wenn du und Carolyn zu dumm und zu stur seid, um einzusehen, dass ihr füreinander bestimmt seid – tja, dann sind auch mir die Hände gebunden. Das müsst ihr dann allein schaffen.“

„Danke“, sagte Brody und lächelte. „Ich übernehme das jetzt.“

Kims Augen weiteten sich, und sie hielt mitten in der Bewegung inne. „Ich übernehme das jetzt, was soll das heißen? Dass du …“

Statt zu antworten, hob Brody nur den Zeigefinger und schüttelte den Kopf. Grinsend drehte er sich um, um in die Werkstatt zu gehen und Davis eine gute Nacht zu wünschen, bevor er zurück zu seiner Hütte fuhr.

Die geräumige Werkstatt roch angenehmen nach Leder und Sattelseife und dem Holzfeuer, das im Ofen knisterte. Die Flammen warfen tanzende Schatten auf die abgetretenen Bodendielen. Davis stand an einem der vielen Arbeitstische und versah einen Streifen Kuhhaut mit einem komplizierten Muster.

Als Brody eintrat, hob Davis den Kopf und grinste. Er legte Gummihammer und Ahle zur Seite und wischte sich die Hände seitlich an seiner Jeans ab, mehr aus Gewohnheit als aus Notwendigkeit.

„Fühlt Carolyn sich immer noch unwohl?“, fragte er.

„Das wird schon wieder“, antwortete Brody. Er schaute sich um und dachte an die Zeit, als er und Conner noch klein und ständig in der ersten Werkstatt ihres Onkels im Weg gewesen waren. Damals waren sie überzeugt, dass nichts und niemand ihnen etwas antun konnte, solange Davis zur Stelle war. Sie waren sicher aufgewachsen und hatten daraus Selbstbewusstsein geschöpft.

Oder Arroganz, je nachdem, wie man es betrachtete.

Davis neigte den Kopf zur Seite, musterte seinen Neffen eine Zeit lang schweigend, wandte sich dann wieder seinem Arbeitstisch zu, griff nach einem Fensterleder und fing an, das Stück, an dem er gearbeitet hatte, zu polieren.

„Wie geht's denn mit dem tollen Hausbau voran?", fragte er nach einiger Zeit. Er war kein Mann vieler Worte.

Unter einer der Arbeitsplatten entdeckte Brody die kleinen Hunde und musste lächeln. Sie kuschelten in einem Bettchen, das aussah wie ein pinkfarbener Plüschpantoffel. Er zog sich einen Holzstuhl heran, setzte sich rittlings darauf und verschränkte die Unterarme auf der Lehne.

„Langsam", erwiderte er, was seinem Onkel ein leises tiefes Lachen entlockte.

„Ziemlich großes Haus für nur einen Cowboy und seinen Hund", bemerkte Davis. Barney war Brody gefolgt und legte sich zu seinen Füßen nieder.

„Fang gar nicht erst an", warnte Brody ihn, beugte sich hinab und kraulte den Hund hinter den Schlappohren.

„Womit?", fragte Davis, obwohl er es ganz genau wusste.

Brody seufzte nur.

Schmunzelnd schüttelte Davis den Kopf. „Kim hat heute Abend beim Essen in ein Wespennest gestochen, wie?", fragte er und polierte wie besessen das Stück Leder.

„Das kann man wohl sagen", antwortete Brody trocken.

Davis unterbrach seine Arbeit und musterte Brody erheitert, bevor er fortfuhr: „Conner und Tricia passen gut zusammen, wie sich herausgestellt hat", bemerkte er. „Sicher, Kim ist ins Fettnäpfchen getreten, aber sie will nur, dass du genauso glücklich wirst wie dein Bruder."

„Ich weiß", antwortete Brody mit einem tiefen Seufzer und fügte hinzu: „Es ist so, Davis. Zwischen Carolyn und mir ist vor langer Zeit etwas vorgefallen, und sie würde sich eher mit einem Iltis einlassen als mit mir. Wir kommen nie zusammen, sie und ich, so sehr du und Kim es euch auch wünschen mögt."

„Tatsächlich?", fragte Davis mit seinem vertrauten Unterton milder Skepsis. Er hatte aufgehört zu polieren und wischte sich die Hände mit einem Handtuch sauber.

„Tatsächlich! Wenn sie die Wahl zwischen einem Iltis und mir hätte, würde der Iltis mühelos gewinnen. Carolyn will nichts von mir, und ich kann es ihr nicht einmal verübeln."

„Bilde ich mir das nur ein, oder schwang da eben etwas wie Traurigkeit in deinem Ton mit, Junge?" Smidgeon und Little Bit purzelten aus ihrem Pantoffelbett, sausten zu Davis und kratzten an seinen Hosenbeinen, damit er sie hochhob.

Was er dann auch tat.

„Traurigkeit?", spottete Brody ein bisschen verspätet. „Bei mir doch nicht."

„Du bist in Carolyn verschossen", sagte Davis ruhig. Er stand da und hielt in jeder Armbeuge ein Schoßhündchen. „Dagegen ist nichts einzuwenden. Sie ist eine Schönheit und hat außerdem Pferdeverstand."

Brody schmunzelte kläglich. Wenn ein Creed sagte, jemand habe „Pferdeverstand", war das ein großes Lob – besser als ein hoher Kontostand oder ein Leumundszeugnis vom Polizeipräsidenten. „Tja", sagte er, „ich hab's mir gewissermaßen mit ihr verdorben."

Davis setzte die Hunde behutsam auf den Boden, und sie trollten sich, vermutlich um Kim zu suchen. Dann zog er für sich selbst einen Stuhl heran, setzte sich und sah Brody ernst, aber mit leicht hochgezogenen Mundwinkeln an.

„Ich hab's mir mit Kim öfter verdorben, als mir lieb ist", sagte er, nachdem er sich gesetzt hatte. „Und trotzdem sind wir im kommenden Oktober fünfunddreißig Jahre verheiratet."

Kameradschaftliches Schweigen breitete sich aus. Beide saßen da, lauschten eine Zeit lang dem Feuer im Ofen und hingen ihren eigenen Gedanken nach.

Brody schnürte es die Kehle zu. „Kim und du, habt ihr es je bedauert, keine eigenen Kinder zu haben?“, fragte er, und seine Stimme klang wie eingerostet.

„Wir *hatten* Kinder“, betonte Davis mit einem Lächeln. „Dich und Conner und Steven.“

„Eigene“, beharrte Brody. Davis’ Ehe mit Stevens Mutter hatte nicht lange gehalten.

Sein Onkel überlegte einen Moment, und als er antwortete, lag ein Funkeln in seinen Augen. „Wir hätten gern ein Mädchen gehabt“, gestand er. „Aber seit Melissa und Tricia in die Familie eingeheiratet haben, tja, seitdem haben Kim und ich das Gefühl, alles zu haben, was ein Mensch sich wünschen kann.“

Brody schwieg.

Abschließend legte Davis seinem Neffen die Hand auf die Schulter und drückte sie. „Ich weiß, ich habe es schon einmal gesagt“, erklärte er, „aber es ist mehr als gut, dich wieder zu Hause zu haben, wohin du gehörst, Junge. Du hast uns allen schrecklich gefehlt.“

Damit war die Unterhaltung beendet. Davis stand auf und ging zum Ofen, um die Kohle aufzuhäufen.

Brody trat hinaus in den Flur vor der Werkstatt, erinnerte sich dann, warum er gekommen war, und steckte den Kopf noch einmal zur halb geöffneten Tür herein.

„’Nacht, Davis“, sagte er.

Sein Onkel nickte lächelnd. „’Nacht“, antwortete er. „Und fahr bloß vorsichtig, wir können nicht auf dich verzichten.“

Brody nickte.

Auf dem Weg nach draußen kam Kim ihm nicht in die Quere.

Zwanzig Minuten später fuhr er auf River’s Bend vor dem unfertigen Stall vor und stellte den Pick-up ab. Er und Barney gingen kurz hinein, um sich zu vergewissern, dass Moonshine gut versorgt war, und machten sich dann auf den Weg zur Hütte.

Drinnen schaltete Brody das Licht ein und ging schnurstracks zu seinem Computer, um ihn hochzufahren.

Währenddessen leerte Barney unüberhörbar seinen Wassernapf, anschließend rollte er sich in seinem Körbchen zusammen.

Brody ging online, ließ seine E-Mail links liegen – er rief sie oft tagelang nicht ab – und klickte stattdessen seine Lieblingssuchmaschine an.

Er tippte *Friendly Faces* ein.

An die zehntausend Links erschienen auf dem Bildschirm.

Er schränkte die Suche auf Partnerbörsen ein und errötete leicht, obwohl kein Mensch jemals erfahren würde, dass er so tief gesunken war.

Da war sie, die Website, mit deren Hilfe Carolyn offenbar einen Ehemann an Land ziehen wollte.

Brody knirschte leicht mit den Zähnen und musste sich zwingen, seine Kiefergelenke zu lockern.

Carolyn zu finden kostete etwas Mühe, aber irgendwann stieß Brody doch auf ihr Profil. Sie nannte sich Carol.

Das beruhigte ihn aus unerfindlichen Gründen.

Er beschloss, ihr eine Nachricht zu schicken.

Dazu musste er sich jedoch zu einer kostenlosen Probemitgliedschaft anmelden, was ihm gewaltig gegen den Strich ging.

Da er nicht wie Carolyn über ein Standard-Pseudonym verfügte, benutzte er seinen richtigen Namen. Und mangels griffbereiter Fotos von sich selbst lud er einen Schnappschuss von Moonshine hoch.

Nach Kims Worten ließ sich keine Frau, die etwas auf sich hielt, mit einem Cowboy ein, bevor sie sein Pferd gesehen hatte.

Nach einigen weiteren Klicks war der Weg frei: Er konnte

Carolyn eine Nachricht schicken. Von dieser Sekunde an hatte Brody ein Brett vorm Kopf. Ihm fiel nichts ein, was er hätte schreiben können.

Seufzend lehnte er sich auf seinem Stuhl zurück und starrte finster auf den Bildschirm, als könnte dort etwas auftauchen, wenn er sich nur stark genug konzentrierte.

Tja, Schlaukopf, warf er sich stumm selbst vor, was ist aus deinem aalglatten ländlichen Charme geworden, auf den du immer gebaut hast?

Wieder seufzte Brody. Rieb sich nachdenklich das Kinn. Das war doch lächerlich.

Ein schlichtes Hallo dürfte doch reichen.

Aber *Hallo* allein sagte nichts aus.

„Wenn du Spaß willst, geh zu Brody“, kam ihm als Nächstes in den Sinn – glücklicherweise aber nur kurzfristig.

Er entschied sich für „Ich hoffe, dir geht es besser“ und tippte die Worte gerade ein, als eine Nachricht auftauchte.

Hallo, Fremder, schrieb Joleen. *Welch ein Glück, dich online anzutreffen – ein Jahrhundert-Ereignis! Wie auch immer, lass dich warnen – in ein paar Tagen bin ich wieder in Lonesome Bend.*

Brody erstarrte. Und fröstelte.

Joleen war vor Wochen mit dem Versprechen abgereist, niemals zurückzukommen.

„Scheiße“, knurrte er.

Hallo?, drängte Joleen online.

Hi, antwortete er.

Joleen war von der schnelleren Sorte, was das Tippen betraf. *Ich hatte gehofft, bei dir wohnen zu können. Mom und Dad haben Platz, sind aber zurzeit nicht gut auf mich zu sprechen.*

Tut mir leid, schrieb er unter Einsatz des rechten Zeigefingers zurück. *Der Platz ist zu knapp für Besuch.*

Immer noch sauer wegen unseres kleinen Streits?, wollte

Joleen wissen und fügte ihren Worten ein paar tränenüberströmte Icons hinzu.

Darum geht es nicht, antwortete Brody mühsam.

Ihre Antwort kam wie der geölte Blitz. *Willst du mich abservieren, Brody Creed?*

Brody seufzte, kramte sein Handy hervor und tippte Joleens Kurzwahl ein.

„Hallo?", schnurrte sie, als hätte sie nicht die geringste Ahnung, wer ausgerechnet sie anrufen sollte.

„Ich finde, es ist Zeit, einen Schlussstrich zu ziehen", fiel Brody kurzerhand mit der Tür ins Haus. „Unter unsere Bettgeschichte, meine ich."

„Du willst mich *tatsächlich* abservieren!", wiederholte Joleen. Ihr war hoch anzurechnen, dass sie eher erheitert als gekränkt klang. Das sprach für Joleen – sie war eine gute Verliererin.

„Okay", sagte Brody. „Wie du willst."

„Wenn es nach mir ginge", entgegnete Joleen, „wären wir längst verheiratet. Und hätten ein paar Kinder."

Auch Brody konnte sich Kinder allzu gut vorstellen, aber sie waren alle Carolyn und nicht Joleen wie aus dem Gesicht geschnitten.

„Wir hatten ein Abkommen", erinnerte er sie. „Wir waren uns von Anfang an einig, dass es nichts Ernstes sein sollte."

Ihr Lachen klang ein wenig bitter. „Also ist es schließlich doch so weit", sagte sie nach einiger Zeit. „Irgendein Stutfüllen hat dich eingefangen, zu Boden gerungen und gefesselt."

„Hübsches Bild", entgegnete Brody tonlos. „Und zu deiner Information – nicht dass ich dir eine Erklärung schuldig wäre, denn das ist ganz sicher nicht der Fall –, *nichts* dergleichen ist passiert."

„Klar", höhnte Joleen. „Ich komme trotzdem zurück. Und falls du dich einsam fühlst, ich wohne im Haus meiner Eltern und versuche sie zu überzeugen, dass ich doch ein braves Mädchen bin."

„Viel Glück dabei", sagte Brody und empfand ein, wenn auch kaum merkliches, Nachlassen der Spannung. Er hatte Joleen nie geliebt, und sie hatten wilde Streitereien hinter sich, aber er mochte sie. Wollte, dass sie glücklich war.

„Du und ich", fuhr sie fort und überraschte ihn mit der Tiefe ihrer Einsicht, „wir benutzen einander mehr oder weniger, um alle anderen sicher auf Abstand zu halten, nicht wahr?"

„Ja, ich schätze, das war wohl so."

„Ha", sagte Joleen mit Nachdruck, als wäre sie zu einem gewissen Schluss gekommen.

„Und es ist Zeit, dass wir beide zu neuen Ufern aufbrechen", ergänzte Brody. *Dass du deinen Weg gehst und ich meinen.*

„Sag mir, wer sie ist", drängte Joleen.

„Es gibt keine Bestimmte, Joleen."

„Zum Teufel damit, Brody Creed. Ich *kenne* dich, schon vergessen? Du folgst diesem Weg schon eine Weile, bist nach Lonesome Bend zurückgekehrt, hast dich mit Conner und Kim und Davis ausgesöhnt, baust ein Haus …" Sie stieß einen seltsamen Ton aus, und einen schrecklichen Moment lang fürchtete Brody, dass sie entweder weinte oder kurz davor war. „Ich Dummchen", sprach sie schließlich weiter. „Ich dachte, dieses Gerede, dass nichts Ernstes zwischen uns sein sollte, wäre eben nur … Gerede. Wir kennen uns schon so lange, Brody."

Brody schloss die Augen und dachte an Dinge, die er immer schon hatte vergessen wollen. Joleen war früher Conners Freundin gewesen und hatte mit reichlich Hilfe von Brodys Seite einen Keil zwischen die Brüder getrieben, der sie fürs Leben, nicht nur für ein Jahrzehnt, hätte entfremden können.

Und ein Jahrzehnt war nach Brodys Meinung entschieden

zu lange für ein Zerwürfnis mit Conner.

„Tut mir leid, wenn du mich missverstanden hast“, erwiderte er ruhig, als Joleens Zorn nicht mehr in der Luft knisterte. „Aber ich habe dir niemals Anlass gegeben, zu glauben, unsere Beziehung würde irgendwohin führen, Joleen. Und ich bin nicht verantwortlich für Dinge, die du dir einbildest.“

Sie seufzte, blieb aber ruhig. „Sagst du an dieser Stelle jetzt, dass wir immer Freunde bleiben?“, fragte sie schließlich.

„Das liegt an dir.“ Brody hätte Joleen gern gebeten, nicht zurückzukommen, zumindest nicht sofort, weil alles ohnehin schon kompliziert genug war. Das Dumme war nur, dass Lonesome Bend genauso gut ihre Heimat war wie seine und sie jedes Recht hatte, sich dort aufzuhalten. „Wir können Freunde sein, oder wir gehen einander eine Zeit lang aus dem Weg, bis sich die Wogen ein wenig geglättet haben.“

„Ich könnte dir Ärger machen, weißt du?“

Meinte sie das ernst? Er wusste es nicht.

„Das könntest du“, stimmte er ihr zu.

„Du kannst mir auch gleich sagen, wer sie ist“, fuhr Joleen fort, ohne auf seine Antwort einzugehen. „Mit ein, zwei Anrufen finde ich es sowieso problemlos heraus.“

„Wie du willst“, sagte Brody. „Auf Wiederhören, Joleen.“

Sie hielt inne, ließ seine Worte auf sich wirken, schniefte noch einmal … und legte einfach auf.

Brody klappte sein Handy zu und sah es einen Moment lang finster an. Barney, der es sich am Ofen gemütlich gemacht hatte, hob den Kopf und musterte sein Herrchen mit einem Blick, der Mitleid vermuten ließ.

Das bilde ich mir sicher nur ein, dachte Brody.

„Weiber“, sagte er zu dem Hund, bevor er sich wieder seinem Computer und der Nachricht zuwandte, die er an Carolyn schreiben wollte. „Sie sind einfach nicht zu durchschauen, so sehr man sich auch bemüht. Sie sagen nicht, was sie meinen. Sie weinen, wenn sie traurig sind, und auch, wenn sie glücklich sind, und man weiß nie, woran man ist.“

Barney winselte leise und rollte sich wieder zu einem Nickerchen zusammen.

Mit grimmiger Miene funkelte Brody den Bildschirm vor seiner Nase an. *Ich hoffe, dir geht es besser*, weiter war er noch nicht gekommen. Und weiter würde er wohl auch nicht kommen, wenn ihm nicht bald ein Geistesblitz kam.

Die Gefahr schien nicht zu bestehen. Wieder rieb er sich das Kinn und spürte, dass sein Bart nachwuchs. Er hatte sich doch erst am Morgen rasiert – oder?

Brody versuchte sich zu konzentrieren und seine Gedanken in eine bestimmte Richtung zu lenken, doch es fiel ihm schwer. Es wunderte ihn, dass er dermaßen um Worte rang. Er war sein Leben lang wortgewandt gewesen, doch wenn es um Carolyn Simmons ging, war er anscheinend stumm wie ein Stockfisch.

Entnervt gab er auf, drückte die Löschtaste, fuhr den Computer herunter und drehte sich auf seinem Stuhl um.

Das Bett war nicht gemacht, und eine Frau lag immer noch nicht darin.

Die Mikrowelle und der Minikühlschrank, die als Küche dienten, waren traurige Symbole seines Junggesellendaseins.

Der einzige Lichtblick in dieser Unterkunft war der Hund.

6. KAPITEL

Leugnen, entschied Carolyn, als sie um Punkt neun Uhr am nächsten Morgen routinemäßig den Laden öffnete, würde die Parole für diesen Tag sein. Sie brauchte nur so zu tun, als ob. Als hätte sie sich bei Kims Tamales-Einladung nicht vor Brodys Augen einen Schwips angetrunken.

Als hätte sie sich nicht aus der Autotür eines heißen Typen gelehnt und übergeben.

Als hätte sie sich nicht komplett zum Narren gemacht.

Aber sie hatte. All das hatte sie getan und noch mehr, und das Schlimmste war, sie wusste nicht, *warum*. Es war gar nicht ihre Art, zu trinken, geschweige denn, zu viel zu trinken. Sie vertrug einfach keinen Alkohol, hatte es nie getan.

Verwirrt und mit einem mulmigen Gefühl blickte Carolyn zu der Weberin auf, dem Kunstwerk hoch oben an der Wand. Sie suchte Lebensweisheit in der Ruhe und den Farben, doch alles, was es ihr einbrachte, war ein Krampf im Nacken.

Wenn Leugnen nicht funktionierte, hatte sie die Wirklichkeit am Hals.

Ach du Schande.

Doch es gab auch Positives zu vermelden. Letzte Nacht hatte sie immerhin durchgeschlafen, und nach zwei weiteren Aspirin hatte das Dröhnen in ihrem Kopf aufgehört.

Kaffee hatte sie heute Morgen jedoch nicht trinken können, nicht einmal Kräutertee.

Frühstück? Vergiss es.

Ihr war immer noch ziemlich flau im Magen.

Also hatte sie Winston gefüttert, geduscht und sich angezogen: flache Krokoimitat-Schuhe, schwarze Hosen und eine ziemlich korrekte weiße Bluse anstelle der üblichen Jeans zu T-Shirt und Westernstiefeln. Sie hatte sich geschminkt – ohne Rouge hätte sie überhaupt keine Farbe im Gesicht gehabt – und sich sogar das Haar zu einer, wie sie hoffte, lässig-eleganten Frisur hochgesteckt. Dazu trug sie ihr einziges Paar Goldohrringe.

Sie wollte … geschäftsmäßig wirken. Wie eine Frau mit Sinn und Verstand.

Doch im Grunde hätte es ihr schon gereicht, *nüchtern* zu wirken.

Um Viertel nach neun schneite Tricia herein, in Sandalen und einem lindgrünen Umstandskleid. Sie hatte zwei megagroße Kaffeebecher aus dem Café unten an der Straße dabei. Und sie strahlte wie eine Frau, die die ganze Nacht tollen Sex mit ihrem liebevollen Mann genossen hatte.

Carolyn empfand einen Anflug von Neid.

Tricia lächelte Carolyn herzlich zu, bevor sie die Becher auf der Verkaufstheke abstellte, und musterte Schuhe, Hose und die korrekte Bluse.

„Na sieh mal einer an", bemerkte sie schließlich. „Aufgedonnert, als wolltest du gleich rüber zur Bank gehen und einen hohen Kredit beantragen. Oder dich um die Mitgliedschaft in einem Country-Club bewerben."

„Ich glaube, ich wollte meine Identität ändern", gestand Carolyn. Der gewöhnlich so verlockende Kaffeeduft drohte ihr den Magen umzudrehen. „In eine andere Persönlichkeit schlüpfen. In der Versenkung verschwinden, für immer ausgelöscht sein. Mir ein privates Ein-Frau-Zeugenschutzprogramm schaffen."

Tricia lachte. „Dich hat's ja bös erwischt", sagte sie ehrlich. „Und ich rede jetzt nicht von einer Grippe."

Mit glühenden Wangen hob Carolyn das Kinn. „Wenn du den Kater meinst, danke, dass du mich daran erinnerst. Ich komme mir sowieso schon mehr als bescheuert vor, nach allem, was gestern Abend passiert ist."

Tricia griff nach einem der Becher und wollte ihn Carolyn reichen, doch die schüttelte den Kopf und schluckte krampfhaft.

„Du hast ein bisschen zu viel Wein getrunken", meinte Tricia sanft. „Das ist doch nicht weiter schlimm, Carolyn, das haben wir alle schon mal getan. Und wenn du wirklich einen Kater hast – deine Worte, nicht meine –, dann merkt man es dir nicht an." Sie unterbrach sich kurz, trat hinter den Tresen und verstaute ihre Tasche in ihrem Fach. „Ich meinte vielmehr die knisternde Spannung, die gestern Abend zwischen Brody und dir die Funken hat sprühen lassen, liebe kratzbürstige Freundin. Mich wundert, dass uns allen nicht die Haare zu Berge gestanden haben und unsere Skelette nicht durch die Haut sichtbar waren."

Gegen ihren Willen musste Carolyn lachen, doch es klang rau und schmerzte im Hals. „*Das* war anschaulich. Wie fantasiebegabt du doch bist, Tricia Creed. Wenn zwischen Brody und mir irgendetwas ‚Funken gesprüht' hat, dann war es Feindseligkeit."

„Klar doch", stimmte Tricia ihr prompt und ein bisschen zu bereitwillig zu und machte sich an einer Auswahl von Duftkissen neben der Registrierkasse zu schaffen. Wenn nicht unverhofft ein Reisebus vorfuhr, stand ihnen kein übermäßig arbeitsreicher Tag bevor. Die Aussicht auf lange Stunden, in denen sie sich beschäftigen musste, ohne wirklich Arbeit zu haben, machte die Lage nicht unbedingt besser.

„Ich sehe die Bestellungen im Internet durch", erklärte Carolyn, um das Gesprächsthema zu wechseln. Der Computer des Ladens stand in ihrem kleinen Büro, einem umgebauten Schlafzimmer neben dem Wohnzimmer. „Vielleicht haben wir online ein paar weitere Schürzen verkauft."

„Vielleicht", sagte Tricia mit einem neuerlichen Blick auf Carolyn, die sich gerade umdrehen und gehen wollte. „Wie kommt es, dass du mir gegenüber nichts von deiner Anmeldung bei der Partnerbörse erwähnt hast, Kim jedoch informiert war?"

Carolyn hätte gern gelogen, brachte es aber nicht fertig.

Nicht Tricia gegenüber, einer der ersten wahren Freundinnen, die sie hatte. „Ich hatte nicht vor, es überhaupt *irgendwem* zu sagen“, gestand sie kleinlaut und verschränkte die Arme vor der Brust. „Kim und ich waren oben beim Mittagessen, und plötzlich tauchte eine Nachricht auf dem Bildschirm meines Laptops auf.“ Sie atmete tief ein und geräuschvoll wieder aus. „Diese Website – *Friendly Faces*, meine ich – ist ein bisschen unheimlich. Das Ding *redet*. Wenn der Computer eingeschaltet ist und eine Nachricht eintrifft, meldet er sie sofort mit dem Satz ‚Jemand mag dich‘! Als das passierte, kam Kim hinter mein Geheimnis, und mir blieb nichts anderes übrig, als ihr alles zu erklären.“

Tricia lächelte. „Beruhige dich“, sagte sie. „Es ist eine neue Welt. Viele Menschen lernen sich online kennen, bevor sie einander persönlich treffen.“

„Du hast leicht reden. Du musst nicht auf solche Methoden zurückzugreifen – *du* bist ja schon verheiratet.“

„Ja“, seufzte Tricia verträumt. „Ich bin eindeutig verheiratet.“

Um ein Haar hätte Carolyn die Augen verdreht.

Allmählich kehrte Tricia zurück aus dem Land der Herzchen und Blümchen und schwebenden Vögelchen mit Schleifen in den Schnäbeln und musterte Carolyn aus leicht verengten Augen. „Ich habe nur eine Frage“, sagte sie.

„Aber natürlich“, gab Carolyn resigniert zurück. Das war das Ärgerliche an einer Freundschaft – sie rührte an all die intimen Dinge, die man lieber verborgen hielt.

„Warum willst du im Netz Fremde kennenlernen, wenn der perfekte Mann doch direkt vor deiner Nase steht?“

Carolyn tat so, als würde sie sich in ihrer näheren Umgebung nach diesem „perfekten Mann“ umsehen. Sie zog in gespielter Verwunderung die Brauen hoch und stemmte die Hände in die Hüften. „Ach ja? Ich kann ihn nicht sehen.“

„Du weißt, dass ich von Brody spreche“, erwiderte Tricia,

zwinkerte und wurde rot. Zwar redete sie von Brody, aber sie *dachte* an Conner.

Natürlich meinte Tricia es gut, genau wie Kim. Carolyn war tatsächlich kratzbürstig zu ihrer Freundin, und das tat ihr leid.

„Entschuldige“, sagte sie.

„Wofür?“

„Vielleicht war ich ein wenig bissig.“

„Und vielleicht habe *ich* mich eingemischt“, erwiderte Tricia. Wieder folgte eine lange Pause, dann fragte sie: „War das, was zwischen dir und Brody vorgefallen ist, wirklich so schlimm?“

Darauf öffnete Carolyn den Mund, schloss ihn wieder und fühlte sich überfragt.

Tröstend strich Tricia Carolyn über den Arm. „Und schon wieder mische ich mich ein.“

„Könnten wir bitte aufhören, über Brody zu reden?“, fragte Carolyn nach langem Schweigen. Sie merkte, dass sie beide Arme um ihren Oberkörper geschlungen hatte, als wäre ein kalter Wind durch den Laden gefegt und ihr bis in die Knochen gedrungen.

„Natürlich“, sagte Tricia, und ihre Augen wurden feucht. „Natürlich.“

Carolyn drehte sich auf dem Absatz um und marschierte mit steifem Rücken zum Schlafzimmer-Büro.

War das, was zwischen Brody und dir vorgefallen ist, wirklich so schlimm?

Ja, antwortete eine innere Stimme tief in Carolyn, zu tief, um es laut auszusprechen. *Er war der erste Mann, den zu lieben ich mich getraut habe. Ich habe Brody Creed alles gegeben, was ich hatte, alles, was ich war und jemals sein wollte. Ich dachte, er wäre anders als all die anderen – als Mom, die Sozialarbeiter und die Pflegefamilien –, darum habe ich ihm vertraut. Am Ende aber hat er mich weggeworfen – wie alle anderen auch. Er ist gegangen, und ich habe monatelang auf der Straße nach ihm Ausschau gehalten, gehofft und gebetet, dass er wiederkommen möge, aber er blieb fort.*

So viel zu Hoffen und Beten. Wann hatte ihr das je geholfen?

Im Büro fuhr Carolyn den Computer hoch und wurde mit einer inzwischen allzu vertrauten Begrüßung empfangen, als sie ins Internet ging.

„Jemand mag dich!"

„Man stelle sich vor …", sagte sie leise und klickte wütend den Anzeigen-Button an.

Es erschien das Bild eines Falben.

Gib mir eine Chance, lautete die Nachricht unter dem Foto.

Sie war mitten in der Nacht verschickt worden und unterzeichnet mit *Brody*.

Carolyn schlug sich die Hand vor den Mund. Dann rief sie mit zittriger Stimme: „Tricia?"

Ihre Freundin kam sofort. „Stimmt etwas nicht?", erkundigte sie sich an der Tür.

„Leide ich unter Sinnestäuschungen?", fragte Carolyn und wies auf den Monitor.

„Das ist Brodys Pferd", erklärte Tricia ganz ruhig. „Moonshine."

„Augenscheinlich", scherzte Carolyn, „sucht Moonshine ein Abenteuer."

Tricias Kichern klang nervös. „*Brody* hat dir über *Friendly Faces* eine Nachricht geschickt? Wow. Er hat dich wohl *wirklich* gern."

Eine verrückte Freude stieg in Carolyn auf. „Ja, darum versteckt er sich auch hinter seinem *Pferd*."

„Er weiß, dass du Pferde liebst", argumentierte Tricia schwach.

„Um Himmels willen, Tricia!"

„Du hast dich als ‚Carol' registriert?", überging Tricia den Einwand.

„Das ist unwichtig", sagte Carolyn lebhaft. „Was soll ich jetzt tun?"

„Dich mit Brody treffen."

„Meinst du?"

„Was kann es schaden? Ihr zwei geht einen Happen essen, vielleicht auch ins Kino? Harmloser Spaß."

„An Brody Creed ist nichts harmlos", widersprach Carolyn.

„Stimmt", pflichtete Tricia ihr bei. „Aber willst du wirklich so einen Mann? Einen *harmlosen* mit null Wirkung?"

„Er macht mir Angst", gestand Carolyn. Die Worte waren ihr entschlüpft, bevor sie Gelegenheit hatte, zu prüfen, ob sie sie wirklich laut aussprechen wollte. Brody machte ihr Angst, weil niemand, nicht einmal ihre nichtsnutzige Mutter, so viel Macht hatte, sie zu verletzen, wie er.

„Eine einzige Verabredung", versuchte Tricia zu verhandeln. „Du bestimmst die Regeln. Kann das wirklich so schlimm sein?"

„Glaub mir, es kann *wirklich* so schlimm sein."

„Er muss dir ja übel mitgespielt haben", bemerkte Tricia vorsichtig. Wieder mischte sie sich ein, machte diesmal aber keinerlei Anstalten, sich dafür zu entschuldigen. „Du kannst es mir *sagen*, Carolyn."

„So wie ich es Kim gesagt habe?"

Tricia legte die rechte Hand aufs Herz und hob dann zwei Finger zum Schwur. „Ich werde es *niemandem* sagen. Nicht einmal Conner."

Trotz jahrelanger Konditionierung ging Carolyn das Risiko ein, wenn auch seufzend. „Brody war auf der Durchreise in Lonesome Bend", begann sie müde wie ein altmodischer Plattenspieler bei geringer Geschwindigkeit. „Es liegt Jahre zurück. Ich habe das Haus für Kim und Davis gehütet, und er – tja, er stand plötzlich einfach vor der Tür. Da ist etwas passiert. Und dann ist *noch etwas* passiert. Bevor ich mich versah, teilten wir eine Woche lang das Bett, und ich war bis über beide Ohren verliebt in Brody Creed. Wir schmiedeten Pläne für eine gemeinsame Zukunft – Kinder, Haustiere, ein Haus irgendwo auf dem Ranchgelände, das volle Programm. Brody wollte sich mit Conner versöhnen und mit seiner Tante und seinem Onkel, und wir wollten heiraten. Und dann, eines Morgens, wachte ich auf und fand einen Zettel. ‚Muss weg. Hat sich so ergeben', stand darauf. Das war alles. Er war weg."

„Oh", sagte Tricia und ließ die Geschichte auf sich wirken. „Du hast nicht wieder von ihm gehört?"

„Einen Monat später hat er mich angerufen, sinnlos betrunken. Das war schlimmer, als gar nicht von ihm zu hören."

„Das tut mir unendlich leid", flüsterte Tricia und sah so geknickt aus, dass Carolyn auf der Stelle ihren eigenen Kummer vergaß.

„Nicht doch. Quäl dich nicht damit, Tricia. Das ist eine alte Geschichte. Aber du weißt ja, was man so sagt – wer aus der Geschichte nicht lernt, ist dazu verurteilt, sie zu wiederholen."

„Ich liebe meinen Schwager", sagte Tricia, „aber im Augenblick würde ich ihm am liebsten den Hals umdrehen."

„Dass du dich mit Brody überwirfst, ist das Letzte, was ich mir wünsche. Er ist der Bruder deines Mannes, Tricia. Der Onkel deines Babys. Es wäre entsetzlich unrecht, wenn das, was ich gesagt habe, Probleme in der Familie heraufbeschwören würde. Das könnte ich nicht ertragen – Familien sind so kostbar."

Tricia umarmte sie, kurz, aber heftig. „Mach dir meinetwegen keine Sorgen. Du musst tun, was für *dich* richtig ist, Carolyn. Wann hast du das letzte Mal zuerst an dich gedacht?"

Carolyn forschte in ihrem Kopf und ihrer Seele nach einer aufrichtigen Antwort. „Immer", sagte sie, „und nie."

Nach einem langen Schweigen sagte Tricia: „Zu Anfang, ich meine, als ich mich für Conner zu interessieren begann, habe ich mich mit geballten Kräften gegen meine Gefühle gewehrt. Ich hatte *so große* Angst. Nichts in meinem Leben hatte mich je auf den Glauben an ein Happy End vorbereitet – weder die kurze Ehe meiner Eltern noch meine eigenen Beziehungen. Nichts hatte geklappt. Nie. Irgendwann habe ich entschieden, dass es wahre Liebe nur in Romanen und Filmen und bei anderen Menschen gibt, die mehr Glück als ich haben, und dass ich besser allein zurechtkäme, so konnte mir niemand wehtun." Sie unterbrach sich und forschte in Carolyns Blick. „Ganz schön blöd, wie? Nur eines schmerzte noch schlimmer als die Vorstellung, Conner Creed zu lieben und von ihm verlassen zu werden, und das war meine eigene Weigerung, das Risiko einzugehen. Und weißt du, was? Ganz gleich, was die Zukunft zu bieten hat, und selbst wenn Conner, Gott behüte, in der Blüte seines Lebens sterben oder mich verlassen sollte oder was immer das Schicksal für uns vorgesehen haben mag – es wäre es wert. Denn wenn man jemanden so geliebt hat, wie ich Conner liebe, und so geliebt worden ist, wie Conner mich liebt …" Tricias blaue Augen füllten sich wieder mit Tränen, und sie schluckte, bevor sie fortfuhr: „Wenn so du geliebt hast und *geliebt worden bist*, kann dir nichts und niemand jemals diese Erfahrung nehmen. Ob es nun fünf Minuten oder fünfzig Jahre dauert, eine solche Liebe wird endgültig zu einem Teil deiner selbst."

Carolyn musterte ihre Freundin. „Für manche Menschen ist es so", sagte sie schließlich.

„Es kann auch für *dich* so sein", sagte Tricia ruhig, aber mit Nachdruck.

„Aber nicht mit Brody Creed", erwiderte Carolyn. Und damit wandte sie sich wieder dem Bildschirm zu, klickte auf das entsprechende Icon und antwortete auf Brodys Nachricht – mit der Absicht, ihn rundweg abzuweisen.

Stattdessen ertappte sie sich dabei, wie sie „Schönes Pferd“ schrieb und auf „Senden“ klickte.

Nachdem Brody sich in der Mikrowelle ein Frühstück bereitet hatte, in den Stall gegangen war, um Moonshine zu füttern, und den Hund spazieren geführt hatte, fuhr er gegen halb zehn Uhr seinen Computer hoch. Die ganze Zeit über hatte er sich eingeredet, dass es ihm völlig gleichgültig war, ob Carolyn alias Carol sich meldete.

Barney hockte sich zu Brodys Füßen und wartete geduldig auf den nächsten Tagesordnungspunkt, an dem er hoffentlich teilhaben konnte.

Grinsend blickte Brody zu der Promenadenmischung und kraulte ihm sanft die Ohren. „Wir sollten längst draußen sein“, vertraute er dem Tier an. „Davis und Conner beißen inzwischen wohl längst den Nägeln die Köpfe ab und beschweren sich darüber, dass manche Dinge sich einfach nie ändern.“

Daraufhin riss Barney die Schnauze auf und gähnte.

Brody lachte und wandte sich wieder seinem Computer zu, als plötzlich eine elektronische Stimme zwitscherte: „Jemand mag dich!“

„Das will ich doch hoffen“, sagte Brody zu seinem Hund, der sich kurz entschlossen zu einem Schläfchen niedergelegt hatte.

Da war sie, die Nachricht.

Schönes Pferd, hatte Carolyn geschrieben.

Brody seufzte. Das war kein Ja, aber auch kein Nein.

Er dachte scharf nach.

Wieder einmal fiel ihm nichts ein.

Danke, schrieb er schließlich zurück. *Hast du Lust, mit mir auszureiten?*

Nach einem weiteren, dieses Mal tiefen, Seufzen fuhr er sich ratlos mit einer Hand durchs Haar. Ich bin ein regelrechtes Genie im Umgang mit Frauen, ärgerte er sich selbst.

Im Grunde genommen hatte er Carolyn Simmons eine *Menge* zu sagen, angefangen mit „Es tut mir leid", doch er würde seine Gedanken lieber auf Plakaten mitten in der Stadt kundtun, als sie übers Internet zu versenden.

Sein Handy klingelte.

Geistesabwesend drückte Brody auf „Senden" und wünschte sich im gleichen Moment, es nicht getan zu haben.

„Hallo", sagte er ins Handy.

„Was für einen Betrieb führen wir deiner Meinung nach eigentlich hier?", wollte Conner wissen. „Das hier ist eine funktionierende Ranch, Brody – mit der Betonung auf *funktionierend* –, und es wäre nett, wenn du irgendwann vor Mittag kommen und deinen Teil leisten könntest."

„Also, Conner", sagte er gedehnt, weil er wusste, dass langsames Reden seinen Bruder in den Wahnsinn trieb, „beruhige dich erst mal ein bisschen. Nimm das Leben, wie es kommt. Das Vieh hat Tausende Morgen Land zum Grasen, und die Zäune werden repariert ..."

„Brody", fiel Conner ihm gepresst ins Wort, „die Ranch gehört dir genauso gut wie mir. Wir teilen den Gewinn, und, *bei Gott*, wir teilen auch die Arbeit gerecht!"

„Welche Laus ist dir denn über die Lebern gekrochen?", fragte Brody. „Für einen Mann, der regelmäßig Sex hat, bist du ganz schön gereizt."

Er spürte förmlich, wie Conners köchelnde Wut am anderen Ende der Leitung zu brodeln begann.

„Hör auf mit dem Quatsch", knurrte sein Bruder. „Komm her, oder ich muss dich holen."

„Vielleicht hast du *doch* nicht regelmäßig Sex", vermutete Brody.

„Brody, bei Gott, ich schwöre ..."

„Okay, okay", lenkte Brody ein, loggte sich aus, schob den Stuhl zurück und stand auf. „Reg dich nicht auf. Ich bin schon unterwegs."

Barney kam mit einigem Krallenkratzen auf dem Holzfußboden auf die Füße, und Brody brachte es nicht übers Herz, ihn zurückzulassen. Er beschloss, Moonshine einen freien Tag zu gönnen und mit dem Pick-up zur Ranch zu fahren.

Er war groß, dieser schicke Pick-up, mit erweiterter Fahrerkabine, silberblau lackiert, ausgerüstet mit allen Schikanen von GPS bis zu Bildschirmen auf den Rückseiten der Vordersitze. Trotz der großartigen Ausstattung des Fahrzeugs vermisste Brody seinen alten Pick-up, den er gefahren hatte, bis er quasi zu Rost zerfallen war.

Bei seinem vorigen Wagen hatte er sich wegen einer Beule im Kotflügel oder Kratzern auf der Ladefläche durch Futtersäcke und Werkzeuge keine Sorgen machen müssen. Und er hatte ihn immer ans Ziel gebracht.

Leider hatte er vor ein paar Monaten schließlich doch seinen letzten Schnaufer getan, und Brody hatte ihn verschrotten müssen.

Er öffnete die hintere Tür auf der Fahrerseite, und Barney sprang durch die Luft wie ein Hundestar, der sich den Paparazzi präsentiert.

Schmunzelnd setzte Brody sich hinters Steuer und ließ den Motor an. Er hätte an defekte Zäune und verirrte Kälber und ganz allgemein an seinen Frieden mit Conner denken sollen, doch Carolyn ging ihm nicht aus dem Kopf.

Schönes Pferd? Was zum Teufel sollte *das* denn heißen?

Eine Viertelstunde später fuhren er und Barney vor dem Haupthaus vor.

Conner stiefelte mit Gewittermiene aus dem Stall, während die Hunde einander begrüßten. Er legte gleich los, tippte mit dem Zeigefinger auf das Zifferblatt seiner Uhr und fluchte: „Brody, verdammt noch mal, weißt du eigentlich, wie spät es ist?“

Brody trug keine Uhr. Schon seit Jahren nicht mehr. Er ging zu Bett, wenn ihm danach war, und stand nach Lust und

Laune auf, und alte Gewohnheiten ließen sich nur schwer ablegen.

„Nein“, erwiderte er ruhig, „ich weiß *nicht*, wie spät es ist, und wenn ich es wüsste, wäre es mir wahrscheinlich scheißegal.“

Conner starrte ihn wütend an, konnte seine schlechte Laune aber doch nicht durchhalten. Ganz gegen seinen starrsinnigen Creed-Willen lachte er.

Brody grinste und schlug seinem Bruder auf die Schulter. „Schon besser“, sagte er. „Nicht mehr lange, und du bist jemandes Daddy, kleiner Bruder, und das bedeutet, du darfst dich nicht mehr durch jede Kleinigkeit stressen lassen. Was nützt du dem Kleinen, wenn ein Herzanfall dich aus den Latschen haut?“

Darauf schüttelte Conner nur ungläubig den Kopf, nahm seinen Hut ab und stülpte ihn sich wieder auf den Kopf. „Du bist unmöglich“, sagte er schließlich.

„Das höre ich öfter. Was steht heute auf dem Plan, Boss?“

Conner überging das Wort „Boss“ ohne Kommentar und zog eine Braue hoch. „Das Übliche. Wir müssen Ausreißer einfangen, vorwiegend Kälber. Davis hat ein halbes Dutzend unten am Fluss gesehen, konnte sie aber nicht einfangen, weil sein Wallach ein Eisen verloren hatte und er nach Hause musste, um das Pferd zu wechseln.“

„Sind bei uns neuerdings Pferde knapp?“, fragte Brody mit einem demonstrativen Blick auf den Stall, den Hof und die Koppeln. Allein in seinem Blickfeld zählte er acht Cayuse-Ponys.

„Du kennst doch Davis“, sagte Conner. „Er will den Rotschimmel reiten, und der steht bei ihm zu Hause auf der Weide. Er ist stur und in seinen Gewohnheiten festgefahren, unser werter Onkel.“

„Man könnte denken, er wäre ein Creed oder so“, erwiderte Brody lachend.

Auch Conner lachte und ging zurück zum Stall. „Reiten wir los, Cowboy", sagte er. „Kälber sind nicht unbedingt für ihre Intelligenz bekannt, und wir haben nichts als Scherereien, wenn welche in den Fluss stürzen und von der Strömung fortgerissen werden."

Das lag durchaus im Bereich des Möglichen. Den Wasserfällen waren schon zahlreiche Rinder, ein paar Pferde und eine Handvoll Menschen zum Opfer gefallen. Sie stürzten mehr als dreißig Meter in die Tiefe, und direkt unter ihnen ragten Felsblöcke aus dem weiß schäumenden Wasser.

Das erklärte vermutlich auch Conners schlechte Laune am Telefon.

Die beiden Brüder sattelten im gleichen Tempo und mit den gleichen Bewegungen ihre Pferde und ritten Seite an Seite los.

Barney und Valentino hielten Schritt.

Brody genoss den Ritt, genoss das Zusammensein mit Conner zu Pferd, an der frischen Luft.

Doch sobald die Brüder den Höhenzug über dem Fluss erreicht hatten, auf dem ein schmaler Pfad von dem unbefestigten Weg abging und sich den steilen Abhang bis zum steinigen Ufer hinabschlängelte, hatte der Spaß ein Ende.

Fünf einjährige Kälber brüllten bereits laut vor Angst am Flussufer, ein sechstes stand bereits im Wasser und mühte sich vergebens ab, Halt zu finden und zurück an Land zu gelangen.

„Wie verhält sich dieses Pferd im Wasser?", fragte Brody seinen Bruder und deutete mit einer Kopfbewegung auf sein eigenes Tier, während er seinen Hut zurechtrückte.

„Gut", antwortete Conner widerstrebend. „Aber du solltest vielleicht lieber nicht …"

Doch Brody schnitt ihm mit einem lauten „Jiiihaaa" das Wort ab, preschte geradewegs den Abhang hinunter und löste dabei den Lederriemen, der sein Lasso sicherte.

Conner brüllte einen Fluch und folgte ihm.

Da Brody einen Vorsprung hatte und der Pfad kaum breit genug für ein Pferd, geschweige denn zwei, war, erreichte er den Fluss zuerst. In rasendem Tempo tauchte er mit dem Wallach, den er ritt, ins Wasser ein.

Als er noch Rodeos ritt, war Brodys Spezialität das Reiten von Wildpferden gewesen, doch auch mit dem Lasso war er sehr geschickt. Er ließ die Schlinge hoch über seinem Kopf kreisen, schickte ein wortloses Stoßgebet zum Himmel und warf.

Das Seil legte sich in einer großen Schlaufe um das Kalb, und Brody zog es stramm. Das Einjährige brüllte wieder und strampelte wild im Wasser, zu dumm, um zu begreifen, dass ihm längst geholfen wurde.

Doch die Strömung war stark, und es war Arbeit für Mensch *und* Pferd, das panische Geschöpf ans Ufer zu ziehen.

Conner war weitgehend trocken, bis auf ein paar Spritzer auf seinem Hemd und den Beinen seiner Jeans. Er hatte die anderen Kälber zu einer brüllenden Schar zusammengetrieben.

Brody war natürlich tropfnass, doch er lachte triumphierend, als er das Kalb aus dem Wasser zog.

„Sieht so aus, als müsste dein Pferd die ganze Arbeit tun", rief er Conner zu, schwang sich aus dem Sattel, packte das Seil und zog das Kalb mit sich.

„Du verdammter Idiot", erwiderte Conner, während sein Pferd hin und her tänzelte, um die Kälber auf der vorgesehenen Stelle zusammenzuhalten, „du warst viel zu lange fort, um ein solches Risiko einzugehen!"

Feixend nahm Brody dem Kalb das Lasso vom Hals und schickte es zur Herde.

Das arme Tier musste nicht lange überredet werden, und das Gebrüll wurde für ein Weilchen noch lauter, als es anscheinend die unselige Geschichte erzählte.

Dieses Mal übernahm Conner die Führung, als sie die kleine Herde den Weg hinauf auf höher gelegenes Terrain trieben. Oben warteten Valentino und Barney, schwanzwedelnd und mit trockenem Fell.

In Brodys Augen war das ein Beweis dafür, dass die zwei von ihnen allen die Klügeren waren.

„Was lockt dich bloß so an Flüssen?", knurrte Conner, als sie ihre Pferde gemächlich den unbefestigten Weg längs des Hügelkamms führten.

„Zuerst nörgelst du, weil ich nicht beim ersten Hahnenschrei zum Viehtreiben zur Stelle war. Und dann werde ich ein bisschen nass, weil ich ein Kalb aus dem Wasser ziehe, und du beschwerst dich *wieder*. Verdammt, ich wüsste zu gern, was dich zufriedenstellt, wenn das überhaupt möglich ist."

„Du warst schon immer ein Selbstdarsteller", warf Conner ihm vor, allerdings nicht allzu ernst.

„Ach, zum Teufel", schimpfte Brody zurück, „du bist nur sauer, weil du selbst deine Lassokünste vorführen wolltest."

Darauf antwortete Conner mit einem trägen Grinsen. „Im Lassowerfen, Schießen und Ringen übertreffe ich dich allemal", sagte er, „und das weißt du."

Brody lachte. Die Kleider klebten eiskalt an seiner Haut, und seine Stiefel waren voller Wasser – schon wieder. Wenn es so weiterging, brauchte er an jedem Zahltag ein neues Paar. „Rede dir das nur ein, kleiner Bruder, wenn es dir guttut."

„Du hättest das Kalb vom Ufer aus einfangen können. Aber stattdessen riskierst du dein Leben – und das eines ausgezeichneten Pferdes –, nur um John Wayne zu spielen."

„Ich war zu keiner Zeit in Gefahr", entgegnete Brody, „und das Pferd auch nicht. Das *Kalb* saß in der Klemme, und ich habe es rausgeholt. Darüber solltest du eigentlich froh sein, statt zu meckern wie eine alte Dame, die Schlammspuren auf ihrem Teppich entdeckt hat."

Conner biss die Zähne zusammen und blickte starr geradeaus, als ob es seine geballte Konzentration erforderte, sechs einjährige Kälber eine Landstraße entlangzutreiben. Als er wieder das Wort ergriff, überrumpelte er Brody, wie es so seine Art war.

„Ich schätze, Carolyn sucht einen Mann", sagte er mit dem Hauch eines Schmunzelns im Tonfall. „Und sie ist nicht mal übermäßig wählerisch, solange sie nicht ausgerechnet dich bekommt."

Die Worte trafen Brodys wunden Punkt, was zweifellos beabsichtigt war. Er sah Conner wütend an. Die beiden Hunde liefen jetzt zwischen ihnen. Beide hechelten, waren jedoch ansonsten unbeeindruckt vom Abenteuer des Morgens.

„Falls du Streit suchst, kleiner Bruder, den kannst du haben", sagte Brody. „Was mich betrifft, können wir auf der Stelle absitzen und die Sache mitten auf der Straße beilegen."

Conner lächelte, ohne Brody anzusehen, und ritt unbekümmert weiter. Der Großteil der Herde stand weiter vorn und rupfte das Frühlingsgras.

Die verirrten Kälber schienen das auch zu wissen, denn sie nahmen Tempo auf und benahmen sich nicht mehr so, als drohte ihnen der sichere Tod.

Erst als sie am Rand der Gebirgskette angelangt waren, von wo aus sie in alle Himmelsrichtungen blicken konnten, so weit das Auge reichte, wandte sich Conner wieder an Brody.

Trotz seines Ärgers war Brody gegen diesen Anblick nicht immun. Das Land, die Bäume, die Berge und der Himmel, der sich schlängelnde Fluss – all das war genauso Teil von ihm wie seine eigene Seele.

Conner hob seinen Hut und schwang ihn in weitem Bogen, um die berittenen Ranchhelfer jenseits der großen Viehherde zu begrüßen. Dann drehte er sich zu Brody um. „Reite lieber nach Hause und zieh die nassen Sachen aus, bevor du dir etwas einfängst."

Brody saß nur da, nahm die Umgebung in sich auf und ließ

sich durch und durch von ihr sättigen. „Ich bin schon fast wieder trocken", erwiderte er, „und außerdem überhaupt nicht empfindlich, damit du's nur weißt."

„Ich habe einen Nerv getroffen, wie?", triumphierte Conner. „Es macht mir wirklich Spaß, den großen Brody Creed zu provozieren."

„Geh einfach zum Teufel", empfahl Brody ihm milde.

Wieder lachte Conner. Anscheinend kannte seine Belustigung an diesem Morgen keine Grenzen. „Willst du einfach tatenlos zusehen, wie Carolyn sich im Internet einen Mann bestellt?", fragte er einen Moment später.

„Sie kann tun und lassen, was sie will", entgegnete Brody entschieden ärgerlicher, als er zuzugeben bereit war.

„Und was willst *du*, Brody?"

„Ich? Was ich will?"

„Ganz recht, das war meine Frage", erwiderte Conner unerbittlich und amüsiert.

„Schön", antwortete Brody, trieb sein Pferd zum Trab an und sagte sich, dass die Hunde inzwischen Zeit genug gehabt hatten, um ein wenig zu verschnaufen. „Ich will, dass du dich verdammt noch mal nicht in meine Angelegenheiten einmischst, *das* ist alles."

7. KAPITEL

Es ist Zeit zu handeln, dachte Carolyn, und ein verruchter kleiner Schauer lief ihr über den Rücken, als sie Brodys Antwort auf ihre Nachricht noch einmal las.

Hast du Lust, mit mir auszureiten?

Sie biss sich auf die Unterlippe.

Brody hatte sie zu einem Ausritt eingeladen, und sie dachte tatsächlich daran, zuzusagen. Was für ein trauriger Hinweis auf ihre Intelligenz, zumal sie sich das letzte Mal, als sie mit dem Feuer gespielt hatte, die Finger verbrannt hatte, und zwar gehörig.

Und genau das würde sie zweifellos wieder tun, wenn sie Brody allein treffen würde.

Damit hatte sich der Fall.

Sie wurde nicht jünger, und wenn sie jemals ein Heim und einen Mann und Kinder haben wollte, wenn sie jemals *richtigen* Familienurlaub erleben wollte, statt Souvenirbecher auf Flohmärkten zu kaufen und vorzugeben, sie wäre irgendwo gewesen, dann musste sie etwas unternehmen und die Sache selbst in die Hand nehmen.

Der Märchenprinz, wenn er denn überhaupt je auf dem Weg zu ihr gewesen sein sollte, war offensichtlich aufgehalten worden.

„Carolyn?" Tricia tauchte an der Tür zum Büro auf, eine barmherzige, wenn auch vorübergehende Ablenkung von ihren beunruhigenden Gedanken. Gemäß Carolyns Vorhersage hatten sie den ganzen Vormittag und auch nachmittags keinen Kunden gehabt. Daher waren sämtliche per Internet bestellten Schürzen versandfertig verpackt. „Ich gehe jetzt. Soll ich die Päckchen auf der Post aufgeben, bevor ich nach Hause fahre?"

Damit Tricia nicht sah, dass sie *Friendly Faces* überprüft

hatte, drehte Carolyn sich mit einem breiten Lächeln zu ihrer Freundin um und blockierte so deren Blick auf den Bildschirm.

Hoffentlich.

„Das wäre prima“, sagte sie munter. *Zu* munter wahrscheinlich. „Danke, Tricia.“

Tricia musterte sie neugierig, vielleicht sogar ein bisschen misstrauisch. „Es macht dir nichts aus, den restlichen Tag allein zu arbeiten?“, fragte sie überrascht.

Ich habe mein Leben lang allein gearbeitet. Warum sollte es heute anders sein?

„Ist schon gut“, versprach Carolyn fröhlich. „Ich will nur noch ein paar Dinge online erledigen, dann gehe ich nach oben und fange an zu nähen. Wir brauchen bald Nachschub an Schürzen, und ich möchte den Zigeunerrock fertig haben, bevor ich an Altersschwäche sterbe.“

Nach einem kurzen Zögern lächelte Tricia und löste sich von der Tür. „Bis morgen“, rief sie zum Abschied.

„Tschüs!“, zwitscherte Carolyn in fröhlicher Unschuld und wandte sich wieder dem Computer und Brodys kurzer Nachricht zu.

Wenn sie zustimmte, mit diesem Mann irgendetwas zu unternehmen, und sei es auch nur ein Ausritt, benötigte sie psychologische Hilfe.

In seiner ersten Nachricht hatte er um eine zweite Chance gebeten.

Eine zweite Chance, ihr wehzutun, ihr das Herz aus dem Leib zu reißen und es zu zertreten? Meinte er das? Oder war sie zu zynisch? Angenommen, es ging ihm nur um Freundschaft?

Das würde einen Sinn ergeben, angesichts der Tatsache, dass sie einander sowohl in der Stadt als auch auf der Creed-Ranch ständig über den Weg liefen. Vielleicht war Brody diese peinlichen Begegnungen genauso leid wie sie.

Etwas in der Art hatte er neulich erst gesagt, doch dann hatte er sie einfach geküsst und damit wieder alles durcheinandergebracht.

Hinzu kam, dass Carolyn sich nie freier oder lebendiger – oder einsamer – fühlte als auf dem Pferderücken beim Ritt übers weite freie Feld.

Da draußen auf ihren Lieblingswegen neben jemandem zu reiten, jemandem, der Pferde verstand und sich im Umgang mit ihnen wohlfühlte, wäre ein nahezu perfektes Erlebnis.

Carolyn verspürte einen Adrenalinstoß, als sie den kühnen Entschluss fasste, Brodys Einladung anzunehmen. Es ging schließlich nur um einen Ausritt, nicht ums Durchbrennen oder ein wildes Wochenende in Las Vegas.

Herrgott, im Grunde war es nicht einmal eine Verabredung.

Trotzdem ließ die Vorstellung ihre Nervenenden vibrieren und zucken wie unter Strom.

Was sie brauchte, war eine Art emotionale Versicherung – Schutz vor Brodys Handlungen –, und die bekam sie nur auf eine Weise – indem sie sich mit anderen Männern traf. Mit so vielen Männern, wie vernünftigerweise nötig waren.

Das würde sie nicht nur schützen und einen sicheren Abstand zwischen ihr und Brody schaffen und aufrechterhalten, mit etwas Glück könnte sie sich tatsächlich in einen von ihnen verlieben und Brody endgültig vergessen.

Was als Schutzmechanismus begann, könnte sich als die Art von wahrer und beständiger Liebe erweisen, die sie sich immer schon erträumt hatte.

In jedem Fall würde sie es ganz entschieden und aufrichtig versuchen.

Sie antwortete auf Brodys Nachricht mit einem nüchternen „Okay“. Dann sah sie nach ihren neuen Nachrichten.

Es war schon befriedigend zu wissen, dass sie bei *Friendly Faces* beliebt war. Fünf verschiedene Männer wollten ihre Bekanntschaft machen, drei aus Denver und der näheren Umgebung und zwei direkt aus Lonesome Bend.

Mit gerunzelter Stirn versuchte Carolyn, die beiden Einheimischen zu identifizieren. Sie betrachtete ihre Fotos, konnte aber keinen von ihnen klar einordnen.

Beide waren durchschnittlich attraktiv und in den Dreißigern.

Richard war groß, falls seine Biografie stimmte, hatte dunkles Haar und braune Augen. Er war technischer Redakteur, geschieden, kinderlos und erst vor einem Monat nach Lonesome Bend gezogen. Da er zu Hause arbeitete, hatte er noch nicht viele Freunde gefunden.

Er kochte gern, liebte Hunde, litt aber an einer heftigen Katzenhaarallergie.

In Gedanken an Winston beförderte Carolyn Richard in den Papierkorb.

Der andere Kandidat hieß Ben und war wie Richard erst vor Kurzem hergezogen. Er war Witwer, hatte ein sympathisches Lächeln, eine neunjährige Tochter und einen Job, der ihn in sämtliche westlichen Bundesstaaten führte, wo er Waldbrände bekämpfte.

Er sah nett aus, was keinesfalls hieß, dass er sich die ganze Geschichte nicht ausgedacht hatte: die Tochter, den abenteuerlichen Beruf und die verstorbene Frau.

Trotzdem, wenn sie überhaupt eine Chance gegen Brody Creed und seine zahlreichen fragwürdigen Reize haben wollte – vorausgesetzt, er beabsichtigte überhaupt, sie mit seinem mühelosen Charme zu betören –, musste sie jetzt *irgendetwas* unternehmen, um die sprichwörtliche Kugel ins Rollen zu bringen.

Nach einem tiefen Durchatmen beantwortete Carolyn Bens freundliche Anfrage mit einer kurzen, leicht gehaltenen Mail. Da sie nicht bereit war, zu viele Informationen preiszugeben – Lonesome Bend war schließlich eine Kleinstadt –, überlegte sie sich ihre Antworten genau.

Ben reagierte sofort. Hatte der Mann nichts Besseres zu tun, als vor dem Computer zu hocken und darauf zu warten, dass seine Probemitgliedschaft bei *Friendly Faces* Früchte trug?

Hi, Carol, schrieb er. *Schön, von dir zu hören. Sozusagen.*

Carolyn sagte sich, dass das, was *sie* gerade tat, möglicherweise auch als Vor-dem-Computer-Hocken bezeichnet werden konnte, und sie hatte ganz sicher Besseres zu tun. Also stieg sie lieber von ihrem hohen Ross und antwortete: *Dein Foto gefällt mir.*

Was sie nicht schrieb: Mir gefällt, dass du deine Tochter nach dem Tod deiner Frau nicht im Stich gelassen hast.

Falls du überhaupt eine Tochter hast.

Falls es nicht *doch* eine Frau gibt, eine sehr lebendige, die dir in diesem Moment arglos deine Lieblingsmahlzeit kocht oder eines deiner Hemden bügelt, ohne zu wissen, dass du im Internet mit anderen Frauen flirtest.

Carolyn zügelte ihre Fantasie, doch es war nicht einfach, und sie wusste nicht, wie lange sie verhindern konnte, dass sie wieder mit ihr durchging.

Deines gefällt mir auch, antwortete Ben. *Onlinedating ist neu für mich. Und für dich?*

Völlig neu, bestätigte Carolyn. *Und peinlich.*

Was du nicht sagst, antwortete Ben.

Carolyn holte noch einmal tief Luft. *Was hat dich nach Lonesome Bend geführt, Ben?*

Die Frage erschien ihr ziemlich unverfänglich.

Ich wollte Ellie in einer Kleinstadt aufwachsen lassen, und die Familie meiner verstorbenen Frau lebt in der Nähe.

Wie schön. Wo hast du vorher gelebt?

In L. A. Ich habe keine Angst vor einem Waldbrand, aber der Verkehr auf der 405 ist eine andere Sache, besonders wenn Ellie im Auto sitzt.

Ben war ein verantwortungsbewusster Vater und hatte Sinn für Humor. Allmählich machte ihr die Unterhaltung ein wenig Spaß, wenn sie auch immer noch auf der Hut vor dem Mann war. *Ich bin auch nicht gerade verrückt nach verstopften Autobahnen*, antwortete sie.

Ben hakte gleich nach: *Lebst du schon immer in Lonesome Bend?*

Sie zögerte, antwortete aber ehrlich. *Ich bin vor acht Jahren hierhergekommen. Davor war ich viel auf Reisen.*

Du bist geheimnisvoll, antwortete Ben und fügte ein Zwinkersymbol hinzu.

Wohl kaum, tippte Carolyn. *Ich bin keine Frau mit Vergangenheit oder sonst etwas Aufregendes.*

Es sei denn, meine einwöchige heiße Affäre mit Brody Creed macht eine Frau mit Vergangenheit aus mir, setzte sie in Gedanken hinzu.

Selbst in diesem Zusammenhang bereitete der Gedanke an Brody ihr ein schlechtes Gewissen, doch sie schüttelte es rasch ab. Es war ja nicht so, dass sie ihn betrog, um Himmels willen.

Warum hatte sie dann dieses Gefühl?

Ellie ist gerade nach Hause gekommen, informierte Ben sie, *und sie verlangt meine Aufmerksamkeit. Ich frage sie lieber mal, was los ist. Ich hoffe, wir können bald mal wieder chatten, Carol.*

Ich auch, verabschiedete Carolyn sich.

Lügnerin, rief die Stimme in ihrem Kopf. *Du willst diesen Kerl benutzen, um Brody auf Abstand zu halten, sonst nichts. Und, gib es zu, Bens hauptsächliche Anziehungskraft besteht darin, dass er eine kleine Tochter hat.*

„Sei still", befahl Carolyn der Stimme, fuhr den Computer herunter, schrieb hastig eine Notiz für Zufallskunden und klebte sie an die Eingangstür.

Ich arbeite heute oben. Klingeln Sie einfach, dann komme

ich sofort herunter, schrieb sie in großen Blockbuchstaben.

Wenn sie beschäftigt war, ging es Carolyn gewöhnlich besser, und entsprechend war sie putzmunter, als sie den Hebel des Bolzenschlosses umlegte und zur Treppe ging.

Winston, der heute ungewöhnlich zurückhaltend gestimmt war, huschte hinter ihr her und sprang geschmeidig auf seinen gewohnten Aussichtsplatz, die Fensterbank.

Bevor Carolyn einen kleinen Imbiss für sie beide bereitete, kraulte sie Winston eine Weile.

Winston bekam seine geliebte halbe Dose Sardinen im eigenen Saft, die er von einem angeschlagenen Porzellantellerchen direkt auf der Fensterbank verzehrte, und Carolyn mümmelte an einem Sandwich mit Erdnussbutter und Gelee, wobei sie mit allen Tischmanieren brach und ohne Teller und im Stehen aß.

Sie hätte sogar vernünftige Gründe für dieses Benehmen anführen können.

Erstens stand ihre Nähmaschine auf dem Tisch, an der sie in Kürze wieder arbeiten wollte, und ein verirrtes Geleetröpfchen hätte eine Stoffbahn ruinieren können. Außerdem, wer aß denn schon ein Sandwich vom Teller?

Wie auch immer, das Sandwich war bald verschwunden, und damit war das Thema erledigt. Carolyn wusch sich noch einmal die Hände, holte den Zigeunerrock und gönnte sich einen süßen Moment, um ihre Kreation zu bewundern.

Der Rock ist wirklich hinreißend, dachte sie. Sie liebte das Changieren der durchsichtigen Bändchen und Schleifen. Die Rot-, Gold-, Blau- und Grüntöne schienen zu rieseln wie flüssiges Licht.

Nicht zum ersten Mal überkam Carolyn der verrückte Wunsch, den Rock zu behalten, ihn ihrer eigenen Figur gemäß zu ändern und nie wieder herzugeben. Sie drückte ihn kurz an ihre Brust, als müsste sie ihn gegen einen rasenden Mob verteidigen.

„Du bist bescheuert“, sagte sie laut zu sich selbst.

Trotzdem, der Rock war so schön, war dank des raffinierten Farbspiels fast lebendig und ein wahres Kunstwerk. *Ihr* Werk, geboren aus ihren Träumen und ihrer Fantasie und all den Hoffnungen, die sie als einsames Kind gehegt hatte.

Dieses eine Teil hätte sie liebend gern behalten, dieses herrliche Stück, durchwoben von Fäden, die in der Tiefe ihres Herzens gesponnen waren.

Doch zum Glück setzte ihr praktisches Denken schnell wieder ein.

Sie hatte diese Frage doch schon früher für sich beantwortet, oder? Ein Kleidungsstück wie dieses sollte getragen, gesehen, genossen werden. Und wo sollte sie, Carolyn Simmons aus Lonesome Bend in Colorado, so etwas anziehen?

Beim Reiten?

Sicher, hin und wieder gab es Partys, und sie war immer eingeladen, doch die Anlässe waren nie förmlich. Leute grillten in ihrem Garten, mittwochs war der große Bingo-Abend im Keller der Moose Lodge, und alljährlich am Wochenende zum vierten Juli fanden ein Amateur-Rodeo und eine Kirmes statt.

Etwas wie Glamour erlebte Lonesome Bend nur, wenn die Lodge am dritten Sonnabend jedes zweiten Monats eine Tanzveranstaltung sponserte. Die Musik war live, stets Country-Western, und so gut, dass Leute den ganzen Weg von Denver auf sich nahmen, um dazu zu tanzen.

Die meisten Frauen trugen bei der Veranstaltung Jeans, dazu eine etwas schickere Bluse als gewöhnlich. Und sie gaben sich auch mehr Mühe mit Make-up und Frisur, aber das war schon so ziemlich alles.

Carolyn würde sich zum Narren machen, wenn sie in diesem Rock auftreten würde, ganz gleich, wo.

Sie seufzte und hängte den Bügel mit dem Rock zurück an den Haken hinter der Schlafzimmertür. Sie würde ihn an einem anderen Tag fertig machen, wenn sie sich nicht so sehr wie Aschenputtel fühlte, die in der Ballnacht zu Hause bleiben und den Boden kehren musste.

Entschlossen kochte sie sich eine Tasse Kräutertee und holte die Stoffbahnen hervor, die sie kürzlich auf einem Einkaufstrip in Denver erstanden hatte. Sie wählte einen lavendelfarbenen Baumwollstoff mit zartem Blümchenmuster aus. Vor ihrem inneren Auge sah sie bereits das Endresultat vor sich und musste lächeln. Mittlerweile hatte Carolyn schon so viele Schürzen genäht – rüschige, schlichte, für Kinder und für Erwachsene –, dass sie nicht mehr ausmessen musste.

Das Nähen nahm sie, wie das Reiten, immer völlig in Anspruch. Es sog sie auf und ließ sie ihre Sorgen eine Zeit lang vergessen. Sie verlor sich auf positive Art in der Arbeit und tauchte ausnahmslos erfrischt wieder aus ihr auf.

Die Schürze war in null Komma nichts fertig, ein freches berüschtes Ding mit Spitzenbesatz an den Taschen. Carolyn legte sie entzückt zur Seite, um sie später zu bügeln, und machte sich wieder über ihre Stoffbahnen her. Dieses Mal entschied sie sich für einen schwereren Baumwollstoff, schwarz und braun kariert mit kleinen roten Blümchen in jedem zweiten Karo. Sie genoss das Surren des kleinen Motors, das Blitzen der flinken Nadel und die vertrauten Gerüche nach Appretur und Nähmaschinenöl.

Als Carolyn Schürze Numero zwei gerade fertig genäht hatte, klingelte es unten. Das Geräusch, so alltäglich es auch war, erschreckte sie so, dass sie zusammenfuhr und um ein Haar ihre Tasse mit dem vergessenen und inzwischen kalten Tee umgestoßen hätte.

Ihr Blick glitt zu der Uhr über dem Herd – schon Viertel vor vier? –, und sie erinnerte sich an den Zettel, den sie an der Tür befestigt hatte.

Die Glocke läutete erneut, dieses Mal noch fordernder.

Carolyn wich von ihrer üblichen Routine ab und blickte

nicht erst aus einem der Seitenfenster, sondern öffnete gleich die Tür.

Brody stand auf der Eingangsterrasse, mit so finsterer Miene, dass Carolyn erschrak und fürchtete, bei Tricia hätten frühzeitig die Wehen eingesetzt oder jemand hätte einen Unfall gehabt.

Nervös nestelte sie an dem Haken der Insektenschutztür, die sie trennte. Durch das Netz hindurch bemerkte sie Brodys zerknitterte Kleidung, sein wirres Haar und seinen beunruhigenden Gesichtsausdruck.

„Brody ... was ..."

Irgendwann hatte er seinen Hut abgesetzt, mit dem er sich jetzt gegen den rechten Schenkel schlug. „Darf ich reinkommen?", fragte er. Und fügte beinahe widerwillig hinzu: „Bitte?"

Carolyns Sorge legte sich ein bisschen, als sie erkannte, dass Brody frustriert war – vielleicht sogar sauer –, aber nicht traurig.

Statt etwas zu sagen, nickte sie abrupt.

Kaum war die Tür offen, stürmte Brody geradezu über die Schwelle und hinterließ damit bei Carolyn unverzüglich den empörenden Eindruck, dass sie niedergetrampelt würde, wenn sie ihm nicht aus dem Weg ging.

Aus Trotz hielt sie die Stellung, und das erwies sich als nicht sonderlich kluge Entscheidung, denn sie stießen zusammen. Dabei war das Knistern zwischen ihnen förmlich greifbar.

„Was?", wollte Carolyn wissen und spürte, wie sie errötete.

Seine Nase war kaum einen Zentimeter von ihrer entfernt, aus seinen Augen schlugen wilde blaue Blitze, und seine Worte, obwohl ruhig ausgesprochen, trafen sie wie Schläge. „Ich. Mag. Keine. Spielchen."

Das löste völlig verschiedene Gefühle in ihr aus, von denen ein sich langsam aufbauender Zorn nicht das geringste war. Doch die Mischung enthielt auch einen guten Teil Verwirrung und eine merkwürdige weiche, beängstigende Art von Erregung.

„Wovon redest du?“, fragte sie spitz. Vermutlich wäre es ratsam, einen oder zwei Schritte zurückzuweichen, aber aus irgendeinem Grund konnte sie sich nicht rühren.

„Ich rede“, knurrte Brody, nachdem er seinen Hut ungefähr in die Richtung des antiken Kleiderständers geworfen hatte, „von dieser *Friendly-Faces*-Geschichte. Du willst im Internet einen Ehemann auftreiben. Das ist der völlig falsche ...“

Carolyns Wut loderte auf. „Der *falsche* ...“, wiederholte sie drohend.

„Okay, *falsch* ist vielleicht nicht beste Bezeichnung“, gab er zu.

„Vielleicht nicht“, erwiderte Carolyn lapidar, verschränkte die Arme trotzig vor der Brust und schaltete auf stur.

„Ich sage es dir nur ungern“, sprudelte Brody auf einmal hervor und neigte sich wieder zu ihr – irgendwie mochte sie das, auch wenn es sie wütend machte –, „aber du kannst nicht einfach jemandem vertrauen, den du nie gesehen hast. Männer lügen, Carolyn.“

In gespielter Verwunderung riss sie die Augen auf. „Tatsächlich?“, zwitscherte sie, als würde sie das niemals für möglich halten.

Sie sah, wie er die Zähne zusammenbiss, beobachtete mit Befriedigung, wie er seine Kiefer mit sichtlicher Mühe ein wenig entspannte.

„Männer lügen“, wiederholte sie, bohrte ihren Zeigefinger gegen seine Brust und sagte: „O ja, ganz recht, Brody. Jetzt erinnere ich mich. *Du* hast mich nach Strich und Faden belogen.“

„Ich habe dich nicht belogen“, log Brody.

„Ach nein? Du hast gesagt, ich wäre dir wichtig. Du wolltest bleiben und mit deiner Familie ins Reine kommen, sesshaft werden und eine Familie gründen. Und dann bist du gegangen, verschwunden, ausgeflogen!“ Carolyn spürte, dass sie den Tränen gefährlich nahe war. Aber sie wollte verdammt sein, wenn sie vor den Augen des Mannes weinte, der ihr dermaßen das Herz gebrochen hatte, dass sie selbst nach mehr als sieben Jahren noch nicht darüber hinweg war.

Also kehrte sie Brody den Rücken zu, damit er ihr Gesicht nicht sah.

Er packte ihre Schultern, aber nicht so hart, dass es wehtat, und zwang sie, ihn wieder anzusehen.

„Alles, was ich dir gesagt habe, war ernst gemeint, Carolyn“, sagte er fest.

Er hatte nicht, so erinnerte sie sich mit schrecklicher Deutlichkeit, gesagt, dass er sie liebte. Jedenfalls nicht mit Worten.

„Aber dann hat sich etwas ergeben, wie du es auf dem Zettel ausgedrückt hast, den du mir hinterlassen hast. Du bist abgehauen und hast mich mit der Frage zurückgelassen, was ich wohl falsch gemacht habe.“

Ihrer Meinung nach war es bedeutend besser, wütend zu werden, als in Tränen auszubrechen. Und sie war nicht nur wütend auf Brody; in erster Linie machte sie sich selbst Vorwürfe, weil sie den falschen Mann geliebt und ihm vertraut und unterdessen vielleicht den *richtigen* verpasst hatte. Weil sie so gern geglaubt hätte, was Brody ihr sagte. Was sein Körper ihr sagte.

„Ich bedaure, dass ich so gegangen bin. Aber ich musste gehen. Unter den gegebenen Umständen hatte ich schlicht und einfach keine andere Wahl.“

„Und welche *Umstände* mögen das gewesen sein?“, fragte Carolyn spitz. „Mal wieder ein Wildpferd, das du reiten wolltest? Gab’s eine Gürtelschnalle zu gewinnen? Oder war es nur ein Möchtegern-Cowgirl, das sich früher gesträubt hatte und jetzt mit dir ins Bett wollte?“

Brody schloss kurz die Augen. Er war blass, als hätte er

Schmerzen, doch als er die Augen wieder öffnete, war der Frust wieder zurückgekehrt. „Wenn du mich für einen solchen Menschen hältst, solltest du froh sein, dass ich gegangen bin und dir den Ärger erspart habe, dich mit mir abzuplagen."

„Wer sagt denn, dass ich *nicht* froh war?", wollte Carolyn wissen. Wer *war* diese hysterische Person, die aus ihr sprach? War sie besessen?

„Du hörst überhaupt nicht zu, was ich dir sage, oder?", schoss Brody zurück.

„Nein", erwiderte Carolyn knapp. „Wahrscheinlich nicht."

„Schön!", schnauzte Brody.

„Schön", pflichtete Carolyn ihm bei.

„Pffch!", fauchte Winston vom Kopf der Treppe. Er sträubte das Fell, sein Schwanz war ganz buschig, und er sah aus wie kurz vor dem Angriff.

Auf Brody.

Wachkatze im Dienst.

„Schon gut, Winston", beschwichtigte Carolyn das aufsässige Katzentier. „Mr Creed will gerade gehen."

Brody schnaubte verächtlich, fuhr herum und hob seinen Hut vom Boden vor dem Kleiderständer auf, wo er ihn hingepfeffert hatte. Er riss die Eingangstür auf, sah sich nach Carolyn um und knurrte: „Wir reiten trotzdem zusammen aus."

Carolyn öffnete den Mund, um zu widersprechen, doch irgendetwas veranlasste sie, ihn wieder zu schließen, ohne zu sagen, was ihr auf der Zunge lag. Wenn es sich vermeiden ließ, wurde sie nicht gern ordinär.

„Du hast zugestimmt, und damit basta", erinnerte Brody sie knapp. „Abgemacht ist abgemacht."

Damit war er fort.

Die Tür zu Nattys hübschem alten Haus fiel heftig hinter ihm ins Schloss.

Carolyn schaffte es gerade bis zur Treppe, wo sie sich auf die drittunterste Stufe fallen ließ, sich mit beiden Händen ins

Haar fuhr und einen Schrei schieren, hilflosen Ärgers ausstieß.

Winston, der auf Samtpfötchen die Treppe heruntergekommen war, strich schnurrend an ihr vorbei.

Mit einem verbitterten Lachen hob Carolyn das Tier auf ihren Schoß, drückte es an sich und barg das Gesicht in seinem dichten Nackenfell. Kater, der er war, und damit unabhängig, entwand Winston sich ihr unverzüglich, sprang zwei Stufen hinunter und blieb missmutig im Eingangsbereich stehen. Sein Schwanz zuckte, und er sah Carolyn mit offener Missbilligung an.

„Du hast dich doch noch entschlossen, Brody Creed zu mögen, wie?“, scherzte Carolyn und stand auf. „Du bist auf die dunkle Seite übergewechselt.“

„Riau“, sagte Winston ungehalten.

Wieder oben angekommen, beschloss Carolyn, sich durch den Streit mit Brody nicht den restlichen Tag verderben zu lassen. Sie konnte sich Tee kochen – das beruhigte die Nerven –, Schürzen für die Website und den Laden nähen und mit ihrem Leben weitermachen, verdammt noch mal.

Statt eines von beiden gleich in Angriff zu nehmen, ging Carolyn jedoch zu ihrem Laptop, schaltete ihn ein, tappte mit dem Fuß auf den Boden und wartete.

Quasi in dem Moment, als die Verbindung mit dem Internet hergestellt war, meldete das Gerät: „Jemandem gefällt dein Foto!“

„Schön“, sagte Carolyn.

Während sie offline war, hatten sechs weitere Männer Gefallen an ihr gefunden – oder zumindest an Carol –, und auch wenn sie fünf von ihnen gleich wieder ausschloss, erwies sich der sechste als geeigneter Kandidat.

Er hieß Slade Barlow und stammte aus einer Stadt namens Parable hoch oben in Montana. Zurzeit lebte er in Denver. Wie Ben, der Feuerwehrmann, war auch er Witwer mit Kind.

Sein elfjähriger Sohn Brendan besuchte ein Internat in Colorado, verbrachte aber die Wochenenden und Ferien mit seinem Vater.

„Hmm", sagte Carolyn laut und klickte den Antwortlink an. *Erzähl mir von Brendan*, tippte sie ins Nachrichtenfeld.

Slade war offenbar nicht online, wohl aber Ben, wie sie feststellte, als er sich mit einem Smiley und einem Hallo bemerkbar machte.

Carolyn antwortete ihrerseits mit einem Hallo.

Wollen wir uns auf einen Kaffee treffen?, fragte er. *Buchladen Seite für Seite, Main Street, heute Nachmittag um fünf?*

Ihrem ersten Impuls folgend wollte Carolyn kneifen, doch ihr jüngster Streit mit Brody war noch zu frisch. Diese Unverschämtheit, einfach so bei ihr aufzukreuzen und zu verkünden, dass sie *doch* mit ihm ausreiten würde, einfach weil sie den Fehler gemacht hatte, seine Einladung anzunehmen.

Sie warf einen Blick auf die Uhr überm Herd – halb fünf.

Binnen Sekunden beschloss sie, Brody zu zeigen, dass er nicht ankommen und ihr Dinge vorschreiben konnte, als wäre er der Herrscher der Welt oder so.

Okay, schrieb sie. *Seite für Seite, fünf Uhr. Woran erkennen wir einander?*

Er antwortete mit einem lässigen LOL und noch einem von diesen Zwinker-Icons, die er anscheinend mochte. *Ich sehe genauso aus wie auf dem Foto in meinem Profil. Das Gleiche gilt hoffentlich für dich.*

Ja, antwortete Carolyn. Gab es ein Computer-Symbol für „Schiss haben"? *Bis dann.*

Eine halbe Stunde später betrat Carolyn, mit aufgefrischtem Make-up und offenem Haar, den Buchladen. Er war immerhin vertrautes Gelände für sie –, sie verbrachte einen Großteil ihrer Freizeit hier, gönnte sich einen Latte macchiato und suchte nach geeignetem Lesestoff.

Sie entdeckte Ben sofort. Er saß im Café des Buchladens an

einem Tisch in der Ecke, ein aufgeschlagenes Buch vor sich.

Er war ein bisschen kleiner, als sie erwartet hatte, aber gut gebaut, lächelte nett und hatte lockiges hellbraunes Haar.

„Carol?“, fragte er und erhob sich.

Gute Manieren hatte er also auch.

Carolyns Gewissen schlug. „Eigentlich“, gestand sie und näherte sich langsam dem Tisch, „heiße ich Carolyn, nicht Carol.“

Er lachte und streckte Carolyn die Hand entgegen. Ben trug Jeans, ein langärmliges T-Shirt in einem matten Blauton und gab sich lässig und selbstbewusst. „Und ich heiße Bill, nicht Ben.“

Das Geständnis nahm Carolyn viel von ihrer Befangenheit. Sie brachte ein zittriges Lächeln zustande und setzte sich auf den zweiten Stuhl an Bens – *Bills* – Tisch. „Hast du wirklich eine neunjährige Tochter, die Ellie heißt?“, fragte sie.

„Ja“, antwortete Bill und setzte sich erst wieder, als Carolyn Platz genommen hatte. „Und du? Arbeitest du wirklich in einer Bank, hast zwei Hunde und gehst gern zum Bowling?“

„Nein“, gestand Carolyn leicht errötend. „Was meinen Job, meine Hobbys und meine Haustiere betrifft, habe ich geschwindelt. Ist das ein Grund für den sofortigen Abbruch der Geschäftsbeziehungen?“

Bill schmunzelte. Sein Blick war warm, die Augen blitzten in dem gebräunten Gesicht.

So attraktiv er auch war, er war nicht Brody.

Pech.

„Wie bist du wirklich, Carol-*yn*?“, fragte er lächelnd.

„Ich nähe gern, kümmere mich um die Katze einer Freundin und habe ein Geschäft mit einer Freundin“, antwortete sie. „Und ich kann mich nicht erinnern, wann ich das letzte Mal so nervös war.“

Ben – *Bill* – lächelte. „Ich nähe nicht, bin ein ausgesprochener Hundefreund und bestreite meinen Lebensunterhalt mit

Brandbekämpfung, wie in meiner Biografie nachzulesen ist. Nachdem das gesagt ist, muss ich mich wundern, denn trotz aller Tatsachenverdrehungen siehst du genauso aus wie auf deinem Foto. Du bist schön, Carolyn."

Carolyns Wangen begannen zu glühen. Sie senkte den Blick. „Schmeichler", murmelte sie.

„Was darf ich dir bestellen?", fragte er.

„Wie bitte?", entgegnete Carolyn etwas begriffsstutzig.

„Kaffee?", erklärte Bill grinsend. „Latte? Café americano? Espresso mit einem doppelten Schuss ‚Was-zum-Teufel-tu-ich-hier'?"

Endlich entspannte sich Carolyn. Ein bisschen. „Latte", sagte sie. „Fettarm, bitte."

Während Bill zum Tresen ging, um einen fettarmen Latte macchiato zu bestellen, sah Carolyn sich das Buch an, in dem er bei ihrer Ankunft gelesen hatte.

Der bevorzugte Lesestoff eines Menschen verriet eine Menge über ihn.

Anleitung für alleinerziehende Väter zur Kommunikation mit Mädchen in der Vorpubertät.

Tja, dachte Carolyn. *Typisch, dass ich einen Mann kennenlerne, der sowohl sensibel als auch maskulin ist, nachdem Brody Creed mich für funktionierende Beziehungen verdorben hat.*

Mit freundlich-kleinlauter Miene kehrte Bill mit ihrem Latte zurück. „Zeit zu beichten", sagte er seufzend und setzte sich wieder. „Ich tröste mich gerade über eine Enttäuschung hinweg, Carol ... Carolyn. Das habe ich in meinem Profil nicht erwähnt."

„Nein", entgegnete Carolyn seltsam erleichtert. Sie griff nach ihrem Kaffee und trank einen Schluck. „Hast du nicht."

„Ihr Name ist Angela. Wir passen überhaupt nicht zusammen."

Lange betrachtete Carolyn den Schaum auf ihrem Latte.

„Er heißt Brody“, sagte sie dann. „Zwei Menschen, die so wenig zueinanderpassen wie wir, gibt es nicht noch einmal.“

Schweigen senkte sich auf sie.

„Tja, dann haben wir ja *doch* etwas gemeinsam, wie?“, sagte Bill schließlich.

„Bist du verliebt?“, fragte Carolyn nach langer Zeit und reichlich Latte. „In Angela, meine ich?“

„Ich weiß es nicht“, erwiderte Bill. „Einmal möchte ich den Rest meines Lebens mit der Frau verbringen, dann wieder würde ich mich lieber der Fremdenlegion anschließen oder vom Empire State Building springen.“

Am liebsten hätte Carolyn geweint. Gleichzeitig war ihr nach Lachen zumute. „Liebe ist beschissen“, verkündete sie und hob ihre Tasse.

Bill stieß mit ihr an. „Amen“, stimmte er zu. „Liebe ist eindeutig beschissen.“

8. KAPITEL

Hätte Carolyn selbst entscheiden können, in wen sie sich verliebte, wäre ihre Wahl eindeutig auf Bill Venable gefallen, den mutigen Bekämpfer von Waldbränden, treu sorgenden Vater einer neunjährigen Tochter und rundum gut aussehenden Prachtkerl.

Leider hatte sie in diesem unwägbaren Universum keinen solchen Einfluss, doch sie merkte schnell, dass sie in dem Mann, der sie zum Latte macchiato eingeladen hatte, einen wertvollen Verbündeten gefunden hatte.

„Erzähl mir mehr von Angela", bat sie, rührte ihren Latte um und wich Bills Blick aus. „Lebt sie hier in Lonesome Bend?"

Bill räusperte sich, wandte den Blick ab, sah Carolyn wieder an. Schließlich nickte er. „Sie unterrichtet in der dritten Klasse der Grundschule", sagte er.

„Verstehe", antwortete Carolyn, und in vielerlei Hinsicht verstand sie *wirklich*. „Und was ist euer Problem?"

„Mein Beruf passt ihr nicht", erklärte Bill nach einigem Überlegen. „Brandbekämpfung, meine ich. Zu gefährlich, ich bin zu oft unterwegs und so weiter."

„Ach du Schande. Wie steht Ellie zu Angela?"

„Sie liebt sie über alles", gab Bill zu. „Und umgekehrt ist es genauso. Ellie meint, Angela wäre die perfekte Stiefmutter. Die zwei bilden eine eingeschworene Gemeinschaft. Glaub mir, das ist nicht die übliche Reaktion meiner Tochter auf Frauen, mit denen ich mich treffe."

„Das grundlegende Problem ist demnach dein Beruf?", erkundigte sich Carolyn so taktvoll wie möglich. Zwar verstand sie das Engagement für seinen Beruf, konnte aber auch Angelas Standpunkt nachempfinden. Liebe an sich war riskant genug, auch ohne dass ein Partner regelmäßig sein Leben aufs Spiel setzte.

„Ja“, seufzte Bill schwer.

„Vielleicht solltest du dich nach einem anderen Beruf umsehen“, schlug Carolyn vor, kannte die Antwort jedoch schon im Voraus.

Darauf schüttelte Bill vehement den höchst attraktiven Kopf. Pech, dass er keine primitiven Instinkte in Carolyn weckte, wie Brody es tat, denn er war *weiß Gott* schnuckelig.

„Ich *liebe* meine Arbeit“, erwiderte er. „Ein Flugzeug steuern. Brände löschen. Es ist wie ein Rausch.“

„Aber … gefährlich“, sagte Carolyn.

„Ja. Aber in einem anderen Beruf würde ich verrückt. Die Langeweile …“ Er schwieg, wirkte überfordert. Augenscheinlich hatte er dieses Problem schon oft gewälzt, sowohl mit Angela als auch für sich allein.

Carolyn wartete ein Weilchen, dann mischte sie sich Hals über Kopf in eine Sache ein, die sie nicht das Geringste anging. „Und deine Tochter, Bill?“, fragte sie sanft. „Welche Rolle spielt Ellie in deiner Berufssituation?“

Wieder schüttelte er den Kopf und versuchte zu lächeln, was ihm jedoch misslang. „Ich liebe dieses Kind von ganzem Herzen, und ich will nur das Beste für sie. Ich will sie beschützen und dafür sorgen, dass sie glücklich und gesund ist. Sie zu einer starken Frau erziehen, die ihre eigenen Entscheidungen trifft, ihr Leben selbst in die Hand nimmt und, wenn es so weit ist, eigene Kinder großziehen kann. Aber …“

Wieder verfiel Bill in nachdenkliches Schweigen.

„Aber?“, hakte Carolyn ruhig nach, nachdem sie ihm Zeit gelassen hatte, sich zu sammeln.

„Aber wie ich schon sagte, ich liebe meinen Beruf. Ist das nicht auch von Bedeutung? Und welch ein Beispiel würde ich Ellie geben, wenn ich den einfachen Weg nehmen und versuchen würde, es allen außer mir selbst recht zu machen?“

Carolyn spielte mit ihrer Tasse und zuckte zum Ausdruck ihrer Ratlosigkeit leicht mit den Schultern. Erstaunlich, dass sie so schnell Zugang zu einem anderen Menschen – noch dazu einem Mann – fand, von dessen Existenz sie bis zu ihrer Anmeldung bei *Friendly Faces* nichts gewusst hatte.

Sie und Bill strahlten eine solche Verbundenheit aus, dass jeder, der sie sah, wahrscheinlich glaubte, sie wären schon seit Jahren enge Freunde.

Schade, dass zwischen ihnen kein Funke übersprang, dass es nicht Zoom machte wie zwischen ihr und Brody – und ganz sicher auch zwischen Bill und Angela.

„Nein“, beantwortete sie mit einer gewissen Verzögerung seine Frage. „Natürlich kannst du es nicht dein Leben lang anderen Leuten recht machen, jedenfalls nicht, wenn du selbst glücklich sein möchtest.“ Sie machte eine Pause, bevor sie fragte: „Hat Ellie Angst um dich, ich meine, wenn du unterwegs bist, um Brände zu bekämpfen?“

„Wahrscheinlich. Ellie lässt sich nie anmerken, dass sie Angst hat, mir könnte etwas zustoßen. Sie bittet mich nur, vorsichtig zu sein. Die Sache ist die, dass Ellie meinen Standpunkt offenbar besser nachvollziehen kann als Angela.“

Jetzt, überlegte sie unter dem unvermeidlichen Ansturm von Widerwillen, war sie an der Reihe, die Karten auf den Tisch zu legen.

Und richtig, Bill neigte den Kopf ein wenig zur Seite, und sein Mundwinkel zuckte fragend. „Du bist eine schöne Frau, Carolyn“, sagte er. „Die Hälfte der männlichen Bevölkerung im Umkreis, wenn nicht im ganzen Bundesstaat, dürfte versuchen, deine Aufmerksamkeit zu erregen. Was hat dich veranlasst, dich bei einer Partnerbörse anzumelden?“

„Neugier?“, mutmaßte Carolyn und errötete leicht.

Bill lehnte sich auf seinem Stuhl zurück und musterte sie. „Suchst du Freunde, Spaß oder einen Lebenspartner?“

Sein Tonfall oder sein Verhalten waren in keiner Weise anzüglich, er strahlte einfach Aufrichtigkeit aus. Kurzum, Bill war ein angenehmer Gesprächspartner, vielleicht gerade *weil* er praktisch ein Fremder war und zwischen ihnen keine Probleme oder gemeinsame Altlasten standen, nichts, was ihrer Freundschaft im Weg stand.

„Es ist die alte Geschichte", erwiderte sie leise. „Ich habe mich in den falschen Mann verliebt, ich wurde verletzt. Den Rest kennst du, und du weißt vermutlich, was ich meine."

Statt etwas zu sagen, hob Bill eine Braue und wartete. Als Krönung aller Dinge, die für ihn sprachen, war er auch noch ein guter Zuhörer. Und sie brachte nicht mehr als eine gute Portion *Zuneigung* für ihn auf.

Er war der große Bruder, den sie nie hatte.

Der Kumpel.

Und er war nicht mal schwul, um Himmels willen!

Carolyn drehte und wand sich auf ihrem Stuhl, war nicht sicher, wie viel mehr sie noch preisgeben sollte. Schließlich war es ihr erstes Treffen, und so ehrlich Bill Venable auch wirkte, es lag immerhin im Bereich des Möglichen, dass sie sich voll und ganz in ihm täuschte.

Es wäre nicht das erste Mal, oder?

Einmal hatte sie geglaubt, Brody Creed in- und auswendig zu kennen. Nach einer langen Reihe seichter, zum Scheitern verurteilter Beziehungen hatte sie an ihn geglaubt und war überzeugt gewesen, er wäre der Richtige. Sie hatte alles, was er tat und sagte, für bare Münze genommen, um dann, als er sein wahres Gesicht zeigte und sich aus dem Staub machte, tief gekränkt zurückzubleiben.

Und sie hatte sich noch ein weiteres Fehlurteil geleistet – als sie glaubte, in ihrer Arbeit als Kindermädchen ihr Glück gefunden zu haben. Sie hatte ihrem Chef bedingungslos vertraut und ihn wegen seiner bodenständigen Art, seiner augenscheinlichen Liebe zu seiner Frau und seiner kleinen Tochter bewundert.

Bis er sie angebaggert und damit gezwungen hatte, einen geliebten Beruf – und ein geliebtes Kind – aufzugeben.

Carolyn schloss die Augen und erinnerte sich an den Anblick der kleinen Storm im Rückspiegel, die hinter ihrem Auto herlief und schreiend bettelte, sie solle zurückkommen.

Zurückkommen.

Wortlos griff Bill über den Tisch hinweg nach ihrer Hand und drückte sie leicht. Carolyn schlug die Augen wieder auf und lächelte zaghaft. Genug, sagte sie sich, ist genug. Im Augenblick zumindest.

„Ich sollte eigentlich nach Hause", sagte sie und tastete unter dem Tisch nach ihrer Handtasche. „Meine Katze fragt sich sicher schon, wo ich bleibe."

Bill seufzte, blickte auf seine Uhr und nickte. „Ellie ist bestimmt restlos glücklich bei ihren Großeltern, aber bald ist Abendbrotzeit. Und wenn ich in der Stadt bin, lege ich Wert darauf, dass wir wenigstens eine Mahlzeit am Tag am selben Tisch einnehmen."

„Wie schön", sagte Carolyn, leicht peinlich berührt. Abendbrot war für sie gewöhnlich eine einsame Sache und diente nur der Nahrungsaufnahme.

Sie und Bill standen gleichzeitig auf. Er geleitete sie zur Tür, öffnete sie für Carolyn und wartete, bis sie hinaus auf den Gehsteig getreten war.

Es war ein milder Maiabend, durchsetzt mit zartesten lavendelfarbenen Dämmerlichtnuancen. Viele Menschen waren unterwegs; glücklich, draußen zu sein, gingen sie einfach nur spazieren oder unterhielten sich unter den Straßenlaternen.

Der Winter dauerte lang in Lonesome Bend, und gutes Wetter wurde nicht nur genossen, sondern geradezu gefeiert.

Freunde lächelten und winkten mit freundlicher und gleichzeitig neugieriger Miene, als sie Carolyns Begleiter sahen, einen Mann, den bisher nur wenige kannten.

Wenn ich heute Abend zu Bett gehe, dachte Carolyn mit leisem Lächeln, wird wohl die ganze Stadt informiert sein. Carolyn Simmons trifft sich mit jemandem, und dieser Jemand ist nicht Brody Creed.

Da ihr Wagen vor den Augen mindestens eines Dutzends aufrechter Bürger an der Straße stand, hatte sie keine Bedenken, sich von Bill hinführen und die Tür öffnen zu lassen.

„Ich habe mich gut unterhalten“, sagte er mit offenem Blick, während sie sich hinters Steuer setzte.

„Ich auch“, antwortete Carolyn, legte den Sicherheitsgurt an und schob den Schlüssel ins Zündschloss.

„Freunde?“, fragte er mit einem schiefen Grinsen.

„Freunde“, willigte Carolyn ein.

Bill trat zurück, winkte und sah ihr vom Gehsteig aus nach, als sie davonfuhr.

„Wer ist er?“, wollte Tricia neugierig wissen, als sie am nächsten Morgen den Laden betrat.

Sie hatte noch nicht einmal ihre Handtasche verstaut.

Carolyn lächelte vor sich hin und täuschte lebhaftes Interesse am Auspacken der jüngsten Lieferung von Ziegenmilchseife vor.

„Und behaupte jetzt nicht, du wüsstest nicht, wovon ich rede“, warnte Tricia und drohte mit dem Zeigefinger. In ihren Augen blitzte schelmische Zuneigung. „Drei verschiedene Personen haben gestern Abend auf der Ranch angerufen und sich nach dem Traumtypen erkundigt, mit dem du Kaffee getrunken hast.“

„Er heißt Bill Venable, und er bekämpft Waldbrände. Fliegt so ein Flugzeug, das Chemikalien auf Brandherde abwirft.“

„Wie in diesem alten Film mit Richard Dreyfuss?“, fragte Tricia. Es fiel ihr schwer, sich weit genug herabzubeugen, um ihre Tasche wie üblich in dem Fach unter dem Tresen abzulegen. Ihr Babybauch schien von einem Tag auf den anderen sichtlich zu wachsen. „Wie heißt er noch gleich?“ Sie stemmte die Hände in ihre Seiten, wo früher ihre Taille gewesen war, und streckte den Rücken durch. „Jetzt weiß ich’s. *Always.*

Und Dreyfuss spielt einen Mann, der mit Glanz und Gloria abstürzt, oder?"

„Ich weiß nicht mehr", schwindelte Carolyn und fuhr fort, Seifenstücke auf dem Tresen zu stapeln. In Wirklichkeit hatte sie als großer Filmfan längst die Ähnlichkeiten erkannt.

„Hast du ihn durch diese Website kennengelernt?", bohrte Tricia weiter. „Durch *Friendly Faces*?"

„Ja", antwortete Carolyn, machte einen Staatsakt aus der Entsorgung des inzwischen leeren Kartons, in dem die Seife geliefert worden war, und ging in Richtung Lagerraum.

Als sie zurückkam, erwartete Tricia sie schon ganz hibbelig. „Und? Magst du ihn? Siehst du ihn wieder?"

Carolyn lachte. „Ja, ich mag ihn, und es würde mich nicht wundern, wenn er irgendwann mit mir ausgehen will."

Tricias schöne blaue Augen weiteten sich. Es war schwer zu sagen, ob diese Aussicht sie freute oder erschreckte.

Wahrscheinlich beides.

„Gehst du mit ihm aus? Falls er dich tatsächlich einlädt, meine ich?"

„Ich bin noch unentschlossen", erwiderte Carolyn und blickte zu der Batik mit der Weberin auf, als wollte sie etwas von deren Gelassenheit in sich aufnehmen. „Ich muss schon sagen, ich war angenehm überrascht, wie *normal* Bill ist."

„Normal", wiederholte Tricia, und ihr Tonfall ließ keinen Zweifel daran, dass sie das Thema so schnell nicht fallen lassen wollte. „Was hattest du denn erwartet, wie er sein würde, Carolyn?"

Statt zu antworten, neigte Carolyn den Kopf, betrachtete die Weberin und wünschte sich einmal mehr, sie könnte es sich leisten, das Kunstwerk zu kaufen und für immer zu behalten. Diese mit verschwommenen Linien, kaum mehr als angedeuteten Farbstrichen und -formen gezeichnete Frauengestalt hatte etwas so Tröstliches an sich.

„Carolyn?", drängte Tricia, die jetzt neben ihr stand und

ihr mit dem Ellbogen einen Rippenstoß versetzte. Da so ziemlich alles an Tricias Körper sanft gerundet war, tat es nicht weh. „Sprich mit mir."

Seufzend wandte Carolyn sich ihrer Freundin zu. „Ich habe wohl gedacht, es bestünde die minimale Chance, dass er ein zweiter Ted Bundy wäre", gestand sie.

Daraufhin verdrehte Tricia die Augen, lachte und wurde wieder ernst, alles binnen weniger Sekunden. „Das wird Brody aber überhaupt nicht gefallen", sagte sie. Für gewöhnlich neigte Tricia nicht zu Stimmungsschwankungen, doch zurzeit waren ihre Hormone gehörig in Aufruhr.

Irgendein unklares Gefühl – Unmut? Triumph? – ließ Carolyns Herz schneller schlagen. „Pech für Brody", erwiderte sie.

„Es sei denn natürlich, du überlegst, aus genau diesem Grund, mit Bill auszugehen. Um Brody eifersüchtig zu machen", bemerkte Tricia, und es klang beinahe beiläufig.

Vor Empörung vergaß Carolyn, den Mund zu schließen. Gleichzeitig erkannte sie, dass Tricias Worte eine Portion Wahrheit enthielten. Sie hatte nicht vorgehabt, Brodys Eifersucht anzustacheln, jedenfalls nicht bewusst, konnte aber nicht leugnen, dass sie die Vorstellung irgendwie herrlich erregend fand.

Entsetzt über diese Erkenntnis schnappte sie nach Luft und schlug sich die Hand vor den Mund.

Tricia lächelte. „Ach, bleib ganz ruhig", sagte sie und streichelte zum Zeichen der Solidarität unter Frauen kurz über Carolyns Oberarm. „Ich weiß, dass deine Absichten ehrenhaft waren." Sie hielt inne, wieder mit diesem forschenden Blick. „Aber was genau *waren* deine Absichten?", fragte sie dann.

Carolyns Augen brannten, und sie schluckte heftig, bevor sie sagte: „Ich will doch nur … über Brody hinwegkommen. Nach vorn blicken. Ein Heim und eine eigene Familie haben."

Impulsiv schloss Tricia ihre Freundin in die Arme. „Hör dich nur an, Carolyn“, meinte sie liebevoll. „Du willst über Brody *hinwegkommen*? Er ist dir immer noch wichtig. Hat das etwa nichts zu bedeuten?“

„Es bedeutet, dass ich gestört bin“, erwiderte Carolyn lebhaft und wischte sich mit einem Handrücken über die Wangen, obwohl sie noch gar nicht zu weinen angefangen hatte. „Emotional abhängig, ein hoffnungsloser Fall – was auch immer.“

„Papperlapapp“, erwiderte Tricia mit einer wegwerfenden Handbewegung. „*Gestört. Abhängig.* Das sind bloß Schubladen, leere Schlagwörter, und meiner Meinung nach werden sie in unserer Gesellschaft überstrapaziert. Du bist eine intelligente, starke, begabte Frau, Carolyn, kein psychisches Wrack. Trau dir selbst ein bisschen mehr zu, ja?“

„Und du, Tricia Creed, du bist eine sehr gute Freundin.“

„Und ich habe recht“, schloss Tricia und erwiderte ihr Lächeln.

Nachdem sie sich in diesem Punkt stillschweigend einig waren, machten sich beide an ihre Arbeit.

Etwa eine halbe Stunde später tauchten zwei Wagenladungen Frauen mittleren Alters mit roten Hüten und violetten Kleidern auf, und ein wahrer Kaufrausch setzte ein.

Eine von ihnen begeisterte sich besonders für die Weberin. „Wie schön“, rief sie, den Blick zu der Batik erhoben.

Carolyn, die an der Kasse fleißig Preise eintippte, hörte die Bemerkung trotz der entzückten Ausrufe, mit denen die restlichen Rothüte die Waren begutachteten.

Auch Tricia hatte sie offenbar gehört.

Sie und Carolyn tauschten einen Blick.

„Nicht wahr?“, sagte Tricia und gesellte sich zu der Frau.

„Von hier aus kann ich den Preis nicht erkennen“, sagte die Frau.

„Leider ist dieses Stück bereits vergeben“, antwortete Tricia, und ihre Wangen färbten sich rosig. „Aber ich gebe Ihnen gern die Kontaktdaten der Künstlerin, falls Sie etwas bei ihr bestellen wollen …“

Carolyn runzelte die Stirn. Die Weberin war vergeben? Seit wann?

Schon viele Kunden hatten das Batikbild bewundert, doch alle hatten geseufzt und den Kopf geschüttelt, als sie erfuhren, wie viel sie kosten sollte.

Um die Verwirrung komplett zu machen, warf Tricia Carolyn nun auch noch einen raschen Blick zu, als fürchtete sie Widerspruch von ihr. Carolyn erwiderte den Blick ihrer Freundin mit Nachdruck, sagte jedoch nichts. Sie wandte sich einfach wieder ihrer Arbeit zu.

Es war beinahe Mittag, als die Frauen mit den roten Hüten in ihre Busse stiegen, abfuhren und den Laden erfreulich leer geräumt zurückließen.

Gerade als Carolyn Tricia fragen wollte, warum sie behauptet hatte, die Batik wäre verkauft, öffnete sich die Ladentür erneut und Conner trat ein, dicht gefolgt von Brody.

Carolyn stockte der Atem, doch sie versuchte sich den Anschein zu geben, als hätte sie die Männer nicht bemerkt.

Brody nicht zu bemerken, dachte sie bei sich, ist, als würde man einen Meteor übersehen, der groß genug war, um die Dinosaurier auszulöschen.

Trotzdem musste sie es versuchen. Schon aus Prinzip.

Conner begrüßte Tricia mit einem Kuss, dann hob er sie hoch und schwang sie einmal behutsam in Kreis herum. Ihr Lachen klang hell wie das Glockenläuten am Ostermorgen.

Abgelenkt von diesem Treiben bemerkte Carolyn nicht, dass Brody sich ihr näherte. Urplötzlich stand er einfach da, ihr gegenüber auf der anderen Seite des Tresens.

Carolyn zuckte zusammen. Jeder Nerv in ihrem Körper war zum Zerreißen angespannt.

Brody bedachte sie mit einem trägen, gelassenen Lächeln.

Entweder waren ihm die Gerüchte um ihr Kaffeestündchen mit Bill noch nicht zu Ohren gekommen – was höchst unwahrscheinlich war –, oder es war ihm schlicht einerlei.

„Das Bild da oben", sagte er und wies mit einem Daumen auf die Weberin. „Ist das eine Arbeit von Primrose Sullivan?"

Carolyn räusperte sich und nickte. „Ja, aber …"

Tricia schlich näher. Rempelte Brody von der Seite an. „Hast du Bedarf an Kunst?", fragte sie.

Conner, der ein Stückchen abseits stand, musterte seine Frau mit einem Ausdruck ratloser Verwunderung auf seinem schönen Gesicht. Für ihn war Tricia eindeutig ein leuchtend bunter Schmetterling in einer schwarz-weißen Welt.

„Könnte sein", sagte Brody. „Wenn mein Haus fertig ist, muss ziemlich viel Wandfläche behängt werden."

Carolyn ermahnte sich, zu atmen. Befahl ihrem Herzen, auf der Stelle wieder zu schlagen, Schluss mit dieser Bambi-auf-dem-Eis-Vorstellung. Es handelte sich schließlich um eine ganz normale Unterhaltung.

„Primrose wäre begeistert, wenn die Weberin hier in Lonesome Bend ein Zuhause fände", strahlte Tricia. „Du weißt doch, wie sentimental sie ist."

„Hast du nicht gerade gesagt, sie wäre schon vergeben? Die Weberin, meine ich?", fragte Carolyn verwirrt.

„Das war gelogen", entgegnete Tricia ohne ersichtliche Skrupel.

Carolyn öffnete den Mund und schloss ihn wieder. Zog die Stirn noch krauser in Falten.

Währenddessen zückte Brody seine Brieftasche, nahm seine Kreditkarte heraus und legte sie auf den Tresen. „Ich nehme sie", sagte er.

„Willst du nicht erst mal wissen, was sie kostet?", fragte Carolyn.

Er schenkte ihr wieder sein typisches Lächeln. Gegen dieses Lächeln war sie machtlos. Ob Brody das wusste?

„Ich schätze, ich kann es mir leisten“, meinte er schlicht.

Carolyn errötete, sagte „Okay“ und nannte den Preis.

Brody zuckte nicht einmal mit der Wimper. Er senkte kurz den Blick auf seine Kreditkarte, und Carolyn fing sich immerhin so weit, dass sie sie durch das Lesegerät zog und die erforderlichen Tasten drückte.

Mittlerweile waren Conner und Tricia in der Küche verschwunden.

Das Kartenlesegerät spuckte den Kassenzettel aus, und Brody unterzeichnete ihn.

„Ich hole rasch die Leiter“, setzte Carolyn nervös an. „Nehme das Bild von der Wand und packe es ein. Das geht ganz schnell.“

Nachdem er seine Brieftasche samt Karte wieder eingesteckt hatte, hatte Brody sich nicht von der Stelle gerührt.

„Wir sind zu Pferde“, erklärte er.

Carolyn blinzelte. „Wie bitte?“

„Conner und ich“, erklärte Brody, und sie spürte sein Lächeln wie wärmende Sonne auf ihrer Haut, obwohl sie es immer noch vermied, ihn direkt anzusehen. „Wir sind in die Stadt geritten.“

„Warum?“

Er lachte leise, und da musste sie ihn ansehen. Dieser Mann zog ihren Blick auf sich wie ein Magnet Metallsplitter.

„Cowboys tun das nun mal“, sagte er schlicht.

„Ach“, erwiderte Carolyn und wäre am liebsten geschrumpft wie Alice im Wunderland und in einen alten Kaninchenbau gefallen.

„Es wäre umständlich, dieses große Bild auf dem Pferd zu mir nach Hause zu schaffen. Darum hoffe ich, du bist so nett und lässt es mir liefern.“

Sie hob das Kinn. „Tricia wird es dir bestimmt gern nach Hause bringen.“

„In ihrem Zustand kann sie keine schweren Gegenstände

schleppen", antwortete Brody mit leichtem Tadel in der Stimme und sah sich um. „Wo ist die Leiter?"

Carolyn erklärte es ihm, und er ging los, um die Leiter zu holen.

Anschließend klappte er die Leiter auseinander, wobei die Scharniere grässlich quietschten, und stieg bis zur obersten Sprosse hinauf. Er hob die gerahmte Batik vom Haken und stieg mit ihr wieder herunter. Seine Rückenmuskeln bewegten sich geschmeidig unter dem Stoff seines Hemds.

Das Blut rauschte in Carolyns Ohren.

In der Küche lachten Tricia und Conner. Ihre Freude am Leben und aneinander brach sich, wenn sie nicht still waren, hörbar Bahn. Carolyn nahm wie aus weiter Ferne oder aus Meerestiefen das Öffnen und Schließen der Kühlschranktür und das Klappern von Tellern wahr.

Behutsam, beinahe ehrfürchtig, legte Brody die Weberin auf den runden Tisch, auf dem Carolyn und Tricia gewöhnlich handgeschöpftes Papier präsentierten. Carolyn betrachtete sein Gesicht, als er das Bild auf sich wirken ließ.

„Du bringst es mir dann zur Lodge?", fragte er mit rauer Stimme, als hätte er das Sprechen fast verlernt.

„Du könntest ebenso gut mit dem Pick-up herkommen", wandte Carolyn ein, denn es erschien ihr wichtig – wenn auch sinnlos –, ihm Paroli zu bieten.

„Könnte ich", pflichtete Brody ihr bei. „Aber ich würde dir gern mein Haus zeigen, und außerdem hat Moonshines freundliches Gesicht dir wohl gefallen. So kannst du ihn persönlich begrüßen."

„Moonshine?"

„Mein Pferd", sagte Brody leicht grinsend. „Ich glaube, er fühlt sich in seinem halb fertigen Stall manchmal ziemlich einsam. Über Besuch würde er sich bestimmt freuen."

Vielleicht war sie in der Lage, Brody zu widerstehen, wenn auch nicht annähernd mit der gewünschten Leichtigkeit, doch einem Pferd widerstand sie nie und nimmer. „In Ordnung", stimmte sie zu. „Ich bringe dir das Bild. Wann wäre es dir denn recht?"

„Ich bin gewöhnlich abends zu Hause", antwortete Brody.

Ja, natürlich. Und, Großmutter, warum hast du so große Zähne?

„Abends nähe ich gern", sagte sie.

Brody stand ihr wieder gegenüber. Der Tresen zwischen ihnen war für Carolyns Geschmack nicht breit genug. Der gesamte Bundesstaat Colorado wäre nicht breit genug gewesen.

Brody ließ den Blick über ihren Körper wandern, und sie hätte schwören können, dass er allein durch diese Blicke ihre Kleider in Fetzen riss.

„Und dann schuldest du mir noch einen Ritt", meinte er leise.

Carolyns Wangen glühten – trotz der Unterhaltung über Pferde schaffte sie es, ihn misszuverstehen.

Er lachte. „Einen Ausritt auf einem Pferd", erklärte er gedehnt.

„Warum drängst du so darauf?", flüsterte sie wütend, beugte sich zu ihm und wünschte sofort, sie hätte es nicht getan.

Sein Mund war ihrem nah genug zum Küssen, und sie konnte sich nicht entziehen. Konnte sich nicht einmal rühren.

„Du hast zugesagt, als ich dich zu einem Ausritt eingeladen habe", erinnerte Brody sie sehr ruhig, „und deshalb ist es Ehrensache. Entweder ist dein Wort etwas wert, Carolyn Simmons, oder nicht."

Das löste sie aus dem Bann, in den er sie gezogen hatte.

Sie wich zurück und schleuderte ihm böse Blicke entgegen. Dabei umklammerte sie die Tresenkante so fest, dass ihre Knöchel schmerzten. „Ausgerechnet du musst von Ehre reden", fuhr sie ihn wütend an, „nach allem, was du getan hast. Außerdem stand *mein* Wort hier noch nie zur Debatte. Deines dagegen ..."

Er hatte die Unverschämtheit, zu grinsen, und in einem raffinierten Friedensappell, der Mordgelüste in ihr weckte, beide Hände entwaffnend zu heben.

„Carolyn, du bist eine harte Frau. Du bist eine starrsinnige Frau. Und du bist unglaublich nachtragend."

„Worauf du dich verlassen kannst", fauchte sie.

Einen Moment lang sahen sie einander stumm und böse an.

Dann stieß Tricia die Küchentür auf und streckte den Kopf in den Raum, wie eine Schildkröte, die aus ihrem Panzer lugte.

„Wollt ihr zwei mit uns zu Mittag essen oder nicht?", fragte sie heiter.

„Ich habe keinen Hunger", antwortete Carolyn.

„Ich auch nicht", schloss Brody sich an.

„Okaaay", erwiderte Tricia in singendem Tonfall und zog sich in die Küche zurück.

Carolyn stürmte an Brody vorbei zum vorderen Fenster und zog die Spitzengardine zur Seite, um auf die Straße zu sehen.

Tatsächlich, da standen zwei Pferde, ein Falbe und ein Brauner, gesattelt und nicht angebunden am Staketenzaun. Mit sichtlichem Wohlgefallen verspeisten sie den Löwenzahn, der an dieser Stelle in großen Büscheln wuchs.

Herausfordernd wandte Carolyn sich Brody zu. Getrieben von Emotionen, die besser nicht beim Namen genannt wurden.

„Zwei Personen, zwei Pferde", stieß sie gepresst hervor. „Reiten wir am besten gleich los, Mr Creed, dann haben wir's hinter uns."

„Dann haben wir's hinter uns?" Brodys Tonfall war belustigt – und ein bisschen gekränkt.

„Ich habe nicht versprochen, dass ich Spaß daran haben würde", erinnerte sie ihn. „Ich habe nur gesagt, ich komme mit." Sie wies auf ihre Jeans, die Stiefel und das langärmlige T-Shirt. „Und ich möchte *jetzt* reiten."

„Schön“, sagte Brody und deutete mit dem Kopf zum Zaun hin, wo die Pferde warteten. „Reiten wir jetzt.“

Carolyn nahm sich nicht einmal die Zeit, Tricia zu informieren, dass sie den Laden verließ, denn dann hätte sie den Grund dafür erklären müssen, und das wollte sie nicht. Wenn sie es versuchte, würde sie wahrscheinlich schnauben vor Wut.

Also stapfte sie zur Tür, riss sie auf und trat über die Schwelle hinaus auf die Veranda.

„Nimm den Braunen“, empfahl Brody, als sie, am Tor angekommen, schließlich zögerte. Der Zorn hatte sie bis hierher getrieben, und jetzt wusste sie nicht weiter.

„Toll“, meinte sie.

Sie ergriff die hängenden Zügel des Braunen, setzte einen Fuß in den Steigbügel und schwang sich in den Sattel.

Einen Moment stand Brody auf dem Gehsteig, im nächsten saß auch er lässig im Sattel. Er hielt die Zügel des Falben locker in einer Hand und sagte: „Eine Stunde, Carolyn. Weniger kann nicht als Ausritt gelten, es sei denn beim Ponyreiten auf der Kirmes.“

Auf ebener Erde war Carolyn in vielerlei Hinsicht unsicher.

Im Sattel hingegen war sie die Herrscherin. Sobald sie auf einem – beliebigen – Pferderücken saß, war ihr Selbstbewusstsein ungebrochen. Und unerschütterlich.

Reiten konnte sie, das war ihr in Fleisch und Blut übergegangen.

„Also los“, sagte sie.

„Lass sehen, ob du mithältst“, forderte Brody sie heraus.

„Wenn nicht, liegt es an diesem Pferd, nicht an mir“, zischte Carolyn mit zusammengebissenen Zähnen.

Brody lachte jauchzend, lenkte den Falben in die grobe Richtung der Ranch und trieb ihn in nur sechs Schritten vom Schritt über den Trab bis zum vollen Galopp. Das Tier flog geradezu über den unbefestigten Weg. Brody neigte sich tief über den Pferdehals, und Mensch und Tier schienen zu einem einzigen prachtvollen Wesen zu verschmelzen.

Stolz dehnte Carolyns Brust und ein Gefühl, noch wilder und intensiver als Freude. Sie gab Conners Pferd den Kopf frei. Dann galoppierten die beiden Tiere Kopf an Kopf über Baugelände und Wirtschaftswege, über nach langer Vernachlässigung rostige Eisenbahnschienen und durch brusthohes Gestrüpp.

Als beide platschend in den Fluss eintauchten, stieß Carolyn einen Schreckens- und Jubelschrei aus. Aber sie stoppte nicht, als das Wasser in ihre Stiefel lief und ihre Jeans zunächst bis zum Knie und dann schenkelhoch durchnässte.

Brody sah sich nach ihr um, und in seinen Augen glaubte sie genau das zu sehen, was sie nie von ihm erwartet hätte: Respekt.

Als sie das jenseitige Ufer erreichten, setzte bei den Pferden Erschöpfung ein. Sie wurden langsamer und mühten sich das steile Ufer hinauf auf das höher gelegene Gelände.

Auf der Straße am Hügelkamm oberhalb des Flusses entlang ließen Carolyn und Brody die Pferde im Passschritt laufen.

Carolyn kannte diese Straße von ihren Ausritten mit Blossom und wusste, dass die eingeschlagene Richtung sie zum Haupthaus der Ranch führte.

Sie war nass, außer Atem und beschwingt. Nur eines war besser als ein Ritt, bei dem man alles gab, und das war die Art von ekstatischem Höhepunkt, die Brody ihr während ihrer Affäre so leicht und so oft beschert hatte.

Ein Schauer lief ihr über den Rücken.

Endlich brach Brody das Schweigen. „Tricia hat sicher ein paar Sachen, die dir passen“, sagte er. „Du brauchst trockene Klamotten, je schneller, desto besser.“

Sie sah ihn an, was an und für sich schon ein Zugeständnis war. „Hattest du diesen Sprung ins Wasser etwa *geplant?*“, fragte sie. Das würde sie ihm durchaus zutrauen – um sie auf diese Art aus den Kleidern zu bekommen –, andererseits hatte er ja nicht wissen können, ob sie die Herausforderung annehmen würde oder nicht.

Und was auch immer sie von Brody denken mochte, sie glaubte nicht, dass er irgendjemanden einer Gefahr aussetzen würde.

„Nein", erwiderte er mit einem lässigen Lächeln. Er war genauso nass wie sie, sogar sein Hut tropfte. Er beugte sich vor und tätschelte liebevoll Moonshines Hals. „Aber ich hätte es kommen sehen müssen. Dieses Pferd liebt Wasser." Er musterte sie, ein Lächeln in den Augen. „Alles in Ordnung, Cowgirl?", fragte er.

Etwas in seiner Stimme und der Art, wie er auf dem Pferd saß und sie ansah, berührte Carolyn auf tiefe, unerklärliche Weise.

„Mir geht's gut", versicherte sie.

„Du reitest wie ein Comanche."

Das war ein Kompliment, und Carolyn ließ es auf sich wirken. Erkannte es an. Sie wusste, dass sie es in künftigen einsamen Stunden wieder hervorkramen, sich durch den Kopf gehen lassen und genießen würde wie ein seit Generationen weitergereichtes kostbares Erbstück.

„Du auch", erwiderte sie. Langsam ritten sie auf das Ranchhaus zu.

„Danke."

Die Pferde legten wieder an Tempo zu, vermutlich angesichts der Aussicht aufs Striegeln und ein, zwei Ballen Heu, sobald sie im Stall waren.

An der Ranch saßen Carolyn und Brody ab, führten die erschöpften Tiere in ihre Boxen und arbeiteten Hand in Hand zusammen. Sie striegelten die Pferde gründlich, füllten ihre Raufen und trafen sich schließlich im überdachten Gang wieder.

„Beschaffen wir dir erst einmal etwas Warmes zum Anziehen“, sagte Brody und streckte die Hand aus.

Wie eine Schlafwandlerin nahm Carolyn das Angebot an und ließ sich durch den hellen Sonnenschein des frühen Nachmittags führen. Sie hatte damit gerechnet, Conner und Tricia anzutreffen. Die beiden hätten reichlich Zeit gehabt, in Tricias Pathfinder aus der Stadt zur Ranch zu fahren, doch sie waren nirgends zu sehen.

Brody griff Carolyns Hand etwas fester, aber nur ein bisschen und nur kurz.

Als sie ins Haus traten, nahmen Valentino und Barney sie begeistert in Empfang.

„Ich dachte, Conner und Tricia wären hier“, sagte Carolyn.

Brody lächelte. „Um sich um die kostbare Zeit für sich allein in Nattys großem Haus zu bringen?“, zog er sie auf. „Das Haus ist voller Bedeutung für Tricia. Mittlerweile liegen sie wahrscheinlich schon im Bett.“

Carolyn wandte sich ab, um Brodys wissendem Blick auszuweichen. „Ich sollte …“ Sie zögerte, biss sich auf die Unterlippe. „Ich sollte zurück im Laden sein. Ob du mich wohl in die Stadt fahren könntest?“

„Später“, meinte Brody und nahm ihre Hand. Er führte sie durch die Küche und einen Durchgang in einen langen Flur. Dort öffnete er eine Tür und bedeutete Carolyn, ins Zimmer zu treten.

Inzwischen hatte sie sich schon so weit vorgewagt, dass es jetzt kein Zurück mehr gab. Sie betrat das Bad, das zwei kleine Gästezimmer miteinander verband.

Brody wusste ganz genau, dass er im Vorteil war und ihn hätte nutzen können, doch er blieb im Flur stehen und beobachtete Carolyn mit einer Art feierlicher Belustigung. „Während du duschst, suche ich dir was zum Anziehen“, sagte er.

Ihr war wirklich kalt, und der Gedanke an eine heiße Dusche war verlockend.

Trotzdem, um zu duschen, musste sie sich nackt ausziehen. Und sich mit Brody Creed unter demselben Dach nackt auszuziehen beschwor Probleme geradezu heraus. Insbesondere in ihrer derzeitigen Stimmung.

Doch aus welchem Grund auch immer war Carolyn nicht sie selbst.

„Tricia hat ein paar Gästebademäntel“, fuhr Brody so ruhig fort, als wäre die Situation – na ja – ganz normal. „Sie hängen in dem Wäscheschrank.“ Er wies mit einer Kopfbewegung auf einen riesigen antiken Schrank in Carolyns Rücken. „Bedien dich.“

Damit ging er den Flur hinunter.

Rasch schloss sie die Tür und drehte den Schlüssel um. Dann vergewisserte sie sich eilig, ob die Türen zu den angrenzenden Gästezimmern auch abgeschlossen waren.

Es war albern, das wusste sie, als sie bibbernd die Wasserhähne aufdrehte und anfing, die nassen Sachen abzustreifen.

Brody mochte ja manchen Fehler haben, aber er war nicht der Typ, der sich einer Frau aufdrängte.

Allerdings galt ihre vorrangige Sorge auch gar nicht dem, was *Brody* womöglich tun würde.

Entschieden mehr Angst hatte sie vor ihrem eigenen Handeln.

9. KAPITEL

Brody versteckte sich in der Waschküche des Haupthauses und sprach mit leiser Stimme in sein Handy. „Tricia“, knurrte er und spürte, wie ihm heiß wurde. „Hör auf damit. Das ist kein Witz. Carolyn muss sich ein paar Sachen von dir aus der Zeit vor deiner Schwangerschaft ausborgen, weil sie nass geworden ist, als wir durch den Fluss geritten sind.“

„Das glaube ich dir bedingungslos“, zwitscherte seine Schwägerin heiter. „Hätte Carolyn sich aus irgendeinem *anderen* Grund ausgezogen, hätte sie sich, wenn nötig, einfach wieder angezogen.“

Brody hatte lediglich angerufen, um sich die Erlaubnis zu holen, in Tricias Kleiderschrank zu stöbern. Es war eine Sache, sich im Bedarfsfall bei Conners Klamotten zu bedienen, doch in Tricias Schubladen und Schränken zu kramen war etwas völlig anderes.

Tricia plapperte ungerührt weiter, und das war gut so, denn er wusste nicht, was er sagen sollte. Er hatte sein Anliegen vorgebracht und konnte jetzt nur noch abwarten.

„Moment mal“, sagte Tricia in einem Ton, als wollte sie ein Fazit ziehen. „Carolyn war hier im Laden, völlig trocken. Im nächsten Moment rast sie zu Pferde davon und wird nass bis auf die Haut ...“

„Tricia“, fiel Brody ihr heiser ins Wort, der Verzweiflung nahe.

Sie lachte und hielt inne, um Brodys Anfrage an Conner weiterzugeben, woraufhin auch *er* lachte.

Es wurde auch dadurch nicht besser, dass das unbeschwerte, tiefe Glucksen seines Bruders eindeutig befriedigt klang. Brody wusste, was dieses Lachen bedeutete.

Conner und Tricia hatten mit Sicherheit gerade miteinander geschlafen.

Conner, du verdammter Glückspilz, dachte Brody. Er selbst kochte innerlich. Sein Körper war angespannt vor Vorfreude auf etwas, das nicht stattfinden würde. Was nicht hieß, dass er Carolyn nicht hätte haben können. Er wusste, dass er es konnte. Er hatte ihre Verletzlichkeit gespürt, und die biochemischen Signale gingen eindeutig von beiden Seiten aus.

Doch es würde nicht dazu kommen, dass sie miteinander schliefen. Noch nicht. Es war zu früh, die Situation war heikel, und wenn er auch noch nicht sämtliche Lektionen fürs Leben gelernt hatte – wahrscheinlich nicht einmal einen Bruchteil davon –, diese eine hatte er gelernt.

Carolyn wollte ihn, war aber noch nicht bereit.

Natürlich würde sie reagieren – sie war eine sehr empfängliche Frau, temperamentvoll wie eine wilde Stute –, doch wenn die Wirkung verflog und der Nachglanz verlosch wie das Herdfeuer von gestern, würde sie ihn hassen.

Schlimmer noch, sie würde auch sich selbst hassen.

Darum wollte Brody warten – ganz gleich, was es ihm abverlangte.

Er fuhr sich mit einer Hand durchs feuchte Haar – einmal ins Wasser zu tauchen hatte ihm wohl nicht für den ganzen Tag gereicht. Er musste *zweimal* nass werden.

Geschähe ihm recht, wenn er sich eine Lungenentzündung einhandelte. Während ihm all diese Dinge durch den Kopf gingen, amüsierten Tricia und Conner sich immer noch ausgelassen. Auf seine Kosten. Und zu allem Überfluss verhielt er sich auch noch edelmütig. Er hatte Besseres verdient.

Endlich erbarmte Tricia sich seiner. „Meine Kleider in kleinen Größen findest du in Kisten verpackt im begehbaren Schrank in Conners und meinem Zimmer“, erklärte sie zuckersüß. „Die kannst du gern plündern.“

Obwohl er alles in allem immer noch verdammt grantig war, musste Brody lächeln. „Danke“, sagte er. „Ich weiß es zu schätzen.“ Von fern hörte er im Bad das Wasser rauschen.

Er stellte sich Carolyn nackt vor, den schlanken Körper nass und voller Seifenschaum, und wurde so hart, dass das Verlangen ihn beinahe schmerzte. Er brauchte einen Moment, um sich zu erholen, bevor er sich räusperte und fragte: „Ihr zwei kommt sicher bald nach Hause, oder?"

Sag ja, bitte!

Sag nein, bitte!

„Irrtum", erwiderte Tricia glücklich. „Conner führt mich zu einem höchst romantischen Abendessen aus. Bist du so nett und fütterst Valentino? Und die Pferde?"

„Klar", sagte Brody, förmlich umgehauen von dieser völlig unerwarteten Wendung der Ereignisse. „Klar, ich füttere die Tiere für euch. Viel Spaß beim Essen."

„Den werden wir haben." Er brauchte ihr Lächeln nicht zu sehen, er spürte es, hörte es in ihrer Stimme. So hörte sich eine verliebte Frau an, wie er sich vage erinnerte. „Wir sehen uns später – *sehr viel später.*"

Schön wär's. „Wir ihr wollt", sagte er.

Nach dem Gespräch rieb Brody sich das stoppelige Kinn, seufzte und legte das Handy auf eine Arbeitsplatte. Tricia glaubte anscheinend, er und Carolyn würden diese Zeit bis *sehr viel später* damit verbringen, Versäumtes nachzuholen und miteinander zu schlafen. Sie unterstellte ihm einen Spaß, den er nicht bekam.

Verdammte Scheiße!

Carolyn stieg aus der Dusche, rubbelte sich mit einem dicken weichen Badetuch trocken und nahm sich einen der Gästebademäntel aus dem wunderschön geschnitzten Schrank. Der Mantel war flauschig gefüttert und streichelte zärtlich ihren ganzen Körper.

Nicht daran denken, ermahnte sie sich stumm. *Denk nicht an Haut und Zärtlichkeiten. Du steckst tief in der Patsche, meine Liebe, und bist restlos überfordert.*

Barfuß ging sie zu einem der in den Waschtisch eingelassenen Waschbecken, betrachtete sich im Spiegel, fuhr sich mit den Fingern durchs Haar und nahm Augenkontakt mit jener anderen Carolyn auf.

„Tja", begann sie im Flüsterton, obwohl sie im Grunde nicht glaubte, dass Brody mit dem Ohr an einer der Türen klebte, „dieses Mal hast du es geschafft. Du steckst wirklich in der Klemme, und daraus wieder herauszukommen wird nicht einfach sein."

*Sofern du überhaupt heraus*willst, *ohne dem überwältigenden Wunsch nach Sex mit Brody Creed nachzugeben.*

„Natürlich will ich hier raus, ohne Sex mit Brody", knurrte sie. Derartige Selbstgespräche führte sie häufig – nach dem Motto: Was der Rest der Welt nicht weiß, macht ihn nicht heiß.

Willst du mit ihm schlafen oder nicht?

„Na ja", gestand Carolyn sich ein, seufzte und sank ein bisschen in sich zusammen. *„Ja.* Welche normale Frau im Vollbesitz ihrer geistigen Kräfte würde sich *nicht* wünschen, mit Brody Creed zu schlafen?" Sie holte tief Luft, reckte das Kinn vor und straffte unter dem schmeichelnden Stoff dieses lächerlich komfortablen Bademantels die Schultern. „Aber", fuhr sie fort, „ich werde der Versuchung *nicht* nachgeben. Basta. Das habe ich schon einmal hinter mir, und das hat mir weiß Gott gereicht."

Offenbar war die Sache damit für sie geklärt, denn danach blieb die leise Stimme des Widerspruchs in ihrem Kopf stumm.

Jemand klopfte an die Tür zum Flur.

„Ja?", fragte Carolyn mit kaum merklichem Zittern und fuhr sich noch einmal mit den Fingern durchs Haar.

Brodys leises Lachen drang durch das dicke Holz der Tür. „Ich habe hier ein paar von Tricias Klamotten", sagte er. „Ich lege sie einfach auf den Boden und ziehe mich dann ganz langsam zurück."

Ein Lächeln spielte um Carolyns Lippen, doch sie drängte es rasch zurück. Die Lage ist ernst, ermahnte sie sich, und wenn sie nicht sehr, sehr vorsichtig war, würde ihre mühsam getroffene Entscheidung für den rechten Weg gleich den Bach runtergehen.

„Danke“, rief sie steif zurück.

Sie wartete, bis sie hörte, wie Brody sich entfernte, und wartete dann sicherheitshalber noch ein bisschen länger. Sobald sie sicher war, dass die Luft rein war, entriegelte sie die Tür, bückte sich, um den Stapel aufzuheben, und schloss sich wieder ein.

Da sie plötzlich weiche Knie bekam, setzte sie sich schnell auf den Rand der gigantischen Badewanne. Die geborgte blaue Jeans und ein weißes Baumwollhemd auf dem Schoß, erwog sie, sich bis zu Tricias und Conners Heimkehr im Bad zu verstecken.

Aber das wäre albern.

Und langweilig. Und wer wusste schließlich schon, wie lange sie wegblieben?

Mit einem neuerlichen Seufzer zog Carolyn Jeans und Hemd an, ohne Unterwäsche. Ihr BH und Slip waren noch nass, und keine Frau, die etwas auf sich hielt, borgte *oder* verlieh Dessous. Ein letztes Mal bauschte sie mit den Fingern ihr Haar auf, dann trat sie hinaus in den Flur.

Brody war in der Küche, wo er sich an der Kaffeemaschine zu schaffen machte. Er hatte ebenfalls geduscht und frische Jeans und ein blaues Hemd im Westernstil mit Druckknöpfen angezogen. Seine Stiefel waren alt und abgeschabt, was den einmalig ansprechenden Look vervollständigte.

Stirnrunzelnd warf er einen Blick in Carolyns Richtung. „Weißt du, wie dieses Dingsbums funktioniert?“, fragte er. „Bei aller Liebe, ich begreife einfach nicht, warum Leute sich nicht mit einer normalen Kaffeekanne zufriedengeben.“

Die Frage trug ein wenig zu Carolyns Entspannung bei

und neutralisierte die aufgeladene Atmosphäre etwas. Tricia liebte technische Spielereien, und Carolyn war dabei gewesen, als sie das Gerät gekauft hatte. Sie hatten es im Laden ausprobiert, die Gebrauchsanweisung studiert und so gleich beide gelernt, das Ding zu bedienen.

In einer Welt voller Rätsel war das ein Problem, das sie lösen konnte.

„So“, sagte Carolyn, legte ein Kaffeepad ein, stellte einen sauberen Becher unter den Ausguss und drückte ein paar Knöpfe. Erst als die Maschine begann, den Kaffee zu brühen, wurde ihr klar, dass es nicht unbedingt klug gewesen war, den räumlichen Abstand zwischen ihr und Brody zu verringern.

Brody rührte sich nicht. Warum sollte er auch? Er war als Erster da gewesen.

Und auch Carolyn rührte sich nicht. Aber weder Stolz oder Sturheit veranlassten sie, zu bleiben, wo sie war. Es war irgendeine seltsame Art von surrender Magnetkraft.

Brody räusperte sich. Es hörte sich freundlich, aber auch ein wenig ungehobelt an. „Nur um Missverständnissen vorzubeugen“, sagte er schließlich, und Carolyn hatte Mühe, ihn über das laute Klopfen ihres Herzens hinweg zu verstehen, „ich kann mich nicht entsinnen, jemals eine Frau so sehr begehrt zu haben wie dich. Ehrlich gesagt, wenn mein Gewissen es zuließe, würde ich mich nach Cowboyart gehörig ins Zeug legen, um dich hier und jetzt zu verführen.“

Carolyn lachte leise. „Du hast ein Gewissen?“

Die Becherportion Kaffee war längst durchgelaufen, doch niemand achtete darauf.

Brodys Mundwinkel zuckten, doch sein Augenausdruck war sanft. „Ob du es glaubst oder nicht, ja, ich habe tatsächlich ein Gewissen. Und es rät mir, jetzt nichts zu vermasseln.“ Eine Pause und noch ein Zucken in den Mundwinkeln. „Sozusagen.“

Carolyns verräterischer Körper erglühte. „Danke“, sagte

sie einigermaßen fest, obwohl es sich anfühlte, als würden in ihrem Inneren eine Million winzige Universen aufeinanderprallen.

Brody lächelte strahlend.

Es war absolut unfair.

„Vor einiger Zeit", fuhr Brody fort und reduzierte gnädigerweise die Wattzahl seines Lächelns, „habe ich dich um eine zweite Chance gebeten. Ich meine es ernst, Carolyn. Auch wenn es zu nichts führen sollte – was es immer es ist, was zwischen dir und mir passiert –, ich finde, wir sollten es herausfinden."

Darauf konnte sie nichts sagen. Der Kloß in ihrem Hals ließ sie kaum schlucken. Sie blickte in Brodys verdammt schönes, ernstes Gesicht und war ihm hilflos ausgeliefert. Hoffte und betete, dass er es nicht längst erraten hatte.

Vergebens.

Er legte den rechten Zeigfinger unter ihr Kinn und hob es unendlich sanft an, bis ihre Blicke einander nahezu festhielten.

„Carolyn?"

„Ich höre", flüsterte sie. Und das tat sie. Mit jeder Faser ihres Körpers, mit Geist und Seele.

Wieder ließ er sein verruchtes Grinsen aufblitzen und nickte knapp. „Und hast du eine Meinung dazu?", neckte er sie. „Und wenn ja, würdest du sie mir mitteilen?"

„Tja …" Carolyn musste sich räuspern, bevor sie weitersprach. „Hier … hm … passiert anscheinend tatsächlich etwas. Und ich meine ganz bestimmt, dass wir – vielleicht – herausfinden sollten, was. Irgendwann."

Der Schalk blitzte in Brodys kornblumenblauen Augen auf. Er hob eine Braue und wartete, ruhig wie ein erfahrener Angler, der eine Forelle am Haken hatte.

„Allerdings nicht *jetzt gleich*", stellte Carolyn klar. „Das Vernünftigste wäre wohl, die ganze dumme Sache zu vergessen und so zu tun, als hätte dieses Gespräch nie stattgefunden. Aber …"

„Aber …", hakte Brody mit rauer Stimme nach.

Er stand immer noch viel zu dicht bei ihr.

„Aber im Augenblick komme ich mir nicht sonderlich vernünftig vor", gab Carolyn atemlos zu.

„Ich auch nicht", gab Brody zu, wieder mit einem Augenzwinkern. „Aber einer von uns muss jetzt stark sein. Jemand muss die Verantwortung übernehmen. Darum sage ich dir unverblümt, Carolyn Simmons, ganz gleich, wie sehr du mich willst, ich stehe nicht zur Verfügung."

Äußerlich ruhig, innerlich jedoch extrem nervlich angespannt, lächelte Carolyn schief. „Danke, dass du mich in dieser Hinsicht aufgeklärt hast", erwiderte sie, angenehm überrascht, dass ihr ein fröhlicher Ton gelang. „Was passiert jetzt?"

„Wir fangen die Sache richtig an", sagte Brody voller Zuversicht. „Zunächst mit ein paar Grundregeln."

„Grundregeln?"

„Ja, kein Sex, jedenfalls erst einmal nicht. Und wir können uns beide mit anderen treffen, wenn wir das wollen."

Carolyn hoffte, dass ihr Gesichtsausdruck nichts von dem schmerzhaften Stich verriet, den Brodys letzter Satz ihr versetzte. In gewisser Weise ging sie mit Bill Venable aus, in gewisser Weise aber auch nicht. Doch sie wusste jetzt schon, dass er nie mehr als ein Freund für sie sein würde und sie für ihn nie mehr als eine Freundin.

Bill liebte Angela.

Und sie drehte immer noch wegen Brody durch.

„Was?", fragte Brody, als sie sich nicht äußerte.

„Wenn du dich mit Joleen Williams treffen willst", bemerkte sie schnippisch, „ist das freilich dein gutes Recht."

Das Zwinkern in Brodys Augen wich Ärger. „Habe ich irgendwann gesagt, dass ich mit Joleen ausgehen will?"

„Das war nicht nötig. Es liegt ja auf der Hand."

„Ich weiß nicht, wie du darauf kommst", sagte Brody deutlich gereizt. „Siehst du Joleen hier irgendwo herumstehen und warten, dass ich ihr in den Mantel helfe oder ihr ein Bukett ans Partykleid stecke, um in der Stadt mit ihr auszugehen?"

Da zeigt sich mal wieder, dachte Carolyn, wie schnell aus einer Frühlingsbrise ein scheußlicher Wind werden kann. Noch vor knapp einer Minute hatten Brody und sie sich mächtig zusammenreißen müssen, um nicht hier in der Küche seines Bruders Sex zu haben. *Jetzt* gingen sie einander nahezu an die Kehle.

„Du bist doch derjenige, der sich in puncto Beziehung alle Möglichkeiten offenhalten will", betonte Carolyn und war stolz darauf, dass sie so gefasst und vernünftig war – na ja, auftrat.

„Und du bist diejenige, die bereits einen Freund hat", erwiderte Brody knirschend.

Er wusste also von Bill. Sie hatte sich schon gewundert.

„Sieh mal an", sagte Carolyn und warf die Arme seitlich hoch, weil sie den plötzlichen Energieschub für irgendetwas anderes als einen tätlichen Angriff einsetzen musste. „Ich habe bereits nach den Regeln gespielt, bevor ich überhaupt wusste, dass es sie gibt!"

Brody sah sie wütend an.

Carolyn erwiderte den Blick genauso böse.

Einer der Hunde gab ein trauriges Winseln von sich.

„Welcher Kerl kann so versessen auf ein Date sein, dass er sich einer Einrichtung wie *Friendly Faces* anschließen muss?", wollte Brody schließlich wissen. Der wohlbekannte Muskel in seiner Wange zuckte wieder einmal.

„Einer wie du vermutlich", antwortete Carolyn genussvoll. „Oder willst du behaupten, dein *Pferd* hätte sich als Mitglied eingetragen?"

Brody neigte sich ihr zu, sodass seine Nase beinahe ihre berührte. „Darum brauchen wir Regeln“, sagte er.

„Ich glaube, wir brauchen einen Schiedsrichter“, konterte Carolyn. „Warum lassen wir es nicht einfach, Brody? Wir sollten den Schaden begrenzen und abhauen.“

Daraufhin legte er die Hände auf ihre Schultern, neigte den Kopf und küsste Carolyn, zuerst nur leicht, dann aber hart und fordernd.

Die Wirkung war wie ein Erdbeben, und Carolyn war atemlos, als der Kuss schließlich endete.

„Darum werden wir nicht einfach *den Schaden begrenzen und abhauen.*“ Brody knurrte beinahe. „Hol deine Sachen, Carolyn. Ich bringe dich nach Hause.“

Darüber hätte sie froh sein sollen, doch merkwürdigerweise empfand sie Enttäuschung.

Sie ging jedoch tatsächlich ins Bad, sammelte ihre nassen Kleidungsstücke ein und marschierte zurück in die Küche, wo Brody, den Autoschlüssel schon in der Hand, auf sie wartete.

Carolyn unterdrückte den verrückten Drang zu weinen und stapfte durch die Hintertür, die Brody ihr zuvorkommend offen hielt.

Die beiden Hunde folgten ihnen, wie alle ihre Artgenossen begierig auf jede Chance, irgendwohin zu kommen.

Als Brody bei seinem Pick-up angelangt war, ging er zur Beifahrertür und öffnete sie. Sobald Carolyn Platz genommen hatte, hob er erst den einen, dann den anderen Hund auf den Rücksitz der erweiterten Fahrerkabine.

Carolyn blickte starr geradeaus und stellte fest, dass die Frontscheibe gereinigt werden musste. Brody setzte sich hinters Steuer, schlug die Tür zu und schob den Schlüssel ins Zündschloss, sodass der Anlasser bedrohlich knirschte.

„So etwas wird immer wieder passieren“, erklärte er gepresst, „bis wir miteinander ins Bett gehen und unser Verhältnis seelisch verarbeiten.“

„Auch eine Art, ein Mädchen im Sturm zu erobern", fuhr Carolyn ihn an. „Bring mich nach Hause, Brody. Auf der Stelle."

Der Pick-up gab wieder ein merkwürdiges Geräusch von sich, als Brody den Gang einlegte. „Schön", antwortete er. „*Mit Freuden* bringe ich dich nach Hause. Natürlich besteht die Möglichkeit, dass Conner und Tricia nackt am Kronleuchter schaukeln oder so, aber das Risiko wirst du wohl eingehen müssen."

Carolyn errötete heftig. Wenn Tricia und Conner sich nun tatsächlich noch irgendwo in Natty McCalls Haus aufhielten, und im Glauben, sie hätten sturmfreie Bude, ordentlich auf den Putz hauten?

Im nächsten Moment allerdings schlugen Brodys Worte Wurzeln und erblühten zu einem Bild – wie Tricia, im sechsten Monat schwanger, wie ein mutiges junges Zirkusmädchen am Trapez nackt an einer Lampe schwang.

Carolyn lachte. Sie konnte nicht anders.

Aus dem Augenwinkel sah sie, dass Brody grinste.

„Was?", fragte er.

„Ich habe mir gerade besagten Kronleuchter vorgestellt", gestand Carolyn.

„Das ist wirklich eine Wahnsinnsvorstellung", pflichtete er ihr bei. „Aber ich schätze, mein Bruder und seine hübsche Frau benehmen sich inzwischen wieder. Tricia erwähnte, dass sie essen gehen wollen."

„Sind wir verrückt?", fragte Carolyn ganz leise nach langem Überlegen. Jedes Mal wenn sich Schweigen über sie senkte, schien es zu pulsieren von Dingen, die gesagt werden wollten und nicht gesagt werden *konnten*. „Beinahe hätten wir miteinander geschlafen, und im nächsten Moment zanken wir wie zwei Wildkatzen in einer dunklen Gasse. Was soll das, Brody?"

Er dachte nach, bevor er antwortete. Schließlich sagte er:

„Ich glaube, man nennt es Leidenschaft."

Mit diesen Worten streckte er die Hand nach ihr aus und drückte, etwa in der Mitte zwischen Knie und Hüfte, ihren Oberschenkel.

Carolyn legte den Kopf in den Nacken, schloss die Augen und betete stumm zum Himmel, Brody möge bitte nicht bemerken, dass er mit einer einzigen Berührung ihr Inneres in flüssige Lava verwandelte.

Eigentlich wollte er direkt zum Laden fahren – in Gedanken bezeichnete Brody ihn immer als Natty McCalls Haus, ganz gleich, was daraus gemacht worden war –, aber, zum Teufel, sein Pick-up schlug wie aus eigenem Willen den Weg nach River's Bend ein.

Carolyn protestierte nicht. Sie blickte nur zu dem halb fertigen Haus, und da Brody ihr Gesicht nicht sah, konnte er nur raten, was in ihrem Kopf vor sich ging.

Der Bautrupp machte Feierabend und lud Werkzeugkisten auf die Ladeflächen von Pick-ups. Die Männer riefen einander Scherzworte zu und lachten.

Aus unerfindlichen Gründen weckte dieser Anblick Gefühle der Einsamkeit in Brody.

Dieses Gefühl, außen vor zu sein, wurde allmählich zu vertraut.

Oder lag es vielleicht an dieser verwirrenden Frau, die neben ihm saß und entschlossen war, so wenig wie möglich zu sagen?

Die Arbeiter winkten und lächelten, und Brody grüßte mit Kopfnicken, als er über die künftige Zufahrt fuhr. Vorläufig handelte es sich noch um einen unbefestigten, dünn mit Kies bestreuten Weg.

„Tricia erwähnte, dass du den Besitz weiterhin River's Bend nennen willst", sagte Carolyn, den Blick immer noch auf das Haus gerichtet, verträumt, vielleicht auch wehmütig.

„Das schien sie zu freuen.“

„River’s Bend ist als Name genauso gut geeignet wie jeder andere“, erklärte Brody. „Außerdem mochte ich Tricias Dad. So ziemlich jeder mochte Joe McCall.“

„Er fehlt Tricia“, bemerkte Carolyn, die Brody endlich doch ansah.

Er konnte nicht in ihren Augen lesen, doch es war einerlei, denn sie war so verdammt schön im Spätnachmittagslicht. Ein vergoldetes Wesen.

Dieser Scheiß-Edelmut wird überschätzt, entschied Brody frustriert. Hätte er vorhin in der Küche seinen Vorteil genutzt, würden sie sich in diesem Augenblick wahrscheinlich gerade von der ersten Runde erholen und sich bereit machen, zur zweiten Runde anzutreten. Oder sogar zur dritten.

„Das ist nur natürlich“, antwortete Brody mit Verspätung auf Carolyns Bemerkung.

„Fehlt dir dein Dad?“, fragte Carolyn, als er den Pick-up parkte und den Motor abschaltete.

Diese Frau hatte so eine Art, einen aus heiterem Himmel zu überrumpeln.

Brody schüttelte den Kopf. „Ich habe meinen Vater gar nicht richtig gekannt“, antwortete er ehrlich. „Conner und ich waren noch kein Jahr, als er starb, und unsere Mutter ist kurz nach unserer Geburt gestorben. Wenn ich an meine Eltern denke, meine ich Kim und Davis, und meinem Bruder geht es sicher ebenso.“

Er öffnete die Wagentür und wäre um das Fahrzeug herumgelaufen, um Carolyn beim Aussteigen behilflich zu sein, doch Carolyn war längst vom Trittbrett auf den steinigen Boden gesprungen.

Er holte Valentino und Barney vom Rücksitz und ließ sie laufen.

„Was ist mit dir, Carolyn?“

„Was soll mit mir sein?“, entgegnet sie herausfordernd,

aber sanft, und schirmte mit einer Hand ihre Augen gegen die grelle Sonne ab.

„Du hast nach meinem Dad gefragt. Ich frage dich nach deinem."

„Ich habe ihn nie kennengelernt", sagte Carolyn, als wäre es nebensächlich.

Es erschien aber wichtig, wenngleich Brody nicht wusste, warum. Sogar so wichtig, dass er weiter in sie drang.

„Und was ist mit deiner Mutter?"

Da sah sie ihn an, und der Ausdruck in ihren Augen war so trostlos, dass er ihn wie einen Schlag in den Magen empfand. „Sie ist nur eine Erinnerung an jemanden, der wegfuhr und mich allein zurückließ."

Seit dem Tag, an dem Lisa und Justin Seite an Seite auf einem windgepeitschten kleinen Friedhof oben in Montana zu Grabe getragen wurden, hatte Brody nicht mehr geweint, doch jetzt war ihm danach.

Aber er weinte nicht.

Beide schwiegen eine Weile und rührten sich nicht.

„Das wird ein tolles Haus", meinte Carolyn endlich.

Brody suchte nach einer angemessenen Reaktion und brachte ein flüchtiges Lächeln zustande. Er war stolz auf dieses Haus und betrachtete den Entwurf und die Errichtung als seine allerersten erwachsenen Taten. Es gab ihm ein gutes Gefühl, all das Carolyn zu zeigen.

„Ja, Ma'am", stimmte er zu. „Es wird toll, wenn es je fertig wird."

„Zeig mir, wo du die Weberin aufhängen willst", bat Carolyn. Ihre immer noch nassen Stiefel machten schmatzende Geräusche auf dem Kies, als Brody und sie zur Haustür gingen.

Er musste kurz überlegen, wovon sie sprach, doch dann dämmerte ihm, dass sie Primrose Sullivans Bild meinte. Natürlich würde er es noch eine Zeit lang im Blockhaus unterstellen müssen, aber die Stelle, wo es hängen sollte, hatte er bereits ausgewählt.

Im Hausinneren roch es nach frischem Holz und Mauerwerk, und alle Fenster waren bereits verglast. Er betätigte einen Schalter und erwartete nichts, doch über ihren Köpfen flammte das Deckenlicht auf und ließ das große Wohnzimmer merkwürdig verlassen erscheinen.

Hier werde ich einsam sein, erkannte Brody. Doch einsam war er überall.

Brody schüttelte den Gedanken ab, lächelte Carolyn zu und wies auf die Wandfläche über dem offenen Wohnzimmerkamin.

„Dort", erklärte er. „Dort soll das Bild hängen."

Offenbar sah Carolyn es geradezu vor sich. Sie lächelte, wenn auch ein bisschen matt, und stemmte die Hände in die Hüften. „Perfekt", sagte sie.

Brody schob locker eine Hand unter ihren Ellbogen und wünschte sich, dass sie ihn ansah. Auf keinen Fall wollte er, dass sie vor ihm zurückscheute und erschrak. „Nachdem wir die Regeln nun ausgehandelt haben", begann er und räusperte sich kurz, „kommen wir zum nächsten Teil."

Sie hielt seinem Blick stand, und das war ihr hoch anzurechnen, denn es war nicht zu übersehen, dass sie sich am liebsten abgewandt hätte. „Du bist furchtbar hartnäckig", bemerkte sie sehr leise.

Nie hätte Brody eine Frau – sei es Carolyn oder eine andere – so gern geküsst wie in diesem Moment. Gleichzeitig wusste er, dass es womöglich der größte Fehler seines Lebens wäre, diesem Impuls jetzt nachzugeben.

„Hartnäckig ist noch gelinde ausgedrückt", erwiderte er, als er glaubte, seiner Stimme wieder trauen zu können. „Dir ist noch nie ein Mann mit größerem Durchhaltevermögen als ich begegnet, abgesehen vielleicht von Conner, und der ist vergeben."

„Ja“, bekräftigte Carolyn beinahe im Flüsterton und, wie es Brody schien, voll und ganz nur auf seinen Mund konzentriert. Ihre Stimme klang verträumt, beinahe schläfrig. „Conner ist eindeutig vergeben.“

Ob Carolyn womöglich in Conner verknallt gewesen war, bevor er ihre beste Freundin geheiratet hatte? Brody überlegte, ob er vielleicht lediglich als Projektionsfläche so attraktiv für sie war.

Aber das war verrückt. Vor Lisas Anruf in jener schicksalhaften Nacht vor sieben Jahren war Carolyn in ihn verliebt gewesen – oder etwa nicht?

Ich bin’s, der hier vor dir steht, hätte er am liebsten gesagt. *Ich bin’s, Brody Creed. Nicht Conner.* Brody.

Das sagte er natürlich nicht, obwohl diese Entscheidung nicht seinem gesunden Menschenverstand zuzuschreiben war.

„Was folgt auf die Grundregeln, Brody?“, fragte Carolyn ruhig. „Nach dem Sex-Verzichts-Abkommen und der Freiheit, sich beliebig mit anderen zu treffen, was kommt dann?“

Endlich fand Brody seine Stimme wieder. Er brachte sogar ein ganz passables Lächeln zustande, eines, das vielleicht sogar all die katastrophalen Vorgänge tief in seinem Inneren verbarg.

„Vielleicht“, sagte er, einer urplötzlichen Inspiration gehorchend, „könnten wir zunächst einmal essen und ins Kino gehen?“

10. KAPITEL

ESSEN UND INS KINO.

Mit Carolyn.

Das hörte sich für Brody nach einem guten Neuanfang an. Aber *kein Sex? Habe ich das tatsächlich selbst festgesetzt und völlig den* Verstand *verloren?*

„Essen gehen und Kino", wiederholte Carolyn nachdenklich und ließ sich seine Einladung gründlich durch den Kopf gehen. Sie sah unverschämt heiß aus, wie sie da stand, wo sich eines Tages sein Wohnzimmer befinden würde. Das geliehene Hemd war ein bisschen zu eng über der Brust und obendrein auch noch etwas zu kurz, sodass bei jeder entsprechenden Bewegung ein verlockendes Stückchen Bauch sichtbar wurde.

Brody war schon im Begriff, diese leidige Kein-Sex-Geschichte neu zu verhandeln, als Carolyn ihm mit einem winzigen Lächeln ihre Entscheidung verkündete.

„Ein biederer Abend, denke ich", sagte sie und beeilte sich hinzuzufügen: „Solange wir nicht miteinander schlafen müssen, versteht sich."

Bieder? Betrachtete sie ihn etwa als – bieder?

Brody schluckte. „Versteht sich."

Doch er dachte: Du und dein loses Mundwerk. Brody Creed, du bist ein ausgemachter Dummkopf.

„Wann?", fragte Carolyn.

Einen Augenblick stand Brody einfach da, völlig verblüfft von der Frage, so schlicht sie auch war. Dann fragte er: „Morgen Abend? Ich habe Tricia versprochen, heute Abend die Pferde und die beiden Hunde zu versorgen, und es ist sowieso schon ziemlich spät."

„Morgen Abend passt mir nicht", sagte sie und schüttelte leicht den Kopf. „Ich habe andere Pläne. Wie wär's mit Freitag oder Samstag?"

„Samstag könnte es klappen", antworte Brody, inzwischen

schwer auf der Hut. Carolyn zierte sich vermutlich absichtlich, aber das konnte er genauso gut. Er hatte sich einzig und allein nicht auf den Freitag eingelassen, weil er nicht zu eifrig erscheinen wollte.

„Prima", sagte sie und schaute sich um. „Sonst noch was?", fragte sie mit einem eigenartigen kleinen Grinsen. „Was das Haus angeht, meine ich?"

„Ja", antwortete Brody seltsam erleichtert, obwohl der Samstag seiner Ansicht nach noch eine Ewigkeit entfernt war. Er bot Carolyn die Hand und überließ es ihr, ob sie sie nahm oder nicht.

Sie nahm sie.

Die Hunde hatten sich inzwischen selbstständig gemacht und unternahmen auf eigene Faust einen Erkundungsgang durchs Haus.

Brody zeigte Carolyn zuerst die Küche mit dem großen Herd, der Kochinsel und den zahlreichen Fenstern, dann den Raum, den er sich als Büro einrichten wollte, danach die Gäste- und Kinderzimmer und zuletzt das Hauptschlafzimmer.

„Ziemlich groß", bemerkte Carolyn und blieb zögernd im Türrahmen stehen.

„Carolyn", zog Brody sie aufgewühlt und gleichzeitig belustigt auf, „du darfst ruhig hineingehen. Hier steht noch nicht einmal ein Bett."

Sie errötete leicht, beugte sich hinab und kraulte Barney, der kurz zurückgekehrt war, um ihr um die Beine zu streichen, bevor er sich wieder aus dem Staub machte. Danach schritt sie wie eine Schlafwandlerin bis zur Mitte des Zimmers vor, streckte seitlich die Arme aus, legte den Kopf in den Nacken, schloss die Augen und vollführte langsam eine anmutige Pirouette.

In diesem Moment war Carolyn in Brodys Augen unfassbar schön, wie eine Elfe oder ein auf die Erde herabgestiegener Engel. Es hätte ihn nicht gewundert, wenn ihr hauchzarte Flügel gewachsen wären. Als sie stillstand und ihn wieder ansah, wirkte sie verlegen.

Liebend gern hätte er ihr gesagt, dass alles gut sei und er ihr bis in alle Ewigkeit beim Tanzen zuschauen könnte und restlos glücklich wäre, doch dann hätte er sich vollends zum Narren gemacht. Also hielt er lieber den Mund.

„Was sagst du?“, fragte er, nur um das Schweigen zu brechen. „Zu dem Haus, meine ich?“

Sie lächelte, sodass das Zimmer quasi zu leuchten begann. „Es ist wunderschön, Brody. Hast du es selbst entworfen?“

Natürlich war er nicht der Erste, der ein Haus entworfen hatte, doch aus Carolyns Mund hörte es sich an, als hätte er persönlich den Plan für Versailles gezeichnet, und dadurch fühlte er sich geradezu geadelt.

Plötzlich ganz bescheiden, nickte Brody.

Conner hätte sich mit Sicherheit schiefgelacht, wenn er seinen Zwillingsbruder bescheiden erlebt hätte. Und so mancher andere auch.

„Ja“, bestätigte er verspätet und spürte, wie seine Ohren zu glühen begannen. „Ich habe mir manche lange Nacht damit versüßt, den Grundriss und die Details zu planen.“

Sie schwieg ein paar Minuten. „Ich muss eigentlich nach Hause“, sagte Carolyn dann, umschimmert von silbrigem Mondlicht, das durch die Dachfenster fiel.

Solange Brody sich erinnern konnte, wünschte er sich, nachts im Bett liegen und durch die Zimmerdecke und das Dach hindurch in den Sternenhimmel blicken zu können. In ein paar Monaten sollte dieser Wunsch in Erfüllung gehen.

Aber wie stand es mit einer Frau, mit der er all das teilen konnte?

In die Sterne sehen war ohne Partner eine einsame Sache und ließ einen Mann erkennen, wie klein er war – wie klein der gesamte Planet war –, lauter Staubkörnchen in der Unendlichkeit.

„Okay“, krächzte er, als er wieder sprechen konnte. Es klang rau und heiser, und er hoffte, sich beim Durchqueren des Flusses keine Erkältung zugezogen zu haben. „Fahren wir.“

Er pfiff nach den Hunden, die prompt kamen, und scheuchte sie gewissermaßen in den Eingangsbereich des Hauses. Dort trat er um Carolyn herum, griff nach einem eleganten Messingknauf und öffnete die Tür für sie.

Valentino und Barney, beide keine Kavaliere, sprangen ihr voraus, um im Gras herumzuschnuppern. Dabei hätten sie Carolyn um ein Haar umgeworfen und brachten sie gleichzeitig zum Lachen.

Für den Fall, dass die Hunde auf die Idee kamen, vor lauter Begeisterung das Weite zu suchen, lud Brody sie zuerst in den Pick-up und wartete dann, bis Carolyn auf dem Beifahrersitz Platz genommen hatte, bevor er ums Heck des Wagens sprintete und sich hinters Steuer setzte. Nicht weil er es so eilig hatte, sich, wenn auch nur vorübergehend, von Carolyn zu trennen, sondern weil er plötzlich einen Energieschub verspürte und wie die Hunde voller Tatendrang war.

Auf dem Weg zur Hauptstraße, die in die Stadt führte, sagte Carolyn nichts, doch dieses Mal schien sie nicht böse auf Brody zu sein. Sie war entspannt und vielleicht ein bisschen nachdenklich.

Brody fuhr sie nach Hause und bemerkte auf den ersten Blick, dass Tricias Pathfinder nicht auf der Zufahrt stand. Daraufhin überlegte er kurz, ob er Carolyn nicht doch verführen sollte.

Es wäre eine Freude, sie auszuziehen, irgendwo weich und warm zu betten und sich in ihr zu versenken. Doch die Vernunft behielt die Oberhand.

Sie hatten eine Vereinbarung getroffen, und abgemacht war abgemacht.

Kein Sex.

Jetzt noch nicht.

Brody parkte den Pick-up am Straßenrand, befahl den Hunden, sich zu benehmen, und begleitete Carolyn die Außentreppe hinauf bis vor ihre Tür.

Er wartete, die Hände in den Taschen seiner Jeans – na ja, sie gehörte Conner –, bis Carolyn die Tür aufgeschlossen, die Schwelle überschritten und das Küchenlicht eingeschaltet hatte.

Während er immer noch überlegte, ob er ihr in die Wohnung folgen und versuchen sollte, sie zu küssen, strich dieser übellaunige Kater schnurrend um ihre Knöchel. Jeder andere hätte bei diesem Geschöpf einen halbwegs anständigen Charakter vermutet, doch Brody wusste es besser – es war die Ausgeburt des Teufels.

Carolyn lächelte liebevoll auf das Tierchen herab und sagte leise: „Gute Nacht, Brody." Dann ließ sie die Tür vor seiner Nase mit sanftem Klicken ins Schloss fallen.

Damit hatte sich die Frage nach dem Kuss erledigt.

Brody zuckte mit den Schultern und machte kehrt. Auf der Ranch wartete Arbeit auf ihn, und die Hunde, die im Pick-up saßen, wurden sicher auch langsam kribbelig.

Trotzdem machte er auf der Heimfahrt einen kleinen Umweg, fuhr am Kartenschalter und der Snackbar des ehemaligen Bluebird-Drive-in-Kinos vorbei, stellte den Wagen ab und blickte zu der abblätternden Leinwand hoch.

Er hatte das Ding mitsamt den zwei Gebäuden auf dem Grundstück planieren lassen wollen, seit Mitte März der letzte Schnee geschmolzen war. Doch wegen des Baus von Haus und Scheune und seiner Pflichten auf der Ranch war er nicht dazu gekommen. Und wie die meisten Einwohner von Lonesome Bend und sogar der kleineren Städte in der Umgebung verband er schöne Erinnerungen mit dem Kino.

Trotzdem hatte er nach wie vor die Absicht, dieses vernachlässigte Land räumen zu lassen, Zäune zu ziehen und

Gras auszusäen, um dort Vieh und Pferde zu weiden. Doch bis es so weit war, hatte das Bluebird-Drive-in noch einen Schwanengesang verdient, fand Brody.

Carolyn wünschte sich ein Essen und einen Kinobesuch? Schon in Arbeit.

Nach dem Besuch in Brodys Haus erschien die Wohnung Carolyn nicht nur klein – früher hätte sie „kuschelig" gesagt –, sondern regelrecht beengt.

„Undankbarer Mensch", schalt sie ihr Spiegelbild in der Mikrowellenklappe. Carolyn stand am Küchentresen und kratzte Winstons halbe Büchse Sardinen in eines von mehreren für ihn reservierten angeschlagenen Porzellanschälchen.

„Riau", sagte Winston, und es klang nur mäßig betroffen.

„Dich habe ich nicht gemeint", beschwichtigte Carolyn ihn, stellte sein Abendbrot auf den Boden und sah liebevoll zu, wie er den stinkenden Fisch, den er so gern mochte, auffraß. Sie wusch sich mit hastigen Bewegungen die Hände über der Spüle. „*Ich* bin hier die Undankbare. Ich habe alles, was ich brauche, alles, was ein Mensch sich wünschen kann, hier in dieser Wohnung." Versonnen hielt sie inne. „Aber, Winston, du hättest das Haus *sehen* müssen. Es ist riesig. Aber es ist keine von diesen Möchtegern-Villen, sondern anheimelnd. Ich konnte nicht anders, ich musste mir einfach vorstellen, wie es sein würde, dort zu leben." Sie breitete die Arme aus und ließ sie wieder sinken. „Wie bescheuert ist das denn?"

Winston, auf sein Feinschmeckererlebnis konzentriert und immerhin eine *Katze*, antwortete natürlich nicht.

Aber Carolyn, an einseitige Unterhaltungen gewöhnt, ließ sich dadurch nicht beirren. „Du hast recht", sagte sie. „Es ist völlig bescheuert." Sie trocknete sich die Hände ab, ging zum Kühlschrank und nahm einen Becher Hüttenkäse mit Ananasstückchen heraus. Nach einem Blick auf das Haltbarkeitsdatum entschied sie, dass der Verzehr relativ unbedenklich war, und füllte eine Portion auf einen Salatteller. „Der Mann *beschwatzt* mich zu einem Ausritt mit ihm, und am Ende bin ich nass bis auf die Haut und zwänge mich in die Kleider einer Frau, die mindestens fünf Zentimeter und eine Kleidergröße kleiner ist als ich. Und: Ich bin drauf und dran, es mit Brody Creed zu *treiben*. Ich schwöre, wenn er nicht diese Rede über Verantwortung und Grundregeln gehalten hätte, wäre ich wahrscheinlich über ihn hergefallen …"

Das Festnetztelefon klingelte und unterbrach ihren Vortrag.

Ist wohl besser so, dachte sie und griff nach dem Hörer.

„Hallo?" Sie fauchte beinahe. Sie wollte ihren fragwürdigen Hüttenkäse essen, in ihre eigenen Kleider schlüpfen und wieder zu Verstand kommen, nicht zwangsläufig in dieser Reihenfolge –, aber auf keinen Fall wollte sie herumstehen und am Telefon plaudern.

Sie erkannte Bills leises Lachen auf Anhieb. „Rufe ich zu einem ungünstigen Zeitpunkt an?", fragte er.

„Wer ist das?" Am anderen Ende der Leitung hörte Carolyn eine Kleinmädchenstimme dazwischenreden. „Ist das Angela? Das will ich doch hoffen."

Carolyn lächelte. Sie wusste noch, wie es war, neun Jahre alt zu sein. Sie wusste allerdings nicht, wie es war, einen liebevollen Vater zu haben. Sie hatte ihren Vater nie kennengelernt. Kannte nicht einmal seinen Namen, wusste nicht, ob er noch lebte oder tot war oder ob sie ihm ähnlich sah.

„Das ist ein Privatgespräch, Ellie", ermahnte Bill seine Tochter freundlich, aber mit Nachdruck. „Mach deine Hausaufgaben oder nerv deine Großmutter oder so."

„Vielleicht sollte lieber *ich* fragen, ob der Zeitpunkt ungünstig ist", sagte Carolyn, immer noch belustigt. Sie liebte Kinder, selbst wenn sie schwierig waren. Dann ganz *besonders*. Sie selbst war nicht einfach gewesen; das konnten sämtliche vierzehn Pflegefamilien bezeugen.

„Magst du mit mir essen?“, fragte Bill. „Hier, bei uns? Wir grillen auf der Terrasse, und Ellies Großeltern lade ich auch ein. Wir dürften also keinen Anlass zu einem Skandal in der ganzen Stadt geben.“

Ihr wurde warm ums Herz. Leider war es nicht die Art von Wärme, die sie in Brodys Nähe spürte, oder auch wenn sie nur an ihn dachte.

Brody.

Sie hatte ihn angelogen, als sie gesagt hatte, sie hätte am nächsten Abend schon etwas vor, einfach nur weil sie Zeit zum Luftschnappen brauchte und ihre Fassung wiederfinden musste, bevor sie sich zum zweiten Mal in die Höhle des Löwen begab und allein war mit einem Mann, der sie mit einem Blick, einer Berührung, einem Wort zum Schmelzen zu bringen vermochte.

„Du lebst noch nicht lange genug in Lonesome Bend, wenn du glaubst, mein Besuch bei dir würde die Gerüchteküche nicht zum Brodeln bringen, und sei es nur wegen eines Grillabends mit deinen Verwandten.“

Bill seufzte. „Heißt das Nein?“

Winston hatte sein Schälchen ausgeleckt und schritt mit hochgerecktem Schwanz hoheitsvoll davon. „Ich komme liebend gern zum Grillen“, sagte sie. Wenn sie mit Brody ausging, wenn auch nur ganz harmlos zum Essen und ins Kino, war es nur vernünftig, sich auch mit anderen Männern zu treffen. Dadurch war die Gefahr nicht so groß, dass sie den Kopf verlor und etwas Unbedachtes tat.

Halte dir den Rücken frei.

Behalte immer den Ausgang im Auge.

Das Lebensmotto für Pflegekinder.

„Wäre heute Abend zu früh?“, fragte Bill scherzhaft.

„Ja“, antwortete Carolyn mit einem bedauernden Blick auf ihren Hüttenkäse. „Es ist zu früh. Morgen Abend?“

„Perfekt“, sagte Bill.

„Was soll ich mitbringen?"

„Dein hübsches Lächeln und allen Charme, den du aufbringen kannst. Die alten Leutchen sind bestimmt freundlich, aber Ellie ..."

„Mit Ellie werde ich fertig", erwiderte Carolyn humorvoll. *Denn ich* war *einmal Ellie, abgesehen davon, dass ich keine liebevollen Großeltern und keinen erstklassigen Vater hatte.*

„Okay", erwiderte Bill, offenbar erleichtert. „Morgen Abend um sechs, sofern das nicht zu früh ist. Freizeitkleidung, versteht sich." Er nannte ihr die Adresse, und da Lonesome Bend nun mal klein war, sah sie das Haus auf Anhieb vor sich. Ein zweigeschossiges Backsteinhaus mit grünen Fensterläden aus Holz, umgeben von einem schmiedeeisernen Zaun, anderthalb Häuserblocks südöstlich der öffentlichen Bibliothek.

„Ich komme", versprach Carolyn, erstaunt über ihren Mut. Sie konnte die Verabredungen, die sie nach Brody gehabt hatte, an einer Hand abzählen. Und die meisten waren bestenfalls mittelmäßig, schlechtestenfalls katastrophal ausgefallen. Was dazwischenlag, konnte sie getrost vergessen.

„Gut", sagte Bill. „Ich freue mich auf unser Wiedersehen."

Danach blieb nicht mehr viel zu sagen. Sie verabschiedeten sich und beendeten das Gespräch.

Carolyn tauschte Tricias Sachen gegen einen Baumwollpyjama in Übergröße aus, verspeiste den Hüttenkäse und betete, dass sie keine Lebensmittelvergiftung bekam.

Sie sah keinen Sinn darin, aufwendige Mahlzeiten zuzubereiten, wenn sie sie allein essen musste. Daher hielten sich ihre Kochkünste in Grenzen.

Das Thema Essen erinnerte sie an Brodys unglaubliche künftige Küche. Ihr war der gigantische Profiherd mit den zahlreichen Kochstellen und der Grillvorrichtung aufgefallen, ebenso Kühlschrank mit Eisfach, der extra eingebaute Weinkühler, die zwei übergroßen Geschirrspüler und die zusätzliche Spüle und das Ceranfeld, beides eingelassen in die Granitplatte der Kochinsel mitten im Raum.

Sie war so groß wie Kansas, diese Kochinsel.

Und all das bedeutete, dass Brody entweder gern kochte und Scharen von Gästen einlud oder erwartete, dass jede Frau, mit der er sich einließ, seine Einstellung teilte … oder beides.

Carolyn lächelte – abgesehen vom Chili auf dem Ramschverkauf im letzten Herbst hatte sie nie im Leben etwas Anspruchsvolleres als Käsemakkaroni nach der Art, die in Schachteln geliefert wurde, zubereitet. Sie ging nach unten, um im Laden nach dem Rechten zu sehen. Was auch *immer* Tricia an diesem Nachmittag getrieben haben mochte, als sie mit Conner allein war, sie hatte jedenfalls daran gedacht, abzuschließen, den Computer auszuschalten und die Weberin für die Lieferung an Brody zu verpacken.

Im Laden herrschte jetzt Halbdunkel, und Carolyn blieb am Fuß der Innentreppe stehen. Die Weberin fehlte ihr schon jetzt. Doch wie der Zigeunerrock war das Bild ein Luxus, den sie sich nicht nur nicht leisten konnte, sondern für den sie im Grunde auch keine Verwendung hatte.

In Brodys Haus würde die prächtige Batik gesehen und gewürdigt, wie es sich gehörte. Vielleicht würde sie sogar als in Ehren gehaltenes Erbstück über Generationen von Creeds hinweg weitergereicht, während das Haus selbst mit jedem Jahr, das verging, mehr und mehr zum Symbol für den Fortbestand der Familie wurde.

Von ihrem Ehrenplatz über dem Kamin in Brodys Wohnzimmer aus würde die Weberin sehen, wie Neugeborene durch den breiten Haupteingang ins Haus getragen wurden, wie diese Babys heranwuchsen, sich verliebten, heirateten und selbst Kinder heimbrachten. Sie würde die stumme Zeugin von Lebenszeiten sein, diese Frau aus Wachs und Farbe, Zeugin der Freuden und Leiden und der unzähligen gewöhnlichen Momente zwischen diesen Extremen.

Carolyn hatte sich in ihrem Leben schon so manches Kunstwerk gewünscht, doch es war das erste Mal, dass sie das Werk selbst *beneidete*.

Am Kopf der Treppe angelangt, prüfte sie mit dem Handrücken auf der Stirn, ob sie Fieber hatte. Nein, aber warum fantasierte sie dann?

Bei dem Gedanken musste sie lächeln.

Ich leide, dachte sie mit schwarzem Humor, an einem schweren Fall von Brody-titis.

Umso mehr Grund, in Sachen Liebe auf Nummer sicher zu gehen.

Zurück auf der Ranch, ließ Brody die Hunde ins Haus und gab ihnen zu fressen, dann ging er in den Stall und versorgte die Pferde. Er würde Moonshine bis zum Morgen hier bei den anderen lassen.

Als er nach draußen trat, war der dunkle Himmel von Sternen übersät, und der Dreiviertelmond wirkte vergrößert, wie er da knapp über den Bergkämmen hing, als wäre er zu tief gesunken und hätte sich in einem Baum oder an einem zerklüfteten Felsen verhakt.

Brody seufzte und lüftete kurz seinen Hut, gerade lange genug, um sich mit der Hand durchs Haar zu fahren. Auf dem Hof blieb er stehen, um das Werk eines Gottes zu bewundern, an den er gar nicht unbedingt glaubte.

Gott hin, Gott her, dachte er, und ganz gleich, wie beängstigend es mitunter auch sein konnte, hier zu sein – mit wachen Sinnen und als Teil des Ganzen, und sei es nur für einen Wimpernschlag des kosmischen Auges, war es doch immer wieder ein Wunder und ein Geschenk.

Lisa war nicht viel Zeit auf Erden vergönnt, dachte er traurig, und der kleine Justin, sein Junge, hatte nicht einmal lange genug gelebt, um zwei Kerzen auf seiner Geburtstagstorte brennen zu sehen.

Unvermittelt spürte Brody einen Kloß im Hals, so eng, dass er kaum schlucken konnte.

Es war so, dass er sich eine eigene Familie wünschte, eine sanftmütige Frau heiraten, das Haus auf River's Bend mit Kindern und den Stall mit Pferden füllen wollte. Doch wenn er müde war oder sich wie an diesem Abend ganz besonders einsam fühlte, machte ihm diese Vorstellung eine Heidenangst.

Nichts hatte ihm jemals so wehgetan wie der Verlust von Lisa und Justin. Wenn die Geschichte sich nun wiederholte? Wenn er *noch* eine Frau, *noch* ein Kind begraben musste?

Dank all seiner handfesten Vorfahren und der harten Schule des Lebens war Brody robust wie alle Creeds, doch nach der Doppelbegräbnisfeier in der Friedhofskapelle einer Kleinstadt in Montana wäre er beinahe dem Wahnsinn verfallen. Er begann, entschieden mehr als zu viel zu trinken, suchte rund um die Uhr nach Gründen für eine Prügelei und kapselte sich von den Menschen ab, die er am dringendsten brauchte: Conner, Steven und Davis und Kim.

Brody versuchte diese traurige Stimmung abzuschütteln und zwang sich, weiterzugehen. Im Haus vergewisserte er sich, dass Valentino alles hatte, was er brauchte, ließ Barney wissen, dass es Zeit war, heimzufahren, und trat wieder hinaus unter den Sternenhimmel.

Da sie nur zu zweit waren, ließ er Barney vorn sitzen, anstatt ihn auf die Rückbank zu verbannen, und fuhr auf direktem Weg nach River's Bend. Dort fiel ihm ein, dass er noch nichts gegessen hatte. Er durchstöberte minutenlang seinen Minikühlschrank und hoffte, irgendetwas Schmackhaftes könnte sich aus dem Nichts materialisiert haben.

Irrtum.

Er nahm den Milchkarton heraus, schnupperte, um sicherzugehen, dass die Milch nicht sauer war, und schüttete gerade Frühstücksflocken in eine Schüssel, als er Scheinwerfer – zwei mattgoldene Lichtsäulen – bemerkte, die das vordere Fenster streiften.

Barney, der sich gerade in seinem Körbchen am unbeheizten Herd niedergelassen hatte, spitzte die Ohren.

Eine Autotür schlug zu.

Schritte knirschten auf dem unbefestigten Weg zum Blockhaus.

Es klopfte.

„Ach, zum Teufel", rief Brody zu Barney. „Sie ist wieder da."

Im selben Moment öffnete sich die Tür, und Joleen strahlte ihn in der grundlosen Erwartung eines herzlichen Willkommens an. Derzeit war sie blond, und ihre Kontaktlinsen verliehen ihren Augen eine unnatürliche Violettfärbung.

Brody konnte sich kaum erinnern, was ihre natürliche Haarfarbe war. Joleen war ein Chamäleon, ständig auf der Suche nach dem perfekten Look.

„Ich bin's!", zwitscherte sie überflüssigerweise, trat in die Küche und stellte einen Koffer auf den Boden.

„Verdammt, Joleen", knurrte Brody, „ich habe dir gesagt, du sollst nicht hierherkommen ..."

„Es ist nur für eine Nacht", fiel Joleen ihm ins Wort, als ob das alles anders machen würde. „Und was für eine Begrüßung ist das überhaupt, nach allem, was wir füreinander waren?"

„Wir waren Bettgefährten, mehr nicht." Brody verschränkte starrsinnig die Arme vor der Brust und biss die Zähne zusammen. „Du bleibst nicht hier, Joleen."

Daraufhin versuchte Joleen es mit der gekränkten Miene, die ihr so oft weiterhalf, nicht nur ihm, sondern vermutlich Dutzenden von Männern gegenüber. „Du weißt doch, dass ich nicht bei meinen Eltern unterkommen kann", sagte sie mit Schmollmund, die Augen feucht von auf Abruf bereiten Tränen. „Mrs Collins hat versprochen, mir das Zimmer über ihrer Garage zu vermieten. Aber es ist erst morgen bezugsfertig, und ich … ich war lange unterwegs und bin erschöpft, Brody."

Er zückte seine Brieftasche, nahm mehrere Geldscheine heraus und streckte sie ihr entgegen. „Dann mietest du dich wohl besser drüben im Sunset-Motel ein", sagte er.

„Aber das ist meilenweit entfernt von hier!"

„*Drei* Meilen, Joleen, und schließlich musst du nicht zu Fuß gehen. Du hast dein Auto."

Joleen beäugte die aufgefächerten Zwanziger in Brodys Hand, zögerte kurz, schnappte sie sich dann mit einer flinken Bewegung und schob sie in die Tasche ihrer engen Jeans.

„Ich habe fast kein Benzin mehr", versuchte sie es trotzdem weiter.

„Und ich habe fast keine Geduld mehr", erwiderte Brody.

Die Tränen drohten nicht mehr zu fließen, nachdem Joleen erkannt hatte, dass der Trick nicht funktionierte. Doch hinter den getönten Linsen blitzte Zorn in ihren Augen auf. Offenbar war sie Mitglied im Kontaktlinsen-des-Monats-Club.

„Wenn ich hier nicht bleiben darf", sagte sie, „dann gib mir die Schlüssel zu deinem neuen Haus. Ich krieche heute Nacht dort unter."

„Nein", widersprach Brody grob. „Wenn du nicht bei deinen Eltern oder bei Freunden übernachten willst, kannst du entweder in deinem Auto oder im Sunset-Motel schlafen. Du hast die Wahl, Joleen."

Eine Sekunde lang glaubte er, sie würde die Wildkatze spielen.

Stattdessen ergriff sie ihren Koffer. „Ich dachte, du wärst mein Freund", sagte sie, und es klang nicht nur vorwurfsvoll, sondern ehrlich verletzt.

Aber Brody schluckte den Köder nicht. Er sagte vielmehr überhaupt nichts.

„Es ist wegen Carolyn", fuhr Joleen wütend fort. „Du treibst es mit Carolyn Simmons. *Schon wieder*. Hast du geglaubt, ich würde es nicht erfahren, Brody? Ich habe meine Augen überall in der Stadt!“

„Ich ‚treibe‘ es mit niemandem – nicht dass es dich etwas anginge, wenn es so wäre. Es geht darum, dass du nicht hierbleibst, Joleen, nicht heute Nacht und auch keine andere Nacht. Und da du ohnehin schon zu lange hier bist, wäre ich dir dankbar, wenn du jetzt gehen würdest.“

Ihre Unterlippe zitterte, und ihre Augen verengten sich zu Schlitzen. „Du Schwein. Du hast mich benutzt, die ganze Zeit, und jetzt, da dein feines Haus beinahe bezugsfertig ist und du sesshaft werden, Frau und Kinder haben und ein *richtiges Leben* führen willst, besitzt du die Unverschämtheit, mich abzuservieren – wegen des abgelegten Liebchens dieses Filmstars?“

Brody ging um Joleen herum, öffnete die Tür und war froh über die kühle Brise, die von draußen hereinwehte. Seine Wut war dem Siedepunkt nahe.

„Raus“, sagte er.

Joleen trat mit ihrem Koffer über die Schwelle, blieb auf der Stufe stehen und warf Brody über die Schulter hinweg einen bösen Blick zu. „Wenn mir das Benzin ausgeht und ich einem Serienmörder zum Opfer falle, weil ich in diesen Schuhen zu Fuß gehen muss, ist es deine Schuld, Brody Creed.“

„Du hast ein Handy“, erinnerte Brody sie. „Und hundert Dollar von mir. Wenn dein Wagen liegen bleibt, kannst du den Automobilclub anrufen.“

Damit schloss er die Tür.

Er hörte, wie Joleen auf der anderen Seite einen erstickten Wutschrei ausstieß.

Dann stapfte sie davon.

Die Autotür schlug noch einmal.

Der Motor heulte auf.

Brody warf einen vielsagenden Blick in Richtung Barney, der wieder ruhig war, nachdem der Hurrikan Joleen die Richtung gewechselt hatte.

Sie gab so viel Gas, dass Brody glaubte, sogar durch Wände und geschlossene Türen verbranntes Reifengummi zu riechen.

„Ich hatte schon immer ein gutes Händchen für Frauen", sagte er zu Barney.

Der Hund legte sich hin, schloss die Augen und schlief ein.

Wenigstens *einer* findet heute Nacht Schlaf, dachte Brody.

Am nächsten Morgen wühlte Carolyn in ihrem Schrank, bis sie ein pinkfarbenes Sommerkleid aus Baumwolle fand, das sie vor Jahren in einer ihrer Ich-bin-gern-ein-Mädchen-Stimmungen genäht hatte.

Das Kleid war zerknittert, weil es so lange auf dem Bügel gehangen hatte, und bedurfte einer gewissen Auffrischung.

Carolyn nahm es mit nach unten in die Waschküche, steckte es in die Waschmaschine, füllte ein wenig Waschpulver ein und wählte ein Schonprogramm mit kaltem Wasser.

Immerhin hatte sie abends eine Verabredung, und auch wenn Bill lässige Kleidung angeraten hatte, wollte sie doch so gut wie möglich aussehen.

Sie wäre beinahe über Winston gestolpert, der ihr nach unten gefolgt war.

„Was?", fragte sie spitz und hielt dem Blick aus den nachdenklichen bernsteinfarbenen Katzenaugen stand. „Weißt du, manchmal trage ich *tatsächlich* ein Kleid. Das bedeutet natürlich, dass ich mir die Beine epilieren muss ..."

„Miauu", gab Winston von sich und machte ihr Platz.

„Ich weiß", antwortete Carolyn. „Das ist wirklich lästig."

„Hallo?" Tricias Stimme tönte aus dem Hauptteil des Hauses, in dem der Laden lag. „Carolyn? Bist du hier?"

Carolyn durchquerte die Küche und öffnete die Tür zum Laden. „Ja, ich bin hier", bestätigte sie fröhlich mit einem Blick auf die antike Uhr auf Nattys Wohnzimmerkamin.

„Und du kommst früh. Wir öffnen erst in einer Stunde, schon vergessen?"

„Ach, wir sollten lieber jetzt gleich öffnen", erwiderte Tricia, verstaute ihre Tasche unter dem Tresen und lächelte Winston an, der sie schnurrend begrüßte. „Primrose Sullivan hat mich angerufen, als ich Frühstück gemacht habe. Sie wollte uns vorwarnen, anscheinend hat sie auf dem Parkplatz vom Roadside-Imbiss drei Reisebusse gesehen."

„Ach du Schande!", rief Carolyn. Das war's dann wohl mit der neuen Lieferung Ziegenmilchseife. Dann sagte sie hoffnungsvoll: „Vielleicht fahren sie einfach vorbei."

„Nein", antwortete Tricia nüchtern und griff nach dem Telefonhörer, um die Mailbox abzufragen. Trotz ihres Babybauchs sah sie sehr nach Geschäftsfrau aus, besonders nachdem sie ihre Lesebrille aufgesetzt hatte und anfing, Notizen zu kritzeln. „Du kennst doch Primrose. Sie hat eine der Touristinnen angehalten und nach ihrem Ziel gefragt. Letztlich ist es das Casino oben am Cripple Creek, aber der nächste Halt ist bei uns. Primrose kommt gleich mit ein paar neuen Werken, nur für den Fall, dass bei einigen von den Leuten das Geld locker sitzt."

Carolyn sah ihre Freundin verwundert an. Wie konnte sie zur gleichen Zeit die Mailbox abhören, ein Gespräch führen *und* Namen und Rufnummern notieren?

„Steh nicht herum", befahl Tricia gut gelaunt. „Dem Himmel sei Dank, dass gestern ein paar Lieferungen gekommen sind und wir die Regale einräumen können. Conner hat die Kisten auf meine Anweisung im kleinen Salon gestapelt."

Besagter Salon befand sich gleich links neben der Eingangstür.

Carolyn hastete dorthin und begann sofort, die Kartons aufzureißen. Sie und Tricia verkauften Kunsthandwerk aus den gesamten Vereinigten Staaten.

Heute fand sie in einer Kiste Chenille-Pantoffeln, in einer

anderen viktorianische Teewärmer.

Tricia kam, um zu helfen, und packte kunstvoll gefertigte Zierpuppen, Tagebücher und alle möglichen duftenden Badesalze aus.

Primrose erschien mit zwei Bildern auf Leinwand, beides abstrakte Darstellungen in Materialmix und in Farben, die eine gewisse Sehnsucht in Carolyn weckten.

„Ach Primrose", staunte Tricia, hielt inne und betrachtete die Bilder. „Die sind wunderschön."

Und Primrose, Brillenträgerin mit grauem Lockenhaar und Besitzerin der größten und buntesten Muumuu-Sammlung außerhalb Hawaiis, strahlte vor Freude. „Es sind keine Batiken wie die Weberin, aber …"

„Die sind im Handumdrehen verkauft", versprach Carolyn beinahe traurig, woraufhin Tricia und Primrose sie neugierig-besorgt ansahen, aber nichts sagten.

In den nächsten zwanzig Minuten – mehr Zeit blieb ihnen nicht, bis der erste der drei voll besetzten Busse vorfuhr – hatten die drei Frauen viel zu viel zu tun, um weiterplaudern zu können.

11. KAPITEL

Als der dritte Reisebus schließlich anderthalb Stunden später wieder abfuhr, waren die Warenbestände so knapp geworden, dass Carolyn und Tricia den Laden schließen mussten.

Primroses Kunstwerke hatten auf Anhieb Käufer gefunden, ebenso wie die letzten Schürzen, die jüngste Lieferung Ziegenmilchseife und der Inhalt der meisten Kisten, die sie kurz zuvor ausgepackt hatten.

„Das war unglaublich", rief Tricia. Sie saß erschöpft am Tisch in der Küche im Erdgeschoss, vor sich eine dampfende Tasse Tee. „Wie eine Heuschreckenplage, aber im guten Sinne."

„Mehr als unglaublich", stimmte Carolyn ihr glücklich zu. „Natürlich müssen wir trotzdem noch all unsere Kommissionsleute bezahlen, die Grundkosten und all das abdecken, aber – bitte einen Trommelwirbel – wir haben eindeutig Profit gemacht!" Sie hatte gerade das pinkfarbene Kleid aus der Waschmaschine genommen und wollte es jetzt draußen auf die Wäscheleine hängen.

Tricia war völlig auf das Kleid fixiert. „Das ist hübsch", meinte sie. „Steht ein besonderer Anlass bevor?"

„Ich habe heute Abend eine Verabredung", bekannte Carolyn.

Nun war Tricias Interesse endgültig geweckt, und sie fragte hoffnungsvoll: „Mit Brody?"

Carolyn blieb an der Hintertür stehen und schüttelte den Kopf. „Brody und ich gehen am Samstagabend zusammen aus", sagte sie leicht errötend.

„Tatsächlich?"

„Nur zum Essen und ins Kino", antwortete Carolyn. Mit einer Geste, die so viel wie „Moment!" bedeutete, lief sie nach draußen, hängte ihr Sommerkleid behutsam mit Wäscheklammern an die Leine und atmete die dünne Hochlandluft ein, die erfüllt war von blauem Himmel, knospenden Blumen und frisch gemähtem Gras.

Als sie in Nattys Küche zurückkam, legte Tricia gleich wieder los, als hätte keine Unterbrechung ihres Gesprächs stattgefunden. „Aber du gehst *wirklich* mit Brody aus?"

Carolyn holte sich eine Tasse, schenkte sich Tee ein und setzte sich Tricia gegenüber an den Tisch.

„Wir haben Grundregeln", erklärte sie vorsichtig. „Verantwortlichkeiten."

„Wer?", wollte Tricia wissen.

„Brody und ich. Zunächst einmal sind wir übereingekommen, nicht miteinander zu schlafen."

„Ist das eine Grundregel oder eine Verantwortlichkeit?", ulkte Tricia.

Carolyn schnitt ihr eine Grimasse.

Tricia lachte. „Und heute Abend?"

„Bill hat mich zum Grillen zu sich eingeladen."

„Bill?" Tricia tat, als würde sie über den Namen nachdenken. „Das dürfte Mr Kaffee sein, oder? Der todesmutige Feuerwehrpilot?"

„Ja", seufzte Carolyn.

„Weiß Brody davon?"

„Ja."

„Herrlich", jubelte Tricia. „Mein Schwager ist bestimmt ziemlich außer sich."

„Eigentlich war er eher gleichgültig", korrigierte Carolyn sie.

„Vielleicht solltest du glauben, es wäre ihm gleichgültig", konterte Tricia im Brustton der Überzeugung.

Carolyn wäre sich ihrer selbst und ihrer Wahrnehmung gern ebenso sicher gewesen, doch das schien nicht Teil ihres persönlichen Erbguts zu sein. Bei der Erinnerung an das ursprüngliche Gespräch in der Küche mit Brody, als die Funken zwischen ihnen nur so geflogen waren, versteifte sie sich. „Du hast nicht gehört, wie er seine blöden Grundregeln aufgestellt hat", sagte sie und gab mit dieser Bemerkung mehr preis, als sie jemals beabsichtigt hatte.

„Keinen Sex?", fragte Tricia, die sich unübersehbar das Lachen verbiss.

„*Und* wir dürfen uns beide mit anderen treffen, wenn wir wollen."

Tricias Miene änderte sich abrupt. „Das hat Brody gesagt?"

Carolyn nickte.

„Dieses Stinktier", sagte Tricia leise.

Carolyn sah sie an, als wäre das Wort bei Weitem nicht grob genug. „Wenn du etwas weißt, das ich nicht weiß, Tricia Creed, dann sag's mir lieber", verlangte sie.

„Wahrscheinlich besteht da gar kein Zusammenhang", wiegelte Tricia ab.

„Raus damit", drängte Carolyn. Ihren Tee hatte sie völlig vergessen.

„Joleen ist wieder in der Stadt, das ist alles."

Joleen ist wieder in der Stadt – das ist alles?

Zwar wusste Carolyn, dass sie kein Recht hatte, sich wegen dieser Neuigkeit aufzuregen, aber sie tat es trotzdem.

Liebevoll tätschelte Tricia Carolyns Hand. „Das eine hat bestimmt gar nichts mit dem anderen zu tun", sagte sie und lächelte wieder.

Carolyn sah sie nur an.

„Joleen ist in Lonesome Bend aufgewachsen", erklärte Tricia rasch. „Ihre Familie lebt hier. Sicherlich ist sie deswegen zurückgekommen, und du weißt ja, sie bleibt nie lange."

„Ich hätte wissen müssen, worauf er hinauswollte", murmelte Carolyn. „Im Grunde *habe* ich es ja gewusst, aber ich habe mir den Luxus gegönnt, es zu ignorieren."

Dieses Mal war Tricia diejenige, die nichts erwiderte. Es schien ihr die Sprache verschlagen zu haben.

„Brody wusste, dass Joleen auf dem Weg hierher war", fuhr Carolyn fort. „*Deshalb* sein Vorschlag, dass wir beide uns mit anderen treffen können. Ich wüsste gern, ob er und Joleen auch Grundregeln aufgestellt haben. Kein Sex? Das bezweifele ich!"

„Carolyn ..."

„Wenn Brody sich auf diese Art an die Regeln halten will, schön." Carolyn schob ihren Stuhl zurück und stand auf. „Tatsache ist, ich gehe jetzt nach oben, fahre meinen Laptop hoch und rufe meine Mailbox bei *Friendly Faces* ab."

„Carolyn, du darfst nicht ... Brody würde nie ..." Tricia brach mit einem tiefen Seufzer ab und schlug beide Hände vors Gesicht.

Doch Carolyn ließ ihre Freundin am Tisch sitzen und sprintete geradezu zur Innentreppe.

Sie führte sich auf wie eine Verrückte, das wusste sie.

Das Wissen änderte kaum etwas an der Tatsache.

Während der Laptop hochfuhr – er war alt und daher langsam –, stapfte Carolyn in der Küche auf und ab. Winston miaute und wuselte zwischen ihren Füßen umher.

Schließlich ließ sie sich auf den Stuhl vor ihrem Schreibtisch nieder. Besser, sie saß, statt die Katze zu zertreten oder über das närrische Geschöpf zu stolpern und sich den Hals zu brechen.

Die Website von *Friendly Faces* öffnete sich wie von Geisterhand selbsttätig. Und Carolyn riss die Augen auf. Das Mailbox-Icon – ein gelber Briefkasten, in ländlichem Stil mit rotem Fähnchen – pulsierte wie ein Herz.

Sie atmete tief durch und klickte die Mailbox an.

Robert aus Telluride.

Buck aus Colorado Springs.

Sam aus Aspen.

Insgesamt erwarteten sie dreiundvierzig Meldungen.

Fassungslos blickte Carolyn auf Winston herab, der jetzt

wachsam wie eh und je neben ihrem Stuhl auf dem Boden saß.

„Das Foto von mir war nicht mal besonders gut", beschwerte sie sich bei ihm.

Unten hörte sie Tricia in Nattys Küche hantieren.

Carolyn seufzte, erhob sich von ihrem Stuhl und ging zurück nach unten zu ihrer Freundin.

„Entschuldige", sagte sie. „Ich meine, mein Verhalten eben."

Inzwischen hatte Tricia die Teetassen abgewaschen und zum Trocknen aufs Abtropfbrett gestellt. Sie drehte sich lächelnd zu Carolyn um. „Atme tief durch, Carolyn. Alles wird gut."

„Ich habe dreiundvierzig Meldungen auf meiner *FriendlyFaces*-Seite", verkündete Carolyn matt. „*Dreiundvierzig*. Tricia, was soll ich tun?"

„Sie lesen?", schlug Tricia sanft vor. „Ein paar beantworten, andere löschen?" Sie stemmte sich die Hände ins Kreuz und streckte sich zufrieden. „Es ist ein überreiches Angebot, Carolyn. Genieß es. Vielleicht lernst du den Mann kennen, der perfekt zu dir passt." Pause, begleitet von einem neuerlichen Lächeln. „Natürlich meint so mancher von uns, du *hättest* den perfekten Mann längst kennengelernt und bringst es einfach nicht über dich, es dir einzugestehen."

„Was willst du von mir?", fragte Carolyn in einem Ausbruch freundlicher Hilflosigkeit. „Ich gehe am Samstag mit Brody aus – wider besseren Wissens, wohlgemerkt."

Tricias Augen funkelten. „A-ha", sagte sie.

„Ich habe keine Namen genannt, Tricia", betonte Carolyn. „Ich habe nicht gesagt, dass *Brody* der perfekte Mann für mich wäre. Falls ein solches Wesen überhaupt existiert."

„Ich habe auch keine Namen genannt", sagte Tricia heiter. „Aber dein Gedankensprung ist schon interessant. Vom perfekten Mann zu *Brody*."

„Hör auf“, verlangte Carolyn. „Hier hat niemand Gedankensprünge gemacht.“

„Wie du meinst“, erwiderte Tricia, schon auf dem Weg in den Laden. Sie nahm ein Bündel Quittungen vom Tresen und wedelte damit in Carolyns Richtung. „Ich übernehme dieses Mal die Buchführung“, sagte sie. „Soll ich noch mehr Ziegenmilchseife bestellen? Und diese Bienenwachskerzen gingen auch gut, besonders für die Jahreszeit …“

Eine Welle der Zuneigung wärmte Carolyns Herz. „Es ist eine Menge Papierkram, Tricia. Du könntest den ganzen Abend dafür brauchen …“

Aber Tricia holte ihre Tasche unter dem Tresen hervor und legte sich den Riemen wie ein altertümliches Pfluggeschirr über eine Schulter und diagonal über die Brust. „Carolyn“, erklärte sie streng, „es ist das Mindeste, was ich tun kann. Du nähst ständig Schürzen und führst Aufträge auf unserer Website aus. Entschuldige bitte, aber selbst *du* kannst nicht alles schaffen.“

Damit ging sie zu Carolyn, küsste sie auf die Wange, verabschiedete sich liebevoll von Winston und ging zur Hintertür.

Carolyn folgte ihr.

Das pinkfarbene Kleid wehte in der frischen Brise und sah aus wie ein Streifen Zuckerwatte.

„Was soll ich denn den ganzen Nachmittag über tun, wenn du die gesamte Arbeit mitnimmst?“, rief Carolyn, als ihre Freundin die Tür des Pathfinders öffnete und sich hinters Steuer setzte.

„Dich auf deine Verabredung vorbereiten“, antwortete Tricia fröhlich. „Ein ausgedehntes Schaumbad nehmen. Eine Gesichtsmaske auflegen. Ein Nickerchen machen. Du bist eine intelligente Frau, dir fällt schon was ein.“

Dagegen wollte Carolyn protestieren – doch ihr fiel nichts ein.

Allerdings gab es, wie sie bald erkannte, auch ohne Tricias dekadente Vorschläge etliche Dinge, die sie den Rest des Nachmittags über auf Trab halten konnten.

Sie konnte am Zigeunerrock arbeiten.

Sie konnte weitere Rüschenschürzen nähen.

Sie konnte sich mit all diesen E-Mails in ihrer *Friendly-Faces*-Mailbox beschäftigen.

Sie konnte sogar ihre Beine epilieren.

„Also", sagte Conner, als er, Brody und Davis ein krankes Kalb aufhoben und auf die Ladefläche eines der Pick-ups hievten, „wie ich höre, ist Joleen seit gestern Abend wieder in der Stadt." Früher war Joleen ein heikles Thema – ein *äußerst* heikles Thema – für die Brüder gewesen. Jetzt diente sie Conner wie vieles andere lediglich dazu, Brody zu triezen. Anscheinend hielt er es keine Viertelstunde aus, ohne es wenigstens zu versuchen.

„Ach ja?" Brody wischte sich die Hände an den Hosenbeinen ab. „Ich habe nichts gehört."

Die Mutterkuh brüllte sich wegen der Trennung von ihrem Baby die Seele aus dem Leib. Davis klopfte ihr die Flanke und sagte: „Wir machen dein Kleines gesund, Bessie. Dann ist es so gut wie neu."

Das Vieh auf den Weiden hatte eigentlich keine Namen, aber Davis nannte alle Kühe Bessie und alle Bullen Ferdinand.

Conner grinste in Brodys Richtung, als er aufs Trittbrett des Pick-ups sprang, um sich hinters Steuer zu schwingen. „Für jemanden mit deiner schurkischen Vergangenheit bist du ein schlechter Lügner", scherzte er. „Man munkelt, Joleen wäre geradewegs zu dir gefahren, und du hättest sie mit hundert Dollar und einer Predigt über den moralisch richtigen Weg hinausgeworfen."

„Fahr langsam", riet Davis und stemmte sich auf die Heckklappe, um während der Fahrt bei dem Kalb zu bleiben. „Unsere Bessie wird uns folgen, und ich will nicht, dass sie sich verausgabt, wenn sie Schritt zu halten versucht."

Conner nickte, er kannte diese Prozedur in- und auswendig, ebenso wie Brody und Davis.

Brody stieg auf der Beifahrerseite ein. „Kleinstadt-Klatsch ist eines der wenigen Dinge, die ich während meiner Abwesenheit aus Lonesome Bend *nicht* vermisst habe", bemerkte er.

Conner lachte leise, vergewisserte sich im Rückspiegel, ob Davis startbereit war, und fuhr los. „Man redet über dich", gab er zu. „Aber das heißt nur, dass die Leute Anteil nehmen."

„Das heißt, kleiner Bruder, dass sie alle Kleingeister sind und zu viel Freizeit haben."

Darüber musste Conner lachen.

Bessie trottete hinter dem Pick-up her und führte sich immer noch auf wie ein Sünder an seinem ersten Tag in der Hölle. Ihr Gebrüll war sogar über das Motordröhnen des alten Gefährts hinweg zu hören.

Im Stall würden sie Bessie und ihr Kalb in einer Box unterbringen, das Kleine ein, zwei Tage im Auge behalten und wenn nötig den Tierarzt hinzuziehen. Sie hatten das Kalb kopfüber am Berg liegend gefunden. Wahrscheinlich hatte es einen Sonnenstich, doch die größte Gefahr – nämlich hilflos den Raubtieren ausgesetzt zu sein – war vorüber.

In solchen Fällen genügte gewöhnlich ein bisschen liebevolle Pflege. Bessie und ihr kleiner Sohn würden im Handumdrehen wieder draußen auf der Weide beim Rest der Herde sein.

Urplötzlich war Conners heitere Stimmung verflogen, und er wurde todernst. „Gib acht, Brody", bat er. „Carolyn ist eine tolle Frau, und sie hatte beinahe von Geburt an ein schweres Leben. Ihr wehzutun wäre nicht recht."

Ihr *wieder* wehzutun.

Conner hatte das Wort zwar nicht ausgesprochen, doch es hing zwischen ihnen in der Luft.

„Glaubst du, ich *will* ihr wehtun?“, fragte Brody ärgerlich. Er rutschte auf dem eingerissenen Ledersitz herum, dessen Federn und Polsterung stellenweise sichtbar waren. Davis bestand darauf, Gerätschaften zu benutzen, bis sie in ihre Einzelteile auseinanderfielen.

„Das habe ich nicht gesagt“, erwiderte Conner. „Und wollte es auch nicht andeuten.“

Brody seufzte schwer. „Ich weiß“, sagte er. „Vielleicht bin ich ein bisschen empfindlich, wenn es um Joleen geht. Sie ist ziemlich ausgeflippt wegen meiner angeblichen Beziehung zu Carolyn, und ich fürchte, sie wird Unruhe stiften.“

„Hat sie das gesagt?“

„Gewissermaßen.

Conner überlegte kurz, bevor er fragte: „Hast du eine Beziehung, Brody? Mit Carolyn, meine ich?“

Brody blickte zu seinem Bruder hinüber. „Sagen wir mal, ich *hätte* gern eine“, antwortete er schließlich. „Aber sie traut mir nicht, und ich kann es ihr nicht mal verübeln.“

„Weiß Gott nicht“, stimmte Conner ihm zu.

Eine Zeit lang herrschte Stille, abgesehen vom Motor des Pick-ups und Bessies Gebrüll.

„Was wolltest du eben damit sagen“, wagte Brody sich dann vor, „dass Carolyn von klein auf ein schweres Leben hatte?“

Darauf blieb Conner so lange stumm, dass Brody nicht mehr mit einer Antwort rechnete. „Sie ist in Pflegeheimen aufgewachsen. Es gibt viele gute Heime und fürsorgliche Menschen, die das Leben der Kinder zum Besseren wenden wollen, aber es gibt auch solche, die einfach nicht mit dem Herzen bei der Sache sind. Von Kim und Tricia weiß ich, dass Carolyn verwiegend mit der zweiten Sorte zu tun hatte.“

Sofort stellte Brody sich Carolyn als dünnes, fohlenhaftes kleines Mädchen vor, groß für ihr Alter, sommersprossig und in Kleidern, entweder aus zweiter Hand oder billig gekauft, wahrscheinlich doppelt so klug wie die anderen Kinder in ihrer Klasse. Das Bild schnitt ihm ins Herz. Dazu aber kam ein gewaltiger Zorn.

„Ist sie misshandelt worden?"

„Eher vernachlässigt, nach allem, was ich gehört habe. Und dann war da die Sache mit dem Filmstar, nachdem du fort warst."

Der letzte Satz erinnerte Brody an etwas. Als was hatte Joleen Carolyn am Vorabend bezeichnet? Als abgelegtes Liebchen eines Filmstars.

„Was ist passiert?", fragte Brody verhalten. Der Stall war bereits in Sicht; bald würde Bessie sich beruhigen und das Kalb sich erholen können.

Und dieses grauenhafte Gebrüll würde ein Ende haben.

„Weiß nicht", sagte Conner, drehte kurz den Kopf und bedachte Brody mit diesem Blick, der immer bedeutete, dass er die Wahrheit sagte. „Zu jener Zeit brodelte natürlich die Gerüchteküche. Carolyn lebte als Kindermädchen im selben Haus, und einige Leute behaupteten, Carolyn hätte eine Affäre mit Clifford Welsh, während seine Frau auswärts irgendeinen Drehtermin hatte."

Als lebenslänglicher Bewohner eines Glashauses durfte Brody keine Steine werfen, doch die Vorstellung, dass ein anderer Mann – ganz gleich, wer – Carolyn so intim berührt hatte wie er damals, ärgerte ihn trotzdem maßlos.

Er wollte es wieder tun.

„Wenn du raten solltest, ob die Gerüchte der Wahrheit entsprachen oder nicht", fragte er und behielt Conner im Auge, der sich mittlerweile auf die holprige Bergstraße konzentrierte, „was würdest du sagen?"

Wieder überlegte Conner. Er ließ sich gern Zeit mit seinen Antworten, besonders wenn er die Fragen für bedeutsam hielt. „Ich würde sagen, dass Carolyn sich nicht mit einem verheirateten Mann einlassen würde – und nicht nur, weil sie es nicht richtig fände. Sie ist viel zu stolz dafür."

Brody lachte vor Erleichterung und nicht etwa, weil er irgendetwas lustig fand, packte seinen Bruder kurz am Nacken und drückte und schüttelte ihn kräftig.

„Volltreffer", sagte er. „Gebt dem Mann eine Kewpie Doll."

„Eine was?", fragte Conner mit einem Stirnrunzeln, dass Brody wieder zum Lachen brachte.

„Redewendung, kleiner Bruder, früher bekam man so eine niedliche Puppe als Hauptgewinn auf der Kirmes."

„Wie auch immer", brummte Conner.

Inzwischen waren sie angekommen und standen vor der Aufgabe, das kranke Kalb abzuladen. Die arme Bessie schnaufte und prustete nach der Anstrengung.

„Jetzt wird alles gut, mein Mädchen", hörte Brody seinen Onkel zu der Kuh sagen. „Dein Baby ist außer Gefahr, und du bist es auch."

Mit epilierten Beinen und frisch gewaschenem Haar trat Carolyn aus der Dusche und wickelte sich in ein Badetuch.

Winston saß auf dem Toilettendeckel und wartete darauf, dass sie aus der Kabine, in seinen Augen vermutlich eine Schreckenskammer, herauskam.

„Siehst du?", fragte Carolyn und tätschelte ihm den Kopf. „Es ist möglich, nass zu werden und zu überleben."

„Riau", widersprach Winston und sprang mit wütend gebauschtem Schwanz von der Toilette. Sein Kopf war dort feucht, wo Carolyn ihn berührt hatte.

Sie lachte und wartete darauf, dass der beschlagene Spiegel über dem Waschbecken wieder klar wurde, damit sie Feuchtigkeitscreme auftragen konnte. Das Make-up – sie hatte nicht vor, viel aufzulegen – konnte warten. „Zwei Punkte von der Date-Vorbereitungsliste sind nun schon abgehakt. Beine epiliert, Haare gewaschen. Nun zur Gesichtsmaske."

Sie öffnete den Medizinschrank und spähte hinein.

Ein Päckchen Heftpflaster. Eine Flasche Mundspülung, fast leer. Zahnpasta, eine Bürste, eine Packung Wattepads und drei Tampons.

Nicht ein einziger Bestandteil einer Gesichtsmaske.

Na gut.

Blieb noch das Nickerchen.

Carolyn überließ den beschlagenen Spiegel sich selbst und ging in ihr Schlafzimmer. Dort warf sie sich aufs Bett und blieb liegen, alle viere von sich gestreckt.

Nein.

An Schlaf war nicht zu denken. Sie war viel zu aufgedreht, um eindösen zu können. Außerdem war es helllichter Tag.

Aber es war noch zu früh, um das pinkfarbene Kleid von der Wäscheleine zu nehmen, es leicht mit Stärke einzusprühen und rasch überzubügeln.

Seufzend stand sie auf und zog ihren Bademantel an, doch er war zu warm, und sie tauschte ihn gegen ein übergroßes T-Shirt.

Das musste erst einmal reichen.

Carolyn nahm den Zigeunerrock vom Haken an ihrer Schlafzimmertür und inspizierte ihn am ausgestreckten Arm. Sie hatte gehofft, den Wunsch, ihn zu behalten, inzwischen überwunden zu haben, aber das war eindeutig nicht der Fall.

Sie konnte ihn im Handumdrehen auf ihre Größe umändern, doch das kam nicht infrage. Der Rock war ganz sicher nicht für ein Grillfest im Garten geeignet – und auch nicht für ihre Verabredung mit Brody am Samstag.

In dieser Gegend gab es nur ein Kino, und das lag in der nächstgelegenen Stadt, in Wiley Springs. Das nächste vornehme Restaurant, in dem man vermutlich in einem zauberhaften Elaborat aus Schleifchen und Perlen erscheinen konnte, lag in der Nähe von Denver.

Plötzlich entmutigt, hängte Carolyn den Rock wieder an den Haken. Sie hatte noch ein wenig an ihm arbeiten wollen, doch die Aussicht verlockte sie nun überhaupt nicht mehr.

Blieben noch die Schürzen. Sie und Tricia konnten ohnehin kaum mit der Nachfrage Schritt halten.

Jippie, dachte sie säuerlich. Schürzen.

Sie beschloss, es noch einmal mit einem Schläfchen zu versuchen. Dieses Mal klappte es.

Als sie von der kalten, stupsenden Nase einer Katze geweckt wurde, die ihr Abendbrot verlangte, war es nach fünf Uhr nachmittags.

Hektisch setzte Carolyn dem Kater seine Sardinenration vor, dann hastete sie, immer noch im T-Shirt, nach unten, um das pinkfarbene Kleid von der Wäscheleine zu holen.

Der Stoff duftete köstlich.

Wieder oben, schwang sie, stets die Küchenuhr im Auge, zuerst das Bügeleisen und huschte dann ins Bad, um Wimperntusche, etwas Grundierung und zum Kleid passenden Lipgloss aufzulegen.

Da sie mit feuchtem Haar schlafen gegangen war, umrahmte es ihren Kopf jetzt wie eine krause Löwenmähne. Um es zu bändigen, hätte sie eine Dompteuse sein müssen. Doch in einem lockeren Knoten am Hinterkopf festgesteckt, sah es ganz passabel aus. Allerdings waren umfassendere Verletzungen nicht auszuschließen, falls es in einem ungünstigen Moment seinen sichernden Nadeln entkam.

„Jetzt bist du aber albern“, sagte sie zu ihrem Gesicht im mittlerweile wieder klaren Spiegel. „Reiß dich zusammen, ja?“

Carolyns Spiegelbild sah sie entrüstet an.

„Tja“, schalt Carolyn das vertraute Bild, „selbst schuld, dass du dein Haar nicht geföhnt hast, bevor du dich hingelegt hast.“

„Riau“, sagte Winston, der unter der Badezimmertür saß und sich die Lefzen leckte.

Nichts ging über eine gute Sardine.

Carolyn lachte, sowohl über die Katze als auch über sich selbst.

Sie ging zum Grillen in Bill Venables Garten. Die Eltern seiner verstorbenen Frau würden da sein und seine neunjährige Tochter ebenfalls.

Hatte sie einen Grund, nervös zu sein?

Jede Menge, wie sich herausstellte.

Als Carolyn in ihrem sehr alten Auto vor Bills sehr hübschem Haus vorfuhr, wurde sie auf dem Gehsteig von einem Kind erwartet. Das musste Ellie sein.

In der Hand hielt das Mädchen ein großes Schild, mit bunten Markern handbeschrieben und an einen Stock geheftet. Darauf stand: *Hau ab! Wenn du nicht Angela bist, wollen wir dich hier nicht haben.*

Der Empfang verstörte Carolyn natürlich, ebenso wie die finstere Miene des Kindes. Sie war hübsch, die Kleine, wie eine viktorianische Darstellung von Alice im Wunderland.

Und wenn Blicke töten könnten, wäre Carolyn auf der Stelle eingeäschert worden.

Sie kämpfte mit sich – *Soll ich gehen oder bleiben?* –, als Bill plötzlich auftauchte, durch das Törchen schoss und Ellie sanft, aber nachdrücklich das Schild aus den Händen nahm, bevor er streng mit dem Zeigefinger aufs Haus wies.

Mit gesenktem Köpfchen schlurfte die Kleine davon.

Bill warf das Schild in den Garten, bot ein sportliches Lächeln auf, kam zu Carolyn und öffnete ihr die Autotür.

„Vielleicht ist es doch keine so gute Idee“, meinte Carolyn besorgt. Trotz seines Benehmens hatte sie das Kind sofort ins Herz geschlossen. Die Kleine besaß eindeutig Mumm.

„Unsinn“, widersprach Bill. „Es ist eine großartige Idee. Komm, die Steaks liegen schon auf dem Grill, und ich möchte dich Ellies Großeltern, Charlie und Stella, vorstellen. Sie freuen sich darauf, dich kennenzulernen.“

Insgeheim zweifelte Carolyn daran. Höchstwahrscheinlich waren Charlie und Stella – wie Ellie – eher für Angela. Sie als Erwachsene würden sich allenfalls etwas zurückhaltender geben.

„Ich weiß nicht …“

„Carolyn, es geht um ein Abendessen, nicht um König Williams Krönung.“

Da lachte sie und erinnerte sich daran, wie sehr sie diesen Mann mochte.

Könnte sie doch nur etwas stärkere Gefühle für ihn aufbringen.

Bill streckte ihr die Hand entgegen. „Gehen wir“, sagte er ruhig. „Ich verspreche dir, Ellie ist kein Monster. Sie führt sich manchmal nur so auf.“

„Tun wir das nicht alle?“, entgegnete Carolyn, und ihr Lächeln war jetzt aufrichtig und entspannt.

Bill führte sie seitlich um das große Haus herum in einen wunderschönen schattigen Garten mit Blumen, einer Laube und einer Hollywoodschaukel.

Charlie und Stella waren ein harmonisches Paar in den Sechzigern. Als Bill und Carolyn näher kamen, erhob sich Charlie, ein großer Mann mit vollem schneeweißen Haar, von der Bank am Picknicktisch. Stella, ebenfalls weißhaarig, sah aus wie eine schmale Fee, und ihr Lächeln war herzlich.

Bill stellte alle einander vor und entschuldigte sich, als Carolyn mit einem Glas frischer Limonade am Picknicktisch Platz genommen hatte, um im Haus zu verschwinden, wo er sich vermutlich Ellie vornehmen wollte.

Stella saß neben ihrem gut aussehenden Mann und sah Bill nach, bis er durch die Hintertür verschwand. Ein wehmütiges Lächeln umspielte ihre Lippen, ohne jedoch ihre Augen zu erreichen. „Ich schätze, unsere Enkelin hat mal wieder Theater gemacht“, bemerkte sie.

Carolyn lachte leise, trank einen Schluck Limonade und stellte ihr Glas dann wieder ab. „An Fantasie mangelt es ihr nun wirklich nicht“, erwiderte sie.

Charlie hob die buschigen weißen Brauen. „Was ist passiert?“

Nach kurzem Zögern schilderte Carolyn den Vorfall.

„Oje“, hauchte Stella.

„Das war vielleicht fantasievoll“, meinte Charlie, „aber auch unhöflich. Bill sollte mit dem Quatsch aufhören, wieder heiraten und dem Kind eine Mutter geben, die ihm Halt gibt, bevor es völlig durchdreht.“

Seine Frau versetzte ihm mit dem Ellbogen einen Rippenstoß. „Charlie!“, schimpfte sie, doch in ihrer Stimme schwang so viel Liebe mit, dass Carolyn allein vom bloßen Zuhören einen Kloß im Hals bekam. Wie wunderschön, wenn zwei Menschen zusammen älter wurden und immer noch Frühlingsgefühle hatten.

„Versteh mich nicht falsch“, fuhr Charlie ernst und ruhig an Carolyn gewandt fort. „Wir lieben unsere Enkelin. Ellie ist eine Naturgewalt – das Ebenbild ihrer Mutter, unserer Tochter Connie –, und wir wollen gar nicht, dass sie sich allzu sehr verändert.“ Er hielt inne und seufzte. „Aber es wird wirklich eine Erleichterung sein, wenn diese Görenphase vorüber ist.“

„Ellie“, sagte Stella mit Nachdruck, „ist *keine* Göre.“

Im selben Moment schwang die Insektenschutztür auf, und die kleine Schildträgerin trat auf die Veranda. In ihren pinkfarbenen Baumwollshorts mit passendem Top und violetten Flipflops sah sie aus wie ein aufsässiges Engelchen.

Bill stand hinter ihr und versetzte ihr einen leichten Stups gegen die Schulter. „Nun geh schon“, hörte Carolyn ihn sagen.

Ellie atmete dramatisch tief ein und stieß dann einen schweren zittrigen Seufzer aus. Sie blickte sich zu Bill um. Ihr Vater nickte knapp, teils ermutigend, teils ungeduldig.

Carolyn beobachtete die zwei und empfand die Zuneigung zu der kleinen Ellie Venable wie einen süßen Stich ins Herz.

Tapfer sah Ellie wieder nach vorn, stieg die Verandastufen herab, schritt zum Picknicktisch und blieb neben Carolyn stehen. Das Kind streckte eine kleine, wahrscheinlich klebrige Hand aus und sagte ohne jede Überzeugung: „Tut mir leid, dass ich unhöflich war. Schließlich kannst du nichts dafür, dass du nicht Angela bist."

Gedämpftes Stöhnen seitens der Erwachsenen folgte auf diese Bemerkung.

Doch Carolyn lächelte nur, ergriff die kleine Hand und schüttelte sie. Sie war tatsächlich klebrig.

„Du hast recht", sagte sie einen Moment später. „Ich habe in letzter Zeit reichlich damit zu tun, einfach nur *Carolyn* zu sein."

Ellie kniff die klarblauen Augen zusammen und musterte Carolyn. „Magst du noch einmal von vorn anfangen?", fragte sie dann.

Die Weisheit hinter dieser Frage erstaunte Carolyn, insbesondere da sie von einer Neunjährigen gestellt wurde.

„Sehr gern", antwortete sie.

Das Mädchen deutete an, dass es sich setzen wollte, und Carolyn rückte ein Stückchen weiter und machte Platz.

„Mein Dad sagt, wenn ich erwachsen bin, werde ich entweder die erste Präsidentin der Vereinigten Staaten oder die Anführerin meines Zellenblocks", erklärte Ellie völlig ernst. Ein winziges Lächeln durchbrach die Wolken, die das liebliche kleine Gesicht verschatteten. Ellie senkte die Stimme. „Mein Dad macht oft Spaß. Er glaubt nicht *wirklich*, dass ich im Gefängnis lande."

„Na, ich weiß nicht, Kleine", neckte Charlie sie und grinste seine Enkelin von der anderen Seite des Picknicktisches her an. „Ich habe den Eindruck, dass du kriminelle Neigungen entwickelst."

„Mein Grandpa macht auch Spaß", vertraute Ellie Carolyn an.

„Ich bin schließlich Polizist im Ruhestand“, betonte Charlie augenzwinkernd, griff nach dem Limonadenkrug und schenkte Ellie ein Glas voll ein. „Ich erkenne einen Querulanten an der Nasenspitze.“

„Du musst nur in den Spiegel sehen“, meldete sich Stella mit singendem Tonfall und strahlte ihre Enkelin an wie ein goldener Sonnenaufgang. „Du wirst Präsidentin“, sagte sie im Brustton der Überzeugung zu dem Kind.

„Ich weiß nicht recht, ob ich den Job will“, entgegnete Ellie mit dem Ernst eines sehr klugen und frühreifen Kindes. „Ganz gleich, was ein Präsident auch tut, irgendwer regt sich immer darüber auf. Ich möchte lieber Flugzeuge steuern und Brände löschen, die ganze Bundesstaaten bedecken, wie mein Dad.“

Bill, der bis jetzt die Steaks auf dem Grill gewendet hatte, gesellte sich zu den anderen am Tisch und setzte sich rechts neben Carolyn, nicht zu dicht, aber auch nicht allzu weit entfernt.

Wieder einmal bedauerte Carolyn ihren Mangel an Leidenschaft gegenüber Bill. Warum konnte sie nicht Brody diese schwesterlichen Gefühle entgegenbringen und Bill mit einer Macht begehren, die sie mit jedem Atemzug schwerer leugnen konnte?

Es war pervers, sonst nichts.

Doch sie genoss den Abend. Die Steaks waren köstlich, Bill war aufmerksam, ohne aufdringlich zu werden, Charlie und Stella waren gesprächig und herzlich und stellten keine intimeren Fragen als die, ob sie in Lonesome Bend aufgewachsen war.

Selbst Ellie kam einigermaßen in Stimmung, wenngleich klar war, dass sie der neuen Freundin ihres Vaters gegenüber immer noch Vorbehalte hatte.

Als es kühl wurde und die Mücken lästig, kamen alle überein, dass die Party vorbei war.

Carolyn bot an, beim Abräumen des Geschirrs und der Reste zu helfen, doch Stella und Charlie bestanden darauf, dass es ihre Aufgabe wäre. Ellie solle ihnen assistieren. Bill begleitete Carolyn zu ihrem Wagen, blieb auf dem Bürgersteig stehen und blickte mit einem Ausdruck freundlichen Bedauerns auf sie herab.

„Dieses Flugzeug wird nicht abheben, wie?“, fragte er.

Carolyn seufzte, lächelte und schüttelte den Kopf. „Nein“, sagte sie, „ich glaube nicht.“

„Können wir trotzdem Freunde sein?“, wollte Bill wissen. „Denn, Carolyn Simmons, es ist nun mal so – ich mag dich wirklich.“

„Ich mag dich auch“, antwortete Carolyn wahrheitsgemäß.

Er senkte den Kopf und berührte ihren Mund leicht mit seinen Lippen, doch kein Funke sprang über.

Beide seufzten resigniert.

„Ich musste es einfach versuchen“, meinte Bill und lächelte, als sie lachte.

„Ich verstehe“, erwiderte Carolyn traurig, aber auch ein wenig erleichtert. „Hast du deine Frage gerade ernst gemeint? Ob wir trotzdem Freunde sein können?“

„Aber ja.“

Carolyn wiegte sich auf den Fersen hin und her, wie so oft, wenn sie nachdachte. „Wir müssten uns auf ins Haus geliefertes Essen oder so beschränken“, überlegte sie, „denn ich kann nicht gut kochen. Aber ich würde mich sehr freuen, wenn du bald einmal zu mir zum Abendessen kommen würdest.“

„Hört sich gut an“, sagte er. „Aber wenn aus uns beiden doch nichts wird …“

Carolyns Lächeln wurde breiter. „Wenn aus uns nichts wird“, griff sie seinen Satz auf, „können wir ganz locker sein und Spaß haben.“

„Die Vorstellung gefällt mir. Hättest du Lust, eine Runde in meinem Flugzeug zu drehen?“

12. KAPITEL

„Ich komme heute ein bisschen später auf die Ranch“, sagte Brody in sein Handy.

„Gibt’s sonst noch was Neues?“, antwortete Conner, doch in seinem Tonfall schwang ein Grinsen mit. „Du hast inzwischen ungefähr *zehn Jahre* an Verspätungen angesammelt, was nicht heißt, dass ich darüber Aufzeichnungen gemacht hätte oder so.“

„Natürlich nicht“, bemerkte Brody trocken. Er stand an diesem sonnigen Maimorgen vor der alten Snackbar, die zum Vorführhaus des Bluebird-Drive-in-Kinos gehörte, und sah zu, wie zwei Männer den gasbetriebenen Generator abluden, der hoffentlich den notwendigen Strom bereitstellen würde, um am Samstagabend den Film abzuspielen.

Der alte Projektor war nutzlos. Im Lauf der Jahre hatte er sich in eine Gemeinschaftswohnung für Mäuse und Spinnen verwandelt. Brody hatte die erforderliche Ausrüstung bei einer Firma in Denver gemietet, und einer seiner Freunde, der als Filmverleiher arbeitete, überließ ihm für eine Nacht einige Filmpremieren. Jeden Augenblick musste ein Elektriker eintreffen, um die antiquierten Lautsprecherboxen an ihren rostigen Pfeilern zu überprüfen und eine Leitung zu derjenigen zu legen, die am besten funktionierte.

Wenn *überhaupt* eine funktionierte.

Brody seufzte.

„Brody?“, hakte Conner nach. „Wenn Leute telefonieren, *reden* sie gewöhnlich miteinander.“

„Ja“, pflichtete Brody ihm lachend bei. „Das ist wohl ein Hinweis darauf, dass das Gespräch beendet ist. Ich habe meinen Teil gesagt, und ich habe zu tun.“

„Was denn?“, wollte Conner wissen. Der Mann weniger Worte gab sich heute geradezu geschwätzig.

„Was hat dich denn gestochen?“, konterte Brody und gab

den Männern mit dem Daumen ein Zeichen, als sie bereit waren, den Generator abzustellen.

Conner seufzte. „Dass du zu spät kommst, ist typisch für dich", sagte er. „Aber es ist *nicht* typisch für dich, dass du anrufst und Erklärungen abgibst. Was ist los, Brody?"

„Es geht dich zwar nichts an, kleiner Bruder, aber ich sag's dir trotzdem. Ich bereite mich auf eine wichtige Verabredung vor."

Stille.

Jetzt war es an Brody, nachzuhaken. „Conner? Bist du noch da?"

„Ich bin hier", sagte Conner. „Was für eine ‚wichtige Verabredung', Brody?"

„Wie viele Arten gibt es denn wohl?", fragte Brody belustigt.

Conner antwortete nicht gleich, aber da der wechselseitige Zwillingsradar wie immer prächtig funktionierte, wusste Brody, was Conner dachte.

„Ich erzähle dir später alles haarklein", versprach er. „Vorausgesetzt, du hältst mich nicht den ganzen Tag an diesem verdammten Telefon auf. In dem Fall komme ich nämlich erst morgen irgendwann."

Conner lachte rau. „Bis später dann, wann immer das sein mag", sagte er. „Davis und ich sind wahrscheinlich fast den ganzen Vormittag draußen und treiben Ausreißer zusammen, falls du uns suchen willst."

Brody grinste. „Auf Wiedersehen, Conner", sagte er mit Nachdruck und beendete das Gespräch. Sie hatten ihren Bedarf an langen Gesprächen gedeckt, als sie noch Jungen waren und über alles Mögliche gequasselt hatten, von Mädchen und Angelgerät bis zu der Frage, wie ihr Leben später aussehen würde.

Danach waren sie lange Zeit ihrer eigenen getrennten Wege gegangen, und trotz aller bisherigen Fortschritte hatten sie immer noch Mühe, sich einander zu öffnen.

Vielleicht, überlegte Brody, vielleicht ist das Schlimmste vorüber, und diese verschlungenen Wege vereinigen sich endlich wieder.

Carolyn hatte den Laden an diesem Morgen ganz für sich allein, abgesehen von Winston, verstand sich. Tricia ruhte sich zu Hause aus. Am Telefon hatte sie beteuert, dass sie sich gut fühle und kein Grund zur Sorge bestünde – nur ihre Knöchel waren geschwollen, sie kam sich vor wie ein Elefant und war entsetzlich müde.

Trotzdem konnte Carolyn eine gewisse Besorgnis nicht abschütteln, denn Tricia war ihre Freundin. Doch sie arbeitete wie eine Verrückte, und das half.

Viele Kunden hatte sie allerdings nicht.

Primrose brachte noch mehr Kunstwerke. Sie und Carolyn sprachen Preise ab und hängten die Serie kleiner Batiken an einer Wand des Ladens auf.

Nachdem Primrose gegangen war, machte Carolyn digitale Aufnahmen von dem Arrangement und stellte die besten Bilder auf die Website.

Zum Glück wurden weitere Kisten mit Ware geliefert. Carolyn nahm die notwendigen Änderungen auf der Bestandsliste vor, die Tricia und sie auf dem Computer im Erdgeschoss führten, ohne auf die lästigen kleinen Überraschungsangriffe von *Friendly Faces* zu achten.

Als das erledigt und die neue Ware ausgezeichnet und in Regalen und auf Tischen ausgestellt war, war es Mittag.

In ihrer Wohnungsküche teilte Carolyn sich ein paar hart gekochte Eier mit Winston und fasste den langen Nachmittag, der vor ihr lag, ins Auge. Dem leider ein noch längerer Abend folgen würde.

Entschlossen, die ansonsten vergeudete Zeit zu nutzen, schleppte Carolyn ihre tragbare Nähmaschine nach unten und stellte sie auf einem der Verkaufstische auf. Dann holte sie Stoffballen und ein paar Entwürfe und machte sich daran, einen frischen Vorrat an Schürzen zu nähen.

Gegen drei Uhr nachmittags kamen zwei einheimische Frauen auf der Suche nach Geburtstagsgeschenken für eine Freundin vorbei und kauften die zwei Schürzen, die Carolyn gerade genäht hatte, womit sie wieder an dem Punkt war, wo sie angefangen hatte.

Allem Anschein nach war der Ansturm damit vorüber, was Kunden betraf, und Carolyn beschloss, dass halb fünf nicht zu früh war, um den Laden zu schließen.

Sie war bereits an der Tür und wollte den Riegel vorlegen, als sie jemanden auf die Veranda treten sah. Die Person zögerte kurz und griff dann nach dem Türknauf.

Carolyn stieß die Tür auf, denn nie im Leben hätte sie sich ein potenzielles Geschäft entgehen lassen, und hätte beinahe nach Luft geschnappt.

Die Frau vor der Tür war ungefähr in ihrem Alter und auf fremdartige Weise schön mit rotblondem Haar und hinreißenden braunen Augen. Abgesehen von ihrer modernen Kleidung, einem schmalen hellbraunen Hosenanzug, sah sie aus, als wäre sie aus einem Renaissancegemälde getreten, so hoheitsvoll war ihre Haltung.

Carolyn wusste auf Anhieb, wer sie war.

„Angela?“, fragte sie, trat einen Schritt zurück und hielt die Tür weit offen.

„Woher weißt du das?“, fragte Angela nach einem knappen und ziemlich nervösen bestätigenden Nicken.

„Geraten“, antwortete Carolyn lächelnd. „Komm herein.“

„Ich … ich komme eigentlich nicht, um einzukaufen. Ich wollte nur …“

„Komm herein“, wiederholte Carolyn und strich der Frau über den Arm. „Ich mache uns Tee.“

Angela trat schließlich doch ein und wurde auf der Stelle

von dem schnurrenden Winston begrüßt.

Das Botticelli-Gesicht hellte sich auf. Angela beugte sich herab und kraulte die Katze. „Hallo, du", sagte sie.

Winston, der Diplomat, dachte Carolyn mit einer weichen Regung im Herzen. Außer wenn es um Brody ging, war dieses Tier ein aus einer Katze bestehendes Begrüßungskomitee.

„Hier entlang", sagte Carolyn und ging voran durch den Eingangsbereich und den Laden bis in Nattys große Küche.

Bills Exfreundin folgte ihr in höflicher Zurückhaltung. Wahrscheinlich fragte sie sich, was in sie gefahren war, dass sie die Frau, mit der Bill sich traf, einfach so besuchte. Doch äußerlich ließ sie sich nichts anmerken.

Carolyn kochte Tee gern auf die althergebrachte Art und Weise, besonders wenn sie Gäste hatte. So wärmte sie die Porzellankanne mit heißem Wasser, während sie den Wasserkessel zum Kochen auf die Herdplatte stellte, und holte die Büchse mit den losen Teeblättern aus dem Schrank.

„Entschuldige bitte", sagte Angela nach langem Überlegen und einem Kopfschütteln. Sie trug ihr Haar ordentlich hochgesteckt und zusätzlich ein Zöpfchen über der Stirn. Daher erinnerte sie vermutlich so stark an ein Bild aus der Renaissance. „So etwas tue ich gewöhnlich nicht."

„So etwas?", fragte Carolyn, entschlossen, ihre Besucherin aufzulockern.

„Ich musste einfach wissen, wie du aussiehst", gestand Angela in einem kleinen Ausbruch von Ärger über sich selbst und setzte sich an den Tisch.

Carolyn lachte leise. Sie war sich ihrer Jeans, des weiten T-Shirts und der kleinen Fäden an ihrer Kleidung – und wahrscheinlich auch im Haar – wohl bewusst. Sie breitete die Arme aus, während sie darauf wartete, dass das Teewasser kochte, und scherzte: „Hier bin ich. Bist du beeindruckt?"

Ein kleines Lächeln zuckte um Angelas Mund, doch ihre Augen waren traurig. „Im Grunde genommen", sagte sie, „ja.

Ich *bin* beeindruckt."

Carolyn wusste nicht, was sie darauf sagen sollte. „Danke" wäre ihr nicht angebracht erschienen. Darum ging sie zur Anrichte, einem weiteren Stück, das Natty an Tricia weitervererbt hatte, und nahm Porzellantassen und Untertassen heraus. Silberne Teelöffel. Und wo waren die Zuckerdose und das kleine Milchkännchen?

„Ich hätte nicht herkommen sollen", sagte Angela.

Der Teekessel begann auf der Kochplatte zu wackeln.

Carolyn ging zum Tisch und setzte sich Angela gegenüber. In dem Versuch, freundliche Aufgeschlossenheit zu vermitteln, wartete sie einfach darauf, dass die andere Frau weitersprach.

Angelas Augen schwammen in Tränen, doch sie blinzelte sie rasch fort.

Ah, dachte Carolyn, noch jemand, der sich so schnell nicht unterkriegen lässt, der sich zusammenreißt, wie ich.

„Bill hat jedes Recht, sich mit anderen Frauen zu treffen", verkündete Angela.

Nach wie vor blieb Carolyn still. Immerhin war Angela noch am Zug.

„Magst du ihn?" Angelas Stimme klang jetzt dünn, beinahe zaghaft.

„Ja", gestand Carolyn. *Nicht so, wie du denkst, aber, ja, ich mag Bill Venable wirklich. Sehr sogar.*

„Hilf mir weiter", bat Angela, und ihre Augen glänzten schon wieder feucht. „Bitte."

„Was möchtest du wissen, Angela?"

Der Teekessel begann pfeifend zu kochen.

Zum besten Zeitpunkt.

Carolyn lief zum Herd, nahm den Kessel von der Platte, goss heißes Wasser auf die vorbereiteten Orange-Pekoe-Blättchen in der Porzellankanne und ließ den Tee die erforderlichen drei Minuten ziehen.

„Ist es ernst?“, fragte Angela. „Zwischen dir und Bill, meine ich?“

Carolyn überlegte sich ihre Antwort sehr sorgfältig. Augenscheinlich mochte Angela den Mann immer noch, ungeachtet ihrer möglichen Vorbehalte, was seine Arbeit betraf. Sie wollte behutsam vorgehen.

„Ich schätze, das hängt von deiner Definition von *ernst* ab“, erwiderte sie schließlich.

„Ich weiß, ich habe überhaupt kein Recht zu fragen“, sagte Angela kopfschüttelnd und mit ratlosem Blick, als ob sie sich selbst manchmal einfach nicht verstand.

Gott weiß, *dieses* Gefühl konnte Carolyn nachvollziehen.

„Ich mag Bill“, wiederholte sie sehr sanft, „aber ich fände es nicht richtig, wenn ich dir *seine* Gefühle erklären wollte. Wenn du Fragen hast, musst du dich an ihn wenden.“

Angela war still, nachdenklich. Aber zum Glück weinte sie nicht mehr.

Carolyn holte die Teekanne an den Tisch und gab ihrem unverhofften Gast damit einen Moment Zeit, sich zu sammeln. Sie schenkte zuerst Angela, dann sich selbst Tee ein und gebot Winston, der um seine Sardinenration bettelte, still zu sein. Da sie der Milch im Kühlschrank nicht mehr recht traute, stellte sie nur die Zuckerdose bereit, aber nicht das dazu passende Kännchen.

Inzwischen hatte Angela sich ein wenig erholt und lächelte sogar – was sie nicht nur schön, sondern umwerfend aussehen ließ. „Ellie hat recht“, sagte sie. „Du bist nett, Carolyn.“

„Ich gebe mir Mühe“, erwiderte Carolyn und gab Zucker in ihren Tee. Der Silberlöffel klimperte in der Tasse. Und natürlich versiegte das Gespräch. Um es wieder in Gang zu bringen, fuhr sie fort: „Du bist Lehrerin?“

„In der dritten Klasse.“

„Ist Ellie in deiner Klasse?“ Besuchten Neunjährige die dritte Klasse? Carolyn wusste es nicht mehr.

Angelas Hand zitterte leicht, als sie die Tasse hob, einen Schluck Tee trank und dann den Kopf schüttelte, doch sie war lockerer als bisher.

Was nicht hieß, dass sie viel redete.

„Letztes Jahr war sie in meiner Klasse. So haben …“ Sie unterbrach sich und wurde rot. „So haben Bill und ich uns kennengelernt. Auf einem Elternsprechtag.“

„Verstehe“, sagte Carolyn.

„Hat Bill dir von mir erzählt?“

„Ja“, antwortete Carolyn in einem Tonfall, der besagte, dass sie bis hierher und nicht weiter gehen würde. Wie sie Angela schon vorher erklärt hatte, musste sie *ihn* fragen, wenn sie wissen wollte, was Bill für sie empfand.

„Das ist mal wieder typisch für mich“, seufzte Angela. „Du musst doch denken, ich käme in die engere Wahl für meine eigene Realityshow. *Die wahren Verrückten von Colorado* müsste sie heißen.“

Carolyn lachte. Sie mochte Angela und hoffte, dass sie irgendwann Freundinnen werden könnten. „Unterrichtest du gern?“, fragte sie. „Früher wäre ich auch sehr gern Lehrerin geworden.“

Wieder lebte Angela auf. „Ich unterrichte von Herzen gern. Oder sagen wir, ich mag *Kinder* von Herzen gern. Der Job an sich kann schon schrecklich entmutigen – das Gehalt ist niedrig, die Eltern sind manchmal unmöglich. Aber die Kinder, tja, für sie ist es das alles wert.“

Während ihrer Schulzeit war Carolyn mit mehreren einsichtigen, mitfühlenden Lehrern gesegnet gewesen. Deren freundliche Anleitung hatte ihr viel bedeutet. Sie hatten ihr versichert, sie sei klug und begabt und könne werden, was sie wolle, sofern sie bereit war, sich Mühe zu geben.

„Was hat dich daran gehindert?“, unterbrach Angela ihre Gedanken und holte sie zurück ins Hier und Jetzt.

Offenbar sah Carolyn sie verwirrt an, denn sie fügte hinzu:

„Lehrerin zu werden, meine ich."

„Ich war nicht auf dem College", antwortete Carolyn, ohne lange nachzudenken.

„Ach", sagte Angela und nahm noch einen Schluck aus der eleganten Teetasse. Jetzt war *sie* an der Reihe, zu warten.

„Und das bedeutet, dass mein Wunsch, Lehrerin zu werden, nicht stark genug war, um mich um ein Stipendium in Form eines Studentenkredits zu bemühen. Als ich mich dann doch dazu durchgerungen habe, ein paar Abendkurse zu belegen, hatten sie alle mit Design zu tun. Farbenlehre. Perspektive. In dieser Richtung eben."

„Du bist Künstlerin?", fragte Angela mit ehrlichem Interesse.

„Nein", beeilte Carolyn sich zu antworten. „Ich nähe nur ein bisschen."

Sie dachte an den Zigeunerrock an seinem Haken hinter der Schlafzimmertür im Obergeschoss und verspürte leise Gewissensbisse, als hätte sie einen treuen Freund verraten.

„Nähen ist eine Kunst", bemerkte Angela.

In Carolyns Augen war Nähen ein Handwerk, keine Kunst, aber es war ihr auch heilig. Es gab kaum einen größeren Zauber als die Schöpfung von etwas Nützlichem und Hübschem aus einem Stoffballen. Für sie war der Prozess beinahe mystisch, wie eine Art aktives Gebet. „Für einige Menschen mag das zutreffen", stimmte sie zu. „Ich habe ein paar Quilts gesehen, die ins Museum gehörten."

„Ich würde gern etwas sehen, das du genäht hast", sagte Angela und errötete. „Ich selbst kann nicht gut nähen. Ich konnte noch nie einen Ärmel einsetzen oder einen Reißverschluss einnähen, ohne dass es aussah, als wäre ein Affe am Werk gewesen."

Lächelnd dachte Carolyn an die Schürzen, an denen sie gearbeitet hatte, doch sie tat den Gedanken sofort wieder ab. Sie verspürte den höchst seltsamen Wunsch, Angela – also einer

Frau, die sie kaum kannte – ihr Meisterwerk, den Zigeunerrock, zu zeigen. Bisher hatte nur Tricia ihn gesehen.

Sie nagte an ihrer Unterlippe und dachte nach.

„Ich bin zu weit gegangen“, murmelte Angela. „Schon wieder.“

„Warte“, bat Carolyn und schob ihren Stuhl zurück. Bevor sie es sich anders überlegen konnte, rannte sie nach oben, schnappte sich den Rock und nahm ihn mit hinunter in Nattys Küche.

Schüchtern hielt sie das Kleidungsstück hoch.

Angela riss die Augen auf. „Meine Güte“, rief sie und stellte mit leisem Klimpern die Teetasse auf die Untertasse. „Den hast du *selbst* gemacht?“

Nachdem sie es nun vollbracht hatte, war Carolyn plötzlich nervös, ja sogar leicht verlegen. Wahrscheinlich sah der Rock mit all seinen schimmernden Perlen und Schleifen entsetzlich kitschig aus.

Aber wie sie das Licht einfingen, diese Perlen und Schleifen! Bei dem Anblick stockte Carolyn der Atem, wie immer.

„Dieser Rock macht quasi *Musik*“, meinte Angela staunend. Sie stand auf, kam näher und begutachtete den Rock eingehend, achtete dabei aber, wie Carolyn bemerkte, sorgfältig darauf, ihn nicht zu berühren.

Dieser Rock macht quasi Musik.

Diese Bemerkung erfüllte Carolyn mit stiller Freude.

„Du *bist* eine Künstlerin“, erklärte Angela jetzt mit großem Nachdruck. „Führst du Aufträge aus? Für maßgeschneiderte Sachen, meine ich?“

Die Frage warf Carolyn völlig aus der Bahn, was wirklich merkwürdig war angesichts der Tatsache, dass sie seit ihrem ersten Nähunterricht in der Highschool Kleidung für fremde Leute anfertigte. „Ich ... ja, manchmal“, brachte sie mühsam hervor.

„Etwas wie das hier kostet natürlich ein Vermögen“, sagte

Angela mit nachdenklichem Blick. Sie seufzte. „Aber man darf ja wohl träumen."

Diese Bemerkung besiegelte die Sache. Freundinnen. Sie und Angela würden Freundinnen sein.

Und dadurch würde alles noch komplizierter.

„Ich weiß, was du meinst", sagte Carolyn. „Ich kann mir diesen Rock auch nicht leisten."

Darüber musste Angela lachen. „Aber du hast ihn *genäht*", warf sie nach einer kurzen Pause ein. „Du musst deine eigenen Stücke doch nicht kaufen."

Oh doch, dachte Carolyn. „Ich muss die Herstellungskosten wieder reinholen", erklärte sie und kam sich urplötzlich sehr jung vor und sehr arm.

Für Carolyn war dieser Augenblick ein Wendepunkt. Es war an der Zeit, nicht länger an dem Rock zu arbeiten, sondern ihn fertigzustellen und zum Verkauf anzubieten. An dem Teil zu kleben und sich zu wünschen, sie fände einen Ort und einen Grund, ihn anzuziehen, bedeutete nur, das Unvermeidliche hinauszuschieben.

Das wurde allmählich zu schmerzhaft.

„Du könntest doch einen zweiten für dich selbst nähen", schlug Angela zögernd vor. Sie griff nach ihrer Handtasche und war im Begriff zu gehen.

Carolyn schüttelte den Kopf. „Ich könnte kein Duplikat herstellen, selbst wenn ich wollte." Sie überlegte, wie merkwürdig es war, dass Angela gekommen war, um eine Rivalin zu taxieren, und Carolyn, berühmt für ihre Unabhängigkeit, sich ihr letztlich anvertraut hatte.

Einer völlig Fremden.

„Wahrscheinlich nicht", gab Angela ihr traurig recht. „Es ist eindeutig ein Unikat." Sie lächelte. „Danke für den Tee, Carolyn, und dafür, dass du mir dieses erstaunliche Kunstwerk gezeigt hast, und besonders dafür, dass du darüber hinweggegangen bist, dass ich mich wie eine Verrückte aufgeführt habe und überhaupt hier aufgekreuzt bin."

„Ich bin froh, dass du gekommen bist", sagte Carolyn herzlich, legte den Rock über die Lehne eines Küchenstuhls und wünschte sich, sie könnte mehr sagen oder tun, um Angela zu versichern, dass für sie und Bill doch noch alles gut werden würde.

Doch vielleicht war das gar nicht der Fall angesichts der Sackgasse, in die die beiden wegen Bills Beruf geraten waren.

„Ich glaube, du bist *wirklich* froh, dass ich gekommen bin", sagte Angela in gutmütiger Verwunderung. „Ich verstehe, warum Bill dich mag – auch wenn mir die Vorstellung gar nicht gefällt."

Carolyn hätte Angela von Herzen gern erklärt, dass Bill sie immer noch liebte, aber auch seinen Beruf, ohne den er nicht er selbst wäre. Doch weil sie damit Bills Vertrauen missbraucht hätte, sagte sie lieber nichts.

„Ich hoffe, du kultivierst deine Abneigung gegen mich nicht allzu gründlich", sagte Carolyn mit einem neuerlichen Lächeln und begleitete Angela zur Tür.

Angela wartete mit ihrer Antwort, bis sie im Eingangsflur standen. „Wirst du Geduld mit Ellie haben?", fragte sie dann ruhig. „Sie ist ein wunderbares Kind, klug und witzig und noch viel mehr. Aber sie hat sich einfach darauf versteift, dass Bill und ich zusammen sein sollen."

„Ellie ist entzückend", pflichtete Carolyn ihr bei.

Als Angela die Stufen der Veranda hinuntergehen wollte, hielt Carolyn sie mit einem Wort zurück.

„Angela?"

Angela hielt inne, drehte sich um und sah Carolyn an. Wartete.

„Sprich mit Bill", bat Carolyn.

Daraufhin zog Angela verwundert die Stirn kraus, was ihr gut stand, und nickte zögernd. Dann ging sie weiter.

Carolyn blickte ihr einen Moment lang nach, zog die Tür

zu, schloss ab und ging wieder in die Küche.

Es war Zeit, Winston seine Sardinen zu servieren.

Das Kalb, das sie am Vortag von den Weiden heimgebracht hatten, war wieder auf den Beinen, wie Brody erfreut feststellte, als er und Barney kurz nach Mittag auf der Ranch eintrafen und gleich in den Stall gingen.

„Es sieht gut aus“, sagte Brody zu Davis, nachdem er das Kalb begutachtet hatte. Conner war vermutlich irgendwo in der Nähe, im Augenblick aber nicht zu sehen.

Davis hatte einen der Pick-ups rückwärts durch den Hintereingang des Stalls gesteuert und stand nun auf der Ladefläche, um Säcke mit Pferdefutter abzuladen. Er grinste und gab Brody mit erhobenen Daumen das Zeichen, dass alles in Ordnung war. „In ein, zwei Tagen können Bessie und ihr Junge zurück zur Herde“, sagte er.

Brody ging zum Pick-up und griff nach einem Futtersack. Die Dinger wogen fünfzig Pfund, und seiner Meinung nach sollte Davis in seinem Alter nicht so schwere Arbeit leisten, doch er war klug genug, es nicht auszusprechen.

„Wo ist Conner?“, fragte er. Die unausgesprochene Frage lautete: Warum ist er nicht hier draußen und hilft dir beim Entladen des Pick-ups?

„Tricia fühlt sich nicht wohl“, erklärte Davis und hob den nächsten Sack an, um ihn Brody herunterzureichen. „Conner sieht in regelmäßigen Zeitabständen nach ihr. Wahrscheinlich treibt er sie in den Wahnsinn, wenn er ständig rein und raus rennt, aber er ist nun mal ein Creed, und das bedeutet, dass er sich nichts sagen lässt, verdammt noch mal.“

Während Brody den zweiten Sack im Vorratsraum verstaute, hob Davis bereits den nächsten an.

„Aber Tricia fehlt doch nichts?“, fragte er besorgt.

„Zu Kim hat sie gesagt, es ginge ihr gut, und wir sehen keinen Grund, ihr nicht zu glauben“, antwortete Davis. Dann fügte er noch hinzu, ohne sich von Brodys Bemühen um Lässigkeit täuschen zu lassen: „Schwangere ermüden schnell, Brody. Das bedeutet nicht, dass sie krank sind oder das Kind verlieren. Aber in Tricia wächst ein richtiges Menschlein heran, und das kostet Kraft."

Die Vergangenheit hatte die Angewohnheit, Brody aufzulauern, wenn er es am wenigsten erwartete. Plötzlich wurden seine Knie weich, und ihm war, als hätte ihm jemand einen Schlag versetzt, der ihm den Atem nahm.

„Babys können sterben, Davis", sagte er zu seinem Onkel, ohne ihn anzusehen. „Und ihre Mütter ebenfalls."

Davis, im Begriff, einen weiteren Futtersack herunterzureichen, hielt mitten in der Bewegung inne und pfiff leise durch die Zähne.

Als Barney das hörte, der emsig damit beschäftigt war, jeden erreichbaren Stallwinkel zu beschnuppern, unterbrach er seine Tätigkeit und trottete zu Brody.

Brody kraulte ihm die Ohren, blickte jedoch zu Davis auf, der reglos auf der Ladefläche stand und ihn musterte.

„Können wir einfach vergessen, dass ich das gesagt habe?", bat er und bemühte sich um einen lockeren Ton, doch die Worte kamen trotzdem heiser und ein bisschen verwundert heraus.

„Nein", erwiderte Davis auf seine wortkarge Art, stieg vom Pick-up und blieb vor Brody stehen. „Können wir nicht."

„Ich glaube nicht, dass ich darüber reden möchte, Davis", erklärte Brody.

Sein Onkel drückte kurz seine Schulter, dann stemmte er sich hoch und setzte sich auf die Ladeklappe des Pick-ups. „Ich kann warten", sagte er mit einem freundlichen Zwinkern und einem flüchtigen Grinsen.

Brody seufzte, dann lachte er. Das heißt, er wollte lachen, doch das, was daraus wurde, hörte sich anders an. „Ich bin nicht von gestern", erklärte er seinem Onkel finster und mit einem neuerlichen vergeblichen Versuch, Humor aufzubringen. „Ich weiß, dass Conner dir und Kim von meiner Frau – meiner *verstorbenen* Frau – und unserem kleinen Jungen erzählt hat."

„Was auch immer Conner gesagt oder nicht gesagt hat, er hatte nur die besten Absichten", antwortete Davis mit seiner tiefen festen Stimme, mit der er den drei kleinen Jungen stets versichert hatte, dass alles gut war, wenn sie stundenlang ausgeliehene Horrorfilme angesehen hatten und außer sich vor Angst waren. Nach all dem Blut und Gemetzel auf dem Bildschirm konnten ein Sommergewitter oder Mäuserascheln in den Dachsparren sie mühelos davon überzeugen, dass in ihrem Schlafzimmer ein grauenhaftes Drama unmittelbar bevorstand.

Davis war es jedes Mal gelungen, diese Ängste zu vertreiben, indem er sie lediglich daran erinnerte, dass er zur Stelle war, unter einem Dach mit ihnen. Seine Gegenwart reichte, doch auch seine Worte waren ein Trost. Es verstand sich von selbst, dass jeder, der einem Mitglied dieser Familie etwas antun wollte, zunächst einmal an Davis Creed vorbei musste, und dazu bedurfte es mindestens einer Armee.

Jetzt allerdings entstammten Brodys Dämonen nicht irgendwelchen Filmen. Sie stammten aus verborgenen Winkeln seines Herzens, aus den düstersten Teilen seines Bewusstseins, und lauerten darauf, dass irgendetwas den Angriff auslöste.

Davis wartete, wie versprochen.

Als Brody an ihm vorbeigreifen und einen weiteren Futtersack abladen wollte, als wäre nichts gesagt worden, verhinderte sein Onkel es, indem er Brodys Oberarm umspannte. Davis war zwar in den Fünfzigern, konnte aber noch gewaltig zupacken.

In diesem Augenblick trat Conner in den Stall. Brody hatte seinen Bruder weder gehört noch gesehen, er spürte nur ein leises Ziehen an diesem unsichtbaren Band, das sie aneinanderkettete.

Inzwischen hatte Davis Brodys Arm wieder losgelassen. Indem er ihn festhielt, hatte er sowieso nur etwas zum Ausdruck bringen wollen – und in seinen Augen stand eine stumme Botschaft, als er von einem Neffen zum anderen sah.

„Geht's Tricia gut?“, fragte Brody, ohne sich umzudrehen.

Conner schwieg einen spannungsgeladenen Moment lang, bevor er antwortete: „Sie behauptet, ihr würde es gut gehen, wenn ich sie einfach lange genug in Ruhe ließe, damit sie für ein, zwei Stunden die Augen zumachen kann.“

Brody nickte, machte aber noch immer keine Anstalten, sich zu seinem Bruder umzuwenden.

„Verstehe ich das richtig, was hier los ist?“, fragte Conner und blieb neben Brody stehen. Er hatte seinen Hund mitgebracht, und Valentino und Barney – offenbar völlig perplex angesichts all dieser menschlichen Dramatik – trotteten durch den Hintereingang des Stalls und verschwanden draußen im strahlenden Sonnenschein.

„Was für eine lahmarschige Frage ist *das* denn?“, wollte Brody wissen, warf seinem Zwilling einen bitterbösen Seitenblick zu und hoffte darauf, dass das Thema die Richtung änderte wie ein Fluss, der mithilfe von Dynamit auf einen anderen Kurs gebracht wurde.

„Unser Brody hier“, sagte Davis gedehnt und sah Conner an, „ist im Begriff, aus der Haut zu fahren. Aber damit du es nur weißt – er will *nicht* über seine Frau und seinen kleinen Jungen reden.“

Conner wollte Brody eine Hand auf die Schulter legen, überlegte es sich aber klugerweise anders. „Ich habe Davis und Kim alles erzählt, was du mir erzählt hast“, sagte er ruhig und ehrlich und ohne eine Spur von Bedauern oder Entschuldigung. „Über Lisa und Justin und wie du sie verloren hast.“

Es war sinnlos, darauf hinzuweisen, dass er Conner die Geschichte unter dem Siegel der Verschwiegenheit erzählt hatte. In gewisser Weise hatte Brody gewusst, dass Conner sich ihrem Onkel und ihrer Tante anvertrauen würde. Vielleicht hatte er irgendwo tief in seinem Inneren sogar gehofft, dass sein Bruder *tatsächlich* die Katze aus dem Sack ließ. So würden Davis und Kim die bittere Wahrheit erfahren, ohne dass Brody selbst ihnen erzählen musste, was geschehen war.

In die Enge getrieben, blickte Brody von Davis zu Conner und wieder zu Davis. „Wenn du es sowieso schon weißt", wandte Brody sich gepresst, aber sachlich an Davis, „warum soll ich dann alles noch einmal wiederholen?"

„Weil es notwendig ist", erwiderte Davis ernst und mit Nachdruck. „Es schwärt in dir wie eine Wunde, mein Sohn. Dass du dieses Geheimnis in dich hineingefressen hast, hat dich viel zu lange von deiner Heimat und deiner Familie und vielem anderen ferngehalten. Meinst du nicht, dass es an der Zeit wäre, alles rauszulassen?"

Brody fuhr sich mit der Hand durchs Haar und nahm kaum wahr, dass er dabei seinen Hut zu Boden warf. Er machte keine Anstalten, ihn aufzuheben.

„Lisa hat gesagt, sie würde das Kind zur Adoption freigeben, wenn ich sie nicht heirate", begann er, und in seinen eigenen Ohren hörte er sich an wie ein Mann, der im Fieberwahn fantasierte. Er sah Davis nicht, sah Conner nicht – sah nur verschwommene Szenen aus lange vergangenen Jahren. „Wenn ich es zugelassen hätte, wenn ich Carolyn nicht mitten in der Nacht alleingelassen hätte, um Lisa einen goldenen Ring an den Finger zu stecken, würde Justin noch leben und mit Eltern heranwachsen, vielleicht sogar mit Brüdern und Schwestern …"

Er unterbrach sich mit einem schmerzlichen Ton. Es war, als hätte ein Kolbenfresser seinen Redefluss gestoppt.

„Ich habe früher auch gedacht, Blue hätte überlebt", sagte Davis mit fester Stimme, „wenn ich an dem Morgen, als euer

Vater dieses verrückte Pferd reiten wollte, irgendeine kleine Sache anders gemacht hätte. Wenn ich ihn ein paar Minuten später aus dem Bett geworfen hätte, wenn ich das Frühstück um ein, zwei Tassen Kaffee mehr ausgedehnt oder meinetwegen Streit mit ihm angefangen hätte. Ganz gleich, *was*, wenn ich ihn nur von diesem Hengst ferngehalten hätte. Aber er war versessen darauf, ihn zu reiten, Brody, und wenn er an diesem Tag nicht abgeworfen worden wäre, dann an irgendeinem anderen. Was ich damit sagen will, ist, dass Menschen anscheinend auf die Welt kommen mit einer Liste von Dingen, die sie tun müssen, weil sie in ihre Seele eingebrannt sind. Ob sie alt sind oder jung, wenn ihre Arbeit getan ist, gehen sie."

Daraufhin sagte niemand etwas.

Worte waren überflüssig.

13. KAPITEL

Carolyn hatte unruhig geschlafen und war früh aufgewacht. Sie fühlte sich eher zitterig als ausgeruht. Sie gab Winston zu fressen, kochte sich einen Becher Instantkaffee und blickte in den beginnenden blaugoldenen Maitag. Im Nachbargarten schimmerten und changierten die wunderschönen Pappeln wie die Schleifen des Zigeunerrocks.

Von allen Orten, an denen sie gelebt hatte, mochte sie Colorado am liebsten. Besonders wenn der Frühling so schnell in den Sommer überging, wie es offenbar in diesem Jahr der Fall war.

Benommen von Schlafmangel und hektischen Träumen, an die sie sich nicht recht erinnerte, sah Carolyn sich selbst zu Pferde auf dem gewundenen Weg am Rande der Bergkette auf der Creed Ranch oder längs dem Flussufer. Die Luft war dünn dort oben im Hochland, doch sobald man sich daran gewöhnt hatte, war jeder Atemzug in der frischen Luft belebend.

Sie biss sich auf die Unterlippe und erwog ihre Möglichkeiten.

Es war Werktag, und sie musste den Laden spätestens um halb zehn Uhr öffnen, doch bis dahin blieben ihr noch ein paar freie Stunden. Wenn sie sich beeilte, konnte sie zu Kim und Davis hinausfahren, Blossom satteln und Kurs auf die Berge nehmen.

Oder den Weg am sich schlängelnden Fluss entlang.

Ein Ausritt würde ihr einen klaren Kopf verschaffen und vielleicht auch den bangen kleinen Schmerz in ihrem Herzen lindern, mit dem sie aufgewacht war.

Bevor sie es sich anders überlegen konnte, duschte Carolyn, zog wie üblich Jeans und T-Shirt an und darüber ein langärmliges Flanellhemd gegen die unvermeidliche Morgenkühle. Sie streifte Socken über, stieg in ihre Stiefel, verabschiedete sich von Winston und versprach ihm, bald zurück zu sein.

Allein schon die Fahrt zur Creed Ranch war erfrischend. Carolyn hatte ein Autofenster halb heruntergelassen und hörte eine Keith-Urban-CD. Als Davis' und Kims großzügig angelegtes Haus mit Stall in Sicht kam, sang sie den Text lauthals mit.

Kim trat gerade aus dem Haus, als Carolyn vorfuhr. Sie lächelte ihr zur Begrüßung herzlich zu, die kleinen Hunde wuselten um ihre Füße herum.

„Komm rein und trink einen Kaffee", rief sie. „Ich muss dich etwas fragen."

Kim war ein Schatz und eine liebe Freundin, doch Carolyn wollte nicht herumsitzen und Kaffee trinken – sie wollte reiten.

„Ich möchte eigentlich eine kleine Spritztour mit Blossom machen", antwortete sie und lächelte über die komischen Mätzchen der Hunde. „Was willst du mich fragen?"

Kim hob die Yorkies mit je einer Hand auf und trat zu Carolyn. „Davis und ich würden gern für ein, zwei Wochen nach Stone Creek fahren und unsere Enkel verwöhnen", erklärte sie. „Steven und Melissa ein bisschen den Rücken freihalten, damit sie mal für ein paar Tage allein verreisen können. Aber wir brauchen jemanden, der während unserer Abwesenheit das Haus hütet. Würdest du das machen?"

„Aber gern", antwortete Carolyn erfreut. Sosehr sie ihre Wohnung im ersten Stock von Nattys Haus auch liebte, genoss sie doch hin und wieder einen Tapetenwechsel. Und während die Häuser anderer Leute ihr gewöhnlich das Gefühl gaben, entwurzelter und haltloser denn je zu sein, ging es hier um die Creed Ranch. Hier hatte sie sich, aus welchem Grund auch immer, seit jeher zu Hause gefühlt. „Darf ich Winston mitbringen?"

„Natürlich“, antwortete Kim und tätschelte den Kopf des einen und dann des anderen Hündchens. Trotz der Morgenfrühe waren Smidgeons und Little Bits Fellchen bereits auf Hochglanz gebürstet, und die Köpfe zierten kleine gelbe Schleifchen. „Brody kommt zweimal täglich und versorgt die Pferde. Wende dich einfach an ihn oder Conner, falls ein Notfall eintritt. Blossom kannst du reiten, wann immer du willst, aber Davis möchte nicht, dass du diesem Vollblut zu nahe kommst. Firefly ist zu gefährlich.“

Das *Vollblut* war gefährlich?

Was Ärgermachen anging, konnte es Brody nicht das Wasser reichen.

„Kim Creed“, argumentierte Carolyn gereizt, aber liebenswürdig, „wenn Brody sich in den Kopf gesetzt hat, eure Pferde zu versorgen, warum schläft er dann nicht einfach hier und überwacht das Grundstück? Bilde ich es mir nur ein, oder versuchst du uns beide zu verkuppeln?“

Wieder einmal.

Kims Wangen färbten sich rosig, doch ihre Augen lächelten noch vor ihren Lippen. „Traust du mir so etwas zu?“, fragte sie herausfordernd.

„Jederzeit“, antwortete Carolyn lächelnd aus voller Überzeugung.

Kims Gedanken überschlugen sich nicht nur, sie überschlugen sich *sichtlich*. Hinter ihrem immer noch schönen Gesicht arbeitete es heftig. Schließlich holte sie tief Luft und seufzte. „Brody kann hier nicht übernachten, weil er sich um den Hausbau kümmern muss. Und es besteht immer die Gefahr von Diebstahl oder Vandalismus, weißt du, gerade nach Sonnenuntergang.“

Carolyn verdrehte lachend die Augen und fragte sich, ob Kim von der Verabredung am Samstagabend wusste, die sie und Brody getroffen hatten.

Sie entschied, sie nicht zu erwähnen, gesetzt den Fall, der

Klatsch wäre Kim noch nicht zu Ohren gekommen. Es war unsinnig, Öl ins Feuer der Spekulationen zu gießen, zumal der Abend mit Brody sich vermutlich als Reinfall erweisen würde.

Oder als Mutter aller Kräche.

Was sie und Brody betraf, war der Mittelweg anscheinend ausgeschlossen.

„Du machst es also?", hakte Kim nach. „Hütest das Haus, solange Davis und ich in Stone Creek bleiben? Ich weiß, du musst im Laden arbeiten, aber abgesehen davon ..."

Im Stillen vervollständigte Carolyn den Satz ihrer Freundin: Abgesehen davon hast du ja kein eigenes Leben.

„Mach ich, Kim", sagte sie sanft. Kim und Davis waren immer gut zu ihr gewesen, und ihr Vertrauen war etwas, das sie sehr schätzte. Ohne einen besseren Grund als ihr zwanghaftes Bedürfnis, Brody möglichst aus dem Weg zu gehen, hätte sie die Bitte nicht abschlagen können. „Wann fahrt ihr nach Stone Creek?"

„Am Sonntagmorgen", antwortete Kim mit einem Blick auf den Stall und einem kleinen schiefen Lächeln. „Geh nur und sattle Blossom. Ich weiß, deine Zeit ist begrenzt, und ich bestehe nicht auf unserem Kaffeeklatsch."

Spontan nahm Carolyn Kim in den Arm, sorgfältig darauf bedacht, die Hündchen nicht zu erdrücken.

„Wofür war das denn?", fragte Kim blinzelnd und lächelte.

„Du bist eine gute Freundin", erwiderte Carolyn und wandte sich zum Gehen, sah sich jedoch über die Schulter hinweg noch einmal um. „Und ich bin dir dankbar und ich bin dankbar *für* dich."

Der majestätische Vollblüter und König über alles, was er überblickte, wieherte zu ihrer Begrüßung, als Carolyn auf dem Weg zum Stall am Koppelzaun entlangging.

„Guten Morgen, du Schöner", sagte sie zu dem riesigen Wallach. Welch ein verblüffendes Geschöpf er doch war, wie er dastand, mit erhobenem Kopf und nach vorn gestellten Ohren, die ganze Gestalt von der Morgensonne umglänzt.

Wenig später stand Carolyn vor der Tür zu Blossoms Box.

Die kleine Stute schien sich auf den Ausflug zu freuen und ließ all die gewohnten Vorbereitungen – Satteldecke, Sattel, Zaumzeug, Sattelgurt-Festziehen und zum Schluss eine rasche Prüfung der Hufe – bereitwillig über sich ergehen.

„Du wirst fett, wenn du immer nur im Stall oder auf der Koppel stehst", sagte Carolyn zu dem Tier und führte es hinaus in die ungewöhnlich warme Morgenluft. „Wir brauchen Bewegung."

Carolyn entschied sich für den Weg den Höhenzug entlang anstatt für den am Fluss, hauptsächlich weil sie nicht übers Wasser hinweg auf Brodys sagenhaftes Haus blicken wollte, das sich mit jedem Tag, der verging, seiner Vollendung näherte.

Würde er dann Joleen heiraten?

Oder eine andere Frau, die noch gar nicht in Erscheinung getreten war?

Auch Brody hatte sich für eine Probemitgliedschaft bei *Friendly Faces* angemeldet, und auch wenn er statt eines Fotos von sich das Bild seines Pferdes gepostet hatte, würde es ihm voraussichtlich nicht an Verabredungen mangeln – oder an Partnerinnen. Er war schließlich eine gute Partie – jung, ledig, attraktiv und finanziell abgesichert, um nicht zu sagen reich.

Fremde wussten all dies vielleicht nicht, aber etliche heiratswillige Frauen aus Lonesome Bend wussten es und würden sich nur zu gern mit ihm verabreden.

Und wenn Brody sich in eine von ihnen verliebte?

Dann verliebt er sich eben in eine von ihnen, gab Carolyn sich verzagt Antwort auf ihre eigene stille Frage.

Sie schob den Fuß in den Steigbügel und schwang sich auf Blossoms breiten Rücken. Aufgrund ihrer masochistischen Ader, was Brody betraf, stellte Carolyn sich seine Hochzeit vor. Eine wunderschöne Braut mit einem scharfen Bräutigam – Brody –, der versprach, sie zu lieben, zu achten und in Ehren zu halten.

Eines führte zum anderen. Sie stellte sich vor, wie die beiden – Brody und die gesichtslose Frau – in die Flitterwochen aufbrachen. Vor ihrem inneren Auge sah sie die Heimkehr nach Lonesome Bend. Brody würde seine Frischangetraute über die Schwelle dieses sagenhaften Hauses tragen – wahrscheinlich konnte sie sogar kochen, das Miststück –, und im Handumdrehen wäre ein Baby unterwegs.

Bei dem Gedanken errötete Carolyn. Sie überließ es Blossom, den Weg zu finden.

Die neue Mrs Creed würde vermutlich oft im Laden aufkreuzen – immerhin wäre sie Tricias Schwägerin und bräuchte deshalb keinen Vorwand für einen Besuch –, und Carolyn würde zusehen müssen, wie ihr Bauch sich rundete, in dem Brodys Kind heranwuchs …

„Hör auf", ermahnte sie sich laut.

Blossom, zweifellos im Glauben, Carolyn habe mit ihr gesprochen, blieb stehen und sah sich in komischer Pferdeneugier um.

„Entschuldige", sagte Carolyn sanft zu ihrem Pferd und streichelte seine Mähne. „Ich habe nicht mit dir gesprochen."

Damit war das Tier anscheinend zufrieden und zockelte weiter.

Carolyn indessen setzte ihre Tagträume fort, ohne zu merken, dass Blossom den Bergpfad verließ und im Zickzack zwischen Pappeln hindurch den Weg zum Hidden Lake einschlug.

Hidden Lake.

Ihr blieb fast das Herz stehen, als sie erkannte, wo sie waren. Sie hatte den See seit ihrem letzten Besuch vor Jahren – mit Brody – sorgsam gemieden.

Damals hatten sie am Ufer gezeltet und sich in einem wasserdichten Notzelt für eine Person einen einzigen Schlafsack geteilt. Sie hatten geangelt und ihren Fang unter freiem Himmel über einem Feuer gebraten.

Und, ach, wie sie sich geliebt hatten.

Nie in ihrem Leben war Carolyn glücklicher gewesen, weder vorher noch nachher.

„Nichts wie weg hier“, sagte sie zu ihrem Pferd und ruckte leicht an den Zügeln.

Doch Blossom watete stattdessen ins Wasser, senkte den Kopf und begann geräuschvoll das kristallklare Wasser zu saufen.

Seufzend dirigierte Carolyn die Stute zurück ans Ufer und saß ab, um ein bisschen herumzulaufen und ihre Beinmuskeln zu lockern. In letzter Zeit waren die Pausen zwischen ihren Ausritten zu lang geworden, und das machte sich nun an den Innenseiten ihrer Oberschenkel und im Kreuz bemerkbar.

Blossom watete wieder ins Wasser, senkte den Kopf und stillte ihren Durst.

Ergriffen von der Schönheit der Gegend sah Carolyn sich um. Die Sonne schien durch die Bäume und ließ die Schatten der Blätter auf dem Wasserspiegel tanzen, und der See wirkte wie ein Heiligtum. Es herrschte eine Atmosphäre wie in einer Kathedrale.

Es war erstaunlich warm für einen Maimorgen. Sie zog das Flanellhemd aus, hängte es über einen Felsblock in der Nähe und genoss die sanfte Wärme auf ihren Schultern und Armen. Ich sollte nicht hier herumtrödeln, sagte sie sich. In einer Stunde musste sie den Laden öffnen, und vorher wollte sie noch duschen und sich umziehen.

Doch die Stille, die Bäume, das verhaltene Vogelgezwitscher, all das war Balsam für ihre Seele.

Irgendwann erwies sich die sinnliche Anziehungskraft des Wassers als unwiderstehlich. Und Carolyn, die selten spontan handelte, trat entschlossen aus ihren Stiefeln, zog die Socken aus und watete in das himmelblaue Wasser von Hidden Lake.

Das Wasser war warm und weich wie flüssige Seide.

Carolyn krempelte ihre Jeans hoch bis zu den Knien und watete tiefer in den See. Der Seeboden war mit kleinen glatten Steinchen bedeckt, die ihre Fußsohlen bearbeiteten wie die Finger einer begabten Masseuse.

Den Kopf in den Nacken gelegt und mit geschlossenen Augen gab Carolyn sich ganz ihren Gefühlen hin – dem Frieden, der Köstlichkeit des Wassers, der zärtlichen Glätte der kleinen Steine unter ihren Fußsohlen, dem Sonnenschein, gefiltert von den Zweigen der Pappeln, die wie hohe, den Himmel tragende Säulen über dem See aufragten.

Trotz aller Dinge, die sie, wenn es überhaupt möglich gewesen wäre, in ihrer Vergangenheit, Gegenwart und Zukunft gern geändert hätte, zählte Carolyn in diesem Moment nur die guten.

Sie war jung, sie war gesund, und sie liebte ihr Leben.

Sie liebte ihre Arbeit im Laden. Sie nähte gern, sie ritt gern und sorgte gern für Winston. Sie liebte ihre Freunde und ihre bescheidene Wohnung und die Stadt Lonesome Bend in Colorado, die ihr erschien wie eine Familie, auch wenn sie es nicht war.

Blossom wieherte und ließ Carolyn aufhorchen.

Sie drehte sich um und sah, wie die Stute weiter die Uferböschung hinaufstieg, um freudig das süße Gras zu rupfen. Die Zügel waren locker um den Sattelknauf gelegt.

Der Drang, sich nackt auszuziehen und im See zu schwimmen, überfiel Carolyn urplötzlich und überwältigte sie geradezu. Also schlüpfte sie aus ihren Kleidern und legte sie zu dem Flanellhemd auf den trockenen Felsblock. Dann tauchte sie in den See, rang unter der anfänglichen Kälte nach Luft, gewöhnte sich aber rasch daran. Sie schwamm hinaus in tieferes Wasser, drehte sich auf den Rücken, ließ sich treiben und blickte zum Himmel auf, der so blau war, dass es beinahe wehtat.

Es war ein Gefühl der Zeitlosigkeit, und Carolyn trieb irgendwie in einer Zauberwelt, parallel zu der, in der sie gewöhnlich lebte.

Auf einmal hörte sie ein Geräusch – ein anderes Pferd irgendwo ganz in der Nähe.

Mit klopfendem Herzen begann Carolyn, Wasser zu treten. Aus schmalen Augen suchte sie unter den Bäumen nach einem Hinweis auf einen Eindringling.

Jetzt herrschte Stille – sogar die Vögel hatten aufgehört zu singen.

Carolyn hatte *eindeutig* ein Pferd gehört, und Blossom war es nicht gewesen. Die Stute graste immer noch.

„Wer ist da?“, rief Carolyn ein bisschen unsicher, während ihr grausige Schlagzeilen durch den Kopf schossen.

Frau an einsamem See tot aufgefunden …

Ortsansässige Geschäftsfrau stirbt bei brutalem Überfall …

Schon wieder ging ihre Fantasie mit ihr durch.

Wahrscheinlich hatte sie ein Reh gehört, oder, da auf dem Creed-Land ja überall Vieh weidete, eine Kuh oder ein Pferd.

Doch stattdessen tauchte Brody auf, ritt unter den Pappeln hindurch und schwang sich vom Rücken seines Wallachs Moonshine. Er lächelte, setzte den Hut ab und hängte ihn über den Sattelknauf, und er beruhigte die aufgestörte Blossom mit einem leisen Wort und klopfte ihr den Hals.

Carolyns Herz setzte einen Schlag aus und schlug dann dreimal so schnell wie vorher. So etwas passierte nur in Romanen oder alten Filmen.

So etwas passierte nicht ihr, jedenfalls nicht im wahren Leben. Hin und wieder kamen Fantastereien vor, aber das waren – nun ja – eben nur *Fantastereien*.

„Sind das deine Sachen?“, fragte Brody milde und wies mit

einer Kopfbewegung auf den Felsblock und das Bündel abgelegter Kleider.

„Wem sollten sie wohl *sonst* gehören?“, wollte sie wissen. „Und was tust du hier? Bist du mir gefolgt?“

„Davis hat mich losgeschickt, die Zäune abreiten“, erwiderte Brody und zog einen Stiefel aus. „Das ist eines seiner Rezepte gegen Übellaunigkeit. Harte Arbeit oder ein ausgedehnter Ritt. Zufällig habe ich gesehen, wie du und Blossom den Weg verlassen habt, und beschlossen, euch zu folgen und mich zu vergewissern, dass alles in Ordnung ist.“

Er zog den anderen Stiefel aus.

Erinnerungen an das letzte Mal, als sie und Brody zusammen an diesem Ort gewesen waren, bestürmten Carolyn. Damals war es zu kalt zum Schwimmen gewesen, jetzt wunderte es sie, dass der See nicht zu kochen begann.

„Was machst du da?“, fuhr sie ihn an. Sie trat immer noch Wasser, entfernte sich aber vom Ufer, von *Brody*.

„Es ist ein schöner Tag“, sagte er und umschiffte die Frage sauber. „Ungewöhnlich warm für Mai, findest du nicht auch? Wie gemacht fürs Nacktbaden.“

„Brody Creed, wage es nicht …“

Er streifte sich das Hemd über den Kopf und warf es von sich.

Sein Oberkörper war wohlgeformt, auf der Brust wuchsen goldene Härchen. Das Leben hatte es gut gemeint mit Brody Creed.

Verdammt noch mal.

„Wir leben in einem freien Land“, informierte er sie. Seine Gürtelschnalle klimperte, als er sie löste. „Und dieser See liegt nun mal auf Creed-Land.“

„Ich gehe“, keuchte Carolyn atemlos. „Dreh dich kurz um, damit ich aus dem Wasser kommen und mich anziehen kann, dann bin ich gleich …“

Brody knöpfte seine Jeans auf.

Das ist keine Antwort, dachte sie verzweifelt.

Oder doch?

Sie schloss ganz fest die Augen und versuchte nachzudenken. Ihr Atem ging flach, das Herz schlug ihr gegen die Rippen.

Sie wäre überall anderswo lieber gewesen als hier.

Sie wollte *nirgendwo* anders sein als hier.

Wasser spritzte auf, und Carolyn spürte eine leise, sinnliche Wellenbewegung. Als die Neugier sie zwang, die Augen wieder zu öffnen, war Brody direkt vor ihr.

Kristallene Tröpfchen schimmerten an seinen Wimpern, und sein Lächeln war so unverschämt anziehend wie eh und je. Vielleicht sogar noch anziehender.

Vom Hals abwärts – Carolyn bemühte sich wirklich, nicht hinzusehen – war er ein sich bewegender Schatten. Sonnenlicht, gesiebt vom Blattwerk der Pappeln, flimmerte auf seinem mattgoldenen Haar, und dieses Lächeln – also wirklich, dieses Lächeln.

„Beruhige dich", sagte er gedehnt. Seine blauen Augen verrieten ein freches Entzücken – und noch etwas anderes, womöglich Verlangen. „Ich würde dich oder eine andere Frau niemals zu etwas zwingen, das ihr nicht wollt."

Das entsprach, wie Carolyn wusste, ganz und gar der Wahrheit.

Es tröstete sie trotzdem nicht.

„Nicht", flüsterte sie und wusste nicht, ob sie das eine verzweifelte Wort an Brody oder an sich selbst gerichtet hatte.

Er hob eine Braue. „Was?"

Dabei wusste er verdammt gut, *was*.

Aber wusste sie es?

Mit einem Seufzer lustvoller Zufriedenheit legte Brody den Kopf in den Nacken, schloss die Augen und atmete mit der gleichen Wonne wie zuvor Carolyn die himmelblaue Luft ein.

Carolyn, so verwirrt sie auch war, nutzte diesen kurzen

Moment, um ihn bewundernd zu mustern – die kräftige Kinnpartie, die langen Wimpern, das Haar, in dem Wassertröpfchen wie Juwelen glitzerten.

Als er die Augen wieder öffnete und sie dabei ertappte, wie sie ihn betrachtete, schnappte sie erschrocken nach Luft.

Darüber lachte Brody leise, und sie errötete mal wieder.

„Erinnerst du dich an das letzte Mal, als wir hier waren?", fragte er in verhaltenem, beinahe schläfrigem Ton. „Da war es viel kälter als jetzt, und wir haben das Lagerfeuer bis tief in die Nacht brennen lassen. Was nicht heißt, dass wir es gebraucht hätten, um uns warm zu halten."

Jetzt war es Carolyn, die die Augen schloss und sich in dieser Vorstellung verfing wie ein Fisch im Netz. Sie hatten kein Feuer gebraucht, ihr Liebesspiel war heiß genug gewesen.

„Ich erinnere mich", flüsterte sie.

„Carolyn", sagte Brody, „mach die Augen auf und entspann dich. Ich will dich hier nicht verführen."

„Beinahe könnte ich dir glauben", konterte sie, und ihre Wut flammte wieder auf. „Du ziehst dich aus und springst in den See, obwohl ich *extra* gebeten habe, nicht …"

Er warf den Kopf zurück und lachte. An Frechheit mangelte es ihm nun wirklich nicht.

Innerlich kochte sie.

Als Brodys Belustigung sich ein wenig gelegt hatte, sagte er: „Du warst nackt, als ich hier ankam, schon vergessen? Wie sollte ich wissen, ob du nicht *gehofft* hast, ich würde kommen und dich verführen?"

Wenn das Wasser sie nicht in ihren Bewegungen behindert hätte, hätte sie ihre persönliche und strikte Ablehnung von Gewalt kurzfristig abgelegt und ihn gehörig geohrfeigt.

„Wie sollte ich wissen, dass du mir gefolgt bist wie ein … wie ein Stalker? Glaubst du allen Ernstes, ich hätte mich ausgezogen, wenn ich nur die leistete Ahnung gehabt hätte, dass *du* hier auftauchen würdest?"

Dieses Mal lachte Brody nicht. Sein Blick war ernst. „Ich hätte nicht gedacht, dass du dich überhaupt ausziehen würdest. Schon gar nicht, um in einem Bergsee zu schwimmen, der sich gewöhnlich nicht vor Mitte August erwärmt."

Wann ist er mir so nahe gekommen? fragte Carolyn sich verstört, wich ein Stückchen zurück und hielt am Seeufer Ausschau nach Blossom.

Weit und breit keine Blossom.

Die Stute war wohl irgendwann weggelaufen.

Und das war einfach großartig, denn Carolyn war jetzt nicht nur nackt und verlegen und allein mit Brody an einem Ort, der mit der Blauen Lagune vergleichbar war. Sie war außerdem völlig aufgeschmissen.

„Blossom!", rief sie und ging um Brody herum in Richtung Ufer, stoppte jedoch, als ihr bewusst wurde, dass sie sich gleich im Evaskostüm zeigen würde. „Blossom, wo steckst du?"

Nichts.

Brody tauchte neben ihr auf.

Carolyn ging leicht in die Knie und kreuzte die Arme vor der Brust. Ihre Brustwarzen waren hart und fest, und das lag nicht nur daran, dass das Wasser ziemlich kalt war.

„So ist Blossom nun mal", sagte Brody leichthin. Augenscheinlich freute er sich über diese neue Entwicklung in einer ohnehin schon unmöglichen Situation. „Sie war schon immer ein bisschen kapriziös. Höchstwahrscheinlich ist sie längst auf halbem Weg nach Hause."

„Sag nicht so etwas", stammelte Carolyn. „Du darfst es nicht mal denken."

„Wir können zu zweit auf Moonshine reiten." Er unterbrach sich und seufzte. „Wir sollten lieber aufbrechen. Kim flippt aus, wenn dieses Pferd reiterlos auf den Hof trabt."

„Zuerst einmal muss ich mich aber anziehen", sagte Carolyn. Es fehlte gerade noch, dass Kim Davis rief, wenn Blossom ohne sie nach Hause kam, und die beiden sie zu suchen begannen.

Brody lachte wieder, drehte sich jedoch sehr langsam um. „Ich gucke erst, wenn du sagst, dass du fertig bist“, versprach er.

Die trockenen Sachen über ihre nasse Haut zu streifen, noch dazu in Eile, brachte Carolyn fast zur Verzweiflung.

„Okay“, sagte sie schließlich widerwillig.

Brody drehte sich um und stieg völlig unbefangen aus dem Wasser.

Carolyn kehrte ihm abrupt den Rücken zu und verschränkte die Arme fest vor der Brust.

Während er sich anzog, stieß Brody hin und wieder einen fröhlichen Fluch aus, und als er fertig war, pfiff er nach Moonshine.

Der Falbe kam sofort, fügsam wie ein Pony beim Kinderreiten auf dem Jahrmarkt.

„Soll ich dir beim Aufsitzen helfen?“, fragte Brody, und sein Atem streifte federleicht die empfindliche Haut in ihrem Nacken.

Carolyn sah sich ein letztes Mal nach Blossom um, entdeckte aber keine Spur von diesem launischen Wesen und schwang sich, ganz die geübte Reiterin, ohne Hilfe in Moonshines Sattel.

Sekundenlang erwog sie tatsächlich, einfach loszureiten und Brody vom Hidden Lake aus zu Fuß nach Hause gehen zu lassen, doch das brachte sie natürlich nicht fertig. Der Moralkodex des Westens war alt und tief verwurzelt. Und einer seiner Grundsätze besagte, dass man niemals einem anderen das Pferd nahm und ihn zu Fuß gehen ließ.

Selbst heute noch konnte einem Reiter ohne Pferd zu viel Böses zustoßen.

Brody deutete ihr Mienenspiel anscheinend richtig und saß geschmeidig wie ein Indianer hinter ihr auf. „Wusste ich doch, dass du keine Pferdediebin bist", zog er sie auf und lehnte sich gegen sie, umfing sie, um die Zügel zu nehmen.

„W...wie?", fragte Carolyn. Zum Teufel mit Brody, warum musste er auch erwähnen, dass der See um diese Jahreszeit zu kalt zum Schwimmen war? Jetzt schlugen ihre Zähne aufeinander, und sie spürte einen Niesreiz in der Nase.

Er trieb Moonshine zu schnellerem Schritt an. „Na ja, zum einen fehlt dir der große Schnauzbart."

Carolyn lachte nicht – *wollte* nicht lachen.

Doch sie hätte gern gelacht, und das wusste Brody wahrscheinlich.

Dafür gab sie sich große Mühe, nicht zu registrieren, dass Brodys Oberkörper sich in ihrem Rücken hart anfühlte wie der einer Statue, dass seine Körperwärme bis zu ihrer feuchten kalten Haut durchsickerte und sie wärmte und ihr Herz ein bisschen schneller schlagen ließ.

Sie sollte froh darüber sein, dass sie nicht miteinander geschlafen hatten, und größtenteils *war* sie das auch. Aber gleichzeitig war sie auch enttäuscht.

Wie schon früher, so schien Brody auch jetzt zu wissen, was sie dachte.

Was nur ein weiterer Beweis für seine Überheblichkeit war.

Aber er lag richtig.

Er senkte den Kopf, fuhr mit der Zunge über ihren Nacken und gluckste, als sie mit einem leisen Stöhnen reagierte.

„Eben am See", sagte er mit kehliger und beinahe hypnotischer Stimme, die aber trotz Moonshines Hufgetrappel auf dem festgetretenen Lehmboden gut hörbar war, „hätte ich dich am liebsten ins Gras gelegt und verführt. Weißt du, warum ich es nicht versucht habe?"

Ein Zittern, genauso unwillkürlich wie das Stöhnen, durchlief Carolyns Körper. „Du hast es nicht versucht, weil du wusstest, dass ich dir die Augen ausgekratzt hätte", brachte sie mühsam hervor.

„Falsch. Ich hab's nicht versucht, weil ich kein Kondom zur Hand hatte."

Carolyn war der Situation immer noch nicht gewachsen, aber am See *hatte* sie die Geistesgegenwart besessen, sich zu fragen, warum Brody nicht versuchte, mit ihr zu schlafen.

„Es wäre dir sowieso nicht gelungen", behauptete sie steif und vielleicht einen Herzschlag zu spät.

„Soll das eine Herausforderung sein?", wollte Brody wissen. Das Pferd zu lenken, noch dazu mit einer Mitreiterin vor sich, kostete ihn keine erkennbare Mühe. Er war wie mit dem Tier verwachsen. „Wenn ja, dann nehme ich sie an – sozusagen."

In diesem Moment spürte Carolyn ein drängendes Verlangen in ihrem Körper. Wieder war sie zu starrsinnig – und zu verunsichert –, um zu antworten.

Brody schob eine Hand unter ihr weites Flanellhemd, um ihre Brust zu umfassen. Trotz des BHs und des T-Shirts musste er gefühlt haben, wie sich die Brustwarze unter seiner Handfläche aufrichtete. Und Carolyn musste ihre geballte Selbstbeherrschung aufbieten, um sein Handgelenk zu packen und seine Hand wegzuziehen.

„Wir haben eine Abmachung, Brody", erinnerte sie ihn gepresst. *„Kein Sex.* Schon vergessen?"

„Das war vielleicht ein bisschen voreilig von uns", erwiderte er. „Diese Entscheidung, uns aufzusparen, meine ich." Sein Atem streifte ihr rechtes Ohr, dann knabberte er flüchtig an ihrem Ohrläppchen.

Carolyn verbiss sich ein neuerliches Stöhnen und versetzte ihm einen raschen Stoß mit dem Ellbogen. „Hör auf, Brody", sagte sie.

Inzwischen legte Moonshine einen leichten Galopp vor, und die Bewegungen des Pferdes und Brody in ihrem Rücken – das war mehr als sinnlich.

„Ist diese unsere Abmachung … unbefristet?", fragte Brody schließlich.

Weiter vorn entdeckte Carolyn Blossom, die friedlich das Gras am Wegesrand rupfte.

„W...wie meinst du das?“, entgegnete Carolyn, froh, die Stute unversehrt und in greifbarer Nähe zu sehen.

„Ich meine“, sagte Brody und äußerte sich mit keinem Wort zu Blossoms Wiederauftauchen, obwohl er sie mit Sicherheit gesehen hatte, „dieses Kein-Sex-Abkommen funktioniert für mich nicht. Wir müssen darüber reden, Carolyn.“

„Darüber reden?“, wiederholte Carolyn. „So hast du es nicht gemeint, das weißt du selbst.“

Sie holten Blossom ein, und Carolyn schwang ein Bein über Moonshines Hals und sprang zu Boden, während Brody sich vorbeugte und den Zügel der Stute ergriff, für den Fall, dass sie auf die Idee kam, noch einmal wegzulaufen.

„Wie *habe* ich es denn gemeint? Du weißt es ja anscheinend“, konterte Brody grinsend. Er ließ den Zügel los, als Carolyn aufgesessen war, wendete Moonshine jedoch nicht und ließ Carolyn keinen Zentimeter Raum. Sein linkes Bein presste sich an ihr rechtes.

„Für mich funktioniert es prima“, behauptete Carolyn, ohne auf seine Frage einzugehen.

„Was funktioniert prima?“

Sie errötete. „Das Kein-Sex-Abkommen“, erklärte sie, lenkte Blossom in Richtung Zuhause und stieß ihr leicht die Stiefelabsätze in die Flanken, um sie in Gang zu setzen.

„Also, das ist eine eigenartige Feststellung, Carolyn“, bemerkte Brody milde, während er mit ihr mithielt, „denn das Bumsverbot funktioniert für dich nicht besser als für mich – und das heißt: überhaupt nicht.“

„*Bumsverbot?*“, schoss Carolyn zurück. „Wie geschmackvoll.“

„Oh, ich strotze vor Geschmack“, scherzte Brody.

„Halt den Mund, Brody.“

Das tat er natürlich nicht. „Warum gibst du es nicht einfach zu, Carolyn? Wo auch immer wir Mist gebaut haben mögen, im Bett haben wir uns wirklich gut verstanden."

Selbst sie, die Meisterin des Leugnens, konnte diese Behauptung nicht widerlegen.

„Offenbar nicht gut *genug*", warf sie ein und bedachte ihn mit einem bösen Blick. „Es hat dich jedenfalls nicht in Lonesome Bend gehalten, oder?"

Jetzt, da sie Blossom wiedergefunden hatten und Kim und Davis keinen Suchtrupp nach ihr aussenden würden, fand Carolyn Zeit, wütend auf sich selbst zu sein.

Sie hätte in diesem Augenblick im Laden sein, die Tür aufschließen und das Geöffnet-Schild raushängen sollen.

Stattdessen war Tricia vermutlich allein dort und fragte sich, wo zum Teufel Carolyn steckte. Sie war so vertieft in diese und ähnliche Gedanken, dass ihr Brodys sonderbares Schweigen nicht gleich auffiel.

Seine Kinnpartie wirkte kantig, er hielt sich aufrecht, als hätte er einen Stock verschluckt, und blickte zwischen Moonshines Ohren hindurch starr geradeaus. Beide Pferde zockelten nun in gemütlichem Passgang.

„Wie ich schon sagte", fuhr er fort, ohne Carolyn anzusehen, „es ist Zeit, dass wir reden."

„Ich bin nicht sicher, ob wir einander etwas zu sagen haben", antwortete sie und hoffte, dass ihre Worte nicht so traurig klangen, wie sie sich fühlte.

Endlich fing er ihren Blick ein und hielt ihn gefangen. Seine Miene war finster. „Ich habe dir eine Menge zu sagen, Carolyn", entgegnete er, „und ich habe fest vor, alles auszusprechen."

Panik flatterte wie ein verängstigter kleiner Vogel in Carolyns Brust. „Brody, ich muss zurück zum Laden – ich hatte nie vor, so lange wegzubleiben und …"

„Später geht es auch noch", sagte er, als sie mitten im Satz verstummte. „Bei dir oder bei mir?"

Bei dir oder bei mir?

Riskante Sache, das eine wie das andere.

Doch Brody würde sich nicht abwimmeln lassen, so viel stand fest.

„Wie wär's mit dem Café?", fragte sie etwas zu fröhlich. „Wir können uns dort treffen, nachdem ich um fünf Uhr den Laden geschlossen habe."

„Zu viel Öffentlichkeit", wehrte Brody ab und sah so ernst aus, als wollte er sein typisches Grinsen nie wieder aufblitzen lassen.

Carolyn versuchte klar zu denken. Wenn sie bei Brody „redeten", hätte er Kondome zur Hand, und was hinderte ihn dann, sie zu verführen?

Wenn sie sich dagegen in ihrer Wohnung trafen, bräuchte er sie nur zu küssen oder noch einmal sanft über ihre Brüste zu streicheln, und es wäre ihr egal, ob er ein Kondom benutzte oder nicht.

„Bei mir", entgegnete sie schließlich. „Um sechs Uhr heute Abend?"

Brody nickte. Kims und Davis' Stall kam in Sicht, und das Gespräch war beendet – zumindest für den Augenblick.

14. KAPITEL

Vor Kims und Davis' Stall saß Brody ab und ließ Moonshine an der Pferdestange stehen, um Blossoms Zügel zu ergreifen. Carolyn saß noch im Sattel, verlegen und so köstlich anzusehen, dass bei ihrem bloßen Anblick ein ganz neuer Ansturm von Begehren wie ein Flächenbrand über Brody hinwegfegte.

„Ich versorge die Stute", erklärte er ruhig. „Fahr du in die Stadt und tu das, was du meinst, jetzt tun zu müssen."

Carolyn biss sich auf die Unterlippe, nickte knapp, saß ab und sprintete praktisch zu ihrem Auto. Im nächsten Moment raste sie schon in der sprichwörtlichen Staubwolke die Zufahrt hinunter.

Als Brody das sah, zog er einen Mundwinkel hoch, doch es war nur ein halbherziges Lächeln. Hätte er nur nie den Mund so voll genommen und gefordert, dass er und Carolyn keinen Sex haben sollten, dann würde er vielleicht in diesem Moment im hohen Gras beim Hidden Lake mit dieser Frau schlafen – zum Teufel mit einem Kondom –, statt zuzusehen, wie sie davonbrauste, als wäre der Satan persönlich hinter ihr her.

Er hörte, wie die Insektenschutztür in den Scharnieren quietschte. Kim trat aus dem Haus, ohne ihre gewohnten kläffenden kleinen Kumpane, blieb auf der Veranda stehen und schützte mit einer Hand ihre Augen gegen die Sonne. „Brody?", rief sie und warf einen besorgten Blick in Richtung der immer noch sichtbaren Staubwolke. „Ist etwas passiert?"

„Nein, nichts", erwiderte Brody.

Absolut *nichts. Verdammt noch mal.*

Er führte Blossom in den Stall und hoffte, dass Kim ihn in Ruhe ließ, damit er die Stute absatteln, mit Heu versorgen, kurz striegeln und dann seiner Wege gehen konnte.

Das Glück hatte er nicht.

„So übereilt abzufahren ist gar nicht Carolyns Art", sagte

Kim, die im überdachten Durchgang stand und Brody über Blossoms Boxentür hinweg beobachtete. „Sie hat sich nicht einmal verabschiedet."

Sie bewegte sich schon immer leichtfüßig wie ein Sioux-Späher, diese Kim. Damals, als er und Conner und Steven noch klein waren, hatte sie auch schon diese unheimliche Angewohnheit gehabt, aus dem Nichts aufzutauchen, geräuschlos und ohne Vorwarnung, immer gerade dann, wenn sie irgendeinen Unfug ausgeheckt hatten.

„Sie hatte es eilig, den Laden zu öffnen", sagte Brody kurz angebunden.

Drüben im anderen Stall hatte er Davis und Conner sein Herz ausgeschüttet, hatte all die schmerzlichen Erfahrungen noch einmal durchlebt, und er würde das Gleiche noch einmal tun, wenn er heute Abend Carolyn besuchte. Bis dahin zog er es vor, sich so wenig wie möglich in Gespräche ziehen zu lassen.

„Du hast Carolyn wieder verärgert, nicht wahr?", hakte Kim nach.

Brody seufzte innerlich und fragte sich, ob das gesamte Universum aus dem Gleichgewicht geraten war oder nur er selbst. Es musste doch *irgendeinen* Grund dafür geben, dass nichts nach seiner Nase ging, seit er heute die Augen aufgeschlagen hatte.

„Nein", widersprach er und hängte die Wurzelbürste mit der kleinen Lederschlaufe zurück an ihren Platz hoch oben an einem rostigen Nagel. „Hab ich nicht."

Als er die Boxentür öffnete, sich durch den Spalt zwängte und ihr gegenüber in der Stallgasse stehen blieb, musterte sie ihn aus schmalen Augen.

„*Irgendetwas* hat sie geärgert", sagte Brody, senkte den Kopf und rieb sich den Nacken. Erst jetzt fiel ihm auf, dass er seinen Hut irgendwo vergessen hatte. *Neuerdings würde ich wohl meinen rechten Arm vergessen, wenn er nicht an der*

Schulter festgewachsen wäre.

„Carolyn braucht mich nicht, um sich zu ärgern“, fuhr er nüchtern fort. „Das schafft sie ganz allein.“

Kim seufzte. Für ihre Begriffe war sie ziemlich normal angezogen. Sie trug ein pinkfarbenes Westernhemd mit Perlmuttdruckknöpfen, dazu abgetragene Jeans und Stiefel. „Vielleicht solltest du hinter ihr herfahren. Ihr zwei könntet miteinander reden ...“

„Das haben wir schon geplant“, antwortete Brody, bereit, Kim diese eine Information zu geben, aber nicht mehr.

Daraufhin öffnete Kim den Mund und schloss ihn wieder, als sie augenscheinlich zu dem Schluss kam, dass sie nichts mehr zu sagen hatte. Das war ein seltenes Phänomen, aber es kam vor.

Brody grinste, gab ihr einen Kuss auf die Stirn und ging zur Stalltür.

Draußen wartete Moonshine geduldig an der Pferdestange. Brody schwang sich in den Sattel.

Als er auf Moonshine an der Koppel entlangritt, stoppte er kurz, um nach Firefly zu sehen. Wenn er auch ihre Sorge um das Wohlergehen des Tieres verstand, hatte er Firefly gegenüber doch ernste Vorbehalte.

Der Wallach war kein gewöhnliches Reitpferd. Der Vollblüter bestand aus fünfzehnhundert Pfund roher Kraft, und in seinen Adern floss das Blut des Champions. Körperlich war er noch wohlauf, aber berüchtigt für sein Temperament. Laut Davis hatten sich gegen Ende seiner Karriere selbst die ausgefuchstesten Jockeys im Geschäft geweigert, ihn zu reiten.

Brody war Cowboy, kein Jockey, und aus genau diesem Grund reizte es ihn, den Wallach zu satteln und aufzuzäumen und selbst auszuprobieren, wie schnell der Gaul war.

Natürlich würde Davis ihm den Hals umdrehen, wenn er das versuchte. Das hieß, wenn das Pferd ihn nicht vorher umbrachte.

Trotzdem wühlte der Gedanke in Brodys ohnehin schon überlastetem Hirn, keimte dort und schlug Wurzeln wie eine Zauberbohne. Aber er vergeudete, wie Davis es ausgedrückt hätte, Tageslicht. Er musste Zäune abreiten, wenn er eine Standpauke seines Onkels über seinen Beitrag zur Arbeit auf der Ranch vermeiden wollte.

Und im Augenblick konnte Brody keine Standpauke brauchen, ganz gleich, von wem.

Was habe ich getan? fragte Carolyn sich auf dem Weg in die Stadt.

Na, was wohl? antwortete ihre innere Stimme. *Du hast dich Brody Creed praktisch auf einem Silbertablett angeboten. Du hast ihn in deine Wohnung eingeladen, obwohl du ganz genau weißt, was passieren wird.*

Ein Lächeln trat auf Carolyns Gesicht, und ein Schauer durchlief sie und setzte sich genau in ihrem Becken fest. „Gott, das will ich doch hoffen“, sagte sie laut. Der Ausspruch kam anscheinend aus der Tiefe ihres Seins, als hätte ihr Körper all seine Reserven zusammengesucht, um die Stimme der Vernunft zu übertönen.

Randvoll mit Gefühlen, die sie nicht annähernd auseinanderdividieren, geschweige denn benennen konnte, fragte Carolyn sich, ob sie *tatsächlich* den Verstand verlor.

Als sie im Laden ankam, war Tricia wie erwartet bereits dort.

Was Carolyn allerdings *nicht* erwartet hatte, war ein Laden voller Kundschaft.

Wo kamen all die Leute her? Sie hatte draußen keinen Bus, nicht einmal ein Auto gesehen.

„Schön, dass du kommst“, sagte Tricia honigsüß und musterte Carolyn mit einem Ausdruck wissender Belustigung in den Augen.

Carolyn war auf einen Massenandrang nicht vorbereitet.

Sie roch nach Pferd, ihre Frisur erinnerte wahrscheinlich an eine Vogelscheuche, und ihre Freundin wusste offenbar genau, was sie am Vormittag am Hidden Lake getrieben hatte.

Oder *beinahe* getrieben hätte.

Eher unwahrscheinlich, dachte sie um einiges erleichtert. Tricia war schlau, aber keine Hellseherin.

„Ich bin gleich zurück", informierte sie Tricia und hastete die Innentreppe hinauf.

In ihrer Wohnung duschte Carolyn in Rekordzeit, zog frische Sachen an, bändigte ihre wilden Locken so gut es ging und raste in halsbrecherischem Tempo zurück in den Laden.

In der Zwischenzeit waren alle Kunden gegangen, und Tricia saß auf einem hohen Hocker hinter dem Tresen und beäugte Carolyn mit gutmütigem Argwohn. „Und wo bist *du* bitte schön gewesen?", fragte sie.

Carolyn wusste, was Tricia dachte – nämlich, dass sie die ganze Nacht aus gewesen war und nicht nur einen Teil des Vormittags.

„Aus", erwiderte sie freundlich. Winston miaute und strich um ihre Knöchel. „Woher sind all diese *Leute* gekommen?"

„Von überallher. Offenbar spricht sich herum, dass wir einzigartige Ware führen. Zwei von ihnen haben den Zigeunerrock im Internet gesehen und wollten wissen, ob sie dafür bieten können. Ich habe ihnen geraten, in unserem Internetauktionshaus ihr Gebot abzugeben."

Beim Gedanken, den Rock zu verkaufen, verspürte Carolyn den gewohnten schmerzlichen Stich. Allerdings wäre es besser, wenn er zu einer Fremden kam, die weit entfernt von Lonesome Bend lebte. Den Rock an einer ortsansässigen Frau zu sehen, das wäre so, als würde sie immer wieder einen Blick auf ein Kind erhaschen, das sie zur Adoption freigegeben hatte.

„Gute Entscheidung", murmelte sie und begann einen Verkaufstisch aufzuräumen. In diesem Moment musste sie Beschäftigung vortäuschen.

„Carolyn“, sagte Tricia streng, aber ruhig. „Wir müssen reden.“

Erst vorhin hatte Brody ziemlich genau das Gleiche gesagt. Warum wollten plötzlich alle reden? Warum konnte man nicht alles so lassen, wie es war?

„O-o-o-kay“, erwiderte Carolyn misstrauisch, indem sie das Wort dehnte. Sie gab ihre vorgetäuschte Betriebsamkeit auf, drehte sich um und sah Tricia in die Augen. „Fang an.“

Tricia seufzte. „Dir ist vermutlich aufgefallen, dass ich in letzter Zeit häufig früher Schluss im Laden mache“, begann sie. „Und ich finde, das ist dir gegenüber nicht fair. Wir sind schließlich Partnerinnen.“

„Tricia“, ermahnte Carolyn ihre Freundin sanft, „du erwartest ein Kind. Es macht mir nichts aus, hin und wieder für dich einzuspringen.“

„Das ist es ja gerade. Du springst nicht nur hin und wieder für mich ein. Mir geht es gut in jeder Hinsicht – ehrlich –, aber an manchen Tagen bin ich einfach so müde. Der Arzt sagt, das sei normal, aber es ändert nichts an der Tatsache, dass du mehr als deinen Beitrag leistest. Das bedeutet, dass sich etwas ändern muss.“

Carolyn schluckte krampfhaft und war sich plötzlich überdeutlich bewusst, was nun kommen würde. Sie hätte voraussehen müssen, dass Tricia das Geschäft aufgeben würde, aber sie hatte es nicht getan. Die Entscheidung war sinnvoll. Zwar hätte Tricia nach der Geburt des Babys zu Hause reichlich Hilfe, aber der Neuankömmling würde mehr von ihrer Zeit und Energie beanspruchen, nicht weniger.

„Ich bitte dich nicht, mich abzufinden“, fuhr Tricia fort. „Ich weiß, dass das im Moment unmöglich ist. Vielleicht, wenn das Kind etwas älter ist …“

Wenn das Kind älter ist, dachte Carolyn mit einer Mischung aus Verständnis und liebevollem Neid, kommt wahrscheinlich ein zweites Baby. Wenn nicht mehrere.

„Carolyn", drängte Tricia. „*Sag* etwas."

Nur mit Mühe rang Carolyn sich ein Lächeln ab. „Alles muss sich irgendwann ändern", sagte sie und sah sich wehmütig im Laden mit seinem farbenfrohen, vielfältigen handgefertigten Angebot um. Er war eine Oase der Schönheit, eine Hymne an die Kreativität, und bis jetzt war Carolyn nicht bewusst gewesen, wie sehr sie ihn liebte. „Aber es war eine schöne Zeit."

Tricia glitt von ihrem Hocker und kam gewissermaßen auf Carolyn zu, die Stirn in Sorgenfalten gelegt. „Es war eine schöne Zeit?", wiederholte sie. „Soll das heißen, du willst den Laden nicht weiterführen?"

„Wie soll ich das machen, Tricia? Ich kann mir keine Angestellten leisten, und den Laden allein zu führen, das wäre zu viel angesichts der Näharbeit, zusätzlich zum Einräumen der Regale, der Buchhaltung, der Kundenbetreuung und allem anderen."

„Carolyn, ich glaube, du verstehst nicht, was ich dir sagen will, und das ist wohl kein Wunder, nach allem, was ich ausgelassen habe." Ihre Freundin holte tief Luft, atmete aus und legte die Hände seitlich an ihren vorgewölbten Leib. „Ich hatte gehofft, eine Art stille Teilhaberin zu werden – du weißt schon, Geld ins Geschäft stecken und vielleicht gelegentlich in beratender Funktion mitzuarbeiten. Im Internet neue Künstler aufzuspüren. Wenn ich ins Geschäft investiere, könntest du Leute einstellen – vielleicht ein paar Teilzeitkräfte – und trotzdem Zeit für die kreative Arbeit haben."

Stets voller Argwohn gegen alles, was zu gut schien, um wahr zu sein, stemmte Carolyn in einer unbewussten Spiegelung von Tricias Haltung die Hände in die Hüften und überdachte den Vorschlag. Schließlich platzte sie heraus: „Soll das ein Almosen sein?"

„Um Himmels willen, es ist *natürlich kein* Almosen. Es ist ein Geschäftsplan." Tricia sah einen Moment lang nachdenklich vor sich hin. „Natürlich könnte ich auch *dich* abfinden und einen Geschäftsführer und ein paar Verkäuferinnen einstellen. Aber welchen Sinn hätte das? Gerade Dinge wie diese Schürzen, die du immer zauberst, und dein Auge für einzigartige Ware unterscheiden uns doch von anderen Läden und Galerien."

„Nein", sagte Carolyn hastig und wurde rot.

„Wie bitte?"

„Ich wollte sagen, ich will nicht, dass du mich abfindest", erklärte Carolyn mit einem nervösen Lachen und einem Kopfschütteln. „Kim hat mich gebeten, für sie und Davis in den nächsten zwei Wochen das Haus zu hüten. Und wenn ich die Nachricht verbreite, könnte ich wahrscheinlich gleich wieder bei meinen früheren Kunden einsteigen ..."

„Aber du liebst diesen Laden", fiel Tricia ihr ins Wort. „Und die Wohnung. Und was soll aus Winston werden?"

„Winston", erinnerte Carolyn ihre Freundin zärtlich, „gehört deiner Urgroßmutter. Und sobald Natty all diese Weltreisen satthat, wird sie ihn zurückhaben wollen."

„Natty wird ihre Weltreisen *niemals* satthaben", wandte Tricia ein. „Wenn ihre Zeit gekommen ist – und das dauert, so Gott will, noch ziemlich lange –, sitzt sie wahrscheinlich in einem Prunksaal auf irgendeinem Kreuzfahrtschiff oder reitet auf einem Kamel oder kauft Gewürze auf irgendeinem Markt in weiter Ferne. Sie weiß, dass Winston bei dir glücklich ist, Carolyn, und sie hat nicht vor, ihn zurückzuverlangen. Was glaubst du denn, warum sie dir so wenig Miete für die Wohnung abknöpft?"

Das verblüffte Carolyn, die überlegte, wie sie die Trennung von diesem blöden, verwöhnten, Sardinen fressenden Kater je verkraften würde. Sie sah Tricia nur an, fand keine Worte.

„Und außerdem", fuhr Tricia fort, die derartige Probleme

offenbar nicht kannte, „will Natty mir auf Anraten ihres Anwalts das Haus frühzeitig überschreiben – wohl um nach ihrem Tod eine Testamentseröffnung zu umgehen. Das heißt, dass *ich* praktisch deine Vermieterin bin. Und ich senke deine Miete auf … null."

„Das wäre *wirklich* ein Almosen", protestierte Carolyn.

„Nein", erwiderte Tricia eindringlich, aber mit einem hoffnungsvollen kleinen Lächeln, „es ist praktischer Geschäftssinn. Teil der Gesamtvergütung für die Geschäftsführung, während ich mich darauf konzentriere, diesem Kind den bestmöglichen Start ins Leben zu sichern. Betrachte es einfach als eine Art Haushütejob, wenn du dich dann besser fühlst."

Carolyns Augen weiteten sich, während ihre Kehle ganz eng wurde. „Das musst du nicht tun, Tricia", flüsterte sie. „Wirklich nicht. Ich komme zurecht. Ich kann mein Glück allein machen …"

„Sei nicht so stur und so stolz und hör mir zu", sagte Tricia. „Im Moment möchte ich gern zu Hause bleiben. Ich möchte Conners Frau und die Mutter dieses Kindes sein, und zwar in Vollzeit. Aber ich bin immer noch *ich*, Carolyn. Nach wie vor liebe ich Kunst und Kunsthandwerk und will beides fördern. Die Welt braucht schöne Dinge, die nicht in Plastikverpackung verkauft werden. *Bitte* sag, dass du bleibst. Sag, dass du Creed & Simmons am Leben erhältst." Sie unterbrach sich lange genug, um Luft zu schöpfen. „Willst du nicht sehen, was aus unserer kleinen Firma werden könnte? O doch, ich weiß es."

Carolyn blinzelte. Ihre Gedanken waren gelegentlich tatsächlich schon in diese Richtung abgeschweift. Abstruse Gedanken über die Erweiterung des Warenangebots, den Aufbau einer größeren Internetpräsenz, vielleicht sogar eines Versandhandels. Aber sie hatte sie nie sonderlich ernst genommen.

Sie könnte klein anfangen und Grußkarten, landschaftstypische Kochbücher und dergleichen anbieten. Und wie wär's mit Bastelbedarf und drolligen Gummistempeln?

Denkbar wäre sogar, dass Primrose Lust hätte, zusammen mit anderen talentierten Einheimischen Kunstunterricht zu geben, um ihr Wissen und ihr Können mit anderen zu teilen.

All diese Gedanken schwirrten noch immer durch Carolyns Kopf, als Tricias durch die Schwangerschaft molliges Gesicht vor Begeisterung aufleuchtete. Sie ergriff Carolyns Hände und drückte sie. „Du siehst es vor dir, nicht wahr?", riet sie und traf ziemlich genau ins Schwarze. „Du siehst all die wunderbaren Möglichkeiten, genauso wie ich."

Carolyns Augen begannen zu brennen. Ihr Stolz zwang sie, sich abzuwenden, um zu schniefen. „Und wenn es ein riesiger Fehler ist?", flüsterte sie.

Tricias Gehör war völlig in Ordnung. „Alles, was einen Versuch wert ist, bringt Risiken mit sich, Carolyn", sagte sie.

Alles, was einen Versuch wert ist, bringt Risiken mit sich.

„Ich werde darüber nachdenken", sagte Carolyn sehr vorsichtig und ging dann, nachdem sie Schultern und Rücken gestrafft hatte, in das kleine Büro, das den Computer des Ladens beherbergte.

Sie fuhr ihn hoch, ignorierte einen neuerlichen Ansturm der Begeisterung von der *Friendly-Faces*-Website und klickte die Auktionsseite an, auf der sie den Zigeunerrock zum Verkauf anbot.

Was sie dort sah, raubte ihr nahezu den Atem.

Die Gebote bewegten sich bereits im vierstelligen Bereich, und nach der Anzahl der Bieter zu urteilen, würden sie noch höher gehen.

In diesem Moment begann Carolyn sich vorzustellen, was es bedeuten würde, Hilfe im Laden zu haben, sodass ihr mehr Zeit für kreative Arbeit blieb.

Vielleicht, überlegte sie, und ihr Herz klopfte ein bisschen schneller, hat Tricia recht. Vielleicht war es Zeit, die Vorsicht

beiseitezulassen und etwas zu riskieren.
Auch mit einem gewissen Mann.

Die Express-Sendung lag vor Brodys Tür, als er und Barney gegen fünf Uhr nachmittags zum Blockhaus von River's Bend zurückkehrten. Er hob sie auf, lächelte über den Absender und warf sie einmal in die Luft, bevor er sie auf die Arbeitsplatte legte.

Die DVDs, die er von seinem Freund geschnorrt hatte, waren rechtzeitig eingetroffen. Wenn der Samstagabend kam und damit endlich auch die Zeit für seine Freiluftkinoverabredung mit Carolyn, würde er vorbereitet sein.

Er fuhr sich mit der Hand durchs Haar, kramte frische Sachen aus dem Schrank und ging ins Bad, wo er sehr schnell heiß duschte und sich noch unter der prasselnden Brause rasierte und Schweiß und Staub aus den Haaren wusch.

Als Brody sich wieder angezogen hatte, gab er Barney zu fressen, vergewisserte sich, dass sein Wassernapf mit frischem Wasser gefüllt war, und ging zur Tür. Nachdem er den ganzen Tag lang draußen mit Valentino gespielt hatte, schleppte sich Barney erschöpft zu seinem Körbchen und ließ sich mit einem zufriedenen Seufzer hineinfallen.

Brody schloss die Tür ab, warf einen Blick auf das neue Haus und stieg in seinen Pick-up. Um sechs Uhr sollte er bei Carolyn sein, und es war schon fast so spät, doch vermutlich musste sie sich ohnehin erst noch von ihrem Arbeitstag erholen. Da war es sicher nicht so schlimm, wenn er sich ein paar Minuten verspätete.

Er bog auf den Parkplatz des Supermarkts ein, lief in das Gebäude, kaufte zwei Dutzend pinkfarbene Rosen und eine Packung Kondome und eilte wieder hinaus.

Nicht nur dem Mutigen, sondern auch dem gut Vorbereiteten gehört die Welt, sagte er sich.

Als er vor dem Haus der McCalls hielt, stieg Tricia gerade

die Verandastufen herab. Sie trafen sich auf halbem Weg, und sie nahm ostentativ Notiz von den Rosen – das Kondompäckchen klemmte zum Glück in einer Papiertüte unter seinem Arm –, hob eine Augenbraue und lächelte noch strahlender.

„Dass ich *dich* hier treffe, Brody Creed“, sagte sie.

Brody lachte. „So was aber auch“, erwiderte er.

Er machte kehrt, begleitete Tricia zu ihrem Pathfinder und wartete, bis sie eingestiegen war. Hoffentlich fuhr sie nicht vor der Heimfahrt noch zum Supermarkt, denn dort würde irgendwer sie mit Sicherheit über die Einkäufe unterrichten, die er gerade getätigt hatte.

„Fahr vorsichtig“, bat er Tricia.

Sie lächelte. „Du auch“, antwortete sie, ließ den Motor an und fuhr davon.

Brody blickte ihr nach, bis ihr Fahrzeug nicht mehr zu sehen war, dann nahm er seine Rosen und sein Kondompäckchen und ging zu Natty McCalls Haustür.

Sie öffnete sich, bevor er Blumen und Papiertüte so ausbalanciert hatte, dass er hätte klopfen können.

Carolyn stand vor ihm. Ihre Augen strahlten, ihre Wangen waren gerötet. Sie trug Jeans, wie üblich, dazu ein weißes Hemd in Übergröße, dessen oberste drei Knöpfe offen waren.

Sie war so schön, dass Brody beinahe den Mut verloren hätte.

Natürlich hoffte er darauf, zu Ende zu führen, was er am Vormittag am Hidden Lake begonnen hatte. Aber bevor der Abend zu Ende ging, musste er ihr *auch* erklären, warum er sich vor fast acht Jahren aus dem Staub gemacht und sie alleingelassen hatte. Und zweimal an einem Tag über Lisa und Justin zu reden würde doppelt so schmerzhaft sein wie einmal.

Und das war schon viel.

„Komm rein“, sagte Carolyn ruhig, senkte den Blick auf die Rosen und hob ihn dann wieder zu seinem Gesicht. Ihre Wangen röteten sich noch stärker.

Im Eingangsflur war es still und kühl. Ein schwacher Blumenduft hing in der Luft, doch Brody konnte nicht unterscheiden, ob er von Carolyn ausging oder von all den Kerzen und Badesalzen und dem anderen Kram, den sie und Tricia in ihrem Laden verkauften.

Er reichte ihr die Rosen, gab die Tüte mit den Kondomen jedoch nicht aus der Hand.

„Danke", sagte sie, und ihr Ton verriet absolut nichts von dem, was in ihrem Kopf vorging. Sie drehte sich um und ging voran zur Treppe. Brody folgte ihr.

Er rechnete halb damit, dass diese gestörte Katze ihn anfiel, sobald er Carolyns Küche betrat, doch nichts passierte. Das Katzentier saß auf dem Fensterbrett, futterte hingebungsvoll Sardinen von einer Untertasse und würdigte Brody keines Blickes.

„Setz dich", forderte Carolyn ihn auf und legte die Rosen auf die Arbeitsplatte. Sie kramte in den Schränken, bis sie eine schlichte Glasvase gefunden hatte, und holte eine Haushaltsschere aus einer Schublade.

„Ich möchte lieber noch ein bisschen stehen", hörte Brody sich sagen. Er *glaubte* zumindest, dass er es gesagt hatte. Seine eigene Stimme klang ihm fremd.

Carolyn sah sich nach ihm um, erwiderte aber nichts. Ihr Hantieren in den folgenden Minuten war nach Brodys Einschätzung ganz gewöhnlich. Sie füllte Wasser in die Vase, entfernte das Zellophanpapier von den Rosen, schnitt die Stängel mit der Schere an und arrangierte einen hübschen Strauß.

Und Brody schaute ihr fasziniert zu.

Als sie sich zu ihm umdrehte, stand er direkt vor ihr. Er konnte sich allen Ernstes nicht daran erinnern, wie er von einem Standort zum anderen gelangt war – und er *musste* sie küssen.

Es war so lebensnotwendig wie sein nächster Herzschlag, sein nächster Atemzug.

Kurz versteifte sie sich, doch dann legte sie die Arme um seinen Nacken und erwiderte den Kuss.

Es schien Brody den Boden unter den Füßen wegzuziehen. Er vertiefte den Kuss, drängte sich gegen Carolyn und spürte eine Euphorie wie im freien Fall, als sie ihm entgegenkam, auf seine Umarmung reagierte.

„Unumgänglich", stieß er rau hervor, nachdem ihre Lippen sich schließlich voneinander lösten.

„Ja", stimmte Carolyn zu.

Er hob sie hoch und küsste sie noch einmal, dieses Mal zärtlich.

Die Wohnung war nicht groß, deshalb entschied er auf gut Glück, welche Tür ins Schlafzimmer führte, und er irrte sich nicht.

Unglücklicherweise vergaß er die Kondome in der diskreten braunen Tüte in der Küche. Brody fluchte leise, ließ Carolyn herunter und nestelte an ihren Hemdknöpfen.

Doch sie kam ihm zuvor und öffnete ihr Hemd selbst.

Außer sich vor Verlangen sah er zu, wie sie das Hemd abstreifte und ihre perfekten, von Spitzenstoff verhüllten Brüste, ihr flacher Bauch und die schön gerundeten Hüften zum Vorschein kamen. Während Brody sie von ihrem BH befreite, hatte er das Gefühl, alles liefe wie in Zeitlupe ab.

Und dann schmiegten sich Carolyns Brüste in seine Hände. Die Brustwarzen waren hart. Warteten auf ihn.

Sie seufzte und legte den Kopf in den Nacken, als er sie streichelte, erregte und ihr zuflüsterte, wie schön sie sei.

Im Schlafzimmer überließ Carolyn ihrem Körper die Führung und gab sich Brody hin.

Es war so lange her, und sie brauchte ihn so sehr.

Tränen der Ergriffenheit brannten in ihren Augen, als Brody den Kopf senkte und eine Brustspitze in den Mund nahm. Seine kräftigen Hände streichelten ihren Rücken, und die Berührung war wie ein stummes Versprechen, dass er sie nicht fallen lassen würde.

Atemberaubende Empfindungen erschütterten sie, während Brody ihre Brüste liebkoste, an ihren Ohrläppchen knabberte, mit den Lippen an ihrem Hals entlangwanderte und dann ihre Jeans aufknöpfte. Das alles war, wie schon vorher, mehr als nur Sex.

Alles, was Brody ausmachte, vom Duft seines Haars und seiner Haut bis zu der Berührung seiner Finger und der feuchten Wärme seines Mundes an ihrem Körper, weckte Gefühle in ihr, die sie nicht benennen konnte.

Sanft legte er sie aufs Bett, zog ihr die Stiefel aus, streifte ihr Jeans und Slip ab und warf beides auf den Boden. Sie war herrlich nackt, im Gegensatz zu Brody, wie sie verschwommen feststellte.

Sie tastete nach seinen Schultern, nach seiner muskulösen Brust, hörte das Klimpern seiner Gürtelschnalle.

„Bleib so", flüsterte er, und ein leises heiseres Lachen schwang in seiner Stimme mit. „Ich bin gleich wieder da."

Und Carolyn, zu keinem klaren Gedanken mehr fähig, brachte nur ein heiseres Stöhnen zustande.

Es war ein verzweifelter Laut, erfüllt von Verlangen.

Obwohl Brody nicht lange fortblieb, empfand sie seine Abwesenheit wie schattige Kühle und seine Rückkehr wie die herrliche, alles durchtränkende Wärme tropischen Sonnenscheins.

Als er sich neben das Bett kniete und ihre Schenkel berührte, entfuhr ihr ein Schluchzen – nicht aus Kummer, sondern vor Begierde.

Er verwöhnte sie mit dem Mund, und sie stöhnte seinen Namen, vergrub die Finger in seinem Haar, umfasste seinen Kopf und presste sich enger an ihn.

Sein Lachen vibrierte in ihrem Körper, und das – das allein – ließ sie so heftig kommen, dass sie sich ihm entgegenreckte und einen langen kehligen Schrei schierer Erlösung ausstieß.

Brody streichelte ihre Hüften, als sie langsam, ganz langsam wieder von den Höhen der Leidenschaft zurückkehrte, doch immer noch liebkoste er sie mit den Lippen, leicht, aber fordernd, was sie unverzüglich erneut in einen noch wilderen Erregungszustand katapultierte.

„Brody“, brachte sie heftig atmend hervor, „o Brody, lass mich nicht warten, *bitte* …“

Sie spürte, dass er den Kopf schüttelte, spürte, wie sein seidiges Haar über die Innenseiten ihrer Schenkel strich. Spürte, wie ihr Bedürfnis, dass er endlich zu ihr kam, von Sekunde zu Sekunde stärker und unerträglicher wurde.

Und immer noch leckte er, knabberte, ließ er die Zungenspitze spielen, saugte erbarmungslos.

Ein ekstatischer Schrei löste sich aus ihrer Kehle, als der Orgasmus sie überwältigte. Ihr Körper spannte sich an, und Wellen der Lust durchliefen sie.

Brody hörte mit seiner süßen Folter erst auf, nachdem der letzte, schaudernde Atemstoß der Kapitulation verebbt war. Er raunte besänftigende Worte, während alle Muskeln ihres immer noch pulsierenden Körpers wie Wachs zu schmelzen schienen.

Erst jetzt schob er sie bis zur Mitte des Bettes vor, kniete sich zwischen ihre Oberschenkel, und sie wusste, dass er ein Kondom überstreifte.

„Triff deine Entscheidung“, sagte er. „Ja oder nein?“

„Ja“, presste Carolyn hervor. „Ach Brody – *ja* …“

Mit einer bedächtigen Bewegung drang er in sie ein und entfachte das Feuer in ihr von Neuem. Sie bewegten sich von Anfang an im gleichen Takt, hielten ihren Rhythmus, und ihre Vereinigung war ein perfekter Tanz.

Carolyn fühlte jede Nuance der Begierde nicht nur in ihrem Körper, sondern auch in ihrem Herzen, ihrem Geist und ihrer Seele. Sie erlebte Brodys Liebe mit ihrem gesamten Ich und erachtete sie als heilig.

Als sie merkte, dass Brody dem Gipfel nahe war, fuhr sie mit den Händen über seine Schultern, seinen Rücken und seinen knackigen Po, flüsterte ihm ins Ohr, ermutigte ihn und lockte ihn gleichzeitig, sich einfach gehen zu lassen.

Und nachdem er sich endlich fallen ließ, wurde Carolyn selbst ebenfalls wieder in den Strudel der Erlösung gezogen, vollkommen machtlos gegenüber der scheinbar nicht enden wollenden, rasenden Wonne.

Das Sonnenlicht vorm Fenster wurde rosa und dann blass lavendelfarben, als sie schließlich erschöpft dalagen und darauf warteten, dass sie wieder zu Atem kamen und ihre Herzen aufhörten, wie verrückt zu hämmern.

Es wurde dunkel im Zimmer.

Winston miaute vor der geschlossenen Tür, doch weder Brody noch Carolyn rührten sich, es sei denn, um sich enger an den anderen zu kuscheln. Kaum dass sie beide einigermaßen wieder zu sich gekommen waren, liebten sie sich noch einmal. Dieses Mal langsamer, nicht so wild, aber mit dem gleichen furiosen Höhepunkt.

Danach ließ sich Carolyn auf Brody sinken, das Gesicht an seinen Hals geschmiegt, alle Sinne erfüllt von ihm, von seinem Duft, seiner Haut, seinem Körper und seiner Kraft. Befriedigt schlief sie ein und erwachte wenig später, weil Brody sie mit den Fingern schon wieder auf direktem Weg zu einem welterschütternden Orgasmus trieb.

Sie seufzte, als es schließlich vorbei war. Drehte sich auf die Seite und kuschelte sich in Brodys Arm.

„Ob wir das bereuen werden?“, wollte sie von ihm wissen.

„Wahrscheinlich“, antwortete Brody mit einem erotischen Flüstern. „Aber ich halte sehr viel davon, für den Augenblick zu leben.“

Darüber lachte sie, ballte die Hand zur Faust und versetzte

ihm einen leichten Schlag auf die Brust. „Brody Creed, du bist unverbesserlich.“

Er küsste sie aufs Haar. „Und hungrig“, erwiderte er.

„Ich könnte Rührei machen“, schlug Carolyn vor und fragte sich, wer diese Frau war, die hier im Bett lag. Offenbar dieselbe, die vorhin noch schnell zum Minimarkt gerast war, um Brot, Eier und Milch zu besorgen.

„Hört sich gut an“, murmelte Brody. Seine Stimme klang jetzt verschlafen.

Carolyn stieg über ihn hinweg aus dem Bett. Nach einer kurzen Dusche zog sie das weiße Hemd wieder an und ging in die Küche.

Winston beäugte sie vorwurfsvoll vom Fensterbrett aus.

„Sieh mich nicht so an“, sagte Carolyn zu ihrem Kater. „Du hast dein Abendbrot bereits gehabt, schon vergessen?“

„Riau“, sagte Winston und begann mit einem Ausdruck eleganter Resignation, seine rechte Pfote zu putzen.

Mein Kater, dachte Carolyn in flüchtiger Erinnerung an ihr Gespräch mit Tricia am Nachmittag. *Mein Kater, meine Wohnung, mein Laden.*

Und plötzlich hast ausgerechnet du eine Zukunft.

Jetzt muss ich nur noch einen Weg finden, um über Brody Creed hinwegzukommen, bevor er mir noch einmal das Herz bricht.

15. KAPITEL

Verdammt noch mal, Carolyn sah gut aus, wie sie da in der Küche ihrer Wohnung stand, Eier in die Pfanne schlug und nichts am Leibe hatte als irgendein Männerhemd.

Brody runzelte die Stirn. Kim trug beim Malen, bei der Gartenarbeit oder beim Hausputz manchmal Davis' alte Hemden. Und bekanntlich hatte auch Tricia gelegentlich eines von Conners Hemden angezogen, bevor ihr Babybauch überhandnahm. Aber wer war der Mistkerl, der *dieses* Hemd hier zurückgelassen hatte?

„Was ist?", fragte Carolyn mit einem scheuen Lächeln auf den vom Küssen geschwollenen Lippen.

„Nichts." Brody seufzte und rückte einen Stuhl zurecht, um sich an den Tisch zu setzen. Mit der Liebe war's aus, im Moment jedenfalls, wenn nicht für immer, wenn er erst einmal alles ausgesprochen hatte, was gesagt werden musste.

Es war jedoch höchste Zeit, reinen Tisch zu machen, komme, was da wolle. Er war ihr in vielerlei Hinsicht die Wahrheit schuldig – hauptsächlich über seine Gründe, sie in jener Nacht vor langer Zeit mit nichts als einer kurzen Nachricht, einer Menge Wut und Schmerz und höchstwahrscheinlich einer Unmenge an unbeantworteten Fragen zu verlassen.

Aber Carolyn war offenbar nicht nach einem Stimmungswechsel zumute. Sie blickte auf ihr Hemd herunter und sah dann mit großen, lachenden Augen zu Brody auf, als hätte sie einen Verdacht, was ihn daran störte, wäre sich aber nicht ganz sicher. „Was soll der merkwürdige Blick, Brody?"

„Ich habe mich nur gefragt, wem dieses Hemd gehört", gestand er verlegen. „Jetzt bin ich drüber weg."

„Es ist deins", erklärte sie mit diebischer Vorfreude auf seine Antwort. „Du hast es hier zurückgelassen, als du …"

Der freudestrahlende Gesichtsausdruck verschwand, sie erinnerte sich und verfiel in Schweigen.

„Ich habe es zurückgelassen, als ich *dich* verlassen habe“, sagte Brody ruhig, beugte sich vor und rückte einen zweiten Stuhl zurecht. „Carolyn, nimm die Pfanne vom Herd und setz dich.“

Doch stattdessen wandte sie sich ab, schüttelte den Kopf und bearbeitete das Rührei mit dem Pfannenwender, als wollte sie Teer von einer heißen Oberfläche kratzen.

„Das liegt lange zurück“, sagte sie. Die Worte kamen wie aus der Pistole geschossen, schienen von den Schranktüren abzuprallen und ihm wie Querschläger um die Ohren zu fliegen. „Vergessen wir's, okay?“

Brody seufzte wieder und strich sich durchs Haar. „Wenn ich es vergessen könnte“, sagte er ernst und aufrichtig, „glaub mir, ich würde es tun.“

Da schaute Carolyn ihn wieder an. Ein stechender Geruch wehte vom Herd herüber, und rasch klatschte sie das Rührei auf zwei Teller, stellte sie auf den Tisch und ging zurück zum Tresen, um Besteck zu holen.

„Carolyn, um Himmels willen“, stieß Brody hervor. „Setz dich endlich. Bitte.“

„Du hast doch *gesagt*, du hättest Hunger“, entgegnete sie und wurde wieder rot, nahm jedoch Platz.

Beide rührten die Gabel nicht an, sahen nicht mal auf ihre Teller. Ihre Blicke hatten sich ineinander verfangen, und Brody erkannte den großen Schmerz in Carolyns Augen. Vielleicht spiegelt dieser Schmerz meinen eigenen, dachte er.

„Sie hieß Lisa“, sagte er. Das allein schon war verdammt schwer auszusprechen, aber es war ein Anfang.

Zum Glück konterte Carolyn nicht mit der schnippischen Frage: „Wer hieß Lisa?“, wie er halb und halb erwartet hatte.

„Die Frau, die in jener Nacht angerufen hat“, sagte Carolyn leise. „Mit der du lieber zusammen sein wolltest als …“

Als mit mir. Die Worte hingen unausgesprochen zwischen ihnen.

„Ja. Wir haben uns kennengelernt, als ich auf Rodeotour war, Lisa und ich, und wir hatten eine Art Affäre ...“

Glut stieg Carolyn in die Wangen, ihre Augen blitzen. „Wie hat man *eine Art Affäre*?“, fragte sie.

„Wenn du es mir unbedingt noch schwerer machen willst, Carolyn“, sagte Brody, „bitte schön.“

Sie presste die Lippen zu einem harten Strich zusammen.

Der Geschmack dieser Lippen schoss ihm in den Sinn, das Gefühl, wenn sein Mund sie berührte. Und heißes Verlangen traf ihn wie ein Meteor aus heiterem blauen Himmel.

„Lisa und ich hatten eine Affäre“, fuhr Brody fort und legte die Betonung auf das letzte Wort. „*Eine Art Affäre* ist Quatsch. Dann trennten wir uns – ich wollte weiter auf Rodeotour gehen, und sie wollte bleiben, wo sie war, heiraten und ein Haus kaufen, und keiner von uns war zu einem Kompromiss bereit. Also nahmen wir Abschied, und ich reiste ab.“

Carolyn wartete. Jetzt sah sie nicht mehr erhitzt, sondern blass und sehr klein aus in ihrem weißen Hemd. Sie schluckte wiederholt, sagte aber nichts.

„Ich trieb mich eine Zeit lang im Südwesten herum und landete dann hier. Ich wollte mit meiner Familie ins Reine kommen, doch wie du weißt, waren Kim und Davis nicht zu Hause, als ich bei ihnen aufkreuzte. Ich glaube, Conner war zu der Zeit auch nicht hier. Wie auch immer, als ich dich zum ersten Mal sah, wie du in der Tür zum Haus meines Onkels und meiner Tante gestanden hast, gerahmt von Licht, da konnte ich an nichts anderes mehr denken als an dich, Carolyn.“

Er erkannte Skepsis in Carolyns Miene und außerdem etwas, das Hoffnung sein mochte. Erinnerungen flackerten geisterhaft in ihrem Blick, und sie biss sich auf die Unterlippe.

„Ich war nicht sicher, ob das, was ich für dich empfand,

Liebe war“, fuhr Brody fort, „aber was immer es auch war, ich hatte es vorher noch nie erlebt.“

Sie zog eine Braue hoch, schwieg jedoch weiterhin.

„In jener letzten Nacht rief Lisa an. Sie sagte mir, dass sie ein Kind von mir erwartete und dass sie es, wenn ich sie nicht heiraten würde, zur Adoption freigeben würde. Ich flippte völlig aus – meine Gedanken schwirrten in vierzig verschiedene Richtungen zur gleichen Zeit, und ich konnte den Mittelweg offenbar nicht finden.“

Ganz langsam streckte Carolyn die Hand aus und legte sie in seine, doch ihr Blick war immer noch wachsam, vorsichtig.

„Jetzt“, sagte Brody mit einem zittrigen Seufzer, „jetzt wünschte ich, ich hätte zugelassen, dass sie Justin einer netten Familie überlassen hätte, denn dann würden beide vielleicht noch leben. Höchstwahrscheinlich hätte Lisa einen Mann gefunden, der sie so liebte, wie ich es nicht gekonnt habe, sosehr ich mich auch bemühte, und Justin, tja, er wäre jetzt sieben. Ein normales, gesundes Kind. Das im Herbst in die zweite Klasse käme.“

Carolyn schluckte und drückte seine Hand, um ihm zu bedeuten, dass sie zuhörte. Der Schmerz war ein wenig, aber keineswegs vollständig aus ihrem Blick gewichen.

„Stattdessen kamen sie bei einem Autounfall ums Leben“, sagte Brody, als er das Gefühl hatte, fortfahren zu können. Danach war es, als würde jemand anders die Geschichte erzählen, während er danebenstand wie ein stummer Zeuge, zuhörte, zusah, sich erinnerte.

Aber abgetrennt von dem Schmerz.

Carolyn unterbrach ihn nicht, und als er zum Ende gekommen war, saß sie auf seinem Schoß, die Arme um ihn gelegt, den Kopf an seine Schulter gebettet.

Brody fühlte sich innerlich gebrochen und zerrissen, als hätte er sich selbst aufgebraucht, nicht nur emotional, sondern auch körperlich. Die alte Trauer, die er nie lange in

Schach hatte halten können, fiel wieder über ihn her, und eine stahlharte Macht zwang sein Ich zurück in seinen Körper.

Wortlos hielt Carolyn ihn umschlungen ... lange, lange Zeit. Dann stand sie auf, ergriff Brodys Hand und führte ihn zurück zu ihrem Bett, wo sie begann, ihn Stück für Stück wieder aufzubauen.

Brody ging um kurz nach Mitternacht – er wollte Barney nicht zu lange allein lassen, sagte er –, und nachdem Carolyn die Tür hinter ihm abgeschlossen hatte, ging sie sofort zurück ins Bett und fiel in einen tiefen, heilenden Schlaf.

Am nächsten Morgen tappte sie gähnend barfuß in die Küche, und ihr Blick fiel auf die beiden Teller mit dem kalten Rührei.

Sie entsorgte es im Küchenabfall.

Mittlerweile verlangte Winston lautstark nach seinem Frühstück. Carolyn gab ihm Trockenfutter, das er, wahrscheinlich in der Hoffnung auf Sardinen, zunächst verschmähte.

Sie füllte Wasser in einen Becher, hängte einen Teebeutel hinein und stellte ihn in die Mikrowelle. Während sie darauf wartete, dass nach zwei Minuten die Zeitschaltuhr klingelte, dachte sie über Brody nach. Nach der vergangenen Nacht wäre es geradezu eine Glanzleistung gewesen, *nicht* über ihn nachzudenken.

Das Liebesspiel wirkte mit kleinen unregelmäßigen Nachbeben noch in ihrem Körper nach, doch darüber musste sie nicht nachdenken, das musste sie nur fühlen, auskosten und genießen.

Was Brody ihr erzählt hatte, über Lisa, über ihren kleinen Jungen, den furchtbaren Unfall und wie er danach völlig den Halt verloren hatte, das war es, was sie beschäftigte.

Sie hatte intuitiv gewusst, dass er die Wahrheit sagte. Daher ging es hier nicht darum, ob sie ihm glaubte oder nicht. Es ging vielmehr um die Frage nach den persönlichen Schäden.

Wie konnte ein Mensch sich jemals von einer solchen Tragödie erholen?

Konnte *sie* sich, selbst nachdem sie jetzt die Wahrheit kannte, von ihrer bislang festen Überzeugung eines grausamen Betrugs erholen?

Manche Wunden heilten nun mal nie.

Für Brody war die Erfahrung mehr als grauenhaft. Er hatte mit Lisa am Telefon gesprochen, als der Zusammenstoß stattfand, hatte den ohrenbetäubenden Knall und die darauf folgende Stille gehört. Obendrein gab er sich selbst die Schuld – wäre er an diesem Winterabend zu Haus gewesen und nicht mit einem Schwertransporter unterwegs, dann hätte er am Steuer gesessen, nicht Lisa. Und ihm wäre es vielleicht gelungen, rechtzeitig auszuweichen und den Zusammenstoß zu vermeiden.

Hätte er nur, wäre er nur.

Carolyn kannte diesen Ausdruck zur Genüge. Hätte ihre Mutter sie nur genug geliebt, um bei ihr zu bleiben, statt sie in Pflege zu geben und sich aus dem Staub zu machen. Wäre ihr Dad nur ein starker, stabiler, zuverlässiger Typ wie Davis Creed gewesen, der bereit war, sein Kind großzuziehen.

Wenn das Wörtchen Wenn nicht wär, dachte Carolyn. Eine ihrer Pflegemütter hatte diesen Spruch jedes Mal angebracht, wenn Carolyn es gewagt hatte, auch nur zaghaft ihre Zukunftsträume zu äußern.

Bald hatte sie ganz aufgehört, irgendjemandem von ihren Hoffnungen zu erzählen.

Emotional geknickt, aber körperlich glücklich nach der Liebesnacht mit Brody schaltete Carolyn ihren Laptop ein, damit er hochfuhr, während sie duschte.

Nachdem sie sich gewaschen und angezogen hatte, war der Computer einsatzbereit. Icons blinkten, Roboterstimmen wiederholten immer und immer wieder „Jemand mag dein freundliches Gesicht!“

Es war das akustische Gegenstück zum Märchen vom süßen Brei. Der Computertopf quoll über von Lärm. Carolyn blockte sämtliche weiteren Kontaktaufnahmen durch die Partnerbörse.

Daraufhin trat süße herrliche Ruhe ein.

„Schon besser", sagte sie zu Winston, der sich in keiner Weise dazu äußerte.

Ein paar Mausklicks führten sie auf die Auktionsseite, auf der sie den Zigeunerrock gepostet hatte. Immer noch wurde eifrig geboten, und als Carolyn die derzeitigen Zahlen sah, rieb sie sich die Augen und glaubte schon, falsch gelesen zu haben. Kein Mensch bezahlte *so* viel für einen Rock, ganz gleich, wie schön er war.

Sie prüfte das Pseudonym des Höchstbietenden, für den Fall, dass es jemand war, den sie kannte – oder vielleicht eine ihrer Stammkundinnen. Doch sie kannte den Namen nicht. Dennoch sagte ein flaues Gefühl in der Magengegend ihr, dass hier etwas nicht stimmte.

Carolyn starrte konzentriert auf den Bildschirm, als könnte sie so das Geheimnis lüften, tappte aber weiterhin im Dunkeln.

Sie saß immer noch vor dem Computer und bearbeitete ihre regulären E-Mails, als jemand unten an der Eingangstür klopfte.

Tricia? Nein, sie hatte einen Schlüssel, und es war außerdem noch viel zu früh.

Brody? Freudige Erregung durchströmte Carolyn, doch sie drängte sie rasch zurück. Er hatte gesagt, es gäbe viel auf der Ranch zu tun, und sie waren übereingekommen, ein paar Tage Pause einzulegen.

Außerdem waren sie am Samstagabend verabredet, zum Essen und zum Kino.

Bis dahin wollten sie die Unbeteiligten spielen.

Das Klopfen, höflich, aber beharrlich, hörte nicht auf.

„Immer mit der Ruhe“, brummte Carolyn und wäre beinahe kopfüber die Innentreppe heruntergefallen, weil Winston an ihr vorbeipreschte, um zur Begrüßungszeremonie zur Stelle zu sein.

Als sie im Eingangsflur angelangt war und die Tür öffnete, hatte Carolyn sich zu einem aufgesetzten Lächeln durchgerungen.

Es erlosch, als sie den Besucher erkannte. Bill Venable stand auf der Veranda und sah besorgt und verlegen und wie immer sehr attraktiv aus. Sein Bizeps war fast so eindrucksvoll wie Brodys.

„Bill“, sagte Carolyn und konnte ihre Überraschung nicht verbergen.

„Entschuldige. Ich weiß, ich hätte vorher anrufen sollen.“

Carolyn trat einen Schritt zurück, um ihn einzulassen. Was um alles in der Welt wollte er so früh am Morgen von ihr? Selbst die Zeitung war noch nicht ausgeliefert worden.

„Stimmt etwas nicht?“, fragte sie. „Ellie geht's doch gut, oder?“

Bill nickte. Er hatte einen Stoppelbart, vielleicht ein Zeichen seiner Sorge, denn normalerweise war er glatt rasiert. „Ellie geht's gut“, sagte er hastig. „Es ist nur so – unten in New Mexico ist ein Feuer ausgebrochen, ein großes, und ich muss sofort aufbrechen.“

Sie standen in der Eingangshalle, und Winston, sehnig und geschmeidig wie eine Schlange mit Fell, miaute und strich um ihre Knöchel.

Carolyn wartete, sie hatte immer noch keine Ahnung, was Bill von ihr wollte.

Er lächelte zaghaft. „Wir wollten doch mal zusammen einen Rundflug in meinem Flugzeug machen, irgendwann in der nächsten Zeit?“, erinnerte er sie. „Ich möchte nicht, dass du denkst, ich hätte es vergessen. Ich weiß nicht, wie lange ich fortbleibe, und außerdem werde ich wohl zu beschäftigt sein, um dich anzurufen. Obendrein wütet der Brand in einer ziemlich abgelegenen Gegend, wo mein Handy womöglich gar keinen Empfang hat ..." Er schien nach Worten zu suchen, und Carolyn fühlte mit ihm. Als er schließlich weiterredete, erschrak sie leicht über seine Worte. „Es ist durchaus denkbar, dass ich nicht ... Ich wollte dir nur persönlich sagen, dass ich eine Zeit lang nicht im Lande bin."

Es war, als wäre Bill gekommen, um Abschied zu nehmen – für immer –, weil er Grund zur Sorge hatte. Natürlich hatte sie davon gehört, dass Piloten Vorahnungen von einem Absturz oder einer anderen todbringenden Katastrophe hatten.

Wollte Bill ihr sagen, dass er glaubte, bei der Bekämpfung dieses Brandes *ums Leben zu kommen*?

Tränen traten ihr in die Augen, und einen verrückten Moment lang wollte sie ihn anflehen, nicht zu fliegen und an Ellie und Angela zu denken und an all die anderen Menschen, die ihn sicherlich liebten.

„Bleibt Ellie während deiner Abwesenheit bei ihren Großeltern?", fragte sie stattdessen.

Bill schüttelte trübselig den Kopf. „In den nächsten paar Tagen nicht. Ein Freund von ihnen ist plötzlich und unerwartet gestorben, und sie sind zu seinem Begräbnis nach Houston gefahren. Ellie wohnt bei Angela, bis Charlie und Stella zurückkommen."

„Ach", sagte Carolyn und hoffte, das könnte bedeuten, dass Bill und Angela ihre Trennung noch einmal überdachten. Ihrer Meinung nach gehörten sie zusammen.

„Es ist nicht so, wie du denkst", beeilte Bill sich zu sagen. „Angela hat ihre Ansicht über meinen Beruf nicht geändert. Sie hasst ihn, und sie ist außer sich vor Wut, weil ich diesen Auftrag nicht abgelehnt habe. Aber ich weiß, dass sie sich gut um Ellie kümmern wird, und das ist das Wichtigste. Die beiden verstehen sich sehr gut."

Carolyn stellte sich vor, wie ihr Freund in einem kleinen

Flugzeug über einem Waldbrand schwebte, feuerhemmende Mittel in die Flammen sprühte, die wie gigantische orangerote Finger in den rauchverhangenen Himmel griffen, und sie hatte Angst um ihn. Die Worte „Flieg nicht“ lagen ihr auf der Zunge, und ihre Augen brannten.

Bill sah ihren Gesichtsausdruck, lächelte traurig, nahm sie sanft bei den Schultern und gab ihr einen Kuss auf die Stirn. „Denk positiv“, sagte er rau zum Abschied, dann drehte er sich um, ging hinaus und schloss die Tür hinter sich.

Erst ein paar Sekunden nachdem er fort war, konnte Carolyn sich wieder rühren.

Wenn sie doch die Macht – oder das Recht – hätte, ihn zurückzurufen, ihn zu zwingen, in Lonesome Bend zu bleiben, wo er in Sicherheit wäre.

Aber war irgendwer jemals irgendwo in Sicherheit?

Die Antwort lautete leider nein.

Bills Flugzeug konnte abstürzen, konnte mitten im Herz eines höllischen Waldbrands niedergehen, er konnte Ellie als Waise hinterlassen und Angela – die liebe, wohlmeinende Angela – im Zustand endloser Trauer. Genauso gut konnten ihn aber ein Herzinfarkt oder eine tödliche Krankheit hinstrecken oder ein Raser beim Überqueren eines Zebrastreifens.

Niemand kam für immer mit dem Leben davon, niemand hatte die Garantie, dass es ein Morgen für ihn gab und danach noch ein Morgen.

Das Leben ist gefährlich. Man stelle sich nur vor, was Brodys Frau Lisa und ihrem kleinen Sohn zugestoßen war.

Und wenn man durch die Liebe zu einem Menschen sein Herz bloßlegte? Tja, das war das größte, tödlichste Risiko von allen.

Carolyns Knie wurden weich, sie tastete sich rückwärts zur Treppe und ließ sich auf eine Stufe sinken, stützte einen Ellbogen aufs Knie und legte das Kinn in die Hand.

Winston näherte sich, schnurrte und schmiegte sich an ihre

Hüfte, bot entweder Trost an oder suchte ihn – oder beides.

Wie betäubt streichelte Carolyn mit der freien Hand seinen glänzenden Rücken.

Sie hatte von vornherein recht gehabt – es war gefährlich, einen Menschen zu lieben oder ein Haustier, ja selbst ein Haus oder eine Stadt oder einen Beruf. Alles konnte sich mit dem Verreißen des Lenkrads verändern – oder mit einem Anruf oder einem Polizisten, der an die Haustür klopfte.

Aber welche Alternative hatte ein Mensch denn?

Konnte man sich entscheiden, *nicht* zu lieben?

Man konnte es natürlich versuchen und damit vielleicht in gewissem Maße sogar Erfolg haben.

Aber dann könnte man sich genauso gut eine Grabstätte und einen Grabstein kaufen, überlegte Carolyn, und sich im Gras ausstrecken, um auf den Tod zu warten, während andere weiter durchs Leben marschierten, lachten und weinten, liebten und hassten, Sieg und Niederlage erfuhren und alles, was dazwischenlag.

Sie konnte sich vielleicht einreden, in Sicherheit zu sein, aber sie würde auch die Party versäumen.

„Du bist heute ja ziemlich munter", bemerkte Davis mit einem Augenzwinkern, als er, Conner und Brody hinausfuhren, um die defekten Zäune zu reparieren, die Brody am Vortag beim Abreiten entdeckt hatte. „Gestern ging's dir nicht so gut."

Brody antwortete nicht gleich, war sich des Werts dieses Moments aber deutlich bewusst. Conner saß mit Valentino und Barney, neuen Drahtrollen und der Werkzeugkiste auf der Ladefläche des Pick-ups, während Brody mit Davis als Beifahrer den Wagen fuhr.

Sie arbeiteten zusammen, er und sein Bruder und sein Onkel, so wie es sich gehörte.

Ein Teil von Brody wünschte sich zurück ins Bett mit Carolyn. Pech, dass ein Mann nicht gleichzeitig an zwei Orten sein konnte.

„Das war gestern“, erwiderte er schließlich, „und heute ist heute.“

Davis blickte auf die Frontscheibe, während sie über unebenen Boden holperten und schaukelten, aber Brody wusste, dass er ihn aus dem Augenwinkel beobachtete. „Wir alle haben eine ganze Reihe von ‚gestern‘ angesammelt, bevor du dich durchgerungen hast, mir von Lisa und Justin zu erzählen. Warum, Brody?“

Brody hob eine Schulter und senkte sie wieder. Er sah Davis nicht an, sondern blickte nach vorn auf das mit Vieh übersäte Ranchgelände, das schon für Generationen von Creeds eine Heimat gewesen war. Einige Zweige des Familienstammbaums trugen gute Früchte – solide, ehrliche Männer und Frauen, darauf bedacht, das Beste von ihrer Persönlichkeit und ihrem Besitz zu geben, um ein nachhaltiges Vermächtnis für ihre Kinder und Enkel bis zum heutigen Tag zu schaffen. Hier und dort tauchte auch mal ein fauler Apfel auf, ein Schurke oder gar ein Verbrecher.

Seinem eigenen Urteil nach gehörte er selbst höchstwahrscheinlich eher in die zweite Kategorie als in die erste.

„Es war nicht einfach, darüber zu reden“, sagte er schließlich.

„Es gibt viele Dinge im Leben, über die zu reden uns schwerfällt“, setzte Davis nüchtern dagegen. „Wenn ein Mann das Glück hat, ein Zuhause und eine liebevolle Familie sein Eigen zu nennen, wäre es meiner Meinung nach besser, in schwierigen Zeiten *zu* ihr statt vor ihr *weg*zulaufen.“

Brody warf seinem Onkel einen Blick zu und lockerte seinen verspannten Kiefer. „Was soll ich sagen, Davis? Dass es ein Fehler war, jahrelang fortzubleiben?“ Pause. „Nun gut. Es war ein Fehler.“

„Es geht hier nicht um falsch und richtig. Mir macht Sorgen, dass du anscheinend nicht wusstest, wie willkommen du uns hier warst."

„Da war das Zerwürfnis zwischen Conner und mir wegen Joleen …"

„Erzähl mir keinen Quatsch, Junge", fiel Davis ihm ins Wort. Seine Stimme klang jetzt eher barsch und verärgert. „Das hätte sich bei ein paar Bierchen nach dem Abendessen regeln lassen, und das weißt du genau, verdammt noch mal." Er stieß einen tiefen Seufzer aus. „Ich stelle es mir folgendermaßen vor … Korrigiere mich, falls ich mich irre: Du hast dich *geschämt*, nach Hause zu kommen. Du dachtest, was deiner Frau und dem Jungen zugestoßen ist, wäre deine Schuld, und du hast dir nicht *gestattet*, dich an deine Familie und deine Freunde zu wenden."

Wieder biss Brody die Zähne zusammen. Er musste sich bewusst Mühe geben, seine Gesichtsmuskeln zu entspannen, und dadurch fiel es ihm verdammt schwer, seine unbekümmerte Fassade aufrechtzuerhalten.

„Ich habe Lisa nie geliebt", hörte er sich unverblümt sagen. Es war verrückt, denn er hatte nie beabsichtigt, etwas in der Art von sich zu geben.

„Du wolltest dich ihr gegenüber anständig verhalten, Brody. Als du hörtest, dass sie dein Kind erwartete, bist du zu ihr geeilt. Du hast die Verantwortung angenommen. Das entspricht vielleicht nicht der Art von Liebe, wie Grußkarten zum Valentinstag sie anpreisen, doch es *ist* Liebe. Es ist die praktizierte Liebe, die zupackt, sich hineinkniet und es bewältigt."

Conner hämmerte mit der Faust aufs Dach der Fahrerkabine, zum Zeichen, dass sie einen reparaturbedürftigen Zaunabschnitt erreicht hatten. Brody bremste ruckartig, und sein Bruder fluchte.

Er grinste seinen Onkel an. „Du hast deinen Beruf verfehlt, Cowboy", sagte er. „Du solltest dich von einem Grußkartenverlag anwerben lassen und Gedichte schreiben."

Davis gestattete sich nicht mal ein kleines Lächeln. „Denk über meine Worte nach, mein Sohn. Was passiert ist, ist passiert. Man kommt nicht drum herum. Solch ein Verlust ist eine furchtbare Sache, aber es ist vorbei. Deine Frau und dein kleiner Sohn sind nicht mehr, und das ist traurig, aber du *lebst*, und das zählt. Nutze die Zeit, die dir vergönnt ist, Brody."

In dem Moment stieg Conner aufs Trittbrett an der Fahrerseite und schlug einmal mit der flachen Hand gegen das Fenster. Er schien ernsthaft sauer zu sein.

„Willst du mich *und* die Hunde mit deinem Fahrstil umbringen?", wollte er wissen. „Zuerst fährst du achtzig, dann machst du eine Vollbremsung!"

Brody stieß die Tür auf, sodass Conner abspringen musste. „Nein, zum Teufel", spottete er grinsend. „Wenn ich das gewollt hätte, hätte es auch geklappt."

Davis verdrehte die Augen. „Fangt nicht schon wieder an, ihr zwei", warnte er. „Die Arbeit wartet."

Die Gebote für den Zigeunerrock stiegen immer noch, wie Carolyn später am Vormittag feststellte, als sie die Auktionsseite noch einmal aufrief. Tricia war zu einer Routineuntersuchung beim Arzt und würde erst in ein paar Stunden in den Laden kommen.

Und Carolyn konnte sich nicht lange genug auf eine Aufgabe konzentrieren, um sie zu Ende zu führen. Ideen für weitere einzigartige Kleidungsstücke kamen ihr heute in solchen Mengen, dass sie ihre jeweilige Arbeit immer wieder unterbrechen musste, um eine grobe Skizze anzufertigen, damit sie in ihrem konfusen Zustand nichts vergaß.

Ein paar Kunden kamen, und sie verpackte und adressierte ein paar Bestellungen für den Versand.

Jedes Mal wenn sie den Hauptteil des Ladens durchquerte, wanderte ihr Blick unwillkürlich zu dem großen rechteckigen Paket mit dem Batikbild der Weberin. Aus naheliegenden Gründen hatte sie am Vorabend keinen Gedanken an das Bild verschwendet, und Brody wahrscheinlich auch nicht.

Pech, denn als er nach Hause fuhr, hätte er es mitnehmen und ihr einen Weg ersparen können.

Andererseits hatte Brody eine ausgeprägte sture Ader. Womöglich hätte er sich geweigert, das Paket mitzunehmen, weil er nun mal wollte, dass sie es ihm brachte.

Carolyn fuhr mit einem Finger über die Verpackung. Ein kleines Lächeln umspielte ihren Mund, ließ sich dort aber nicht nieder. Wenn der richtige Zeitpunkt gekommen war, würde sie die Batik wie abgemacht bei Brody abliefern, doch die Lieferung würde womöglich mehr umfassen als nur ein Kunstwerk.

Sie war mit diesen und anderen lustvollen Gedanken beschäftigt, als unter Glöckchenklimpern die Ladentür aufging. Innerlich wappnete sie sich für einen neuerlichen Kundeansturm.

Stattdessen fegte Primrose Sullivan in einem leuchtend bunten Kaftan in den Laden und schleppte noch mehr Gemälde heran.

„Ich habe gearbeitet wie eine Verrückte“, rief sie begeistert. „Wenn ich keine Bilder mehr bringen soll, sag mir auf der Stelle Bescheid.“

Die letzte Lieferung war über die Website in Windeseile verkauft gewesen.

So behutsam, wie eine Mutter ihr Kind zum Mittagsschläfchen bettete, legte Primrose ihre Last ab und strahlte Carolyn an. Ihre blauen Augen wirkten riesig hinter den Gläsern ihrer Leopardenmuster-Brille.

„Es ist Stadtgespräch“, verkündete Primrose vergnügt.

Das war wieder ein Moment, in dem Carolyn nach Luft schnappen musste, allerdings nicht vor Freude. Ihre Ohren glühten, und ihre Kehle schnürte sich zu. Was, wie sich herausstellte, gut war, denn sie war im Begriff gewesen, herauszuplatzen, dass Brody *nicht* über Nacht geblieben war – und dass sie es, offen gesagt, satthatte, ein Klatschobjekt zu sein.

„Ihr wollt den Laden vergrößern", sprudelte Primrose hervor. „Das finde ich so aufregend! Stimmt es, dass ihr Hilfskräfte einstellen wollt?"

„Ja", brachte Carolyn schwach hervor. „Das stimmt. Tricia und ich hoffen, dass du bereit bist, Unterricht zu geben ..."

Primrose rieb sich voller Vorfreude die schwer beringten Hände. „Und ob", sagte sie. „Und ihr könntet überlegen, ob ihr irgendwann Mavis Pawlings als Unterrichtskraft hinzuziehen wollt. Sie ist Expertin für Basteleien und Gummistempel und solche Sachen. Und Lily Wilde – einer ihrer Quilts hat letztes Jahr auf dem Jahrmarkt den ersten Preis gewonnen ..."

Carolyn lächelte und hob beide Hände. „Hoppla, Primrose", sagte sie freundlich, „lass mich erst mal Luft holen."

Doch Primrose war zu aufgeregt, um auch nur eine Sekunde still sein zu können. „Basteln ist der Hit, weißt du", plapperte sie. „Und Quilts? Himmel, daraus ist eine regelrechte *Industrie* entstanden, ganz von allein." Sie sah sich forschend um. „Reißt am besten eine oder zwei Wände raus", überlegte sie laut. „Ihr könntet Stoffe verkaufen. Diese Stadt braucht einen Stoffladen. Zurzeit müssen die Leute den weiten Weg nach Denver auf sich nehmen, um ein paar Meter Baumwolle und eine Spule Garn zu kaufen."

„Primrose", flehte Carolyn lachend, „vergiss nicht zu atmen."

Und Primrose atmete tatsächlich durch, doch der Aufschub war nicht von Dauer. „Handgefertigte Ware ist toll", fuhr sie fort, „aber der Großteil eures Geschäfts läuft übers Internet, oder?"

„Ein großer Teil", bestätigte Carolyn vorsichtig. „Warum?"

Nun kam die ältere Frau richtig in Fahrt. „Die Duftkissen

und Spitzendeckchen und all die anderen Dinge sind in Ordnung – und Gott weiß, ich bin dir und Tricia dankbar, dass ihr so viele von meinen Batiken verkauft –, aber der verfügbare Raum wäre sicherlich besser genutzt, wenn ihr Sachen anbietet, für die Nachfrage besteht. Wie zum Beispiel Material für Quilts. Vielleicht sogar die eine oder andere Nähmaschine."

Carolyn lächelte. „Primrose?"

„Ja, meine Liebe?" Die ältere Frau strahlte.

„Hättest du gern einen Teilzeitjob?"

„Bietest du mir einen an? Meine Freunde behaupten, ich verbringe zu viel Zeit in meinem Atelier und würde versauern oder sogar meine Kreativität erschöpfen, und ich selbst hätte auch liebend gern für ein paar Stunden am Tag einen Tapetenwechsel."

„Ich muss natürlich zuerst noch mit Tricia sprechen", wandte Carolyn ein, „aber ich wüsste niemanden, den ich lieber als Hilfskraft einstellen würde als dich. Und sie ist bestimmt ganz meiner Meinung."

Mit verträumter Miene sah Primrose sich im Laden um. „Ach", seufzte sie glücklich, „ich sehe im Geiste schon alles vor mir."

„Ich auch", bekräftigte Carolyn.

In diesem Moment bemerkte Primrose das Paket, das die Weberin enthielt, auf einem Verkaufstisch. Die Art, wie sie das Packpapier berührte, hatte etwas Zärtliches. „Ich könnte sie auf dem Heimweg bei Brody abliefern", bot sie an.

Im Stillen bezeichnete Carolyn sich als dreifach verrückt – da hatte sie die Chance, einen Botengang von ihrem Aufgabenzettel zu streichen *und* Brody zu zeigen, dass sie nicht nach seiner Pfeife tanzte –, aber sie schüttelte den Kopf.

„Er ist draußen auf der Ranch, mit Davis und Conner bei der Arbeit", erklärte sie. „Und die Weberin ist viel zu wertvoll, um sie vor seiner Haustür abzulegen."

Daraufhin bedachte Primrose Carolyn mit einem kurzen

eindringlichen Blick. Ihre Augen blitzten fröhlich auf. „Na, wenn das nicht interessant ist!“

„Das ist nur eine Vermutung“, erwiderte Carolyn lahm.

„Aber es tut meinem alten Herzen gut.“

Dann zeigte Primrose Carolyn jedes einzelne Stück, das sie mitgebracht hatte, und Carolyns Bewunderung kam aus ehrlichem Herzen.

„Wie ist das, wenn man wie du Menschen und Tiere auf Stoff oder Leinwand zum Leben erwecken kann?“, fragte sie versonnen.

„Ich stelle mir vor, dass es nicht viel anders ist, als im Handumdrehen etwas Wunderschönes zu nähen, wie *du* es tust. Ich habe deine Arbeiten gesehen, Carolyn. Du hast ein Auge für Formen und Farben und Bewegung – sei nicht immer so verdammt bescheiden und steh zu dir.“

Steh zu dir.

Was genau sollte das bedeuten?

Ihr Leben lang, so erschien es Carolyn, hatte sie versucht, etwas zu beweisen: Sie war ein Pflegekind, *aber* … sie hatte nie das College besucht, *aber* … sie hatte sich damals Hals über Kopf in Brody verliebt, *aber* …

Wenn nun alles, was sie sich je gewünscht hatte, zum Greifen nah für sie war … und sie weiter nichts dafür zu tun hatte, als zu sich zu stehen?

16. KAPITEL

Der Samstag ließ sich nach Brodys Meinung alle Zeit der Welt, und sich in der Zwischenzeit von Carolyn fernzuhalten war ihm nur möglich, weil er auf der Ranch mit Davis und Conner Zwölf-Stunden-Tage hatte. Zäune mussten repariert, verirrtes Vieh eingefangen, kranke Kühe mit Medizin versorgt, Ställe ausgemistet und Pferde beschlagen, entwurmt und bewegt werden.

Ein Rancher hatte buchstäblich nie Feierabend.

Da er, Kim und die Minihunde am Sonntagmorgen nach Stone Creek aufbrachen, pfiff Davis dauernd, und sein Gang war beschwingt. Er war der geborene Großvater, und Brody wusste, dass er die Geburt von Tricias und Conners Kleinem kaum erwarten konnte.

Auch Conner war einigermaßen guter Laune, nachdem Tricia nun zugestimmt hatte, zu Hause zu bleiben, Carolyn das Kommando über den Laden zu überlassen und sich zu schonen, bis das Baby auf der Welt war.

Was Brody selbst betraf, war er nervös wie ein Primaner vor seiner ersten Verabredung. Seine Stimmungen durchliefen das gesamte Spektrum von himmelhoch jauchzend bis zu Tode betrübt, und er wusste selbst nie, wann eine Laune die andere ablösen würde.

Am Samstag arbeitete er nur den halben Tag, organisierte einen Anhänger, um Moonshine von der Ranch zurück in den neuen Stall zu transportieren, und brachte den Wallach mit Barneys fragwürdiger Hilfe in seiner Box unter.

In Brodys Augen machte Moonshine einen etwas einsamen Eindruck, so ganz allein in dem großen Stall, sosehr Letzterer auch Formen annahm. Die Boxen waren fertig, und Wasser und Strom waren angeschlossen, was man vom Haus nicht behaupten konnte. Auch der Koppelzaun stand bereits.

„Vielleicht sollten wir zwei bei Moonshine einziehen“,

sagte er nur halb im Scherz zu Barney. Es war noch nicht einmal Juni, und das Haus würde nach den Worten des Bauunternehmers erst Mitte August bezugsfertig sein.

Barney trottete zufrieden hechelnd an seiner Seite, als sie zum Blockhaus gingen.

Brody hasste den Platzmangel, den Tresen, der sich mitten durchs Haus zog, das notdürftige Badezimmer, das geborgte Bett und die Tatsache, dass er sich mit einem kniehohen Kühlschrank und einer Mikrowelle von der Größe eines Schuhkartons begnügen musste.

Am meisten hasste er es jedoch, dass er im Blockhaus immer allein war. Das war wirklich Mist.

Aber, halleluja, endlich war Samstag.

Seit ein paar Tagen hatte er einen Teil der Belegschaft des Bauunternehmens beim Bluebird-Kino eingesetzt, wo die Leute die Snackbar aufräumten und eine Popcorn-Maschine installierten – ausgeliehen wie der Projektor. Außerdem hatte er einen Partyservice aus Denver bestellt, der ein romantisches Essen für zwei Personen kreieren und liefern sollte, komplett mit Wein und Kerzenschein.

O ja, dieses Mal habe ich mich wirklich selbst übertroffen, dachte Brody vergnügt. Nicht dass es seine Art war, alte Drive-in-Kinos für eine Verabredung zum Essen und zu einem Film aufzumotzen. Es hatte viele Frauen in seinem Leben gegeben, und einigen hatte er teure Geschenke gemacht oder ihnen ein-, zweimal eine Rechnung bezahlt, aber so etwas hatte er noch nie getan.

Wie auch immer seine Beziehung zu Carolyn sich entwickelte, wenn alles vorbei war, blieb ihm ein denkwürdiger Abend – und ihr auch.

Brody duckte sich unter der Tür in das primitive Badezimmer, legte seine Arbeitskluft ab und duschte.

Danach zog er frische Jeans an, ein hellblaues Westernhemd, Socken und seine zweitbesten Stiefel. Es war noch zu früh am Tag für das handgefertigte Paar, in dessen Schäfte dezent das Brandzeichen der Creeds geprägt war und das er gewöhnlich nur zu Hochzeiten und Beerdigungen trug.

Er kämmte sein Haar. Er benötigte wohl einen neuen Schnitt, aber je kürzer er sein Haar trug, desto eher wurde er mit Conner verwechselt, und das ärgerte ihn ein bisschen. Wenn Brody seinen Bruder auch liebte, reichte es seiner Meinung doch, dass er und sein Zwilling das gleiche Gesicht, die gleiche Haarfarbe und den gleichen Körperbau hatten. Da brauchten sie nicht auch noch den gleichen Haarschnitt und die gleiche glatte Rasur.

Da er Hunger, aber nicht die geringste Lust auf irgendetwas dilettantisch Zusammengepanschtes aus den fragwürdigen Beständen in seinem Kühlschrank hatte, beschloss er, sich zum Mittagessen einen Hamburger und einen Milchshake zu gönnen.

Mit diesem Gedanken ließ er Barney in seinem Korb schlafen und fuhr auf eine Ration Fett, Zucker und Konservierungsstoffe zum Birdcage Café.

Das Rattenloch von Restaurant war schon vor der Geburt seines Vaters und seines Onkels eine tragende Säule der Wirtschaft in Lonesome Bend gewesen. Und während alle sich fragten, erinnerte sich doch niemand, warum ein denkender Mensch einem Speiselokal – und sei es auch noch so schmierig – einen solch unappetitlichen Namen gegeben hatte.

Trotz allem hatte das Birdcage einen großartigen Hamburger auf der Speisekarte, ohne Fertigprodukte und mit einer dicken Rindfleischfrikadelle zwischen den in Butter gerösteten Brötchenhälften. Das Öl in der Fritteuse wurde einmal pro Woche gewechselt, ob es nötig war oder nicht, und das Einzige, was besser war als der Kartoffelsalat, war Natty McCalls Chili nach Geheimrezept, das nur auf dem jährlichen Ramschmarkt Ende Oktober zu haben war.

Die Parkplätze am Straßenrand waren wie immer besetzt,

und Brody fuhr auf den staubigen Platz neben dem Lokal, langsam, damit sein Pick-up nicht zu schmutzig wurde, bevor er Carolyn am Abend zu ihrem Treffen abholte.

Er setzte große Hoffnungen in dieses Treffen.

„So wie du im Schritttempo hier vorgefahren bist, dachte ich schon, irgendeine alte Jungfer würde aus deinem Wagen steigen", dröhnte Will Carlson, einer von mehreren alten Hasen auf der abblätternden Holzbank unter dem Fenster zur Straße, als Brody auf ihn zukam.

„Wie viele alte Jungfern fahren denn wohl einen Pick-up mit erweiterter Fahrerkabine, Will?", konterte Brody mit einem gutmütigen Grinsen und einem Tippen an die Krempe eines nicht vorhandenen Huts.

Will musterte ihn unter dem Schirm seiner gammeligen alten Kappe hervor. Sein Gesicht war faltig und stoppelbärtig. „Suchst du Joleen?"

Die Frage des alten Mannes drang erst zu Brody durch, als es schon zu spät war – da hatte er längst die Eingangstür geöffnet und war eingetreten.

Und da stand Joleen in Kellnerinnentracht und flirtete schamlos mit einem Ortsfremden im Anzug, während sie seine Bestellung aufnahm.

Brody spielte kurz mit Fluchtgedanken, aber zum Ersten wäre es feige gewesen zu gehen, denn seines Erachtens lebte er in einem freien Land und hatte das gleiche Recht, hier zu sein, wie jeder andere, und zweitens hatte er Appetit auf einen Hamburger.

Also blieb er und spürte, wie es ihm heiß in den Nacken stieg, als sämtliche Gäste des Lokals sich zum ihm umdrehten.

Joleen eingeschlossen.

Brody nickte ihr grüßend zu und belegte den letzten freien Barhocker zwischen zwei grauhaarigen Ranchern, die seit der Erschaffung der Welt in Lonesome Bend lebten. Die beiden alten Käuze hatten, wie man munkelte, seit fünfzig Jahren kein Wort miteinander gewechselt – wegen eines Pokerspiels und eines Mädchens. Das war auch der Grund für den freien Platz zwischen ihnen.

Joleen notierte mit verschlagenem Blick die Bestellung des Anzugträgers, begab sich dann tänzelnden Schritts hinter den Tresen und blieb direkt vor Brody stehen.

„Na so was“, gurrte sie nahezu. „Wenn das nicht Brody Creed ist.“

Brody straffte die Schultern und legte die Hände gefaltet auf den Tresen. „Hallo, Joleen“, sagte er lässig. „Könnte ich einen Hamburger mit allem Drum und Dran und einen Schoko-Milchshake bekommen?“

Joleen machte keine Anstalten, die Bestellung aufzuschreiben oder sie an den Koch weiterzugeben. Alle Gespräche waren verstummt, selbst die Musikbox war still.

Offenbar hatten die Stammgäste des Birdcage jede Menge Freizeit, wenn sie so herumsitzen und glotzen und die Ohren spitzen konnten wie Moonshine, wenn er überlegte, ob er scheuen sollte oder nicht.

Joleen verschränkte die Arme unter ihren großen Brüsten. „Du hast wohl gedacht, ich wäre längst wieder weg, oder?“, fragte sie.

„Man soll die Hoffnung nie aufgeben“, erwiderte Brody sanft.

Das entlockte den Zuschauern hier und da ein Kichern, und Joleens grüne Augen blitzten vor Wut.

Flüchtig überlegte Brody, ob ihre Augen wirklich grün waren oder ob sie neue Kontaktlinsen trug. Er hatte allerdings nicht vor, ihr nah genug zu kommen, um es herauszufinden.

Leise wiederholte er seine Bestellung.

Joleen drehte sich um und kreischte sie Manuel, dem Burgerbrater, zu.

Manuel verzog das Gesicht, warf Brody einen mitfühlend-belustigten Blick zu und fing an, seine berüchtigte Zweitausend-und-mehr-Kalorien-Bombe zu basteln.

Danach hielt Joleen sich so deutlich von Brody fern, dass Manuel den Hamburger mit Pommes frites persönlich servieren musste, als er fertig war. Was den Milchshake betraf – Brody beschloss, niemanden daran zu erinnern. Er konnte sich nur zu gut vorstellen, dass Joleen das Glas über seinem Kopf ausleeren würde.

Allmählich verloren die Leute das Interesse, wahrscheinlich aus Enttäuschung, weil es nicht zu einem spektakulären Gerangel kam, und wandten sich wieder ihrem Essen und den Gesprächen zu, die kurzfristig ausgesetzt hatten.

Brody verzehrte den größten Teil seiner Mahlzeit, obwohl ihm der Appetit weitgehend abhandengekommen war, und täuschte sogar vor, dass es ihm schmeckte. Als er keinen weiteren Bissen mehr hinunterbekam, schätzte er die Kosten ab, denn Joleen brachte ihm keine Rechnung, und legte das Geld neben seinen Teller auf den Tresen.

Er ging hinaus auf den Parkplatz und wollte gerade die Tür seines Pick-ups öffnen, als Joleen aus einer Seitentür schoss und auf ihn zumarschierte.

„Was ist mit meinem Trinkgeld?“, fragte sie.

„Du machst wohl Witze“, erwiderte er.

„Das ist der Beweis dafür, dass ich absolut recht hatte, dich abzuservieren, Brody Creed, denn du hast nicht die Spur von Stil!“

Wenn Joleen die Geschichte neu schreiben wollte, bitte schön. Und erst recht, wenn das bedeutete, dass sie ihn von nun an in Ruhe lassen würde. „In diesem Fall hast du garantiert recht gehabt“, sagte er, setzte einen Fuß aufs Trittbrett und wollte sich hinters Steuer setzen. „Aber wenn ich dir einen Tipp geben darf, Joleen, zieh weiter, such dir eine große Stadt mit hellen Lichtern, denn Lonesome Bend und erst recht das Birdcage werden dir niemals genügen.“

Ein schelmisches Lächeln spielte um Joleens Mund. Manch

einer hätte sich über diese Reaktion gewundert, doch Brody wunderte sie nicht. Das Wort „launisch" reichte nicht annähernd aus, um das Temperament dieser Frau zu beschreiben.

„Das würde ich tun, wenn ich, sagen wir, fünftausend Dollar Reisegeld besäße", sagte sie geziert.

„Dann such dir schnellstens einen Dummen", erwiderte Brody leichthin, „denn wenn ich dir das Geld geben würde, sähe es aus wie Schmiergeld, und so etwas ist mir unangenehm."

Ihr Lächeln wurde eisig und giftig. „Seit wann ist dir irgendetwas unangenehm, Creed?"

Seit Carolyn, dachte Brody, und im selben Moment wurde ihm klar, dass es der Wahrheit entsprach.

Was die Einwohner und Joleen über ihn dachten, war ihm völlig gleichgültig. Im Grunde schon immer. Doch was Carolyn in ihm sah, wenn sie ihn anschaute – und auch, was Conner und Davis von ihm dachten –, das war ihm wichtig. Darüber hinaus war ihm wichtig, was er selbst von sich dachte.

„Nun?", hakte Joleen nach, wütend über sein Schweigen. „Seit wann?"

„Seit jetzt", antwortete Brody leise.

Joleen blinzelte. Er hoffte, sie würde nicht weinen, aber falls sie weinte, würde er es auch überstehen. „Es wäre kein Schmiergeld", sagte sie schließlich mit dünner und leicht zittriger Stimme. „Die fünf Riesen, meine ich. Es wäre ein Darlehen unter Freunden. Und sei doch mal ehrlich, Brody. Vielleicht ist der Bau dieses großen, schicken Hauses und Stalls auf River's Bend die erste Protzerei in deinem Leben, aber für dich ist es ein Taschengeld, und das weißt du auch."

„Tut mir leid, Joleen", erwiderte Brody. „Dir einen Scheck auszuschreiben, ganz gleich, über welche Summe, würde eine Botschaft vermitteln, die ich nicht zu senden beabsichtige."

Sie ließ die Schultern hängen und scharrte mit der Spitze ihres weißen Kellnerinnenschuhs im Kies. Lange würde der

Schuh nicht mehr weiß sein, dachte Brody, aber andererseits würde Joleen auch nicht lange Kellnerin bleiben.

Sie war so von Wanderlust besessen wie niemand sonst, den er kannte.

„Tja, *verdammt* noch mal“, sagte sie schließlich, und ihre Sorgenfalten wichen ihrem berüchtigten Revuegirl-Lächeln. „Einen Versuch war es wert.“

Brody lachte. „Viel Glück, Joleen, und alles Gute.“

Sie lächelte immer noch, als er davonfuhr, und winkte ihm nach.

Frauen, dachte Brody. *Verstehe einer die Frauen.*

Carolyn durchwühlte verzweifelt ihren Kleiderschrank nach etwas anderem zum Anziehen als ihre üblichen Jeans, T-Shirts und Stiefel. Im Grunde hatte sie mit dem pinkfarbenen Sommerkleid, das sie zu Bills Grillparty getragen hatte, in Sachen Mode schon den Vogel abgeschossen. Es zu ihrem Treffen mit Brody noch einmal zu bemühen erschien ihr irgendwie unangebracht.

„Zieh doch den Zigeunerrock an“, schlug Tricia vor. Sie hatten den Laden an diesem Tag eine Stunde früher geschlossen, und Tricia war noch geblieben, um Carolyn ein Geständnis abzuringen – ja, sie würde an diesem Abend mit Brody ausgehen.

„Machst du Witze?“, erwiderte Carolyn. „Die Gebote bewegen sich im vierstelligen Bereich. Die Frau, die den Rock kauft, will bestimmt keine bereits getragene Ware.“

„Sie würde es doch gar nicht wissen“, warf Tricia ein.

„Aber *ich*“, entgegnete Carolyn.

„Und vielleicht wäre es der Frau völlig egal, wenn sie es wüsste“, bemerkte Tricia unbeschwert.

„Wohl kaum“, antwortete Carolyn, nahm ein schwarzweiß gepunktetes Sommerkleid aus dem Schrank und hielt es hoch, um es kritisch zu betrachten. Wann hatte sie dieses

Kleid genäht? Es musste schon ewig her sein, denn sie erinnerte sich überhaupt nicht daran.

Tricia lachte verhalten. „Und du willst mir erzählen, diese Verabredung mit Brody wäre nichts Besonderes“, zog sie Carolyn auf. „Steig doch einfach ins Auto und komm mit raus auf die Ranch. Wir durchstöbern dort sämtliche Kleiderschränke von Kim und mir. Eine von uns *muss* doch etwas für dich zum Anziehen haben.“

„Dafür bleibt mir keine Zeit mehr“, jammerte Carolyn und warf einen forschenden Blick auf den Zigeunerrock, der säuberlich auf seinem Bügel am Haken in der Schlafzimmertür hing.

Sie *konnte* diesen Rock nicht anziehen.

Zum einen gehörte er ihr im Grunde gar nicht.

Zum anderen könnte sie ihn schmutzig machen und ihn ruinieren. Was *dann*?

Und außerdem: Brody hatte sie nicht zu einer förmlichen Gala im Weißen Haus oder zu einer Krönung im Buckingham-Palast eingeladen, sondern nur zum Essen und ins Kino. Sie würde sich zum Narren machen, wenn sie zu einem ganz gewöhnlichen Essen in einem ländlichen Lokal und danach zu einem Kinobesuch mit Popcorn so aufgetakelt erscheinen würde.

Trotzdem konnte sie nicht widerstehen, ließ eines der Schleifchen durch ihre Finger gleiten und stellte sich vor, wie es wäre, sich einen Abend lang wie eine Prinzessin zu fühlen.

„Zieh den Rock an, Cinderella“, sagte Tricia weich.

„Ich kann nicht“, flüsterte Carolyn in äußerster Versuchung, es doch zu tun. Einmal in ihrem Leben leichtsinnig und verwegen anstatt vernünftig zu sein.

Schön zu sein.

Cinderella zu sein.

Aber Brody Creed war ein Cowboy, kein Prinz.

Und Lonesome Bend lag mitten in der wirklichen Welt,

nicht in einem Märchenreich, wo Feen mit Zauberstäben hantierten und Kürbisse in Kutschen und Mäuse in Rösser verwandelten.

Sie war Carolyn Simmons, eine gewöhnliche Frau. Das sollte sie lieber nicht vergessen.

Aber Tricia gab so schnell nicht auf. „Probier ihn wenigstens mal an“, sagte sie und streckte sich seufzend, um den Druck in ihrem Kreuz zu lindern. „Ich wette, dieses Kind bereitet sich aufs Vortanzen für *Riverdance* vor. So wie er mich tritt, kommt er wohl mit Stepptanzschuhen auf die Welt.“

Da Tricia und Conner nie ein Wörtchen über das Geschlecht des Kindes verraten hatten, war nun der Moment gekommen, auf den Carolyn gewartet hatte.

„Aha!“, jubelte sie und vergaß den Rock und seinen Zauber über diesem noch viel größeren Wunder. „Du bekommst einen Jungen!“

„Nichts verraten“, bat Tricia verschwörerisch und legte einen Finger auf ihre Lippen. „Außer dem Arzt wissen es nur Conner und ich.“

„Was soll die Geheimniskrämerei?“, fragte Carolyn.

Wieder seufzte Tricia, aber leise und mit zufriedener Miene. „Wir wollen eigentlich gar kein Geheimnis daraus machen. Aber ... na ja, wir sind beide ein bisschen altmodisch, was das Kinderkriegen betrifft. Vor gar nicht so langer Zeit wusste niemand vor der Geburt, ob ein Junge oder ein Mädchen zu erwarten war. Heutzutage richtet man schon lange vor dem Geburtstermin das Kinderzimmer in Rosa oder Hellblau ein und sucht den Namen aus. Ich hätte mich lieber überraschen lassen, und Conner denkt genauso.“

Carolyn musterte ihre Freundin. „Du bist doch nicht abergläubisch, oder? Eine von denen, die glauben, es bringt Unglück, wenn man Sachen für ein Baby kauft, bevor es auf der Welt ist? Weil etwas schiefgehen könnte?“

Tricia lächelte. „Nein. Bei diesem Baby kann nichts schiefgehen. Es keilt aus wie ein Maultier."

Carolyn erwiderte ihr Lächeln voller Erleichterung. „Vermutlich willst du mir nicht verraten, wie ihr den kleinen Mr Creed nennen wollt, auch wenn die Katze jetzt sozusagen aus dem Sack ist?"

„Davis Blue", antwortete Tricia bereitwillig. „Wir werden ihn vermutlich Blue rufen."

„Blue?", fragte Carolyn. Den Namen „Davis" musste ihr niemand zu erklären, aber – Blue?

„Nach Conners und Brodys Vater. Davis' älterem Bruder. Es heißt, der Himmel wäre unglaublich blau gewesen, als Blue geboren wurde – deshalb der Name."

„Das gefällt mir", murmelte Carolyn versonnen, und für einen flüchtigen Moment gestattete sie sich die Frage, wie sie und Brody ein Kind wohl nennen würden.

„Mir auch", pflichtete Tricia ihr bei. „Und wag es nicht, es jemandem zu verraten. Davis und Kim wissen es nicht und Brody auch nicht. Das Geschlecht *und* der Name unseres Kindes sollen eine Überraschung sein."

Carolyn deutete an, sich den Mund mit einem Reißverschluss zu versiegeln. Dann lachte sie aus heller Freude über das Glück ihrer Freundin und nahm Tricia kurz in den Arm.

„Und jetzt", sagte Tricia mit einem leisen Schniefen als Reaktion auf die freundschaftliche Geste, „zurück zum Zigeunerrock. Probier ihn an. Ich möchte sehen, wie er an einer Frau aussieht, und ich selbst bin weiß Gott nicht in der Lage, Haute Couture vorzuführen."

„Tricia!"

„Es ist das Mindeste, was du tun kannst, nachdem ich dir mein großes Geheimnis verraten habe."

„Na gut", seufzte Carolyn ergeben, nahm den Bügel mit dem Rock vom Haken und war schon auf dem Weg ins Bad. „Aber ich sage es dir gleich, mit einem T-Shirt sieht er bestimmt geradezu bescheuert aus."

Tricia ging zur Kommode, öffnete eine Schublade, entnahm ihr ein dünnes schwarzes Hemdchen mit Spaghettiträgern und wedelte damit in Carolyns Richtung. „Zieh das hier an", sagte sie.

Zögernd nahm Carolyn das Hemdchen entgegen. Sie hatte es vor langer Zeit einmal zu einer durchsichtigen Bluse getragen und danach als unpraktisch aussortiert. „Ich weiß nicht", meinte sie. „Es ist ziemlich knapp …"

„Wir sind unter uns", erinnerte Tricia sie in singendem Ton und scheuchte Carolyn ins Bad. „Und nun geh schon."

Brody stand im ersten Schatten der Abenddämmerung vor Carolyns Küchentür und versuchte sich zu erinnern, wann er das letzte Mal so viel Aufhebens um eine schlichte Verabredung gemacht hatte.

Seit dem Highschool-Abschlussball nicht mehr, entschied er und hakte einen Finger unter den Kragen seines gestärkten weißen Hemds, obwohl die obersten drei Knöpfe bereits geöffnet waren. Kim hatte ihn und Conner an jenem Abend gezwungen, einen Anzug zu tragen, und Brody hatte sein Mädchen – Becky? Betsy? Babs? – mit der kleinen Nadel mit Perlenkopf gepikst, als er umständlich versuchte, ihr das Sträußchen anzustecken. Er und Conner, dazu zwei von ihren Freunden und alle vier Mädchen hatten sich in den Fond einer gemieteten Limousine gezwängt und waren sich Gott weiß wie toll vorgekommen.

Er lächelte über die Erinnerung.

Dann fiel ihm ein, dass er noch nicht geklopft hatte.

Er schlug mit den Fingerknöcheln leicht gegen den Türrahmen. Durch die ovale Milchglasscheibe in der Tür sah er Carolyn näher kommen, und noch bevor sie die Tür öffnete, klopfte ihm das Herz bis zum Halse und schwoll mindestens auf dreifache Größe an.

Das helle Haar fiel ihr glänzend auf die Schultern, so seidig, dass er am liebsten mit den Fingern hindurchgefahren wäre, und ihr perfektes Dekolleté bildete ein verlockendes V über der schwarzen Seide ihres Tops.

Gleich nach ihrem Gesicht aber – ihrem schüchternen, hübschen, leicht geröteten Gesicht – war es der Rock, den er bis zum Ende seiner Tage in Erinnerung behalten würde.

Er sah aus, als bestünde er aus Hunderten von Bändern, Schleifen und Perlen, und er umgab Carolyns Gestalt wie eine glitzernde Wolke, changierend wie das Glas in einem Kaleidoskop.

„Wow", sagte er. Er hatte keine Blumen mitgebracht, doch jetzt wünschte er sich, er hätte welche besorgt. Außerdem wünschte er, auf der Straße würde eine sechsspännige Kutsche warten statt des Wagens, den er sich von Davis und Kim geliehen hatte.

Carolyns Wangen waren rosig. Ohne den Blick zu senken – eine Kunst, die er seit seiner Pubertät perfektioniert hatte –, bemerkte er, dass ihre Brustwarzen unter dem schwarzen Top ansatzweise zu erkennen waren.

„Selber wow", sagte sie, nachdem sie ihn kokett von Kopf bis Fuß gemustert hatte. Dann verlor sich das bisschen Wagemut, das sie zusammengekratzt hatte, und sie wurde wieder rot. „Findest … findest du mich overdressed? Es war Tricias Idee, dass ich den Rock anziehe. Sie hat mir so in den Ohren gelegen …"

Brody legte ihr federleicht den Zeigefinger auf die Lippen – auf die Lippen, die er später am Abend zu küssen gedachte, und zwar ausgiebig. „Es ist perfekt", sagte er. „*Du* bist perfekt."

Ihr Abendtäschchen lag schon bereit, eine schmale kleine Umschlagtasche, die sie sich unter den Arm klemmte. Offenbar hatte sie keine Zahnbürste und auch keine Garderobe zum Wechseln für den folgenden Morgen eingepackt.

Brody bemühte sich, diesen Umstand nicht als Omen zu betrachten.

„Danke", sagte sie mit so großer Verspätung, dass Brody einen Moment überlegen musste, wofür sie sich bei ihm bedankte.

Ach ja. Weil er gesagt hatte, sie wäre perfekt. Nun, das war doch wirklich nicht so abwegig, oder?

Sie *war* perfekt.

Er nahm ihren Arm, als sie die Außentreppe hinunterstiegen. Bei jeder ihrer Bewegungen wisperte der Rock wie sichtbar gewordene Poesie.

Dieses Mal bemerkte sie seinen Blick, blieb am Fuß der Treppe stehen und sah ihm ins Gesicht. „Bist du *sicher*, dass ich nicht overdressed bin?", wollte sie wissen.

Er lachte leise. „In meinen Augen, Lady, bist du jedes Mal, wenn du mehr trägst als nackte Haut, overdressed."

Darüber musste sie lachen, wenn auch ein wenig nervös.

In Bezug auf Blumen habe ich vielleicht versagt, dachte Brody, aber was das Auto betrifft, habe ich richtig entschieden. In diesem Rock hätte Carolyn Probleme beim Einsteigen in seinen Pick-up bekommen. Er öffnete ihr die Beifahrertür und wartete, bis sie sich mitsamt ihrem bemerkenswerten Rock im Sitz eingerichtet hatte. Als er hinters Steuer glitt, hatte sie sich bereits angeschnallt.

Brody trug sein bestes Hemd und seine besten Jeans, dazu ein Paar Stiefel, das mehr gekostet hatte als sein erstes Auto. Doch jetzt fragte er sich, ob er nicht derjenige war, der sich Gedanken über seine Kleidung machen musste. War er *underdressed*?

Carolyn saß steif auf ihrem Platz, das schmale Täschchen auf dem Schoß, den Blick starr geradeaus gerichtet. Mit einem flüchtigen Seitenblick bemerkte Brody den Pulsschlag an ihrem Hals.

Offenbar war er nicht der Einzige, der nervös war.

Diese Erkenntnis beruhigte ihn ein wenig.

Was seichte Unterhaltung betraf, nun, wenn Carolyn keine

Lust hatte zu reden, sollte es ihm recht sein. Er war glücklich, sie immerhin neben sich im Auto zu haben.

Sie fuhren durch die Stadt, und er meinte, einen kleinen erleichterten Seufzer zu hören, als sie ohne anzuhalten am Birdcage Café vorbeifuhren – als ob er sie dorthin ausgeführt hätte – und dann auch am Golden Spur Saloon and Steakhouse, aber vielleicht hatte er es sich nur eingebildet.

Als er den Wagen jedoch auf den holprigen Weg zum Bluebird-Kino lenkte, wandte sie sich zu Brody um und sah ihn aus großen Augen an. Vielleicht dachte sie, er betätige sich in seiner Freizeit als Serienmörder und werde sie jetzt an einen abgelegenen Ort entführen, um sie zu seinem nächsten Opfer zu machen.

Creed, dachte er, jetzt drehst du durch.

Dank des Generators, den er ausgeliehen hatte – das Gerät machte einen Höllenlärm, erfüllte aber seinen Zweck –, war das Gebäude, das die Snackbar beherbergte, hell erleuchtet. Die alte Kinoleinwand schimmerte weiß in der zunehmenden Dämmerung.

Carolyn sah sich mit immer noch großen Augen und leicht geöffnetem Mund um.

„Du wolltest essen und ins Kino“, sagte Brody und ließ sie nicht aus den Augen. Wenn das hier nun die blödsinnigste Idee von der Welt war? fragte er sich und wartete auf Carolyns Reaktion.

„Das ist nicht dein Ernst“, keuchte sie, doch in ihren Augen lag ein Glanz, und die Ader an ihrem Hals pulste heftig.

Brody sagte nichts. Er schaltete den Motor aus, stieg aus dem Wagen, ging um ihn herum und öffnete die Beifahrertür.

Carolyn streckte die Hand aus, und Brody ergriff sie.

Da stand sie, wie eine Traumgöttin im Tanzkleid, und blickte zu ihm auf. Ihre Miene verriet amüsierte Verblüffung. „Ich verstehe nicht“, sagte sie.

„Du wirst gleich verstehen“, erwiderte Brody und hielt immer noch ihre Hand.

Er führte sie in Richtung Snackbar, in der bis vor wenigen Minuten die Mitarbeiter des Lieferservices ihres Amtes gewaltet hatten. Inzwischen war nur noch ein Kellner anwesend, der sich vermutlich im Hintergrund verbarg und verschwinden würde, sobald Brody seine Dienste nicht mehr benötigte.

In der auf Hochglanz gebrachten Snackbar blitzten Tresen und Popcorn-Maschine.

Ein runder Tisch stand mitten im Raum, gedeckt mit einem schneeweißen Tischtuch, Porzellan und Silberbesteck. Kerzen flackerten leise, und bis auf das Summen des Generators war alles still.

Carolyn war sprachlos. Sie blickte zu Brody auf, als erwartete sie, dass er sagte, hier läge ein Irrtum vor, sie wären nicht am richtigen Ort oder was auch immer.

Stattdessen lächelte er und bot ihr seinen abgewinkelten Arm, den sie nach kurzer Verwirrung nahm. Er führte sie an den Tisch, rückte ihren Stuhl zurecht, wartete, bis sie Platz genommen hatte, und setzte sich ihr gegenüber.

Der Kerzenschein warf Schatten über ihr Gesicht und schimmerte in ihrem Haar.

Wie auf ein Stichwort tauchte ein Kellner mit einer Flasche französischen Weins und zwei blitzenden Kristallgläsern auf.

Carolyn rang nach Luft, bedachte Brody mit einem neuerlichen Blick voller Spannung und Verwunderung und erwiderte schließlich sein Lächeln.

„Es war kein Scherz, als du essen und ins Kino gehen vorgeschlagen hast“, sagte sie, als der Kellner den Wein einschenkte und wieder ins Hinterzimmer huschte, um seinen nächsten Auftritt abzuwarten.

Brody grinste, griff nach seinem Weinglas und wartete, dass Carolyn ihres anhob. „Mit manchen Dingen treibe ich niemals Scherze.“

Sie lächelte, und sie ließen ihre Gläser aneinanderklingen. „Das hier ist wie ... wie eine Szene aus einem *Film*", sagte sie.

Der Kellner servierte Salat und zog sich wieder zurück.

Der Kerl weiß, wann er überflüssig ist, dachte Brody zufrieden, und mit jedem Moment, der verstrich, fasste er ein höheres Trinkgeld ins Auge.

„Köstlich", strahlte Carolyn, als sie etwas von dem Salat auf die Gabel gespießt und vorsichtig daran geknabbert hatte.

Brody lachte. „Das klingt überrascht."

Sie errötete lieblich. Himmel, er liebte es, wenn sie rot wurde. „Es ist nur ... Eine solche Verabredung habe ich noch nie erlebt."

„Das ist der Sinn der Sache. Ob du es glaubst oder nicht, ich will bei dir Eindruck schinden."

„Nun, das ist dir gelungen." Sie sah ihn unter den Wimpern hervor an, und ein Mundwinkel ihrer zum Küssen verlockenden Lippen zuckte. „Was kommt als Nächstes?"

Brody trank einen Schluck Wein, statt zu antworten. Doch er dachte: Wenn es nach mir ginge, kämst du als Nächstes.

Nachdem sie vorher im Auto so schweigsam gewesen war, wollte Carolyn jetzt anscheinend Unterhaltung um jeden Preis. „Das Bluebird ist seit Jahren geschlossen", sagte sie und sah sich mit wehmütiger Miene um. „Tricia hat eine Menge alte Fotos von dem Kino. Aber der Projektor funktioniert bestimmt nicht mehr ..."

„Wir werden sehen", sagte Brody.

17. KAPITEL

Carolyn staunte, und zwar nicht nur über das romantische Essen, abgerundet von einem köstlichen Dessert, auch nicht darüber, dass die Popcorn-Maschine scheinbar von selbst und wie durch Zauberhand zu arbeiten begann.

Dass Brody sich überhaupt etwas Derartiges einfallen lassen und zudem weder Mühe noch Kosten gescheut hatte, um den Plan in die Tat umzusetzen, haute sie schlichtweg um.

Sie saßen zusammen bei Kerzenschein, bis es draußen vollständig dunkel war. Dann trat Brody hinter Carolyns Stuhl, wartete, bis sie sich erhoben hatte, und führte sie mit großartiger Geste zurück zu Kims und Davis' Wagen.

Er fuhr ein Stückchen über holprigen Boden und hielt neben einem besonders stark verrosteten Pfosten, an dem ein Lautsprecher hing.

„Rühr dich nicht vom Fleck", sagte er mit einem Zwinkern in den Augen. „Ich bin gleich zurück."

Sie blickte ihm nach, als er zurück zur Snackbar lief.

Der verbeulte Lautsprecher an dem Pfosten neben der Fahrerseite des Autos gab ein Knistern von sich, und Licht ergoss sich über den dunklen Platz. Früher wäre im Bluebird-Drive-in-Kino an einem Samstagabend jeder verfügbare Parkplatz besetzt gewesen, doch heute gehörte es ihnen ganz allein.

Wie versprochen kam Brody ein paar Minuten später zurück und trug einen silbernen Weinkühler, randvoll mit Popcorn, im Arm.

Er öffnete die Wagentür, reichte Carolyn das Popcorn und stieg ein.

Carolyn stellte sich vor, was gebuttertes Popcorn dem Zigeunerrock antun konnte, und stellte den Weinkühler zwischen Brodys und ihrem Sitz auf die Mittelkonsole. Als sie die Augen schloss, wurde ihr schwindlig, doch sobald sie sie wieder aufschlug, ging es ihr gut.

„Ich hatte keine Zeit, diese Pappbehälter zu besorgen, in denen das Zeugs gewöhnlich serviert wird“, erklärte Brody und wies mit einer Kopfbewegung auf das Popcorn, während er sich am Lautstärkeregler zu schaffen machte.

Musik ertönte im Wagen, begleitet vom Kreischen einer Rückkopplung. Brody verzog das Gesicht und drehte den Ton herunter. Erst jetzt blickte Carolyn auf die Leinwand, auf der der Vorspann ablief.

Ein Name sprang sie geradezu an.

Gifford Welsh.

Gifford Welsh, der Mann, der ihre kurze, glückliche Karriere als Kindermädchen seiner Tochter an einem Abend beendet hatte.

Der Schock überspülte sie wie ein Schwall elektrisch aufgeladenen Wassers, presste ihr die Luft aus den Lungen und ließ jeden Nerv in ihrem Körper erzittern. So muss es sein, wenn man vom Blitz getroffen wird, dachte sie.

Auf den Schock folgten Übelkeit und Schwindelgefühl, und einen Moment lang fürchtete Carolyn, sie würde sich dadurch hervortun, dass sie sich ein zweites Mal vor den Augen desselben Mannes übergab.

„O mein Gott ...“, flüsterte sie. Mehr brachte sie nicht heraus.

Brody hatte absichtlich einen Film ausgesucht, in dem Gifford Welsh die Hauptrolle spielte.

Warum tat er so etwas? Weil er all den blöden Klatsch über ihre angebliche Affäre mit dem Schauspieler gehört hatte, darum. Er hatte sie in die Falle gelockt, hatte sie mit diesem romantischen Essen in der eigens wieder aufpolierten Snackbar verleitet – vielleicht war die Liebesnacht auch Teil des Programms –, und wozu? Um ihr einen grausamen, angeberischen Streich zu spielen?

„Hoppla“, hörte sie irgendwo in der dröhnenden Leere ihrer Demütigung Brody sagen. „Carolyn, ich …“

Carolyn stieß die Wagentür auf, zitternd und blind, aber nicht vor Tränen, sondern vor Kränkung und Wut. Sie stieg aus, ihre Schuhspitze verfing sich im Saum des Zigeunerrocks – des wunderschönen Zigeunerrocks –, und sie hörte, wie der Stoff mit einem grauenhaften Ratschen zerriss.

Und über alldem dräute auf der riesigen Leinwand Giffords Gesicht, groß wie ein Haus.

Er lachte, natürlich.

Carolyn hob den Rock mit beiden Händen an, rannte, stolperte auf dem unebenen Boden, kickte schließlich beide Schuhe von sich und ließ sie einfach liegen.

„Carolyn!“, rief Brody ihr nach. „Warte!“

Sie wartete nicht, konnte nicht warten, konnte nicht vernünftig denken.

Das habe ich nun davon, dachte sie hysterisch, dass ich glaubte, ich könnte Cinderella sein, und sei es nur für eine Nacht.

Brody holte sie ein, packte ihren Arm und hielt sie fest, als sie beinahe den Halt verlor.

„Hör mir zu“, verlangte er.

Carolyn atmete schwer, kam zu sich und fühlte sich noch erbärmlicher und beschämter als zuvor. Mit dem Daumen wischte Brody ihr eine Träne von der Wange; bis dahin hatte Carolyn nicht einmal gemerkt, dass sie weinte.

„Schsch“, machte er leise und zog sie an sich.

Anfangs wehrte sie sich, doch dann klammerte sie sich an ihn. Sie barg ihr tränennasses Gesicht an seinem ehemals weißen Hemd, beschmierte es mit Grundierung, Wimperntusche und Lippenstift, und ihr Schniefen ging in Schluchzen über.

Und Brody hielt sie fest. „Entschuldige“, sagte er leise, und sein Atem streifte ihr Ohr. „Carolyn, es tut mir so leid …“

Carolyn, es tut mir so leid. Die Worte, geäußert von verschiedenen Stimmen, hallten durch ihr Bewusstsein.

Ihre Mutter: Carolyn, es tut mir so leid, aber ich kann mich einfach nicht mehr um dich kümmern …

Eine Sozialarbeiterin nach der anderen: Carolyn, es tut mir so leid, aber die Wilsons/die Jeffersons/die Crosbys sind der Meinung, eine andere Pflegefamilie wäre besser für dich …

Und Gifford Welsh: Carolyn, es tut mir so leid. Ich dachte, du empfindest das Gleiche für mich wie ich für dich …

„Ich hatte nichts zu schaffen mit Gifford Welsh“, sagte sie jetzt. Ihre Stimme und ihr Atem waren so holprig wie der Boden unter ihren Füßen. „Ich war das Kindermädchen. Ich habe mich um seine Tochter Storm gekümmert. Ich habe dieses Kind geliebt, und ich musste sie alleinlassen, weil er mir zu nahe getreten ist, als seine Frau nicht zu Hause war, und … und …“

„Carolyn.“ Brody nahm sie bei den Schultern und legte sein Kinn auf ihren Kopf. „Ganz ruhig. Ist ja gut. Alles ist gut.“

Doch da überrollte sie eine neue Welle des Zorns, und sie stieß ihn von sich. „Ich fasse es nicht, dass ich dir noch einmal vertraut habe nach dem, was du mir angetan hast. Was siehst du in mir, Brody? Nichts als eine weitere Kerbe in deinem Bettpfosten? Nur, damit du es weißt, Cowboy – ich bin ein *Mensch*, ich habe Gefühle!“

Brody sagte ihren Namen nicht noch einmal. Er sagte überhaupt nichts, sondern sah sie nur an, ließ die Arme schlaff hängen, und hinter ihm lief in riesigen Bildern der verdammte Film wie eine Hollywoodversion der Wiederkunft des Herrn. Aus dem Lautsprecher, der hinter ihnen nach und nach den Geist aufgab, ertönten gelegentlich Dialogfetzen und Musik.

Carolyn betrachtete das alles aus der Distanz, unbeteiligt, und dachte im Stillen, dass Brody mittlerweile wohl damit rechnete, dass ihr Kopf sich auf den Schultern zu drehen begann oder Ähnliches.

„Ich möchte nach Hause“, sagte sie mit hart erkämpfter

Würde nach einigen Minuten peinlichen Schweigens.

„Okay", antwortete Brody mit rauer Stimme. „Fahren wir."

Er ergriff ihren Arm, führte sie zurück zum Auto und half ihr in den Beifahrersitz. Die ganze Zeit über sprach er kein Wort. Er stieg an seiner Seite ein, kurbelte das Fenster herab, zog den Lautsprecherstecker und warf ihn mit einer heftigen Bewegung hinaus. Dann startete er den Motor. Sie fuhren los, ohne das Licht in der Snackbar zu löschen, und überließen den Film einem Geisterpublikum.

Das Popcorn ergoss sich auf den Rücksitz, als sie über eine Bodenwelle fuhren, und Carolyn blickte an dem Zigeunerrock herab.

Er war natürlich ruiniert.

Eine Metapher für den Abend.

Eine Metapher *für ihr Leben.*

So viel zu Cinderella. Brody würde in absehbarer Zeit nicht zu ihr kommen, um ihr einen gläsernen Schuh über den zierlichen kleinen Fuß zu streifen, das stand schon mal fest.

Carolyn wartete auf Brodys Frage, ob sie in letzter Zeit ihren Therapeuten aufgesucht oder vielleicht vergessen hätte, ihre Medizin zu nehmen, doch er sagte überhaupt nichts.

„Ich habe vielleicht ein bisschen überreagiert", sagte sie schließlich, als sie vor Nattys Haus anhielten.

Barfuß in ihrer zerrissenen Strumpfhose, drückte sie ihr Täschchen – wie durch ein Wunder war es nicht verloren gegangen – an die Brust und schritt so hoheitsvoll wie möglich über den Rasen zu den Stufen, die zu ihrer Wohnung führten.

Brody begleitete sie bis vor die Tür, doch trotz des beengten Raums auf dem winzigen Treppenabsatz gelang es ihm irgendwie, einen gewissen Abstand zu Carolyn zu wahren. Ein Muskel zuckte in seiner Wange, doch der Ausdruck in seinen Augen verriet Schmerz, nicht Wut.

„Kommst du zurecht?", fragte er, als wäre er nicht sicher, ob er sie gefahrlos sich selbst überlassen konnte.

Carolyn biss sich auf die Unterlippe und nickte. „Ja“, sagte sie.

Er hob eine Hand, und sekundenlang glaubte Carolyn, es wäre ein Friedensangebot. Zum Glück verstand sie dann, dass er ihren Hausschlüssel wollte, bevor sie sich erneut vollständig zum Narren machte, indem sie ihm stattdessen ihre Hand gab.

Brody öffnete ihre Tür und gab ihr den Schlüssel zurück, als sie in die Wohnung getreten war und sich zu ihm umdrehte.

Winston, der wahrscheinlich vom Fensterbrett aus zugesehen hatte, sprang mit einem satten Bums zu Boden, doch er fauchte Brody nicht wie gewohnt an und bauschte nicht einmal seinen Schwanz. Er schnurrte vielmehr und strich Brody zur Begrüßung ein paarmal um die Stiefel.

Brody nahm Winston nicht zur Kenntnis, er sah Carolyn direkt an. Der Schmerz in seinen Augen war erkennbar und entsprach dem dumpfen Weh in ihrem Herz.

„Gute Nacht dann“, sagte Brody schließlich.

„Gute Nacht“, brachte Carolyn mühsam hervor.

Dann drehte Brody sich um und ging. Carolyn verriegelte die Tür, die sie trennte, und schaltete das Licht aus.

Winston miaute und blickte zu ihr auf.

Carolyn zwang sich, den Zigeunerrock genauer in Augenschein zu nehmen.

Er war zerfetzt. Völlig dahin.

Wie betäubt ging sie in ihr Schlafzimmer, tauschte ihr Cinderella-Ballgewand gegen Jeans und T-Shirt und kehrte zurück in die Küche.

„Ich hab’s geschafft“, sagte sie zu Winston und suchte in den Schränken nach der Schachtel mit Ingwertee. Ihr Magen rumorte.

Winston sprang wieder auf sein Fensterbrett. „Riau?“, fragte er.

Sie tätschelte seinen Kopf und lächelte traurig. Ihre Augen fühlten sich verquollen an. Vermutlich war ihr Gesicht mit Make-up verschmiert, und der Himmel allein wusste, wie ihr Haar inzwischen aussah. Doch das alles war unwichtig, denn es war die alte Leier. Schon wieder ein Déjà-vu-Erlebnis.

Sie hatte eine Schwäche für Fantastereien und gestattete sich den Glauben an Märchen. Nur für eine Nacht hatte sie Prinzessin sein wollen.

War das so schlimm?

Carolyn vergaß ihren Ingwertee, öffnete eine andere Schranktür und begann ihre Souvenirbecher auszuräumen, einen nach dem anderen.

Disneyland. Der Grand Canyon. Independence. The Alamo.

Keinen dieser Orte hatte sie je besucht, doch sie hätte einen Familienurlaub an jedem einzelnen schildern können, bis zum Wetter und den Mahlzeiten samt den Restaurants, in denen sie gespeist hatte. Jede Menge Fotos hätten diese Erinnerungen verankert, und die Auswahl eines bestimmten für die jährliche Weihnachtskarte wäre mit Sicherheit eine Herausforderung gewesen.

Immerhin habe ich keine Ansichtskarten an mich selbst geschickt, dachte sie kleinlaut, und wieder stiegen ihr Tränen in die Augen.

Von den durch Souvenirs nachgewiesenen Orten hatte sie genau drei gesehen – sämtlich einsam und allein: Boise in Idaho, Virginia City in Nevada und Reno. Nicht einmal Las Vegas, zum Teufel, sondern nur Reno.

Es war erbärmlich.

Sie hatte genug von der Vorspiegelung falscher Tatsachen. Genug von Märchen. Genug von den Versuchen, jemand anders zu sein als Carolyn Simmons, das inzwischen erwachsene Pflegekind ohne Familie und ohne Vergangenheit und ganz sicher ohne glückliche Ferien in ihrer Erinnerung.

Nicht dass sie Mitleid mit sich selbst verspürte – wenn überhaupt etwas, dann empfand sie Wut.

Vielleicht hatte Brody sie an diesem Abend auflaufen lassen, vielleicht aber auch nicht. In jedem Fall hatte sie sich aufgeführt wie eine Verrückte, und er würde ihr von nun an aus dem Wege gehen.

Und das war wahrscheinlich gut so.

Carolyn nahm den Disneyland-Becher in die Hand, erinnerte sich daran, wie sie ihn auf einer ihrer völlig unspektakulären Reisen in einem Secondhandladen gekauft hatte, und warf ihn in den Mülleimer, wo er mit einem befriedigenden Klack zerbrach.

Winston sah sie merkwürdig an, doch ihr sonderbares Verhalten schien ihn nicht übermäßig zu bekümmern.

Das war der erste Streich.

Als Nächstes entsorgte sie den Becher vom Grand Canyon. Er traf auf sein Gegenstück von Disneyland und zersplitterte.

Als sie fertig war, nannte sie nur noch drei Becher ihr Eigen. Sie waren nichts Besonderes, erinnerten sie aber wenigstens an Orte, die sie tatsächlich einmal *gesehen* hatte.

Sie hatte oft gehört, das Zerschlagen von Geschirr habe eine therapeutische Wirkung, und diese Theorie schien ein Körnchen Wahrheit zu enthalten, denn sie fühlte sich bereits eine Spur besser als zuvor, obwohl ihr Kopf noch schmerzte und ihr Magen nervös war.

Es ist ein Übergangsritual, das Entsorgen dieser Becher, beschloss Carolyn, hob entschlossen den schweren Müllsack aus dem Eimer, band ihn zu und schleppte ihn hinunter zum Container neben Nattys separater Garage.

Der erste Schritt auf dem Weg zur wahren Carolyn Simmons.

Wer auch immer sie sein mochte.

Conner sah mit ironischem Blick zu, wie Brody sich im Ranch-Haus ein Bier aus dem Kühlschrank holte, die Dose aufriss und in langen Zügen trank.

In der Küche herrschte Dämmerlicht. Tricia war im Bett und schlief vermutlich schon, und Conner hatte vor sich hin brummend, mit zerzaustem Haar und nichts als einer Jogginghose am Leibe, auf Brodys Klopfen hin die Hintertür geöffnet.

„Was ist mit deinem Hemd passiert?", fragte er mit einem Blick auf den großen mehrfarbigen Schmierfleck auf Brodys Brust. Ein nachdenkliches Stirnrunzeln folgte. „Oder ist das *mein* Hemd?"

„Carolyns Gesicht ist abgefärbt", erwiderte Brody und hob seine Bierdose mit düsterem Humor zum Prost.

Conner genehmigte sich ebenfalls ein Bier und tappte zu dem Tisch, an dem schon Generationen von Creeds, Männer wie Frauen, nächtliche Gespräche wie dieses geführt hatten.

„Setz dich", sagte er zu Brody.

Brody holte sich sicherheitshalber zunächst ein zweites Bier, bevor er sich auf einen Stuhl fallen ließ.

„Wie konnte es dazu kommen, dass Carolyns Gesicht an deinem … meinem Hemd abgefärbt ist?", fragte Conner sanft. Brody erkannte Belustigung im Blick seines Bruders, aber auch eine beachtliche Portion Mitgefühl. Letzteres ärgerte ihn.

„Es ist nicht dein Hemd", meinte er. „Ich habe es vor zwei Jahren in San Antonio gekauft."

„Egal", sagte Conner umgänglich. Dann seufzte er und fuhr fort: „So viel habe ich mir schon selbst zusammengereimt – die großartige Kino-Verabredung muss aus irgendeinem Grund ein Reinfall gewesen sein, aber wenn ich das verstehen soll, musst du mir schon helfen und den Rest erzählen."

Brody leerte seine erste Bierdose, griff nach der zweiten, beschloss jedoch zu warten, bis die Kohlensäure nicht mehr so sehr in seinem Magen rumorte, und zog die Hand wieder zurück. Fuhr sich durchs Haar. Er war nach dem Debakel mit Carolyn zum Blockhaus gefahren, um Barney zu holen, bevor er sich auf den Weg zum Ranch-Haus machte, und der arme Hund hatte wohl gefürchtet, er wäre einem Verrückten in die Hände gefallen.

Nicht dass er sonderlich angegriffen wirkte, der gute Barney, der es sich jetzt bei Valentino am Herd gemütlich gemacht hatte. Die zwei hatten gerade genug Platz im Hundekorb und schliefen tief und fest.

Muss das schön sein, dachte Brody, überzeugt, selbst nie wieder schlafen zu können.

Conner schnippte vor Brodys Nase mit den Fingern. „Sprich mit mir“, verlangte er. „Du hast mich aus meinem warmen Bett geholt, fort von einer noch wärmeren Frau, und du bist mir eine Erklärung schuldig.“

„Ich soll dir erzählen, was passiert ist?“

„Im Grunde genommen ja“, antwortete Conner trocken. „Das wäre ein Anfang.“

„Wenn ich es nur wüsste“, erwiderte Brody. „Zuerst haben wir uns gut amüsiert, Carolyn und ich. Mit Wein, tollem Essen, einem Kellner – wir hatten alles bis auf ein Geigenquartett, das Schmusemusik spielt. Aber als wir dann den Film ansehen wollten, brach die Hölle los.“

Conners Miene war, gelinde gesagt, skeptisch. „Komm schon, Brody. Du willst mir doch nicht allen Ernstes erzählen, du wüsstest nicht, was passiert ist? Du warst dabei, verdammt noch mal.“

„Es muss am Film gelegen haben“, erklärte Brody und liebäugelte mit dem zweiten Bier. Warum eigentlich nicht? dachte er. Er würde heute Nacht sowieso nicht mehr zurück nach River’s Bend fahren. Nein, er und der gute Barney würden über Nacht bleiben.

„Was war mit dem Film?“, wollte Conner wissen.

„Gifford Welsh spielte die Hauptrolle."

„O mein *Gott*", entfuhr es Tricia an der Tür zum Flur.

Sie war barfuß, trug eines von Conners Oberhemden und sah hochschwanger aus.

„Ich habe versucht, ihr klarzumachen, dass es ein dummes Missgeschick war", erklärte Brody, „aber sie flippte total aus. Fing an, irgendetwas über Klatsch zu faseln und dass sie etwas beziehungsweise nichts mit dem Kerl hatte …"

Tricia schlug quasi die Hände über dem Kopf zusammen. „Also wirklich, Brody", rief sie. „Dürfen Conner und ich dich denn nicht einen Moment aus den Augen lassen?"

Er wurde ein wenig rot, straffte den Rücken und wich Conners Blick aus, weil er wusste, dass er Belustigung darin vorfinden würde. „Woher sollte ich denn wissen, dass sie dermaßen hochgeht? Und auf die Idee kommt, ich hätte mich in voller Absicht für diesen Film entschieden?"

Tricia stand jetzt neben Conners Stuhl, die Hände in die Hüften gestemmt, mit weit vorgewölbtem Leib, den Kopf zur Seite geneigt. „Diese blöden Gerüchte kursieren schon seit Jahren in Lonesome Bend, Brody. Bist du denn der Einzige, der noch nie davon gehört hat?"

Brody schluckte, vermied es aber immer noch sorgsam, seinem Bruder ins Gesicht zu sehen. „Joleen hat vielleicht mal etwas erwähnt, aber ich habe es nicht ernst genommen."

Tricia tätschelte Conners Schulter, und er schob seinen Stuhl ein Stückchen zurück, damit sie sich auf seinen Schoß setzen konnte, ohne eingeklemmt zu werden. „Carolyn hätte deswegen beinahe die Stadt verlassen, mehrmals sogar", erzählte sie Brody. „Diese Geschichte und das, was du ihr angetan hast, war mehr an Demütigung, als eine Frau ertragen kann. Dass sie nicht schon vor langer Zeit Reißaus genommen hat, ist ein Beweis dafür, wie sehr sie Lonesome Bend liebt und sich wünscht, hier eine Familie zu gründen."

Brodys Ohren glühten. „Das alles ist *meine* Schuld?"

„Zum Teil, ja“, sagte Tricia. „Du warst wahrscheinlich einer der ersten Menschen, denen Carolyn vertraut hat. Du hast ja keine Ahnung, was sie durchgemacht hat –, und du hast sie im Stich gelassen.“

„Tricia“, unterbrach Conner sie ruhig. „Du weißt, dass Brody Gründe für sein Handeln hatte.“

Conner nimmt mich in Schutz? Brody konnte es kaum glauben.

„Wir können froh sein, wenn Carolyn ihre Zelte nicht abbricht und sich für immer aus dem Staub macht“, fuhr Tricia fort, obwohl ihr Zorn inzwischen einigermaßen verraucht war. Sie lehnte sich an Conners Brust. „Hast du ihr erklärt, dass alles ein blödes Missgeschick war?“

Brody schloss die Augen und wollte bis zehn zählen, kam jedoch nur bis sieben, bevor er herausplatzte: „*Mir* ist ein Missgeschick unterlaufen? Ich habe das Bluebird-Kino für eine einzige Verabredung praktisch renoviert, und *mir* ist ein Missgeschick unterlaufen? Tricia, zum Teufel, ich habe mir die Titel dieser Filme nicht einmal angesehen – ich habe mir einfach eine DVD geschnappt und in den Apparat geschoben, und als ich zurück zum Auto kam, ist Carolyn zwei Sekunden später total ausgeflippt.“

Conner schmunzelte. „Der Großteil des Dramas hat es wohl gar nicht bis auf die Leinwand geschafft“, bemerkte er.

„Still“, schimpfte Tricia und versetzte ihrem Mann einen leichten Stoß mit dem Ellbogen. „Die Sache ist ernst, Conner.“ Sie wandte sich an Brody. „Du musst mit ihr reden. Sofort, noch heute Nacht.“

„Er darf nicht mehr fahren“, stellte Conner fest. „Er hat das Bier in sich hineingeschüttet, als müsste er einen Brand löschen.“

„Habe ich nicht“, wehrte sich Brody.

„Trotzdem“, beharrte Conner, „heute Nacht fährst du nirgendwohin.“

Normalerweise hätte Brody schon aus Prinzip widersprochen, denn er mochte es nicht sonderlich, wenn jemand – besonders Conner – ihm sagte, was er zu tun und zu lassen hätte. Das Dumme war nur, dass Conner recht hatte. Vermutlich überschritt er zwar nicht die Promillegrenze, aber er hatte auch nicht alle Sinne beisammen, und warum sollte er ein unnötiges Risiko eingehen?

„Du hast sie zum Weinen gebracht", sagte Tricia traurig, als sie den Make-up-Flecken auf seinem Hemd bemerkte. Er *glaubte* zumindest, dass es sein Hemd war. Vielleicht hatte er es aber auch mit einem von Conners Hemden verwechselt.

„Zugegeben", sagte Brody, nachdem er tief durchgeatmet hatte. „Ich hätte mir die Filme ansehen müssen, bevor ich einen eingelegt habe, aber es war ein dummer Zufall, Tricia. Und selbst wenn Carolyn wirklich eine Affäre mit Gifford Welsh gehabt hätte, würde es mich nichts angehen, oder?"

„Das ist ja eine schöne Bescherung", rief Tricia verzweifelt.

Conner drückte sie an sich. „Aber es ist Brodys Bescherung, Liebling", erinnerte er sie. „Und er wird die Suppe auslöffeln müssen. Wir gehen jetzt erst einmal wieder ins Bett."

Das mittlerweile schon vertraute Gefühl von wohlwollendem Neid breitete sich in Brody aus. *Er* musste natürlich allein schlafen, in dem Bett in seinem alten Zimmer, es sei denn, Barney leistete ihm Gesellschaft.

Und das war eher unwahrscheinlich, so wie der Hund schnarchte.

Brody beschloss, dass er noch ein drittes Bier brauchte.

Tricia stand auf, und Conner folgte ihrem Beispiel.

Während seine Frau barfuß zurück ins Schlafzimmer tappte, legte Conner eine Hand auf Brodys Schulter. „Trink nicht so viel", riet er ihm. „Morgen früh hast du genug Probleme, da brauchst du nicht obendrein noch mit einem Kater aufzuwachen."

Brody seufzte, zu starrsinnig, um zu antworten. „Gute

Nacht", wünschte er brummig.

Conner lachte, schüttelte den Kopf und folgte Tricia in den Flur.

Carolyn fand in dieser Nacht ein bisschen Schlaf, aber es war nicht der Rede wert.

Nicht dass sie jemanden zum Reden gehabt hätte.

„Ach hör auf", ermahnte sie sich selbst, als sie im Bad hoch aufgerichtet vor dem Spiegel über dem Waschbecken stand. „Ich habe dein Gejammer satt, Carolyn Simmons."

Ausnahmsweise erhielt sie keine bissige Antwort.

Carolyn hob das Kinn, straffte die Schultern und betrachtete kritisch ihr Gesicht.

Ihre von verschmierter Wimperntusche gerahmten Augen erinnerten an einen Waschbären. Und außerdem waren sie auch noch verquollen.

Von ihrem Lippenstift war nur ein rosa Fleck auf ihrer rechten Wange geblieben.

Und entwickelte sich da ein Fieberbläschen am Nasenloch?

Energisch ließ sie Wasser ins Waschbecken laufen, schrubbte die Reste ihres Cinderella-Make-ups fort und schöpfte sich mehrere Hände Wasser ins Gesicht.

Als sie fertig war, sah sie immer noch schlimm aus, aber sie war wenigstens sauber.

Sie tupfte Salbe auf das knospende Fieberbläschen und marschierte zurück in die Küche, wo der Zigeunerrock über einer Stuhllehne hing.

Es war kein hoffnungsloser Fall, wie sie am Vorabend geglaubt hatte, doch der Rock benötigte ziemlich umfangreiche Reparaturmaßnahmen. Zusätzlich zu Winston und einem Wochenvorrat an Sardinen würde sie den Rock, mehrere Schnittmuster und ihre treue Maschine einpacken und mit zu Kim und Davis nehmen. Stich für Stich würde sie den Rock – und ihre eigentliche Persönlichkeit – wieder zusammenfügen.

Carolyn beschäftigte sich in Gedanken mit ihrer Aufgabenliste, während sie Kaffee kochte – sie benötigte irgendetwas, um in Gang zu kommen –, und beschloss, Winston zum Frühstück mit seiner Lieblingsmahlzeit zu beglücken.

Als sie den Deckel von der Sardinenbüchse rollte, wurde ihr jedoch übel.

Sie stürzte ins Bad, hielt mit einer Hand ihr Haar zurück und übergab sich heftig.

Und dabei fiel es ihr ein.

Sie gestern Abend Wein getrunken – mehrere Gläser Wein –, und geblendet von allem, was Brody unternommen hatte, um den Abend zu etwas Besonderem zu machen, hatte sie keinen einzigen Gedanken daran verschwendet, dass sie Alkohol nicht vertrug.

Ich bin nicht verrückt, dachte sie jubilierend, noch während sie unter einem erneuten Würgereiz vor der Toilette in die Knie ging.

Es lag am Wein.

Als Erstes fuhr Brody am nächsten Morgen Kims und Davis' Auto zurück zur Ranch, um es gegen seinen Pick-up auszutauschen. Dort würde er die Pferde füttern und sich den Vollblüter noch einmal ansehen. Mit Glück konnte er bei Kim ein Frühstück schnorren oder wenigstens eine anständige Tasse Kaffee.

Um Tricias und Conners verdammte Kaffeemaschine zu bedienen, benötigte man ja ein Ingenieursdiplom. Durch die Ehe und die bevorstehende Vaterschaft war sein Zwillingsbruder, wie es Brody schien, ein bisschen sonderbar geworden.

Vor allem aber quälte Brody, dass die Gedanken an Carolyn ständig dicht unter der Oberfläche lauerten und sich in jedem unbedachten Moment Bahn brachen.

Selbst jetzt noch fand er, dass ein Abendessen und die private Präsentation eines Erstaufführungsfilms ihn in die Oberliga beförderten, was kreative Organisation von Verabredungen betraf. Er hatte den staunenden Ausdruck in Carolyns Augen bemerkt, als sie die für ein romantisches Essen zu zweit hergerichtete Snackbar gesehen hatte. Sie war entzückt, vielleicht sogar ein bisschen bezaubert gewesen, genauso wie er es beabsichtigt hatte.

Gut, er hätte bei der Wahl des Films mehr Feingefühl walten lassen können. Aber er hatte sich entschuldigt, oder? Jedenfalls spätestens, als er begriffen hatte, worüber sie sich so aufregte.

Seufzend rückte er seinen Hut zurecht.

Na ja, eigentlich war es Conners Hut, wie auch alles andere, was er an diesem Morgen trug.

Die Frage war, wie etwas so Schönes plötzlich dermaßen den Bach runtergehen konnte wie der vorige Abend.

„Guten Morgen", rief Davis von der Hintertür, als Brody aus dem Stall trat. „Der Kaffee läuft durch."

„Ich bin gleich da", erwiderte Brody und blieb stehen, um Firefly am Futtertrog auf der Koppel zu beobachten.

Das ist ein Pferd, dachte er.

„Komm bloß nicht auf die Idee", warnte Davis ihn, der plötzlich neben ihm auftauchte, die Unterarme auf die oberste Zaunlatte legte und mit einem Nicken auf Firefly wies. „Er ist tabu, Brody, und damit basta."

Brody warf seinem Onkel einen Seitenblick zu. „Ich werde mit jedem Pferd fertig", sagte er fest. „Meine Meisterschafts-Gürtelschnallen und die Geldpreise sind Beweis genug."

Davis kniff die Augen zusammen, und sein Tonfall war so ernst wie seine Miene. „Dein Dad hat einmal etwas ganz Ähnliches gesagt. Das war an dem Tag, als ich ihn warnte, sich von dem Hengst fernzuhalten, den wir oben im Vorgebirge wild eingefangen hatten, bis er kastriert war und Zeit gehabt hatte, sich ein bisschen zu beruhigen. Blue meinte, ihm wäre noch kein Pferd begegnet, das er nicht reiten konnte, aber ich dachte, es wäre nur Gerede und er wüsste, dass ich recht hatte. Und dann lag mein Bruder mit einem Genickbruch auf der Koppel, und dieser Hengst umkreiste ihn wie ein Bussard."

Davis hielt inne, holte zittrig Luft und blickte auf einen Punkt in der Nähe, als spielte sich die Szene auch nach so vielen Jahren noch kristallklar vor seinem inneren Auge ab.

„Mein Jagdgewehr lag in meinem Pick-up", fuhr er fort, ohne Brody anzusehen, „und ich erledigte den Hengst mit einem einzigen Schuss. Ich dachte, es bestünde noch Hoffnung, dass Blue durchkommt. Ich habe nicht nur einmal, sondern wohl hundertmal gesehen, wie ein Pferd ihn abwarf, und ein paarmal hat er sich sogar Knochenbrüche zugezogen. Doch Blue rührte sich nicht, schlug die Augen nicht auf. Kim rief den Rettungsdienst an, und ich blieb bei Blue auf der Koppel. Das tote Pferd lag ein paar Meter entfernt, und ich versicherte meinem Bruder, alles würde wieder gut. ‚Du musst nur durchhalten, Hilfe ist schon unterwegs. Ich bin bei dir, Blue, ich bin hier und bleibe bei dir …'"

Davis brach ab, musste ein paar Sekunden aussetzen, um sich zusammenzureißen.

Brody wartete, und seine Augen brannten, während sein Onkel, einer der härtesten Männer, die er kannte, um Fassung rang.

„Du weißt, was passiert ist", sagte Davis und blickte Brody direkt ins Gesicht. „Dein Dad ist nicht mehr aus dem Koma erwacht. Sechs elende Wochen später war er tot." Der ältere Mann schluckte krampfhaft, und seine Augen schimmerten feucht, was selten vorkam. „Ich habe Firefly auf die Ranch geholt, um ihm das Leben zu retten, Brody. Niemand wollte ihn haben. Alle sagten, er wäre wertlos und brächte nichts als Ärger. Aber hör mir zu, mein Sohn, hör mir gut zu: Ich würde ihm eher eine Kugel in den Kopf schießen, bevor ich zuließe, dass irgendwer – ganz egal, wer – ihn reitet. Haben wir uns verstanden?“

„Das Frühstück wird kalt“, zwitscherte Kim auf der seitlichen Veranda.

Brody und Davis rührten sich nicht, ließen den Blick des anderen nicht los.

„Haben wir uns verstanden?“, fragte Davis ein zweites Mal.

„Wir haben uns verstanden“, antwortete Brody und seufzte.

Davis schlug ihm auf die Schulter, er lächelte sogar verhalten, doch sein Blick war so ernst, wie Brody ihn noch nie gesehen hatte. „Gib mir dein Wort darauf.“

„Du hast mein Wort“, erwiderte Brody. „Ich werde das Pferd nicht reiten.“

18. KAPITEL

Carolyn hatte gerade einen ausgesprochen missmutigen Winston aus seiner Transportkiste in die offenen Weiten der leeren Küche der Creeds entlassen, als sie ein Fahrzeug vorfahren und mit quietschenden Bremsen halten hörte.

Sie warf einen Blick auf die Uhr – es war kurz nach Mittag –, bevor sie aus dem Fenster spähte und halb damit rechnete, Kim und Davis zu sehen, die etwas vergessen hatten.

Statt ihrer stieg Tricia schwerfällig aus ihrem Pathfinder und wedelte mit einer Hand vor ihrem Gesicht, um den Staub abzuwehren, den sie bei ihrer Ankunft aufgewirbelt hatte.

Mit neuem Mut, aber gleichzeitig auch mit dem Gefühl, jedem Schlag und Stoß wehrlos ausgesetzt zu sein, öffnete Carolyn die Seitentür und begrüßte ihre Freundin mit einem Lächeln und einem Winken. „Du solltest die Bremsen überholen lassen. Ich habe sie bis ins Haus gehört."

„Keine Sorge. Conner hat mir das Versprechen abgenommen, mein Fahrzeug gegen Kims und Davis' einzutauschen, bis der Kfz-Mechaniker in der Stadt es sich angesehen hat. Das ist der Hauptgrund für mein Kommen."

Der Hauptgrund, dachte Carolyn mit trockenem Humor, aber nicht der einzige.

Mittlerweile hatte Tricia mit Sicherheit zumindest eine Ahnung von dem, was sich gestern im sagenumwobenen Bluebird-Kino zugetragen hatte.

„Du siehst aus wie sieben Tage Regenwetter", bemerkte ihre Freundin denn auch unverblümt und bestätigte damit Carolyns Befürchtung. Carolyn fragte sich – sehr flüchtig –, ob die Schwangerschaft ihrer Freundin nicht schon viel weiter fortgeschritten war, als alle annahmen. Tricia sah aus, als müsste das Baby jeden Augenblick kommen.

„Herzlichen Dank", flötete Carolyn fröhlich und hielt die

Insektenschutztür weit geöffnet, damit Tricia sich hindurchzwängen und in die Küche treten konnte. Sofort hängte sie die Schlüssel des Pathfinders an den Haken und nahm Kims Autoschlüssel an sich.

Die Schüssel des Autos, mit dem Brody Carolyn gestern abgeholt hatte.

„Aber", fuhr Tricia fort und sank mit einem Seufzer der Erleichterung auf einen Stuhl am Tisch, „ich freue mich, berichten zu können, dass Brody noch schlimmer aussieht als du."

„Immerhin etwas", erwiderte Carolyn mit einem düsteren Lachen.

Tricias Blick fiel auf den Zigeunerrock, der auf dem Tisch lag und auf seine Sanierung wartete.

„Ach du Schande, Carolyn", rief sie. „Was ist passiert?"

„Wann hast du Brody gesehen?", fragte Carolyn und ließ Tricias Frage zunächst in der Luft hängen. Sie biss sich auf die Unterlippe, setzte sich und stützte das Kinn in die Hand. „Nach gestern Abend, meine ich?"

„Er hat bei uns übernachtet", antwortete Tricia und kniff die Augen ein wenig zusammen. „Du siehst wirklich schrecklich aus, Carolyn. Du bist blass und hast Schatten unter den Augen. Und der Rock – was um alles in der Welt ..."

Carolyn fuhr sich mit beiden Händen durchs Haar. Sie schüttelte den Kopf, als sie an die neueste Katastrophe dachte, die ihr Liebesleben heimgesucht hatte. Wenn man denn von einem Liebesleben reden konnte.

„Ich bin durchgedreht", stöhnte sie. „Ausgerastet. Habe alles verdorben." Sie zwang sich, aufzublicken und Tricia anzusehen. „Zuerst einmal habe ich Wein getrunken", gestand sie.

„O nein!"

„O doch", erwiderte Carolyn niedergeschlagen. „Ich habe lange über alles nachgedacht und bin zu dem Schluss gekommen, dass es keine Entschuldigung für mein Verhalten ist. Vielleicht ein Grund, aber keine Entschuldigung." Sie seufzte und fuhr dann fort: „Okay, ich habe in meinem Leben nur selten Alkohol getrunken, was sich aber immer als ... unklug erwiesen hat. Ich hätte es vorher wissen und auf den Wein verzichten müssen. Aber ich war wie geblendet, Tricia. Wirklich *geblendet*. Und darum bekam ich es auch mit der Angst zu tun, denn nichts konnte so schön sein, wie diese Verabredung sich entwickelte. Ich bin jedenfalls ziemlich sicher, dass meine Überlegungen in diese Richtung gingen. Es musste einfach etwas Furchtbares passieren, wenn ich mir noch eine Sekunde länger den Glauben daran gestattete, dass ... dass ..."

„Dass Brody dich womöglich aufrichtig liebt?", half Tricia ihr sanft aus und drückte Carolyn kurz, aber ermutigend die Hände.

„Ich habe schon einmal den Fehler gemacht, zu glauben, dass er mich liebt", sagte Carolyn. „Und als ich wieder zu Verstand kam, war es, als wäre ich von einem Güterzug überrollt worden. Ich habe lange gebraucht, um die Scherben aufzusammeln und mich wieder zusammenzusetzen." Sie rang sich ein schmales Lächeln ab. „Das Problem ist nur, dass ich womöglich ein paar von diesen Scherben falsch platziert habe."

„Und was soll jetzt geschehen?", fragte Tricia nach einem Seufzer und einer langen Pause.

„Ich repariere den Zigeunerrock und kann nur hoffen, dass die Frau, die die Gebote hochtreibt, mit dem Ergebnis zufrieden ist", erwiderte Carolyn. Insgeheim nahm sie mit einiger Sicherheit an, dass Tricia als Nächstes ihre Ankündigung erwartete, dass sie ihre Sachen packen und Lonesome Bend ohne einen Blick zurück hinter sich lassen würde.

Doch es war ihr Ernst gewesen, als sie sich geschworen hatte, dass sie nicht mehr weglaufen würde, im wahren Wortsinn *und* im übertragenen.

In Tricias Augen blitzte es schelmisch, aber traurig, auf. „Ach, über die Bieterin würde ich mir keine Gedanken machen. Sie ist eine sehr verständnisvolle Frau. Besser gesagt, eine von *zwei* sehr verständnisvollen Frauen."

Carolyn riss die Augen auf. „Du weißt, wer …"

Tricia lächelte und nahm eine komische Glamourpose ein, ohne sich von ihrem Stuhl zu erheben.

„*Du?*", flüsterte Carolyn. „*Du* bist die geheimnisvolle Bieterin?"

„Kim und ich machen halbe-halbe."

Jetzt war Carolyn völlig durcheinander. Kim und Tricia waren schöne Frauen, und beide hatten eine gute Figur – unter normalen Umständen –, aber sie waren unterschiedlich gebaut, und Kim war mindestens sieben Zentimeter größer als Tricia. Es war also ausgeschlossen, dass sie dasselbe Kleidungsstück tragen konnten.

„*Warum?*"

„Weil wir beide gesehen haben, wie viel der Rock dir bedeutet. Wir hatten vor, noch ein bisschen zu warten und dich mit dem Rock zu überraschen – vielleicht zu deinem Geburtstag. Oder zu Weihnachten."

Carolyn war klug genug, um nicht in Harnisch zu geraten und Tricia vorzuwerfen, sie würde sich mit Kim zusammentun, um ihr Almosen zu geben. Sie hatten diesen erstaunlichen Entschluss gefasst, weil sie ihre Freundinnen waren und die Mittel dafür hatten und weil Carolyn ihnen wichtig war.

Ihre Augen füllten sich mit Tränen. „Ach Tricia", schniefte sie.

„Nicht weinen", bat Tricia und wedelte wieder mit der Hand. „Wenn du weinst, muss ich auch weinen, und dann wird meine Nase rot, und meine Augen schwellen zu, und das sieht nicht hübsch aus."

Lachend wischte sich Carolyn mit den Handrücken die Wangen ab. „Nicht hübsch?", scherzte sie. „Das dürfen wir nicht zulassen."

Tricia lächelte, schniefte kurz und sagte: „Eben."

Winston hatte die neue Umgebung erkundet und kehrte

nun in die Küche zurück, um im Achtermuster um Carolyns Knöchel zu streichen. Er schnurrte wie ein Außenbordmotor.

Augenscheinlich gefiel es ihm hier.

„Die Versteigerung endet erst morgen", überlegte Carolyn laut und betrachtete den Rock. Obwohl er schmutzig war, ausgebessert und gehörig auf Vordermann gebracht werden musste, war er immer noch atemberaubend schön. „Vielleicht hat euch inzwischen jemand überboten."

„Nein", erwiderte Tricia mit einem selbstzufriedenen Lächeln. „Das kann nicht passieren. Unser Höchstgebot ist so hoch, dass niemand es überbieten wird."

Zaghaft streckte Carolyn die Hand aus und berührte das Kleidungsstück beinahe so zart, als wäre es ein schwer verletztes Lebewesen. „Das alles ist jetzt unwichtig", sagte sie. „Der Rock muss so gründlich ausgebessert werden, dass ich ihn nicht mehr verkaufen kann. Ich darf ohnehin nicht zulassen, dass du und Kim euren verrückten, wunderbaren und unglaublich großherzigen Plan ausführt. Nicht nachdem ich weiß, was ihr im Schilde führt."

Carolyns naturgegebener Sinn fürs Praktische setzte sich wieder durch. Sobald wie möglich würde sie die Versteigerung absetzen und den Rock selbst behalten. Nicht dass sie mehr Gelegenheit zum Tragen haben würde als vorher, aber sie hatten jetzt etwas gemeinsam, sie und diese vormals so herrliche Ansammlung von Perlen, Bändern und feinen Stoffen. Sie waren beide Veteranen der Cinderella-Kriege.

Und sie waren beide Verlierer.

Friedvolles Schweigen setzte ein.

Tricia brach es mit der leisen Frage: „Kommst du heute zum Abendessen zu uns, Carolyn?"

Carolyn lächelte matt und schätzte sich glücklich, Freunde zu haben wie Tricia, Conner und Kim und Davis. Was nicht hieß, dass sie einer dieser Frauen über den Weg trauen durfte, wenn es um Kuppelei ging.

„Damit du Brody und mich in einem Zimmer einsperren kannst, in der Hoffnung, dass wir uns küssen und versöhnen?“, konterte sie, wenn auch nicht unfreundlich. „Ausgeschlossen, liebste Freundin. Ich bin noch nicht so weit, Brody von Angesicht zu Angesicht zu ertragen, und ich schätze, umgekehrt ist es genauso.“

Obwohl Tricia traurig aussah, verstand sie Carolyns Haltung. „Ich wollte nur nicht, dass du ganz allein bist. Du rufst Conner und mich an, falls du etwas brauchst, ja?“

„Verlass dich drauf“, versprach Carolyn. „Und es ist ja auch nicht so, als wäre ich zur Einsiedlerin geworden, die sich in fernen Hügeln in einer Räuberhöhle verkriecht. Ich habe Kim versprochen, das Haus und die Tiere zu hüten, aber ich gehe trotzdem morgen früh in den Laden wie jeden Montag.“

Sofort hellte sich Tricias Miene wieder auf. „Apropos Laden – wie hast du dich entschieden? Nimmst du mein Angebot an oder nicht?“

Carolyn lächelte. „Ich wäre verrückt, wenn ich es nicht täte. Ganz gleich, was passiert, Tricia, ich bleibe hier in Lonesome Bend. Ich habe genug vom Vagabundenleben, und ich habe es satt, vor meinen Problemen davonzulaufen. Ich bleibe für immer.“

„Das ist großartig!“, rief Tricia begeistert.

„Ich dachte, ich fange damit an, dass ich Primrose als Teilzeitkraft gewinne“, fuhr Carolyn fort, zutiefst dankbar für den Themenwechsel. „Natürlich nur, wenn es dir recht ist. Sie hat ein paar hochinteressante Ideen und ist außerdem die geborene Verkäuferin.“

„Das ist sie“, pflichtete Tricia Carolyn bei. „Biete ihr den Job an, sobald du meinst, der richtige Zeitpunkt ist gekommen. Ich überweise inzwischen schon mal eine Vorauszahlung auf unser Geschäftskonto, um den Stein ins Rollen zu bringen.“

Schon wieder war Carolyn den Tränen nahe. „Willst du es

wirklich so, Tricia? Bist du dir ganz, ganz sicher? Wenn nicht, würde ich es schon verstehen, und ich komme auch ohne den Laden gut zurecht …"

Na ja, vielleicht nicht unbedingt gut – sie liebte den Laden –, aber sie würde, wie immer, überleben und irgendwann Erfolg haben.

Tricia nahm sie auf ihre typisch impulsive Art in die Arme, rasch und absolut aufrichtigen Herzens. „Tja, der *Laden* käme aber nicht ohne *dich* zurecht, und ich auch nicht. Ich bekomme ein Kind, Carolyn, keine Lobotomie. Bevor ich nach Lonesome Bend kam, um Dads Nachlass zu regeln, habe ich eine Galerie geleitet, schon vergessen? Ich liebe Conner mehr, als ich je geglaubt habe, einen Mann lieben zu können, und wir sind beide verrückt nach diesem Baby und all seinen Brüdern und Schwestern, aber ich *muss* regelmäßig mit Kunst zu tun haben. Ich brauche Farben und Strukturen und all das."

Carolyn verstand sie nur zu gut; Kunst nährte ihre Seele, sie war eine Art von Gebet für sie, Lobgesang und Danksagung.

Sie dachte an Tricias Ankunft in der Stadt vor ein paar Jahren. Natürlich hatte es Gerede gegeben, als sie bei ihrer Urgroßmutter einzog und den Camping- und Wohnmobilplatz von River's Bend sowie das heruntergekommene Bluebird-Kino zum Verkauf anbot. Die Leute behaupteten, Tricia wäre zu sehr Großstadtpflanze für ein Städtchen wie Lonesome Bend, auch wenn sie von Kind an die Sommer hier verbracht hatte. Alle waren überzeugt, dass sie zurück auf dem Weg nach Seattle und in ihr altes Leben sein würde, bevor die Tinte auf dem Kaufvertrag für die Grundstücke ihres Vaters trocken war.

Doch dann hatte Tricia sich in Conner Creed verliebt, ihn geheiratet und sich hundertprozentig in die Gemeinde eingegliedert.

Nachdem Carolyn Tricia zur Garage begleitet und ihr nachgesehen hatte, ging sie zurück ins Haus und wusste nichts

Rechtes mit sich anzufangen.

Sie dachte, sie würde sich in dem Haus, groß, wie es war, einsam fühlen, wenn nur sie und Winston verloren darin umherstreiften, aber so war es ganz und gar nicht. Das Haus war ein richtiges Heim, ein Zufluchtsort, wo ein Mann und eine Frau sich liebten, Tag für Tag, durch dick und dünn gingen und Seite an Seite auf ihre Art arbeiteten, um ihre Ranch und ihre Sippe am Laufen zu halten. Hier wohnten Erinnerungen, waren praktisch greifbar, und die Bilder an den Wänden und auf den Kaminsimsen zeigten lächelnde Gesichter und Geburtstagstorten und Weihnachtsbäume und erste Autos.

Im Flur zwischen dem Wohnzimmer und dem Gästezimmer, in dem sie schlief, hielt Carolyn inne und betrachtete einige dieser Fotos eingehender. Eines zeigte Brody, Conner und Steven auf einem Angelausflug, wie es aussah. Ein blondes sonnengebräuntes Trio, alle drei noch vor der Pubertät. Strahlend hielten sie die Beute des Tages in die Höhe.

Daneben hing eine Aufnahme von einem Weihnachtsmorgen vor langer Zeit – Brody und Conner in Pose vor einem gigantischen Baum, vollgehängt mit einem Sammelsurium von Christbaumschmuck. Beide hielten die Lenkstangen nagelneuer Fahrräder. Steven, der den Großteil des Jahres bei seiner Mutter in Boston lebte, war nicht auf dem Bild. Doch am Kamin hing ein überquellender Strumpf, auf den sein Name aufgestickt war. Demnach war sein Besuch wohl in Kürze erwartet worden.

Carolyn lächelte, berührte die Gesichter mit der Fingerspitze und ließ sich bei Brodys Bild etwas mehr Zeit. Wenn man die Jungen auf diesen Fotos ansah, konnte man meinen, sie hätten es immer leicht gehabt, doch das traf natürlich nicht zu.

Jeder Mensch, ganz gleich, wie viel Glück er in mancher Hinsicht in seinem Leben hatte, musste Dinge bewältigen, sich Drachen stellen und Flüsse überqueren.

In Brodys und Conners Fall ging es um einen doppelten Verlust: Ihre Eltern waren beide ums Leben gekommen, als die Zwillinge noch im Säuglingsalter waren. Und so viel Liebe Kim und Davis diesen Kindern im Lauf der Jahre auch gegeben hatten, wie viel Anleitung und Sicherheit, sie mussten trotzdem ihre Kämpfe ausfechten, nicht nur in der Außenwelt, sondern auch miteinander.

Conner und Brody waren jahrelang zerstritten gewesen, und dann waren Brody auch noch Frau und Kind auf grausame Weise genommen worden.

Carolyn seufzte und ging weiter zum Gästezimmer, während Winston wie ein kleines Kätzchen um ihre Füße herumtollte, um die paar Sachen auszupacken, die sie aus der Wohnung in der Stadt mitgebracht hatte. Da sie jeden Tag in den Laden gehen wollte, brauchte sie nicht mehr als Unterwäsche, ein Nachthemd, die üblichen Hygieneartikel und etwas zum Anziehen, wenn sie morgens zur Arbeit ging.

Streng überwacht von Winston, räumte sie ihre Sachen ein und beschloss dann, zwei Aspirin zu schlucken und ein Nickerchen zu machen, in der Hoffnung, so die letzten Nachwirkungen der apokalyptischen Ereignisse des Vorabends abschütteln zu können.

Gut eine Stunde später wachte sie auf. Die Kopfschmerzen und die letzten Reste von Übelkeit waren verschwunden. Carolyn war wieder ganz die Alte, bürstete ihr Haar und ging in die Küche, um sich ein spätes Mittagessen zu bereiten – etwas Leichtes, zum Beispiel Hühnersuppe mit Nudeln – und sich dann an die Arbeit am Zigeunerrock zu machen.

Sie fand Brody in voller Lebensgröße am Küchentisch sitzend vor, der dort Kaffee trank und Zeitung las.

Wie vom Donner gerührt lieb sie in der Tür zum Esszimmer stehen.

„Ich habe geklopft“, sagte Brody lässig und ohne den Blick von der Zeitung zu heben, „aber niemand hat geöffnet.“

„Und da bist du einfach reingekommen?"

„So ungefähr, ja."

„Tja, dann lass ich dich mal mit deinem Kaffee und deiner Zeitung allein", erwiderte Carolyn hastig und machte auf dem Absatz kehrt.

Er hielt sie mit einem einzigen Wort zurück – mit ihrem Namen.

Sie blieb stehen, sah sich jedoch nicht nach ihm um. „Was kannst du nach dem gestrigen Abend noch von mir wollen?", fragte sie gelassen, ohne ihre Gefühle preiszugeben. Was nicht hieß, dass sie genau wusste, was sie fühlte.

In ihrem Inneren ging es drunter und drüber. Sie war glücklich und traurig, ängstlich und aufgeregt, verärgert über Brodys Anwesenheit und gleichzeitig zutiefst erleichtert, dass er da war.

„Mich entschuldigen, vielleicht?", schlug er vor. Er stand direkt hinter ihr.

Wie hatte er das gemacht? Wie konnte der Mann in einem Wimpernschlag völlig geräuschlos einen Raum durchqueren? Es war unheimlich. Es war gruselig.

Carolyn fuhr herum und hob das Kinn. Er war ihr nahe genug, um sie zu küssen – doch das tat er nicht.

„*Ich* muss mich entschuldigen", sagte Carolyn, indem sie all ihren Mut zusammennahm und sich auf ihre frische Entschlossenheit besann, in der wirklichen Welt zu leben wie ein vernünftiger Mensch. Doch sie konnte ihm nicht offen in die Augen schauen. „Du hast dir große Mühe gegeben, aus dem gestrigen Abend etwas … Besonderes zu machen. Dass Gifford Welsh die Hauptrolle in dem Film spielte, hatte nichts zu bedeuten, das hätte ich wissen müssen. Aber … na ja … ich wusste es nicht, jedenfalls nicht zu Anfang. Ich bin nicht sonderlich stolz auf mein Verhalten, und es tut mir wirklich leid."

„Carolyn", sagte Brody wieder, und dieses Mal schwang ein Lächeln in seiner Stimme mit.

„Was denn?"

„Warum siehst du mich nicht an?"

Weil mir die Kleider vom Leib fallen, wenn ich dich ansehe, Brody Creed.

Als ob sie *das* jemals laut aussprechen würde.

„Wenn du mich ansiehst, fallen dir die Kleider vom Leib? Ei verflucht, das ist das Beste, was ich den ganzen Tag gehört habe."

Carolyn blinzelte. Schlug sich entsetzt die Hand vor den Mund. Flüsterte: „Habe ich das tatsächlich ..."

Brodys Grinsen war ein bisschen dreist und unglaublich sexy. „Ja", sagte er, „hast du."

„O mein Gott!"

„Das habe ich auch gedacht", sagte Brody, und seine Augen blitzten, während er den Blick an ihrem T-Shirt herabwandern ließ. Er sah sie gespielt missbilligend an. „Aber es passiert wohl doch nicht. Dass dir die Kleider vom Leib fallen, meine ich."

Carolyn wünschte, sie könnte sich einfach in Luft auflösen.

Das konnte sie natürlich nicht.

Das war ein Problem in der wirklichen Welt. Verschwinden war nicht erlaubt.

„Meine Kleider bleiben, wo sie sind", sagte sie mit spürbarem Mangel an Überzeugung.

„Das ist sicher eine gute Idee", stimmte Brody ihr nachdenklich zu und rieb sich das Kinn. „Fürs Erste zumindest."

Carolyn zerrte nachdrücklich am Saum ihres T-Shirts und marschierte an Brody vorbei zum Schrank. Sie brauchte einen guten Schluck Kräutertee, und sie brauchte ihn in diesem Moment.

Brody sah belustigt zu, wie sie den nötigen Kram zusammensuchte. „Aber es ist verdammt schade", bemerkte er und strich sich noch einmal übers Kinn.

„Was?", fragte Carolyn barsch und füllte an der Spüle einen Becher mit heißem Wasser.

„Dass dir die Kleider nicht vom Leib gefallen sind. Das wäre schon sehenswert gewesen.“

„Möchtest du Tee?“, fragte Carolyn, als hätte sie nie ein Wort über Kleider, die vom Leib fallen, verloren.

Schon gar nicht über ihre Kleider.

„Tee? Nein, danke. Ich trinke nicht gern Tee.“

Carolyn schnitt ihm eine Grimasse.

„Wie wär's mit Tequila?“, überlegte er, als spräche er mit sich selbst. „Wie in dem Song?“

„Brody. Mach dich nicht über mich lustig, ja? Es war ein Versprecher, sonst nichts.“

„Eine Freud'sche Fehlleistung“, pflichtete Brody ihr mit gespieltem Ernst bei. „Besonders der Hinweis auf den Leib.“

„Ich habe nicht auf irgendeinen ‚Leib‘ hingewiesen, wie du dich so plump ausdrückst“, sagte Carolyn in herablassendem Ton, doch sie kämpfte gegen das Lachen.

„Da“, sagte Brody und wies mit dem Finger auf sie. „Du hast es schon wieder gesagt. *Leib.* Du kommst immer wieder darauf zurück – eindeutig Freud.“

„Hör auf“, sagte sie und verbiss sich ein Kichern.

Brodys Grinsen wurde breiter, war nicht mehr nur sexy, sondern umwerfend. „Schön“, sagte er. „Mach dir deinen Tee, setz dich und sprich mit mir.“

Sprich mit mir. Ach du Schande.

„Worüber?“, hakte sie nach.

„Über dich. Ich habe dir von Lisa und Justin erzählt. Jetzt möchte ich wissen, was Carolyn ausmacht, sozusagen.“

Schweigend bereitete sie ihren Tee zu. Dann ging sie zum Tisch und setzte sich, und Brody setzte sich ebenfalls wieder.

Er faltete locker die Hände und legte sie auf die aufgeschlagene Zeitung.

„Wo soll ich anfangen?“, überlegte sie laut.

„Tricia sagt, du bist in Pflegefamilien aufgewachsen“, sagte

Brody leise. „Ich kann mir vorstellen, dass das hart war, manchmal zumindest, aber im Augenblick interessiert mich mehr, warum du wegen eines Films mit Gifford Welsh so durchdrehst."

Carolyn seufzte und trank langsam und genüsslich von ihrem Tee. Vielmehr tat sie so. Das Zeug schmeckte nach gar nichts.

„Zum Teil lag es am Wein", sagte sie.

Brody nickte. „Das habe ich mir später auch gedacht. Noch ein Grund, dich um Entschuldigung zu bitten, Carolyn. Ich hätte daran denken müssen, dass du nicht viel verträgst."

Sie wurde ein bisschen lockerer – aber nicht lange. Sobald sie an Gifford Welsh dachte, fiel ihr auch Storm ein, die hinter ihrem Wagen herlief und schrie, sie solle zurückkommen. Der Schmerz war immer noch so heftig, dass sie sich hätte krümmen können.

Brody nahm ihre Hand. „Was auch immer es ist, Carolyn, es ist schon *gut*. Aber wenn wir reinen Tisch machen wollen, du und ich, dann müssen wir von jetzt an ehrlich zueinander sein. Künftig gibt es keine Überraschungen mehr."

Carolyn nickte und schluckte verkrampft. „Ich weiß, viele Leute glauben, ich hätte eine Affäre mit Gifford gehabt", sagte sie und sah Brody in die Augen. „Zufällig stimmt das nicht. Aber gestern Abend … gestern Abend dachte ich, du wolltest … na ja … mir diese Sache unter die Nase reiben. Mich wissen lassen, dass *du* davon weißt. Darum bin ich ausgeflippt."

Brody wartete darauf, dass sie weiterredete, und seine sehr, sehr blauen Augen blickten sanft.

Als Carolyn nach ihrem Becher griff, um zu trinken, zitterten ihre Finger. Sie stellte ihn lieber gleich wieder ab, ohne ihn an den Mund geführt zu haben.

Winston, dieses unberechenbare Katzentier, sprang auf Brodys Schoß, schnurrte und rieb sich an seiner Brust.

Brody streichelte schmunzelnd und dankbar für den Eingriff in das Gespräch den Rücken des Katers, ließ aber keine Bemerkung über die augenscheinliche Neueinschätzung seines Charakters seitens des Tierchens fallen.

Wie es aussah, war Carolyn noch immer am Zug.

Stockend berichtete sie Brody, was an jenem Tag in Giffords Villa vorgefallen war. Während sie sprach, durchlebte sie die Vorfälle noch einmal.

Gifford Welsh hatte sie gereizt – wen wohl nicht? –, aber er war verheiratet. Und das war von großer Bedeutung für Carolyn, wenn auch nicht für ihn.

Sie war in Panik geflüchtet – ähnlich wie Brody in der Nacht, als Lisa anrief und ihm sagte, dass sie ein Kind von ihm erwartete. Sie hatte Storm zurückgelassen, ohne ihr erklären zu können, warum sie so überstürzt das Weite suchte, und das bereute sie bis heute.

Carolyn schmerzte es, ein kleines Mädchen im Stich gelassen zu haben, und sie machte sich auch aus anderen Gründen Vorwürfe. Hatte sie Gifford vielleicht unbewusst ermutigt?

War das alles *ihre* Schuld?

Rückblickend erschien es ihr merkwürdig, dass sie jemals so etwas gedacht hatte. Carolyn war das Kindermädchen seiner Tochter gewesen, seine Frau war außer Haus, und er hatte sich an Carolyn herangemacht.

Gifford war wie jeder andere Mensch auf der Welt selbst verantwortlich für sein Handeln.

„Ich hätte Storm nicht einfach so zurücklassen dürfen", sagte sie am Ende ihres Berichts wie betäubt. „Aber ich war jung, und ich war aufgewühlt, und ich wusste nicht, was ich anderes hätte tun sollen als schnellstens abzuhauen."

„Du hast getan, was du in diesem Moment für richtig befunden hast", sagte Brody. Irgendwann hatte er ihre Hand genommen.

„Du auch. Ich meine, als Lisa in jener Nacht angerufen hat."

„Stimmt, und ich habe beschlossen, mich dafür endlich aus der Verantwortung zu entlassen. Ich kann die beiden nicht zurückholen oder dafür sorgen, dass für sie alles wieder gut wird, und es ist Zeit, dass ich aufhöre, es zu versuchen." Er unterbrach sich, setzte neu an. „Ich bin zurück nach Lonesome Bend gekommen, um sesshaft zu werden, eine Familie zu gründen und etwas Bleibendes zu schaffen, und das werde ich tun."

Carolyn sah ihn an und dachte, wie sehr sie Brody Creed liebte, wie sehr sie ihn schon immer geliebt hatte, obwohl diese Liebe sich weiterentwickelt hatte – genau wie sie selbst und Brody ebenfalls.

Er war ein Junge gewesen, als sie sich kennenlernten, und sie ein kleines Mädchen.

Jetzt war er ein Mann und sie eine Frau.

Eine völlig andere Situation.

Wir stehen am Scheideweg, wurde Carolyn klar. Sie konnten ihrer eigenen Wege gehen, trauriger, aber klüger, oder sie konnten einander aus der Erwachsenenperspektive neu kennenlernen.

Carolyn wusste, was sie wollte, war sich jedoch keineswegs sicher, ob Brody das ebenso sah, und darum behielt sie die Worte, die sie am dringlichsten sagen wollte, für sich.

Behutsam hob Brody Winston von seinem Schoß und setzte ihn auf den Boden.

Nur um sich zu beschäftigen, trank Carolyn einen großen Schluck von ihrem Tee und wäre beinahe daran erstickt.

Brody neigte sich zu ihr und strich ihr das Haar von der rechten Schulter.

„Eines muss ich noch wissen", sagte er. „Die Pflegefamilien, in denen du gelebt hast – waren sie gut zu dir?"

Eine Weile dachte sie über die Frage nach. Schließlich seufzte sie: „Das Engagement war unterschiedlich, aber ich glaube, im Grunde haben alle ihr Möglichstes getan", sagte sie und fand zu einem weiteren, streng persönlichen Schluss. „Meine Eltern eingeschlossen, schätze ich."

Brody zog sie von ihrem Stuhl auf seinen Schoß.

Es erschien ihr ganz natürlich, die Arme um seinen Nacken zu legen und ihre Stirn an seine zu lehnen.

„Ich habe meinen Vater nie gekannt", vertraute sie ihm leise an und wartete dann auf die nötige Kraft, um auch den Rest aussprechen zu können.

„Ich auch nicht", sagte Brody. „Aber wir hatten Davis, und er hat seine Sache gut gemacht."

Carolyn nickte. „Ihr könnt euch glücklich schätzen – weil ihr Davis und Kim hattet, meine ich."

„Ja", pflichtete Brody ihr bei. Er hatte locker die Arme um sie gelegt, kraftvoll, aber nicht fordernd. „Glücklich in jeder Hinsicht, was Verwandtschaft betrifft." Er legte einen Finger unter ihr Kinn, hob es an und wich selbst gerade so weit zurück, um ihr direkt in die Augen sehen zu können. „Und was dich betrifft, Carolyn."

Sie blinzelte.

„Ich liebe dich", sagte er. Einfach so.

So viel zu Dingen, die zu schön waren, um wahr zu sein.

„Wirklich?"

Brody schmunzelte, dann ließ er sein gefährliches Grinsen aufblitzen. „Ich habe es doch gerade gesagt, oder?", witzelte er. „Aber ich wiederhole es gern noch einmal. Ich liebe dich, Carolyn."

„Ist das wahr?"

„Carolyn." Brody versuchte einen strengen Ton, doch die Zärtlichkeit in seiner Stimme zerstörte die Wirkung.

Carolyn wurde rot vor Verwirrung, Freude und lächerlicher Scheu. „Ich liebe dich auch", platzte sie heraus.

„Schön", raunte Brody, inzwischen ganz dicht an ihrem Mund. „Das ist gut."

„Was passiert jetzt?", flüsterte sie, während heiße Schauer

ihren Körper durchliefen.

„Wollen wir ins Bett gehen?“ Schon schob Brody eine Hand unter ihr T-Shirt.

Carolyn schnappte nach Luft. „Das ist … selbstverständlich“, brachte sie hervor. „Ich meine, nach … nächster Woche, nächstem Monat, nächstem Jahr …“

Brody öffnete den Vorderverschluss ihres BHs, und ihre Brüste schmiegten sich warm und bereitwillig gegen seine Hand. Mit dem Daumen strich er über eine Brustwarze.

„O Gott“, hauchte sie. Er schob ihr T-Shirt hoch und nahm eine Brustwarze in den Mund. „Brody …“

Zärtlich und köstlich lange saugte er an ihr, bevor er den Kopf hob, um ihr in die Augen zu schauen und ihr verspätet eine Antwort auf die Frage zu geben, die sie schon fast vergessen hatte.

„Ich würde sagen, wir lassen nächste Woche, nächsten Monat und nächstes Jahr dahingestellt sein und konzentrieren uns auf das, was im Moment geschieht“, meinte er. Und dann stand er auf und hob Carolyn hoch. „Welches ist dein Schlafzimmer?“

Brody hatte kaum angefangen, sie zu lieben, und schon war sie ihm völlig ausgeliefert.

Sie zeigte ihm ihr Zimmer.

Und er trug sie hinein. Carolyns erster Orgasmus kam schnell, heftig, erschütterte sie bis ins Innerste und entrang ihr einen hingebungsvollen Jubelschrei.

Ich muss die Pferde füttern, dachte Brody, als er immer noch in inniger Umarmung mit einer herrlich nackten – und fest schlafenden – Carolyn im Dämmerlicht dalag. Und zwar nicht nur Kims und Davis’ Pferde, sondern auch Moonshine drüben auf River’s Bend.

Und Barney war noch bei Conner und Tricia und wartete auf seine Rückkehr.

Brody tippte Carolyn auf die Nasenspitze, dann auf die Lippen.

Sie regte sich, schlug die Augen auf. Blinzelte, als wäre sie erstaunt, ihn zu sehen.

Er grinste. „Ich muss los“, sagte er.

Carolyn, immer noch halb im Schlaf, erschrak auf Anhieb.

„Um die Pferde zu füttern“, erklärte Brody und küsste sie leidenschaftlich. „Und meinen Hund abzuholen.“

Sie schluckte. „Und dann?“

„Dann komme ich hierher zurück, sofern es dir recht ist.“

Ihr Lächeln kam unvermittelt, ein helles Aufstrahlen im Halbdunkel des Zimmers. „Ich habe eine bessere Idee“, verkündete sie. „Ich komme mit.“

So schlicht Carolyns Vorschlag auch war, er rührte Brody im tiefsten Inneren an. Seine Stimme klang heiser, als er sagte: „Hört sich gut an.“

Sie duschten zusammen – irgendwie schafften sie es, auf ein Liebesspiel zu verzichten, so groß die Versuchung auch war –, zogen sich an und brachen zum Stall auf, nachdem Carolyn dem Kater seinen Fisch vorgesetzt hatte.

Gemeinsam machten sie kurzen Prozess mit der Arbeit und fuhren anschließend in Brodys Pick-up nach River's Bend, versorgten Moonshine, holten Barneys Sack mit Trockenfutter aus dem Blockhaus und fuhren weiter zum Haupthaus.

Carolyn, offenbar von plötzlicher Schüchternheit gepackt, wartete im Pick-up, während Brody ins Haus ging, Tricias Einladung zum Abendessen höflich ausschlug und Barney abholte.

Als sie über die holprige Straße zurück zu Kims und Davis' Ranch fuhren, kam Brody in den Sinn, dass Barney und Winston der Kater aufgrund ihrer elementaren Verschiedenheit vielleicht kein sonderlich gutes Gespann abgeben würden.

„Winston liebt Valentino“, beruhigte Carolyn ihn, als er ihr seine Befürchtungen mitteilte. „Er wird sich auch mit Barney gut verstehen."

Wie sich herausstellte, hatte sie recht.

Barney und Winston standen sich zum ersten Mal in Kims Küche gegenüber und beäugten einander wie zwei Revolverhelden um zwölf Uhr mittags.

Der Kater bauschte seinen Schwanz, und Barney schnupperte neugierig an Winstons Nase, dann drehten sich beide um und gingen lässig ihrer Wege.

„Siehst du?", meinte Carolyn und nahm einen von Kims berühmten Aufläufen aus dem Gefrierfach.

Brody grinste mit einem Blick auf die Auflaufform in ihren Händen. „Du kannst kochen?", zog er sie auf.

„Nein", sagte sie, „aber ich kann *aufwärmen*."

Brody trat hinter sie, nahm sie in die Arme, küsste ihren Nacken und freute sich, als sie mit einem leichten Schaudern reagierte.

„Apropos aufwärmen", flüsterte er.

„Später. Zuerst essen wir. Wir müssen bei Kräften bleiben."

Brody knabberte an ihrem Ohrläppchen. „Hmm", sagte er.

Carolyn lachte, entwand sich seinem Griff, schaltete den Backofen an und stellte die Temperatur ein. „Später", wiederholte sie.

Bis es später war, verging alle Zeit in der Welt, aber irgendwann, als sie gegessen und den Geschirrspüler eingeräumt und für Winston und Barney aus ein paar Decken Schlafstätten gerichtet hatten, duschten sie noch einmal.

Dieses Mal widerstanden sie der Versuchung nicht.

Und sie verzichteten auch auf ein Kondom.

Stunden später schliefen Brody und Carolyn schließlich völlig erschöpft ein.

19. KAPITEL

Brodys Handy klingelte.

Carolyns Herz klopfte bis zum Hals. Eben hatte sie noch tief und fest geschlafen, war jedoch schon im nächsten Augenblick hellwach, wenn auch noch ein bisschen orientierungslos. Während Brody brummelnd seine achtlos weggeworfenen Kleider suchte und nach unüberhörbarem Kramen schließlich sein Handy zu fassen bekam, tastete sie nach dem Schalter ihrer Nachttischlampe.

„Brody", meldete er sich mit von Schlaf und Sorge rauer Stimme.

Carolyn fand den Schalter. Zwar hatte sie in der Nacht vor vielen Jahren jenen anderen Anruf verschlafen, doch die Ähnlichkeiten erschienen ihr deshalb nicht weniger unheimlich. Fast hätte sie geglaubt, sie wäre in eine Zeitschleife getappt, und Lisa riefe an, um Brody mitzuteilen, dass sie schwanger war, und das ganze Leid finge von vorn an.

„Conner", sagte Brody und sah Carolyn fest an. „Ruhig Blut. Du musst die Ruhe bewahren. Wir sind gleich bei dir, und ich verspreche dir, wir werden alles tun, was nötig ist. Inzwischen leg auf und ruf den Notdienst – sofort."

Carolyn zog sich hastig an. Ihre Augen brannten, waren aber trocken, und die Kehle war ihr vor Angst wie zugeschnürt. Rufe den Notdienst – sofort. Es war zwei Uhr morgens.

Lieber Gott.

„Tricia?", flüsterte sie, als Brody das Gespräch beendet hatte und in seine Sachen schlüpfte.

Brody nickte. „Sie hat Wehen – anscheinend sehr starke Wehen –, und Conner ist in Panik."

„Und wenn er zu panisch ist, um den Notdienst zu rufen?", rief Carolyn und stürmte gleichzeitig mit Brody zur Schlafzimmertür.

„Conner“, sagte Brody und durchmaß mit großen Schritten das dunkle Haus. Er rannte beinahe. „Conner ist, wie er ist. Durch und durch zuverlässig.“

Als sie die Küche durchquert hatten, hielt Brody bereits den Autoschlüssel in der Hand. Winston und Barney sprangen auf und folgten den beiden mit den Blicken.

„Dieses Mal musst du hierbleiben“, sagte Brody zu seinem Hund, ganz so, als glaubte er, das Tier würde ihn verstehen. „Pass auf den Satanskater auf.“

Barney legte sich mit einem Seufzer wieder hin, und Winston folgte seinem Beispiel.

Im nächsten Moment saßen Carolyn und Brody im Pick-up und rasten die mondbeschienene Zufahrt hinunter.

Ein paar Minuten bevor sie vor dem Haupthaus vorfuhren, hörten sie die Sirenen des Krankenwagens und sahen das blinkende Rotlicht im Düstern, als das Fahrzeug eine Kurve nahm und die Landstraße entlangraste.

Brody war als Erster im Haus und rief den Namen seines Bruders.

Conner tauchte aus dem Flur zu den Schlafzimmern auf, Tricia, in eine Bettdecke gehüllt, auf den Armen. Ihr Gesicht war totenblass. Die Bettdecke blutgetränkt.

Bitte, betete Carolyn stumm.

„Sie kommen, Conner“, sagte Brody zu seinem Bruder. „Die Rettungssanitäter sind auf dem Weg und fahren in diesem Moment wahrscheinlich durchs Tor.“

Carolyn hatte sich noch nie in einer solchen Situation befunden und hätte keine Ahnung gehabt, wie sie sich, mit einem Notfall konfrontiert, verhalten würde. Jetzt wusste sie es. Automatisch ging sie direkt auf Conner zu und berührte Tricias blasses Gesicht.

„Tricia?“, fragte sie energisch, wenn auch mit zitternder Stimme. „Tricia?“

Tricias Kopf ruhte müde an Conners Schulter, doch sie

schlug die Augen auf und sah Carolyn an. „Keine Angst", sagte sie unglaublicherweise und mit großer Mühe. „Mit mir ist alles in Ordnung, mit Blue auch … Es ist nur … Ich weiß nicht, was es ist, aber … keine Angst …"

Keine Angst.

Carolyn hob den Blick zu Conners Gesicht. Niemals hatte sie solche Angst, solche Not – und solche innere Kraft gesehen. Conner Creed war außer sich vor Sorge, doch keine Macht der Welt konnte ihn in die Knie zwingen, wenn Tricia und sein ungeborenes Kind ihn brauchten.

Valentino fing hysterisch an zu bellen, als die Sirene der Ambulanz sich ohrenbetäubend laut näherte und rotes Licht wie Feuer vorm Küchenfenster flackerte.

„Schsch", machte Carolyn. Der Hund tat ihr leid. Valentino war Tricias Hund und ihr restlos ergeben. Das Tier war, ähnlich wie Conner, völlig außer sich.

In den nächsten Minuten ging alles sehr schnell. Tricia wurde auf eine Transportliege gebettet und in den Rettungswagen verfrachtet. Ein Sanitäter prüfte ihre Vitalparameter und legte einen Tropf, während Conner auf der anderen Seite neben der Liege hockte, Tricias Hand hielt und leise auf sie einredete.

Brody stand neben Carolyn ganz in der Nähe. Die Not seines Bruders spiegelte sich in seiner Miene. Das Rotlicht des Rettungswagens huschte mit seinem grellen Schein im immer gleichen Rhythmus über seine Gestalt. Carolyn wusste, dass er aufgrund dieser seltsamen Zwillingsverbundenheit ziemlich genau empfand, was Conner durchmachte. Doch er würde sich genauso wenig unterkriegen lassen wie sein Bruder.

In Lonesome Bend und Umgebung war allgemein bekannt, dass die Creeds ein harter Menschenschlag waren. Carolyn legte den Arm um Brodys Taille und fragte sich, ob irgendwer auch nur eine Ahnung hatte, *wie* hart sie waren.

Als der Rettungswagen mit heulender Sirene die Zufahrt hinunterraste und die Abzweigung auf die Landstraße praktisch auf zwei Rädern nahm, liefen Carolyn und Brody zurück zum Pick-up und fuhren hinterher.

Brody saß mit finsterem Gesicht hinterm Steuer, und Carolyn wusste, dass er jetzt nicht nur Conners Not teilte, sondern auch seine eigene noch einmal durchlebte, als hätte die Tragödie sich gerade erst ereignet.

In diesem Moment wurde Carolyn mit grausamer Deutlichkeit bewusst, dass der Unfall nicht nur eine Erinnerung war, sondern buchstäblich Teil von Brodys Persönlichkeit, etwas, dem er sich im Laufe seines Lebens immer und immer wieder stellen musste.

Die Vorstellung war mehr als ernüchternd. Etwas in Carolyns Innerem schrumpfte und fiel in sich zusammen, eine Hoffnung, die sie zu nähren begonnen hatte – wieder einmal. Doch sie holte tief Luft und weigerte sich, aufzugeben. Wenn Brody und Conner durchhalten konnten, dann konnte sie es auch, um ihretwillen, um Tricias und des Babys willen, und sogar um ihrer selbst willen.

Mut war, wie so vieles andere, nicht etwas, das man besaß oder nicht besaß. Er entstand aus einer Entscheidung, einer Wahl.

Brody reichte ihr sein Handy. „Davis und Kim wollen sicher wissen, was hier los ist. Du erreichst sie per Kurzwahl – null-acht."

Zitternd griff Carolyn nach dem Gerät, klappte es auf, musterte kurz die fremde Tastatur und stellte die Verbindung her.

Davis meldete sich nach zweimaligem Klingeln. Seine Stimme klang unwirsch, verschlafen, wie er war, und erschrocken über einen Anruf mitten in der Nacht. „Brody?", sagte er. „Bist du das?"

Carolyn fand ihre Sprache wieder, meldete sich und erklärte das wenige, was sie von den Vorgängen wusste.

„Wir kommen so schnell wie möglich“, antwortete Davis. Dann hörte Carolyn ihn sagen: „Kim, wach auf! Es geht um Tricia – da stimmt etwas nicht …“

Kim hatte ihrem Mann offenbar das Telefon aus der Hand genommen, denn im nächsten Moment hörte Carolyn ihre Stimme. „Carolyn? In welches Krankenhaus wird Tricia eingeliefert? Mercy General?“

Carolyn gab die Frage an Brody weiter, der nickte und sagte: „Vermutlich. Sag ihnen, dass wir uns wieder melden, sobald wir Näheres wissen.“ Er unterbrach sich, sein Profil wurde kurz von einem entgegenkommenden Fahrzeug angestrahlt, während sie dem Rettungswagen in hohem Tempo folgten. „Und sag ihnen, sie sollen vorsichtig fahren, denn wir wollen sie nicht verlieren.“

Carolyn richtete Kim Brodys Worte aus und beendete das Gespräch.

Die Fahrt zum Mercy General, einem kleinen, aber mit modernster Technik ausgerüsteten Krankenhaus, das nicht nur für Lonesome Bend, sondern auch für vier oder fünf Kleinstädte in der Umgebung zuständig war, dauerte eine halbe Stunde.

Es waren die bisher längsten dreißig Minuten in Carolyns Leben.

Als der Rettungswagen in die Bucht vor der Notaufnahme einbog, rief Carolyn noch einmal Davis an und bestätigte, dass Tricia tatsächlich ins Mercy General eingeliefert wurde.

Nachdem sie den Pick-up eingeparkt hatten, hasteten Carolyn und Brody in das Gebäude, doch Tricia war unverzüglich abtransportiert worden, und Conner hatte sie natürlich begleitet.

In gewisser Weise war alles einfacher gewesen, als sie in Eile gewesen waren.

Jetzt schritten sie im Foyer auf und ab, auf und ab, getrieben von Adrenalin, das sie nicht abbauen konnten.

Abgesehen von den Diensthabenden am Empfangspult waren Carolyn und Brody allein im Foyer.

Bis zu Tricias Eintreffen war die Nacht augenscheinlich ereignislos verlaufen.

Brody suchte alle paar Minuten den Empfangstresen auf und fragte, ob es etwas Neues gäbe, und jedes Mal schüttelten die diensthabenden Schwestern die Köpfe.

Und jedes Mal nahm Brody anschließend seine Wanderung wieder auf, kam nach einer Weile zurück und erfuhr das Gleiche.

Carolyn war in Gedanken bei ihm, konnte ihn jedoch nicht beruhigen. Er lehnte den Becher Kaffee aus dem Automaten ab, den sie ihm geholt hatte, und Worte brachten auch nichts. Was sollte sie auch sagen? Alles wird gut oder so?

Vielleicht wurde nicht alles gut.

Vielleicht wurde *nichts* wieder gut, nie wieder.

Langsam, Cowgirl, rief Carolyn sich stumm zur Ordnung. *Keine Nachrichten sind gute Nachrichten.*

Ein paar Minuten später ertrug Carolyn Brodys Erregung zusätzlich zu ihrer eigenen nicht mehr, ging einfach zu ihm und nahm ihn in die Arme. Zunächst machte er sich steif, doch dann sank er entspannt gegen sie und barg sein Gesicht in ihrem Haar.

„Ich bin bei dir.“ Mehr konnte sie ihm nicht anbieten. „Ich bin hier bei dir.“

Aber vielleicht – vielleicht – war das genug, denn Brodys Atem ging langsamer und nicht mehr so flach, und sie spürte an ihrer Wange, wie sein Herzschlag sich allmählich beruhigte.

Er stützte das Kinn auf ihren Kopf, und ein tiefer Seufzer erschütterte seinen gesamten Körper. Er weinte nicht, jedenfalls nicht äußerlich sichtbar.

Insgeheim, in ihrem Herzen, weinte Carolyn genug für sie beide.

Es war fast fünf Uhr morgens, als Conner wieder auftauchte, leichenblass, tiefe Schatten unter den Augen – und mit einem Lächeln, das das gesamte Krankenhaus und die Nacht ringsum hätte erhellen können.

Er ging geradewegs auf Brody zu, und die beiden Männer, einer praktisch das Spiegelbild des anderen, standen einander gegenüber. Carolyn kam es vor, als betrachtete sie ein Paar exquisiter Münzen, beide geprägt mit dem Konterfei desselben Imperators.

„Wir sind noch rechtzeitig hergekommen", sagte Conner mit krächzender Stimme, gebrochen von einer Freude, so tief empfunden, als ob sie in seiner Seele wurzelte. „Tricia wird gesund und unser Sohn ebenfalls."

„Euer Sohn?", wiederholte Brody, der endlich verstand.

„Davis Blue", bestätigte Conner voller Stolz. „Sechs Pfund und zweihundertzehn Gramm geballte Ladung Creed-Gebrüll."

Die Wandlung in Brodys Gesicht war ein Anblick, den Carolyn nie vergessen würde. Er strahlte geradezu von innen heraus. „Davis Blue Creed", wiederholte er voller Staunen.

„Es stört dich doch nicht, oder?", fragte Conner seinen Bruder. „Dass wir Dads Namen aufbrauchen, meine ich, und Davis' noch dazu? Wir wollen ihn Blue rufen. Aber wenn es dir nicht recht ist, Brody, noch ist Zeit, es zu ändern …"

„Davis Blue Creed", sagte Brody noch einmal und ließ sich den Namen auf der Zunge zergehen. „Das ist perfekt, Conner. Perfekt."

„Dürfen wir das Baby sehen?", fragte Carolyn mit dünner Stimme. „Und Tricia?" Urplötzlich kam sie sich vor wie ein Eindringling, eine Außenstehende, die im Grunde nicht dazugehörte, und sie wünschte sich, nicht so impulsiv gefragt zu haben.

Sie fühlte sich wie das fünfte Rad am Wagen, bis Brody seinen Arm um sie legte und sie an sich zog.

„Später“, sagte Conner ruhig und lächelte, als er die Körpersprache des Pärchens registrierte. „Tricia schläft jetzt, und Blue bleibt nach Aussage der Ärzte noch ein, zwei Tage im Inkubator. Fahrt doch zurück zur Ranch und versucht noch ein bisschen zu schlafen.“ Ein ironischer Ausdruck trat auf Conners glückliches, erschöpftes Gesicht. „Wenn ich es mir recht überlege, könntest du morgen früh auch gleich die Pferde füttern.“

Brody lachte leise, heiser, und es hörte sich gut an. Er versetzte seinem Bruder einen leichten Schlag auf den Rücken. „Mach dir keine Sorgen um die Pferde“, sagte er. „Ich kümmere mich um sie, Conner, und um Davis’ Pferde ebenfalls.“

„Und ich helfe“, sagte Carolyn.

Conner nahm sie unbeholfen in die Arme. „Danke“, sagte er.

Die Umarmung, die er Brody schenkte, war noch unbeholfener.

Auf der Fahrt zurück nach Lonesome Bend waren Carolyn und Brody emotional zu erschöpft, um viel zu reden. Aber Worte waren zwischen ihnen ohnehin überflüssig.

Tricia wurde wieder gesund.

Blue würde wachsen und gedeihen.

Im Augenblick schien nichts anderes wichtig zu sein.

Eine Woche später holte Conner seine strahlende Frau und seinen neugeborenen Sohn heim auf die Ranch, wo sie mit einer kurzen, sehr zwanglosen Familienfeier in Empfang genommen wurden.

Es gab Luftballons, eine große Torte und stapelweise mit hellblauen Schleifen verschnürte Geschenke fürs Baby.

Tricia sprudelte geradezu über vor Glück und strahlte, als Freunde und Verwandte das neueste Mitglied des Creed-Clans bewunderten. Conner behütete beide wie ein Leibwächter, und alle hatten Verständnis, als er seine Frau in ihr

Schlafzimmer geleitete, damit sie ein wenig ausruhen konnte. Nach ihrer Einlieferung ins Krankenhaus hatten die Ärzte bei Tricia eine Ablösung der Plazenta von der Uteruswand diagnostiziert, und auch wenn es ihr jetzt wieder gut ging, ermüdete sie noch sehr schnell.

Blue allerdings blieb in der Küche, hielt Hof und bezauberte seine Großeltern.

Davis und Kim waren völlig vernarrt in das Kind, und in Carolyns Augen wirkte Brody genauso stolz wie sein Bruder. Steven und Melissa und deren Kinder würden bald aus Stone Creek zu einem Besuch eintreffen. Melissa und Kim planten, abwechselnd im Haupthaus zu übernachten, um bei der Betreuung des Babys zu helfen.

Carolyn, die als unbeteiligte Außenstehende zusah, fand es wunderbar, wie eine Familie aktiv wurde und zusammenströmte, wenn ihre Lieben sie brauchten. Dass alle bereit waren, da zu sein, zu jeder Tages- und Nachtstunde, weite Wege auf sich zu nehmen, persönliche Zwistigkeiten und Vorhaben zumindest zeitweilig beiseitezulassen, um einen der Ihren mit Fürsorge zu überschütten.

Es ist kein Wunder, überlegte sie, als sie in Tricias und Conners Küche saß, dass die Creeds erfolgreich waren, nicht nur in dieser Generation, sondern auch in allen vorangegangenen. Sie hielten in schwierigen *und* in glücklichen Zeiten zusammen.

Carolyn versetzte es in Erstaunen, und im Stillen freute sie sich, dass es so etwas gab.

Jede Nacht seit Kims und Davis' Rückkehr am Tag nach der Geburt des Kindes hatten sie und Brody das französische Bett in dem rustikalen Blockhaus geteilt, das er scherzhaft als Landhaus bezeichnete. Im Vergleich zu der Hütte mit dem komischen Kühlschrank und der winzigen Mikrowelle wirkte Carolyns Wohnung in Nattys Haus wie ein Palast, doch sie war restlos glücklich dort, denn sie und Brody und

Winston und Barney waren zusammen.

Weder sie noch Brody hatten noch einmal von Liebe gesprochen, geschweige denn von Heirat. Doch das war im Moment gleichgültig. Die Liebesnächte waren erlesen, und sie lachten ständig. Es war richtig, im Augenblick zu leben, denn der Augenblick war gut so, wie er war.

Zum ersten Mal in ihrem Leben führte Carolyn keine allumfassende Liste von Dingen, die sein *mussten*, damit ihr Leben funktionierte. Einfach da zu sein für das, was als Nächstes kam, dabei zu sein, schien zu genügen.

Die Tage verliefen herrlich normal: Sie half Brody bei der Arbeit auf der Ranch und stellte in aller Ruhe die alte Pracht des Zigeunerrocks wieder her. Außerdem kümmerte sie sich um Winston und manchmal um Barney, und sie sah zu, wie Brodys großes Haus sich gen Himmel erhob und mit jedem Tag, der verging, der Vollendung näherte.

Jetzt, in Conners und Tricias Küche, inmitten von Freunden und Verwandten, legte Brody ihr die Hand auf die Schulter und beugte sich zu ihr herab. „Lass uns gehen", flüsterte er. „Ich muss dir etwas zeigen."

Carolyn nickte leicht errötend. Die zwei verabschiedeten sich und fuhren in Brodys Pick-up davon. Barney hatte sich stolz auf dem Rücksitz niedergelassen.

Brody fuhr zu seinem neuen Haus und stellte den Wagen davor ab.

Die Fenster spiegelten einen apricot-goldenen Sonnenuntergang, und das Dach und die Mauern wirkten solide genug, um ein oder zwei Jahrhunderte von Creeds zu überstehen, die geboren wurden, aufwuchsen, sich verliebten, heirateten und selbst Kinder bekamen, in Würde alt wurden und, wenn ihre Zeit gekommen war, die ewige Ruhe fanden.

Die Vorstellung machte Carolyns Herz weit.

Brody öffnete die Wagentür für sie und hob Barney vom Rücksitz, bevor er zur Haustür schritt.

Die Doppeltür des Eingangs war handgeschnitzt, darüber, auf dem Türsturz, war der Name „Creed“ verewigt.

Carolyn blieb stehen, blickte hinauf und bewunderte den Effekt. Sie spürte, wie die Bedeutung des Namens sich tief in ihrem Inneren festsetzte, unmittelbar Teil ihrer selbst wurde.

Brody drehte den Schlüssel im Schloss, und eine der Türen schwang auf, als er ihr einen leichten Stoß versetzte. Er wandte sich Carolyn zu und streckte ihr die Hand entgegen. Das letzte Sonnenlicht fiel auf sein Gesicht und sein Haar.

„Eines nicht zu fernen Tages“, sagte er sehr ruhig, „möchte ich dich als meine Frau über die Schwelle dieses Hauses tragen, Carolyn.“

„Ist das ein Heiratsantrag?“, traute sie sich zu fragen, nachdem sie einen langen Moment gebraucht hatte, um den Mut dazu zu fassen.

Brody lachte, und sie nahm die Hand, die er ihr bot. „Nein“, sagte er. „Das ist eine Sache für sich.“

Er zog sie in das große Wohnzimmer, und ihr Blick wanderte sofort zu der Stelle über dem prachtvollen Kamin, wo die Weberin in ihrem schönen Rahmen hing, ein Sinnbild von Anmut und Weisheit.

Carolyn lächelte. In all der Aufregung um Tricia, Baby Blue und Bill Venables wohlbehaltene Rückkehr von dem Waldbrand in New Mexico – er hatte Carolyn während eines ihrer kurzen Zwischenstopps im Laden aufgesucht und ihr berichtet, er habe eine Art persönliche Offenbarung erlebt und wäre nun bereit zu tun, was nötig sei, um Angela zurückzugewinnen –, war ihr Primrose Sullivans wunderbare Batik völlig aus dem Sinn gekommen.

„Primrose hat mir das Bild vor ein paar Tagen gebracht“, sagte Brody.

„Wunderschön“, hauchte Carolyn.

Brody nahm sie in die Arme, mitten in seinem künftigen

Wohnzimmer. „Willst du mich heiraten?", fragte er mit heiserer Stimme.

Carolyn lachte vor Freude. Die Wirklichkeit erwies sich tatsächlich als noch schöner als jedes Märchen. „Ja", strahlte sie. „Ich will dich heiraten, Brody Creed."

„Bald? Damit ich niemals auch nur eine einzige Nacht in diesem Haus ohne dich verbringen muss?"

Ihre Augen brannten. „Bald", versprach sie. Doch eine Komponente ihrer Beziehung war noch immer nicht geklärt. „Was ist mit Joleen?"

Brody grinste und neigte den Kopf leicht zur Seite. „Hast du denn nichts von den Gerüchten gehört? Joleen ist mit einem ihrer Kunden vom Café durchgebrannt. Man munkelt, es sei Liebe, das Paar habe sich im Himmel gefunden."

„Was du nicht sagst", staunte Carolyn.

Brody knabberte an ihren Lippen. „Doch, sage ich", flüsterte er. „Und was ist mit Mr Kaffee? Dem tollen Brandbekämpfungs-Piloten?"

„Ich wusste auch so, wen du meintest", antwortete Carolyn. „Er heißt Bill, und er ist kein ‚toller Brandbekämpfungs-Pilot' mehr. Er hat sich bereit erklärt, sich ein Jahr lang freistellen zu lassen und außerhalb von Denver als Manager bei einer Fluggesellschaft zu arbeiten, während er und seine frischgebackene Braut Angela und seine äußerst altkluge Tochter Ellie zu einer Familie zusammenwachsen."

Brody holte tief Luft und stieß sie in einem langen Seufzer wieder aus. „Das ist offenbar ein Trend", sagte er gedehnt und einem Tonfall, der nahelegte, dass er zunächst einmal alles tun würde, damit Carolyn die Kleider vom Leibe fielen. Und dieses Mal sollte er Erfolg damit haben. „Dass Leute es mit der Liebe versuchen, meine ich."

„Sieht so aus", pflichtete Carolyn ihm bei, den Blick auf seine Lippen gerichtet. Was Brody mit diesen Lippen bewerkstelligen konnte, war schon allerhand.

Er ließ sie stehen, ging zum Kamin, nahm etwas von dem hohen Sims und kam zurück zu Carolyn.

Vor Carolyns Augen sank er geschmeidig auf ein Knie, hob ein kleines Samtschächtelchen hoch und ließ den Deckel aufschnappen.

Darin funkelte ein atemberaubender Diamantring.

Carolyn schnappte nach Luft und fasste sich an den Hals.

Schief grinste Brody. „Jetzt folgt der formvollendete Heiratsantrag. Willst du, Carolyn? Willst du meine Frau werden? In guten wie in schlechten Zeiten, in Reichtum oder Armut, in Krankheit und in Gesundheit, bis dass der Tod uns scheidet?"

Auch sie kniete sich hin, sodass sie ungefähr auf Augenhöhe waren. „Ja, Brody", antwortete sie. „Ich will deine Frau sein, in guten wie in schlechten Zeiten, in Reichtum oder Armut, in Krankheit und Gesundheit, bis dass der Tod uns scheidet. Ich will dich lieben und achten, aber dass ich dir gehorche, kannst du getrost vergessen, denn das wirst du nicht erleben."

Er lachte. „Na gut. Wirst du mir jeden Abend Essen machen und Kinder von mir bekommen?"

„Ich will Kinder von dir", antwortete sie und lächelte, als er ihr den Ring an den Finger schob. „Aber ich kann nicht gut kochen, darum müssen wir uns noch etwas überlegen, was das Abendessen betrifft – und fürs Frühstück und Mittagessen übrigens auch."

Brodys Augen blitzten vor Belustigung und Liebe, als er sie küsste, federleicht, kurz und trotzdem mit einer Gier, die in ihr ein entsprechendes Verlangen weckte. „Und wenn *ich* mich ums Abendessen kümmere?", konterte er. „Ich bin zufällig sehr geschickt mit dem Pfannenwender."

„Ahnte ich's doch", sagte Carolyn und wies mit einer Kopfbewegung auf die Küche. „Gleich als ich diesen tollen Herd mit den vielen Kochplatten gesehen habe."

„Ich wollte, es gäbe ein Bett in diesem Haus“, grummelte Brody und küsste ihren Hals.

Carolyn drückte ihn auf den Boden. „Wer braucht schon ein Bett?“, fragte sie, bevor er ihr mit einem Kuss den Mund verschloss.

EPILOG

Carolyn und Brody heirateten Anfang August bei Sonnenuntergang am früheren Badestrand von River's Bend. Die ganze Stadt und ein Gutteil von Denver waren anwesend. Conner war Trauzeuge, Tricia Trauzeugin und Melissas und Stevens ältester Sohn Matt spielte voller Stolz den Ringträger.

Davis, der in seinem Sonntagsanzug gut aussah, sich aber auf komische Weise unbehaglich fühlte, führte die Braut dem Bräutigam zu, während Kim mit Tränen in den Augen zusah.

Carolyn trug den inzwischen restaurierten Zigeunerrock mit einem weißen Hemdchen und einer kurzen Seidenjacke, die sie passend zu dem Outfit genäht hatte. Und auch Brody war mehr als attraktiv in seiner Jeans, dem blütenweißen Westernhemd und dem Sportjackett – seinem Zugeständnis an die Förmlichkeit.

Da Sommer war, dauerte der Sonnenuntergang länger als die eigentliche Zeremonie und verblich erst allmählich, als eine Band in dem großen gemieteten Zelt an der Stelle, wo früher das Blockhaus gestanden hatte, einen romantischen Countrysong anstimmte.

Carolyn erlebte alles wie in einem Nebel der Freude – immer wenn sie in Brodys Richtung schaute, was oft geschah, sah sie nur ihn. Und an seinem Augenausdruck erkannte sie, dass er in demselben Bann stand.

Sie waren umgeben von Freunden und Verwandten, von Musik und Licht und Liebe und Lachen, doch sie hätten genauso gut ganz allein auf einem fernen Planeten sein können, nur sie beide, so sehr waren sie ineinander versunken. Sie hatten Torte gegessen, mit geeisten Sektflöten voll Gingerale angestoßen und endlos für Fotos posiert, Bilder, die Carolyn ganz sicher für den Rest ihres Lebens wertschätzen würde.

Davis kam mit einem kleinen Lächeln auf sie zu und fragte höflich, ob er mit der Braut tanzen dürfe, da er sie dem Bräutigam doch immerhin zugeführt habe und überhaupt.

Carolyn lächelte zu dem Mann auf, den sie jetzt als ihren Schwiegervater und guten Freund betrachtete, und sie dachte an das, was er ein paar Tage vor der Hochzeit zu ihr gesagt hatte, als sich die Familie zum Abendessen im Haupthaus versammelt hatte.

„Wenn du einen Creed heiratest", hatte Davis verkündet und sie angelächelt, „dann bekommst du uns alle."

Als sie jetzt im vielfarbigen Licht der Lampions tanzten und Kim und Brody sich auf dem Bretterboden, der eigens zu diesem Zweck aufgebaut worden war, zu ihnen gesellten, drückte Davis leicht Carolyns Hand. „Willkommen in der Familie, Carolyn Creed", sagte er mit seiner unverkennbaren Stimme. „Und ich muss schon sagen, du hast dir ja alle Zeit der Welt gelassen."

Carolyn – Carolyn Creed – lachte leise. „Du klingst wie Tricia", erwiderte sie. „Und Kim. Waren Brody und ich wirklich die Einzigen in Lonesome Bend, die die Hochzeit nicht vorausgesehen haben?"

Davis grinste, und Carolyn blickte lächelnd zu ihm auf. „Sieht ganz so aus. Manchmal hätte ich euch gern mit den Köpfen aneinandergeschlagen. Es war die gleiche Geschichte wie mit Tricia und Conner. Anfangs haben auch sie den Wald vor Bäumen nicht gesehen."

„Du weißt doch sicher, dass Brody und Conner dich und Kim über alles lieben? Und Tricia und ich auch?"

„Sie sind die Söhne meines Bruders", sagte er ruhig, „und sie sind ihm wie aus dem Gesicht geschnitten. Es vergeht kein Tag, an dem Blue mir nicht fehlt, und ich wollte, er wäre hier bei uns, wo er hingehört. Aber wenn er sich schon zu Tode stürzen musste, hat er mir immerhin ein großartiges Vermächtnis hinterlassen." Er schaute sich um, sah zu Conner und zu Brody, und seine Augen begannen zu glänzen. „Ich liebe sie wie eigene Söhne." Er wandte sich wieder Carolyn zu. „Und du und Tricia, ihr seid die Töchter, die wir uns immer gewünscht haben.“

Von ihren Gefühlen überwältigt, lehnte Carolyn kurz ihre Stirn an Davis’ starke Schulter. „Danke“, flüsterte sie.

Davis schmunzelte und drückte sie ermutigend an sich, und dann klatschte Brody sie ab, und sie tanzte mit ihrem Mann, ihrem Cowboy, ihrem *Ehemann.*

„Ich liebe dich, Mrs Creed“, sagte er und lächelte ihr ins Gesicht. „Und ich will dich küssen, hier und jetzt, also mach dich bereit.“

Sie lachte.

Er erstickte das Lachen mit dem versprochenen Kuss, komplett mit einem ziemlich angeberischen Ausfallschritt und gehöriger Zungenarbeit, und alle Anwesenden jubelten ihnen zu.

„Und ich liebe dich“, erwiderte Carolyn nach dem Kuss atemlos.

„Was meinst du, Mrs Creed, wollen wir verschwinden und diese guten Leute nach Herzenslust allein weiterfeiern lassen?“

„Ich finde, das ist eine gute Idee, Mr Creed.“

Brody führte sie nach draußen.

Hand in Hand standen sie in der warmen Augustnacht und sahen zu, wie das Licht von Mond und Millionen von Sternen auf dem Fluss tanzte, der leise singend vorüberfloss.

Am Morgen würden Brody und Carolyn mit unbekanntem Ziel in die Flitterwochen aufbrechen, doch sie wollten ihre Hochzeitsnacht im neuen Haus verbringen. Es erschien ihnen gut und richtig, ihr gemeinsames Leben dort zu beginnen.

Brody hielt ihre Hand, und sie folgten einem schimmernden Pfad aus silbrigem Mondlicht nach Hause.

Es war zauberhaft. Wie etwas aus einem Märchen, nur noch besser, denn es war Wirklichkeit.

Zu Carolyns Verwunderung gingen sie am Haus vorbei und strebten stattdessen dem Stall zu. Im Eingang schaltete Brody das Licht an. Moonshine in seiner Box blinzelte und kaute verschlafen sein Heu.

Carolyn lächelte und wollte die samtigen Nüstern des Pferdes streicheln, doch Brody zog sie weiter und blieb vor der Box neben Moonshines stehen.

Ein wunderschöner schneeweißer Wallach stand in der Box, prachtvoll genug, um Cinderellas Kutsche ziehen zu dürfen.

„Er gehört dir, wenn du ihn haben willst", sagte Brody sanft. „Ein Hochzeitsgeschenk von deinem dich liebenden Mann. Der Wallach heißt Sugarman, doch du kannst seinen Namen ändern, wenn du möchtest. Er ist sanftmütig, aber auch temperamentvoll."

Carolyn trat näher, fasste die obere Kante der Boxentür mit beiden Händen und schüttelte den Kopf. „Nichts würde ich ändern, Brody", sagte sie, drehte sich um und blickte dem Mann an ihrer Seite ins Gesicht. „An ihm nicht und an dir nicht."

Brody küsste sie. „Vielleicht hast du Lust, mit mir auszureiten, wenn wir aus den Flitterwochen zurück sind. Womöglich zum Hidden Lake?"

Sie lächelte. „Brody Creed", sagte sie. „Du bist das Beste, was mir je passiert ist."

Dafür schenkte er ihr sein Megawatt-Grinsen. „Gleichfalls, schöne Frau", sagte er, neigte den Kopf und küsste sie wieder.

Ein warmer Schauer überlief sie.

„Ist es nicht langsam Zeit, dass du mich wie versprochen über die Schwelle trägst?", fragte sie und legte einen Arm um seinen Nacken.

„Ich glaube, du hast recht", antwortete er, nachdem er einen Moment so getan hatte, als müsste er gründlich über ihre Frage nachdenken.

Sie verließen den Stall, folgten dem gleichen Pfad aus

Mondlicht, und als sie beim Haus angekommen waren, nahm Brody seine Braut auf die Arme, küsste sie noch einmal und sagte: „Halt dich gut fest, Lady. Ich glaube, uns steht ein wilder Ritt bevor."

Carolyn lächelte. Sie wusste, dass er nicht nur von ihrer Hochzeitsnacht sprach. Brody sprach von ihrem gesamten gemeinsamen Leben.

– ENDE –

Callie ließ sich auf einen der Frisierstühle fallen. Beinahe hätte sie sich den Kopf an der Plastiktrockenhaube gestoßen. Sie blinzelte ein paarmal, wobei sich in einem Augenwinkel die falschen Wimpern lösten. Sie drückte sie mit der Fingerspitze wieder fest.

„Das glaube ich einfach nicht“, murmelte sie.

Slade schob die Trockenhaube des Stuhls neben seiner Mutter hoch und setzte sich; nahm ihre Hand gerade so lange in seine, um sie kurz zu drücken.

„Glaub es ruhig.“ Nun wusste er nicht mehr, was er sagen sollte. Er liebte Callie, und sie standen sich sehr nahe, aber sie hatte ihn nicht zu einem Menschen erzogen, der wegen dieser – oder einer anderen Neuigkeit – sofort nach Hause lief.

„Wie geht es jetzt weiter?“, fragte sie leise. Ihre Unterlippe zitterte ein wenig, und in ihren Augen, die normalerweise strahlten und keck blitzten, lag ein bedrückter, fast gequälter Ausdruck.

„Ich habe keine Ahnung“, antwortete Slade leise. „Hutch hat es – was nicht anders zu erwarten war – nicht besonders gut aufgenommen. Er hat bereits angeboten, mir meinen Anteil der Ranch abzukaufen.“

Callie schloss einen Moment lang die Augen. Als sie sie wieder öffnete, war das alte Leuchten in ihrem Blick wieder da. Callie war zäh; hatte es immer sein müssen. Sie war in jungen Jahren zur Waise geworden und hatte später ein uneheliches Kind in einer Stadt bekommen, in der so etwas ein Problem darstellte. Ein großes Problem sogar. Doch diese Schwierigkeiten hatten sie nicht zu einer verbitterten Frau gemacht, wie es bei manchen anderen oft der Fall war. Vielmehr hatte sie die Dinge so genommen, wie sie kamen, hatte das Beste daraus gemacht und Slade so erzogen, dass er sie – und sich selbst – respektierte. Und sie war einer der ausgeglichensten Menschen, die Slade kannte. Manchmal allerdings fragte er sich, wie viel von dieser Ausgeglichenheit nur Schau war.

„Ein- oder zweimal …“, erinnerte sie sich, „du warst noch ein Teenager, da hat mir John ein paar Dollar für Lebensmittel, Glühbirnen oder Dinge zugesteckt, die du für die Schule brauchtest. Aber das er *das* tun würde, hätte ich nie gedacht. Keine Sekunde.“

„Er war immer für eine Überraschung gut, nehme ich an.“ In Slades Worten schwang ein Hauch von Sarkasmus mit.

„Nicht überraschend war, wie *eingebildet* er war“, erwiderte Callie. „Er hatte furchtbare Angst, dass ich mich erdreisten würde, dich nach ihm zu nennen. Dadurch wäre der Skandal noch größer geworden. Doch als ich dir den Namen ‚Slade‘ gegeben habe, meinte er, ich hätte zu viele Westernserien geguckt. Ich habe mir nie die Mühe gemacht, ihm zu erklären, dass ich deinen Namen aus einer Geschichte hatte, die ich in *Ranch Romances* gelesen habe.“

Slade lächelte. Callie hatte ihm von diesen Romanheften und davon erzählt, wie sie damals beim Lesen alles um sich herum vergessen hatte. Und er war nach ihrem Lieblingshelden benannt worden.

Bei John Carmodys Begräbnis war sie nicht gewesen. Soweit Slade sich entsinnen konnte, hatte sie seinen Namen in letzter Zeit auch nie erwähnt. Erst jetzt kam Slade der Gedanke, dass sie möglicherweise trotzdem um ihn trauerte. Sie musste John Carmody einmal geliebt haben.

„Alles in Ordnung?“, erkundigte er sich.

Sie nickte. Dann schluckte sie. „Nimmst du Hutchs Angebot an?“

Er seufzte wieder. „Wenn ich das bloß wüsste. Einerseits kann ich es mir durchaus vorstellen. Ich könnte das Stück Land kaufen, auf das ich schon geraume Zeit ein Auge geworfen habe. Ich könnte ein Haus und einen Stall bauen. Andererseits … Tja, da gibt es einen Teil von mir, der sein Geburtsrecht geltend machen will und möchte, dass die ganze Welt es erfährt."

Callie tätschelte seine Hand, stand von ihrem Frisierstuhl auf und ging zum Kaffeekessel, einem glänzenden Ungetüm aus Metall, das wie ein altmodischer Dampfkocher klang.

„Ich schätze, das ist verständlich." Sie wandte ihm den Rücken zu, während sie Kaffee in einen großen Styroporbecher goss. „Der Wunsch, dass die Leute die Wahrheit erfahren, meine ich."

Slade hatte sich ebenfalls erhoben, seinen Hut von der Theke genommen und drehte die Krempe langsam in den Händen. „Ich glaube nicht, dass es irgendjemanden überraschen wird", wandte er ein. Er erinnerte sich gut an das Gerede, das in seiner Jugend der Auslöser für viele Prügeleien auf dem Schulhof gewesen war.

Callie war nicht einmal zwanzig Jahre alt gewesen, als sie sich mit Carmody eingelassen hatte. Sie war naiv und mutterseelenallein gewesen und gerade von einem dubiosen Beauty-Institut in Missoula zurückgekehrt – mit nichts als einem Friseur-Diplom in der Tasche. Außer dem alten Wohnwagen, in dem sie aufgewachsen war, und den zwei kargen Morgen Land dahinter, die sich schräg abfallend zum Ufer des Buffalo Creek erstreckten, hatte sie nichts besessen. Ihr geliebter „Opa" war damals bereits zwei Jahre tot gewesen.

„Es tut mir leid, Slade", sagte sie nun. „Es tut mir leid, was du meinetwegen alles durchmachen musstest. Als ich erfahren habe, dass John ohnehin die ganze Zeit vorhatte, eine andere zu heiraten, wurde mir von praktisch allen Leuten geraten, dich zur Adoption freizugeben. Doch das habe ich nicht übers Herz gebracht. Ich nehme an, das war egoistisch von mir, aber du warst *mein* Junge, und ich wollte an deinem Leben teilhaben."

„Ich weiß." Slade beugte sich zu ihr hinunter und gab ihr

einen Kuss auf die Stirn. Ihm war das alles bereits bekannt, und er konnte verstehen, dass Callie viele Dinge bereute. Tatsächlich war er allerdings froh, dass sie ihn behalten hatte. Sie hatte viele Opfer gebracht und hart gearbeitet, um das Geschäft aufzubauen, das sie beide ernährt hatte. Manchmal mehr schlecht als recht … Mehr als nur einmal hatte sie darauf verzichtet, zu heiraten, aus Parable wegzuziehen und dadurch endlich etwas gesellschaftliches Ansehen genießen zu können.

Stattdessen hatte sie durchgehalten, hier, in ihrer alten Heimatstadt. Sie war überzeugt gewesen, jedes Recht zu haben, hierzubleiben. Das Gleiche hatte sie für ihren Sohn in Anspruch genommen. Und zwar unabhängig davon, ob es John Carmody, seiner Braut aus der High Society von Parable oder einigen hochnäsigen Bewohnern der Stadt nun gefiel oder nicht.

Slade hatte versucht, in Worte zu fassen, wie dankbar er für den unerschütterlichen Mut war, den sie immer an den Tag gelegt hatte. Dankbar für das gute Beispiel, das sie ihm gegeben hatte, indem sie hart gearbeitet und sich nicht hatte unterkriegen lassen. Und dankbar dafür, dass sie sich einfach dem Leben stellte und aus dem, was sie hatte, immer das Beste machte. Dank ihr war er zu einem starken Menschen mit scharfem Verstand herangewachsen, der sich wohl in seiner Haut fühlte. Sie hatte ihm ein unerschütterliches Vertrauen in sich selbst und in sein Urteilsvermögen mitgegeben, das ihn nie verlassen hatte – auch nicht während seines Einsatzes im Irak und der schweren Phase, als seine Ehe in die Brüche gegangen war.

Er blieb bei der Tür stehen und drehte sich – immer noch mit dem Hut in der Hand – zu ihr um. „Jetzt kannst du dich zur Ruhe setzen. Vielleicht eine Reise machen oder etwas anderes unternehmen."

Callie lachte melodisch. „So weit kommt's noch, Slade Barlow“, entgegnete sie. „Falls du glaubst, dass ich einen dicken Scheck von dir annehme und meine restliche Zeit damit verbringe, Pralinen zu essen oder mir auf einer Rundreise anderer Leute Garten anzuschauen, hast du dich getäuscht. Ach, ich wüsste gar nicht, was ich mit mir anfangen sollte, wenn ich meinen Salon nicht hätte. Und was würden denn meine Kunden ohne mich tun?“

Slade schüttelte den Kopf und grinste schief. „Denk einfach darüber nach.“ Eine seltsame, bittersüße Traurigkeit hatte ihn erfasst. „Hinter der Stadtgrenze gibt es eine ganze Welt, Mom.“

Callie machte eine abwehrende Handbewegung und griff wieder nach dem Besen. „Mag sein. Aber ich bleibe hier.“

„Du bist verdammt dickköpfig. Weißt du das?“

„Was glaubst du, woher *du* das hast?“, erwiderte sie.

Slade hatte immer gedacht, dass er seine Sturheit – ebenso wie sein Aussehen und seine Statur – von John Carmody hatte. Jetzt allerdings erkannte er, dass diese Eigenschaft die Kehrseite der unerschütterlichen Beharrlichkeit seiner Mutter war.

Er winkte, marschierte zu seinem Pick-up, stieg ein und fuhr los.

Er hätte schon vor einer halben Stunde bei der Arbeit sein müssen.

Mittlerweile hatten seine Deputies und Becky, die langjährige Sekretärin, vermutlich schon alles für eine Suchaktion in die Wege geleitet. Samt Leichenspürhunden und einem Plan für eine Rasterfahndung.

Bei dieser Vorstellung musste Slade auf seiner Fahrt zurück ins Sheriffbüro breit grinsen.

Joslyn Kirk hatte an diesem Morgen verschlafen. Als sie die Lider hob, brauchte sie ein paar Sekunden, bis sie wusste, wo sie war: ausgerechnet in jener Stadt, in die sie nie mehr einen

Fuß hatte setzen wollen – Parable, Montana.

Sie setzte sich in ihrem Schlafsack auf. Da sie gestern spät in der Nacht angekommen war, hatte sie sich nicht mehr die Mühe gemacht, sich das alte Messingbett herzurichten. Jetzt sah sie sich um und ließ die Tapeten mit Rosenmotiven, die abgewetzten Dielen, die Zierleisten aus Holz und den schweren Kleiderschrank auf sich wirken.

Sie befand sich im Gästehaus hinter jenem Herrenhaus, das den Großteil ihrer Kindheit ihr Zuhause gewesen war. Viele Erinnerungen holten sie ein: An einem sonnigen Morgen wie heute hätte am anderen Ende des weiten grünen Rasens ihre Mutter auf der Glasveranda gesessen. Sie hätte Kaffee getrunken und die Zeitung gelesen. Opal, die Haushälterin, hätte in der riesigen Küche gerade das Frühstück vorbereitet.

Jetzt war ihre Mutter in Santa Fe, wo sie mit Ehemann Nummer drei, einem erfolgreichen Künstler, zusammenlebte. Ehemann Nummer zwei, Elliott Rossiter, war im Gefängnis an einer Embolie gestorben. Wohin es Opal verschlagen hatte, wusste der Himmel. Sie und Joslyn hatten sich tränenreich voneinander verabschiedet und sich versprochen, in Kontakt zu bleiben. Doch dann hatten sie sich vor Jahren aus den Augen verloren.

Joslyn seufzte, strich sich die langen braunen Haare aus dem Gesicht und strampelte sich aus dem Schlafsack frei. Es hatte keinen Sinn, wegen der Vergangenheit trübselig zu werden. Schließlich war sie aus einem bestimmten Grund nach Parable zurückgekehrt. Und sie musste damit beginnen, ihr Vorhaben in die Tat umzusetzen.

Damit sie diese Stadt möglichst bald wieder verlassen konnte.

Nach einem kurzen Zwischenstopp im Bad und einer schnellen Katzenwäsche am Waschbecken tapste sie barfuß in die winzige Küche. Dort musste sie mehrere Einkaufstüten durchwühlen, bis sie die billige Kaffeemaschine fand, die sie – neben ein paar anderen lebensnotwendigen Dingen – am Vortag beim großen Discounter am Highway gekauft hatte.

Sie kämpfte kurz mit der Filtermaschine, dann mit dem Kaffeepulver und zu guter Letzt mit dem altmodischen Wasserhahn.

Ein Klopfen an der Tür ließ sie kurz innehalten – aber nur kurz. Ohne Kaffee war nichts mit ihr anzufangen, und außerdem wusste sie, wer der Besucher war.

„Komm rein!", rief sie.

Man hörte ein metallisch klingendes Ruckeln an der Haustür, und einen Moment später betrat Kendra Shepherd – seit ewigen Zeiten Joslyns beste Freundin – die Küche.

Kendra – blond und elegant wie eine Balletttänzerin – wirkte in ihrem grünen Hosenanzug und den High Heels munter und voller Tatendrang. Sie leitete die Maklerfirma „Shepherd Immobilien", und das mit sichtlichem Erfolg.

„Du solltest die Tür nachts wirklich abschließen", sagte Kendra ohne Umschweife. „Auch in Parable gibt es Kleinkriminalität, weißt du."

„Solange sie nur klein ist, brauche ich mir ja keine Sorgen zu machen", erwiderte Joslyn ungerührt und zuckte mit den Schultern. Sie hatte sich gerade über ihre Kaffeemaschine gebeugt und suchte unter den verschiedenen Schaltern den Einschaltknopf. Nachdem sie ihn gefunden hatte, drückte sie ihn mit der Spitze ihres Zeigefingers herunter. Dann richtete sie sich auf, lächelte ihre Freundin an und fühlte sich dabei wegen ihrer Flanellpyjamahose und des riesigen T-Shirts kein bisschen verlegen.

„Ich meine es ernst." Kendra ließ nicht locker. „Man möchte meinen, jemand wie du, der in Phoenix lebt, wäre vorsichtiger."

Joslyn durchkramte erneut die Einkaufstüten, diesmal auf der Suche nach Tassen und Süßstoff. „Na gut", meinte sie leicht abwesend aufgrund ihres dringenden Bedürfnisses nach einem Koffeinschub. „Ich hab's verstanden. Ab sofort werde ich jede Tür und jedes Fenster verriegeln. Vielleicht lege ich mir auch einen Rottweiler mit Killerinstinkt zu."

Kendra lächelte und zog sich einen Stuhl an den kleinen Küchentisch, an dem Platz für zwei Personen war. „Immer noch die gleiche Besserwisserin wie damals ...", stellte sie fest. Es klang fast melancholisch.

„Es ist eine Überlebensstrategie", erklärte Joslyn halb im Scherz, halb im Ernst. Sie strich sich wieder die Haare aus dem Gesicht und betrachtete ihre Freundin voller Zuneigung. „Danke, Kendra. Dafür, dass du mir einen Job gibst und das Gästehaus vermietest, meine ich."

Kendra nahm anmutig Platz. Sie hatte ihr helles seidiges Haar zu einem lockeren Knoten im Nacken hochgesteckt, und ihr einfacher Schmuck – goldene Ohrstecker und ein Armreif am rechten Handgelenk – sah elegant und dezent aus.

„Ich habe dich vermisst, Joss", sagte Kendra, als Joslyn sich auf den anderen Stuhl zu ihr an den Tisch setzte. „Es ist großartig, dich wieder hier zu haben ..." Sie stockte und senkte den Blick.

„Aber?", fragte Joslyn leise.

„Ich kann mir nicht recht erklären, warum du hier sein willst. Nach allem, was passiert ist." Kendra errötete, schaute Joslyn nun jedoch wieder direkt an. „Wobei du natürlich keine Schuld hattest, aber ..."

Die Kaffeemaschine begann zu zischen, und ein verführerischer Duft breitete sich aus. „Ich habe meine Gründe", antwortete Joslyn. „Ich verlasse mich darauf, dass du mir vertraust, Kendra. Zumindest für die nächsten paar Monate. Sobald ich es erklären kann, werde ich es tun."

„Die Leute hatten in letzter Zeit mysteriöse Schecks in ihrer Post", fuhr Kendra nachdenklich fort. „Schecks von einer großen Anwaltskanzlei in Denver. Und ich weiß, du hast deine Softwarefirma verkauft …"

Joslyn sprang auf, ging rasch zur Kaffeemaschine auf der winzigen Anrichte und spülte unter dem Wasserhahn eilig die zwei einfachen Tassen aus. „Stimmt, ich habe die Firma verkauft", gab sie zu. Als sie es aussprach, überfiel sie ein Gefühl des Verlusts – und das, obwohl der Deal schon vor Wochen abgewickelt worden war. „Allerdings verstehe ich nicht, was das mit Leuten zu tun hat, die unerwartet einen Scheck bekommen."

„Die Empfänger der Schecks haben alle etwas gemeinsam." Kendra blieb hartnäckig. Sie wäre heute nicht dort, wo sie war, wenn sie schwer von Begriff wäre. „Sie hatten alle Geld in die … Firma deines Stiefvaters investiert."

Joslyn spürte einen Kloß im Hals. „Zufall", murmelte sie, sobald sie wieder sprechen konnte.

Ihre Hände zitterten ein wenig, während sie die Kanne unter dem Filter herauszog und Kaffee in die beiden Tassen einschenkte.

„Wie du meinst …", antwortete Kendra nachsichtig.

Als Joslyn sich mit je einer Tasse in der Hand umdrehte, schob Kendra ihren Stuhl zurück und stand auf. „Ich sollte besser los. Ich habe heute Vormittag eine Vertragsunterzeichnung, und anschließend zeige ich dem gleichen Interessenten zum siebzehnten Mal eine Hühnerfarm." Sie blickte hinunter auf ihre Schuhe. „Meinst du, ich sollte statt der High Heels besser Stiefel tragen?"

Joslyn war über den Themenwechsel so erleichtert, dass sie nicht widersprach. „Wahrscheinlich schon", stimmte sie zu und stellte sich vor, wie Kendra mit hohen Absätzen auf einer Hühnerfarm herumstakste.

„Würde es dir etwas ausmachen, ein- oder zweimal im Büro nach dem Rechten zu sehen? Nur für den Fall, dass jemand vorbeikommt, der sich eine Immobilie anschauen will.

Slade Barlow taucht regelmäßig auf und erkundigt sich, ob das Kingman-Haus schon verkauft ist."

Bei dem Namen Barlow klingelte es sofort bei Joslyn. Sie spürte einen Stich in der Brust und musste erst einmal schlucken, bevor sie antworten konnte.

Deutsche Erstveröffentlichung

Linda Lael Miller
Die McKettricks aus Texas – So nah und so fern
Band-Nr. 25574
8,99 € (D)
ISBN: 978-3-89941-981-8
eBook: 978-3-86278-152-2
368 Seiten

Deutsche Erstveröffentlichung

Linda Lael Miller
Die McKettricks aus Texas – Über alle Grenzen
Band-Nr. 25605
8,99 € (D)
ISBN: 978-3-86278-339-7
eBook: 978-3-86278-434-9
336 Seiten

Deutsche Erstveröffentlichung

Linda Lael Miller
Die McKettricks aus Texas – Weil du es bist
Band-Nr. 25581
8,99 € (D)
ISBN: 978-3-86278-302-1
eBook: 978-3-86278-388-5
368 Seiten

Kommen Sie an Bord – Seeräuberin Kate erwartet Sie!

Band-Nr. 25658
8,99 € (D)
ISBN: 978-3-86278-707-4
416 Seiten

Claire Garber
Die Liebe ist ein Dieb und der Pirat der Träume

Im Namen der Liebe geben wir Lebensziele auf, vernachlässigen Freundinnen und nehmen zu – und was bleibt, wenn die Liebe dann gestorben ist? Dieser Frage geht Redakteurin Kate Winters alias Piratin Kate in ihrer vielbeachteten Rubrik der Zeitschrift „True Love“ nach. Aber bis Kate erkennt, dass man eigene Träume verfolgen und wahre Liebe finden kann, sind viele Anschläge auf ihrer Computer-Tastatur und noch mehr Küsse von ihrem Jugendfreund Peter Parker nötig …